운명

운명 1

초판 1쇄 찍은 날 § 2005년 11월 5일
초판 1쇄 펴낸 날 § 2005년 11월 15일

지은이 § 유다은
펴낸이 § 서경석

편집장 § 문혜영
편집책임 § 이종민
편집 § 한지윤

펴낸곳 § 도서출판 청어람
등록번호 § 제1081-1-89호
등록일자 § 1999. 5. 31
어람번호 § 제5-0066호

주소 § 경기도 부천시 원미구 심곡1동 350-1 남성B/D 3F (우) 420-011
전화 § 032-656-4452 팩스 § 032-656-4453
http://www.chungeoram.com
E-mail § eoram99@chollian.net

ⓒ 유다은, 2005

ISBN 89-5831-814-7 (SET)
ISBN 89-5831-815-5 03810

운

1

유다은 지음

도서출판
청어람

목차

*19*89년 겨울 서울.

대한(大寒) 추위가 기승을 부리는 저녁 무렵이었다. 한 사내가 두꺼운 외투에 모자와 목도리까지 둘둘 말아 온몸을 무장한 계집아이 하나를 데리고 걸어가고 있었다. 미처 사내의 걸음을 따라오지 못하는 계집아이를 질질 끌며 사내는 주택가를 지나 인왕산 자락 한적한 곳에 위치한 대문 옆에 붉은 깃발이 꽂힌 집으로 들어갔다. 아이는 넋이 나간 듯 멍한 얼굴을 한 채 사내가 끄는 대로 그저 가만히 있을 뿐이었다.

사내는 마당을 지나 집 안으로 들어서며 외쳤다.

"누님, 저 왔수다. 그 아이 데려왔수!"

“들어오너라.”

문 안쪽에서 여인의 목소리가 들렸다. 사내는 아이를 데리고 마루로 올라갔다. 그러나 아이는 신발도 벗지 않은 채 그저 끌려 올라갈 뿐이었다.

“이런, 젠장. 너 신발 못 벗어!”

사내가 큰 소리 쳤으나 아이는 여전히 아무런 반응도 보이지 않았다.

“빌어먹을. 뭐, 이런 계집애가 다 있어! 나참, 재수없어서!”

“큰 소리 내지 말고 어서 데리고 들어와.”

안에서 다시 한 번 여인의 목소리가 들리자 사내는 아이의 신발을 벗기고 안으로 들어갔다.

방문을 열자 지독한 향이 코로 스며들었다. 좀처럼 익숙해지지 않는 냄새였다. 방 안 벽에는 무서운 장군 그림이 걸려 있고 그 앞에는 여러 개의 제단이 놓여 있었다. 그 아래 상에는 고기며 떡, 과일 등 제삿상이 차려져 있었다. 지독한 냄새의 정체는 제삿상 앞쪽에 있는 향로에서 피어오르는 향 냄새였다. 향을 피우며 앉아 있던 여인은 사내가 들어오는 기척에 뒤를 돌아 사내를 쳐다봤다.

“이 아이우. 누님 말대로 데려왔수다.”

사내는 여인이 아이를 잘 볼 수 있도록 아이의 등을 여인 쪽으로 밀면서 말했다. 사내의 힘에 아이는 앞으로 밀려 바닥에 주저앉았다. 여인은 아이의 얼굴을 꼼꼼히 뜯어봤다. 그러나 보이는 것은 아이의 텅 빈 눈동자뿐이었다.

“이 아이가 맞느냐?”

“틀림없수. 누님이 말한 그 집에 가서 데려온 아이우.”

“아이 부모는?”

“부모랄 거나 있수? 술주정뱅이 아비가 하나 있던데 아이를 달라고 했더니 술값만 좀 내고 데리고 가라고 해서 돈 좀 질러 주고 데려왔수.”

“어미는?”

“작년 여름에 죽었다고 합디다. 애는 지 어미 죽고 나서 정신 나갔다며 그렇지 않아도 귀찮은데 잘됐다고 하던대요.”

“네가 누군지 단서는 안 남겼겠지?”

“내가 바본 줄 아슈? 모르니까 걱정 마우, 애 엄마 먼 친척이라고 했수. 이름도 가짜로 흘렸으니까 아비가 정신 차린 후 애를 찾으려 해도 절대로 못 찾을 거요.”

“잘했다.”

“누님! 내 하나만 물읍시다. 대체 저 아이는 왜 데려오라고 했수? 멀쩡한 아이도 아닌 정신 나간 아이를 어디에 쓰려고?”

사내의 말을 들은 여인은 고개를 돌려 제단을 바라보다 한참 후 사내를 바라보곤 입을 열었다.

“……나한테서 신이 떠났다.”

“엥? 그게 무슨 소리우?”

“내가 열네 살 되던 해 우리 둘이서 무작정 상경했을 때 생각 나니? 수중에 돈 한 푼 없이 대합실에서 쭈그리고 있을 때 처음 신엄마를 만났지. 그때 나한테 신기가 있다며 따라오지 않겠냐고 말한 신엄마한테 내가 그랬다, 따라가면 밥 굶지 않고 살 수 있느냐고……. 웃으면서 밥은 먹고 산다고 그랬던 신엄마 따라가서 신내림 받고, 나도 여태껏 무당 노릇하면서 그럭저럭 살았다.”

“그렇지, 누님이야 용하다고 서울 장안에 소문난 무당 아니우. 그런데 신이 떠났다는 건 무슨 말이우?”

“신엄마한테서 독립한 지 채 일 년도 되지 않아 용한 처녀무당이라고 소문나면서 벌이도 괜찮아 우리 사는 데 큰 지장은 없었지. 하지만 사람 욕심이 어디 그러냐? 손님이 점점 늘자 욕심이 생기더구나. 굿 한 번에 얼만데? 시간이 지날수록 신이 가르쳐 주시는 것과 다르게 말하게 되더구나. 앞일이 잘 풀리는 사람에게도 앞에 마가 꼈다고 굿 한 번 해야 한다고 하고, 건강한 사람도 아픈 사람 만들어서 부적 팔고. 그러다가 점점 신기가 약해졌다. 얼마 전에는 신께서 노해 날 떠났다.”

“그럼 뭐우? 누님이 지금 점을 못 친다는 말이우?”

사내는 깜짝 놀라 여인을 바라봤다. 여인의 얼굴에는 체념의 빛이 가득했다.

“그럼, 저 혹덩이는 왜 데려오라 했수? 점도 못 친다면서 저 짐덩이를 어찌하려고 그러우?”

사내는 미간을 찌푸리며 아이를 가리키며 말했고 여인은 사내를 똑바로 바라볼 뿐이었다.

“내가 어릴 때 신엄마가 날 보고 첫눈에 나한테 신기가 있던 걸 알아봤던 것처럼 갓 태어난 저 아이를 처음 봤을 때 저 아이 몸속에 신이 있다는 걸 알아봤다. 내가 독립하고 얼마 지나지 않아 저 아이 엄마가 아이를 데려와 위대한 사람 되는 거 안 바란다며 사랑하는 사람을 만나 평생 행복하게 살 이름을 지어달라고 했지. 그때는 그냥 이름만 지어주고 보냈는데 나한테서 신이 떠나자 저 아이 생각이 나더구나. 그래서 너한테 데려오라 한 것이다.”

“저 아이한테 신기가 있다고 했수?”

“단순한 신기가 아니라 신이 들어 있다고! 신이 인간의 몸을 빌어 태어났단 말이다. 무당이 신내림을 받고 제단에 신을 모시는 건 어디까지나 잠시 신의 힘을 빌려 쓰는 것이고, 몸속에 신이 있다는 건 저 아이가 자기 맘대로 신의 힘을 쓸 수 있다는 말이다. 평범한 강신무당과는 비교가 안 된다, 이 녀석아!”

사내는 여인의 말에 깜짝 놀랐다.

“그럼, 저 아이가 살아 있는 신이란 말이우?”

“그거랑은 조금 다르다. 저 아이 몸에 신이 있어도 저 아이는 어디까지나 인간이고 그 한계를 벗어날 수야 없지. 저 아이처럼 몸에 신을 담고 태어나는 아이가 가끔 있긴 하지만 그 힘을 감당하지 못해 대개는 일찍 죽는다.”

“그건 그렇다 치고 저 아이는 왜 데려온 거유?”

“이 녀석아, 여태껏 내가 한 말을 어디로 들은 거냐? 당연히 저 아이를 무당으로 만들어야지. 나한테서야 신이 떠났지만 저 아이한테는 있지 않느냐?”

"아하, 누님 말이 무슨 말인지 알았수. 그런데 저 아이 저렇게 정신이 나가서 어디 제대로 하겠수. 지금 저 상태로는 무당 노릇은커녕 사람 구실도 제대로 못할 것 같은데 말이우. 더군다나 아까 누님이 말한 대로 저런 아이는 일찍 죽는다면서……."

사내는 멍한 아이가 못미더웠다. 자신의 누나가 왜 그 계집아이를 데려오라 했는지 그 까닭은 알겠으나 어디 저 멍청한 아이가 누나의 계획에 따라 용한 무당이 되겠는가. 괜히 골칫거리 하나만 더 늘린 꼴은 아닌지…….

"곧 정신 차리게 해야지. 시간은 좀 걸리겠지만 정신 들게 만들어야지. 다행히 저 아이는 명줄이 길다. 그러니 일찍 죽을 걱정은 없지. 우선은 집을 정리하고…… 네가 단골들에게 연락해서 당분간 산으로 수행을 떠난다고 해라. 그리고 서울 근교에 조그마한 집 하나 알아보고. 그동안 번 돈으로 사오 년간은 버틸 수 있으니 너무 걱정하지 마라. 그리고 그동안 저 아이 정신 차리게 해야지. 생각 같아서는 용한 무당에게 데려가 한번 보이고 싶지만 저 아이를 탐낼까 봐 그러지도 못하겠고. 어찌어찌나 혼자 힘으로 해봐야겠다. 저 아이가 제대로 정신만 차린다면 큰무당이 될 거야. 평생 돈 걱정 안 하고 살아도 된다. 아니, 어디 그뿐이랴, 재벌 부럽지 않을 게야."

여인은 사내에게 신변 정리를 지시하고 아이가 자신에게 줄 수 있는 미래를 꿈꾸었다. 아이는 신이 내려준 축복 같았다. 아니, 신은 자신에게서 떠난 대신 저 아이를 보내준 것이다.

이것은 운명이다! 애초에 저 아이의 어미가 자신에게 아이의 이름을 지어달라고 찾아왔을 때부터 시작된 운명. 저 아이가 자신의 눈에 띈 것도 운명이고, 젊디젊은 어미가 사고로 일찍 죽은 것도 운명이다. 저 아이의 아비가 알코올중독자가 되어서 아이를 돈 몇 푼에 넘긴 것 하며, 저 아이가 정신이 나간 것 하며 모두 다 저 아이가 내게 오기 위한 과정인 것이다. 저 아이와 나의 운명이 겹친 것이다. 만남의 순간부터 움트기 시작한 가지가 이제야 뻗기 시작한 것이다. 물론 그 과정에 저 아이 엄마의 사고가 있긴 했지만 말이다. 사고 역시, 운명이랄 수밖에……. 본시 인간이 저지르는 일이란 다 운명의 장난이 아닌가. 저 아이를 얻기 위해 불필요한 곁가지는 쳐낼 수밖에……. 불쾌한 수고 끝에 힘들게 얻은 아이, 그러니 저 아이는 정신을 차려 내가 원하는 대로 움직여 줘야 한다.

나의 꼭두각시, 그게 저 아이의 운명이다.

"알았수. 내가 알아볼 테니 염려 마우. 그나저나 저 아이 이름이 뭐우? 언제까지 저 아이라고 부를 수도 없고."

"진수연(眞粹然), 아름다운 인생을 변함없이 살라는 의미로 지어준 이름이지."

여인이 탄식하듯 길게 숨을 내뱉으며 아이의 이름을 말해 주었다.

"이제 아름다운 인생을 살긴 글른 것 아니우?"

사내가 여인을 향해 말했다.

“…….”

여인은 아무런 대답이 없다. 입을 조개마냥 다물고 굳은 표정으로 생각에 잠긴 듯 눈동자는 먼 곳을 바라보고 있었다.

“난 가서 시킨 일이나 해야겠수.”

여인이 이런 표정일 때는 아무런 소리도 들리지 않는다는 걸 아는 사내는 여인이 시킨 일이나 해야겠다며 일어나서 방을 나갔다.

사내가 방을 나간 후 여인은 신을 모셔놓은 신단 위를 바라봤다. 더 이상 자신에게 아무런 말도 들려주지 않는 신들……. 울긋불긋 화려한 신들의 얼굴이 자신의 죄를 책망하는 것 같았다.

업보라…….

쌓았으니, 언젠가 갚아야겠지. 자신 또한 알면서도 저지를 수밖에 없는 어리석은 인간인 것을…….

혹여 땅을 치며 후회할 일이 생긴다 할지라도 그건 나중의 일이다. 지옥에 떨어져 유황불에 태워질지라도, 죄업 때문에 내생에 두고두고 갚아야 할지라도……. 아무짝에도 쓸모없는 후회 따위, 지금은 하지 않을 것이다. 이제껏 그랬듯, 후회나 뉘우침은 자신의 몫이 아니다.

아이는 그때까지 미동도 없이 가만히 앉아 있었다. 여인은 생각에 잠겨 있느라, 사내는 방에서 나가느라 아이를 주의 깊게 살피지 못했으므로 미처 보지 못했다. 아이의 눈동자가 살짝 흔들린 것을…….

2005년 겨울 서울.

시청 근처에 위치한 화성그룹 본사에서는 폭풍 전야의 고요함이 흐르고 있었다. 특히 기획이사 사무실 쪽은 썰렁하다 못해 황량했다. 요즘은 매일매일 아슬아슬한 줄타기를 하는 것만 같았다.

"미진 씨, 결재 받으러 왔는데 이사님 계셔?"

기획실 송 부장이 보고서를 들고 이사실로 통하는 비서실 문을 열고 들어왔다.

"예, 송 부장님. 이사님 계십니다."

비서실 안내 데스크에 앉아 있던 미진이 일어서면서 대답했다.

"심기는 좀 어떠셔?"

"괜찮으세요. 원래 폭탄을 터뜨린 쪽은 멀쩡한 법이잖아요. 폭탄을 맞은 쪽은 초토화되지만."

"하하하. 그거 말 되네."

"후후훗."

미진과 송 부장은 서로를 보며 웃었다. 회사 내 다른 부서 사람들은 기획실이 가장 불편하고 처참할 거라 생각하지만 사실 기획실은 변함없었다.

기획이사님이 새로 부임했을 당시 기획실 직원들은 물론 다른 사람들까지 낙하산이라고 이사님을 은근히 헐뜯곤 했다. 그러나 취임 후 한 달 만에 기획이사는 회사 사정을 완벽히 파악하고 그 능력을 유감없이 보여줬었다. 일 년 뒤에 IMF가 터져 회사가 어려워지자 회사의 경영방침에 획기적인 변화를 꾀하고 과감한 정리해고를 통해 회사의 경영 정상화를 이루어냈다. 물론 IMF에서 벗어난 후에는 정리해고된 사람들을 우선 복직시켰다.

이후 정상화된 그룹 계열사 중 주력 종목을 제외한 다른 계열사는 모두 팔아치우고 그 자금으로 주력 종목에 재투자해 화성을 세계적인 경쟁력이 있는 그룹으로 키워냈다.

요즘은 회사 경영진을 대폭으로 물갈이함으로써 회사에 핵폭탄을 터뜨린 것이다. 그 일로 기존의 경영진과의 마찰이 일어났고, 회사 경영진이 두 패로 갈리는 결과를 낳았다. 회장님과 함께 오래도록 기득권을 챙겨온 경영진과 기획이사가 새로 영입한 신진 경영진이 대립하고 있는 실정이다. 이 일로 회사가 들썩이고 있는 중이었다.

똑똑똑.

"이사님, 기획실의 송 부장님입니다."

미진이 이사실을 노크 후 안으로 들어가 송 부장이 온 것을 알렸다.

"들어오라고 해요."

서류를 읽고 있던 남자가 서류에서 눈을 떼지 않고 대답했다. 책상 위에 있는 투명 아크릴 명패에는 '기획이사 최찬욱'이라고 쓰여 있었다.

"송 부장님, 이사님께서 들어오시랍니다."

미진은 문을 열고 송 부장이 들어갈 수 있게 비켜주었다.

"이사님, 여기 화성의 새로운 경영진의 1/4 분기 평가서와 계열사별 1/4 분기 매출 현황입니다."

송 부장이 보고서를 찬욱의 책상 한쪽에 놓았다.

찬욱은 먼저 살펴보던 서류를 마저 보고 나서야 송 부장이 올린 보고서를 펼쳤다.

"현재로서는 새로운 경영진의 평가가 좋은 편입니다. 이사진을 새로 보강한 화학과 전자 쪽은 경영 상태가 호전되는 추세입니다. 특히 전자 쪽은 반도체 가격의 하락에도 불구하고 대형가전과 디지털가전 쪽이 선전함으로써 같은 작년 대비 같은 기간의 매출이 20% 이상 상승했습니다.”

“예상했던 일이야. 가전은 계속 고급가전 쪽에 개발의 방향을 맞추고 하반기부터 새로 출시하는 제품은 기존의 제품보다 대형화된 제품을 출시하라고. 우리 화성의 가전제품을 가지고 있느냐 없느냐 하는 것이 부의 척도가 되도록, 화성의 가전제품을 가지고 있는 것이 주부들의 자랑이 되도록 만들어야 돼. 광고 전략도 이쪽으로 맞추고.”

“네, 알겠습니다.”

“그리고 화학은 화장품 쪽을 키우라고 해.”

“화장품이요? 하지만 국내 화장품 시장은 현재 한주와 세원이 시장의 70%가량을 차지하고 있는 데다가 최근에는 해외 브랜드의 성장이 두드러진 반면 국내 브랜드의 지지도가 계속 하락하고 있어서 섣부른 투자는 위험하다고 판단됩니다만.”

“우선은 연구 인력을 확보하고, 국내 기업과는 차별화된 기능성 화장품을 연구하라고 해. 일단 기능성 화장품이 부가가치가 높고, 브랜드 이미지를 키우기에 적당하니까. 기능성 화장품으로 어느 정도 브랜드 이미지를 키우고 그 뒤에 기능성 화장품을 개발하면서 키운 기술력으로 기초와 색조 화장에 진출하자고. 여자들이 있는 한 화장품 사업은 절대로 안 망해. 여자들은 십대에서 늙어 죽을 때까지 화장을 한다고. 그건 그만큼 소비층이 넓고 지속적인 소비자가 있다는 걸 의미하지. 더군다나 화장품은 소모품이야. 몇 년에 하나씩 구입하는 제품이 아니라 일 년이면 사계절 동안 네 가지의 계절 상품을 팔 수 있어. 내 말이 무슨 말인지 알겠나?"

"예."

송 부장은 찬욱의 통찰력에 다시 한 번 놀랐다. 놀랍다 못해 존경스럽기까지 했다. 미국 유학 후 적응 기간도 없이 바로 이사로 경영에 뛰어들어 놀라운 경영 능력을 보여줄 때도 물론 놀라웠지만, 그것은 회장님의 외아들로 당연히 후계자 수업을 받은 결과라 생각했다. 그러나 시장을 분석하고 내다보는 일은 누군가 가르쳐 줘서 할 수 있는 일이 아니다. 송 부장은 비로소 찬욱이 계열사를 정리한 이유를 알 것 같았다. 너무 많은 계열사가 있으면 그룹 총수는 모든 계열사를 다 정확하게 파악하고 경영을 할 수가 없기 마련이다. 꼭 필요한 알짜배기만 남기고 정리함으로써 그 알짜배기를 제대로 파악해 더 크게 키울 수 있는 것이다. 찬욱이 그런 점을 노리고 계열사를 정리했음을 송 부장은 이제야 깨달은 것이다.

"물류와 건설 쪽이 문제인데…… 번번이 가로막힌단 말이야. 기존 경영진의 교체 없이는 새로운 시도를 기대하기 어렵겠어."

"건설은…… 회장님과 창립멤버신데……."

찬욱이 건설의 경영진 교체를 운운하자 송 부장은 바짝 긴장했다. 건설은 다른 계열사와는 다르게 화성이 시작된 곳이고, 또 지금 사장으로 계시는 분이 회장님과 처음 건설을 세우신 창립멤버이기 때문에 그룹 내에서 그 영향력이 찬욱과는 비교도 되지 않을 정도였다. 삼십 년을 넘게 건설을 이끌어오신 분이니 찬욱의 간섭을 반가워할 리가 없다.

"건설에도 새로운 바람이 필요해. 건설 하면 첨단과는 관계없는 구시대적이고 지저분한 사업이라고 생각하는데 사고의 전환이 필요한 시점이지. 작년 건설의 공사 수주와 매출현황을 보니 중동 쪽 해외 수주가 많던데 돈은 안 됐어. 해외 수주는 앞으로 점차 이익이 남지 않을 거야. 해외 수주로 외화 벌어들이고 나라 이름 드높이고 이런 건 다 옛말이야. 이대로는 힘들어…… 김 사장님 연세도 있으시니까 그만 은퇴해 주시면 좋은데……."

"쉽게 물러나실 분은 아니신데요. 회장님과의 친분도 있고, 회장님의 신뢰도 두터우시고요."

찬욱은 송 부장의 말에 미간을 찌푸렸다. 맘에 들진 않지만 맞는 말이다. 무엇보다 아버지의 신뢰가 두터워서 일을 벌이기에 어려운 점이 많았다.

"이 일은 나중에 다시 의논하지."

"네."

찬욱은 송 부장이 나가고 비서실과의 사이에 있는 문이 닫히자 깊은 한숨을 내쉬었다. 모르는 척하고 있지만 회사 내에서 자신의 경영 방식에 말이 많은 것을 그도 알고 있었다. 따지고 보면 그는 경영에 있어서는 겨우 오 년 경력의 초보자라고 할 수 있다. 그룹 내에서 가장 젊은 이사진이고 또한 사주의 아들로서 주위의 견제는 말도 못할 정도였다.

찬욱은 사주의 아들이라고 해서 꼭 회사를 물려받으리라는 법은 없다고 생각했다. 그러나 커가면서 점차 경영에 흥미를 느끼게 되었고 낙하산이라는 비난을 피하기 위해 누구보다도 열심히 공부하고 노력했다. 그랬기에 자신의 능력은 어느 전문 경영인보다 뛰어나다고 자부하고 있었다. 하지만 나이와 경력, 그리고 기존의 기득권을 지키려는 기존 경영진이 그의 걸림돌이 되고 있었다.

반드시 이번 고비를 뛰어넘어 화성을 세계적인 기업으로 키울 것이다. 세계 100대 기업 안에 드는 것으로 만족할 것이 아니라 세계 50대, 아니, 세계 10대 기업 안에 드는 초일류 기업으로 키울 것이다. 찬욱은 자신에게 그럴 능력이 있고 화성에는 세계로 뻗어나갈 잠재력이 있다고 믿었다.

2005년 봄 국도변.

대용은 벌써 몇 시간째 운전을 하고 있었다. 룸미러로 슬쩍 훔쳐보니 수연은 여전히 창밖을 내다보고 있었다. 대용이 그녀를 알게 된 지는 벌써 삼 년째지만 그녀와 나눈 대화라야 고작 몇 마디에 불과했다. 삼 년 전에 어머니가 편찮으셔서 돈을 구하려던 중 지숙을 알게 됐고, 어머니의 수술비를 마련하기 위해 수연의 경호 일을 하게 되었다.

지숙의 말에 따르면 수연은 자폐라고 한다. 자폐라서 자기 자신만의 세계에 빠져 있기 때문에 다른 사람과의 의사소통에 문제가 있다고 한다. 지숙의 말대로 수연은 하루 종일 아무 말도 하지 않은 채 멍하니 앉아 있곤 했다.

그녀는 가끔 오늘처럼 외출을 하는데 그러면 그는 그녀의 경호원 겸 운전기사로 따라나섰다. 하는 일이라야 이렇게 운전을 하고 가다 그녀가 세워달라는 곳에 세워주었다가 다시 집으로 데려가는 일뿐이었다. 그녀는 이상한 것에 빠지곤 하는 버릇이 있는데 한 번은 어느 마을에 서 있는 은행나무를 보고 내려 하루 종일 그 은행나무만 쓰다듬으면서 서 있기도 했고, 작년 여름에는 개울가에서 내려 물속에서 노는 물고기만 몇 시간을 바라보고 있기도 했다. 그뿐 아니라 심지어는 길가에 서서 차도 바닥에 떨어진 비닐봉지—지나가는 차들이 일으키는 바람에 의해 움직이는—를 쳐다보며 시간을 보내기도 했다.

오늘은 그녀의 흥미를 끄는 게 없는지 그냥 차 안에만 가만히 있었다. 안내 표지판을 바라보니 벌써 충남 논산으로 들어서고 있었다. 어떻게 할까 망설이다가 돌아가기로 하고 사거리가 보여 차를 돌리려고 깜박이를 켜는 순간 그녀가 입을 열었다.

"그냥 가."

대용은 놀라서 룸미러를 통해 그녀를 바라봤다. 그녀는 룸미러 속에 그를 똑바로 쳐다보며 다시 한 번 말했다.

"그냥 가."

그는 그녀의 말대로 깜빡이를 끄고 직진했다. 그로부터 삼십 분쯤 흘렀을까, 그녀가 차를 세우도록 요구했다. 비닐하우스가 많은 동네 입구에는 논산 딸기농장이라고 쓰여 있었다. 그녀는 차에서 내려 남의 하우스 안으로 걸어 들어갔다. 놀란 대용은 얼른 뒤따라 들어갔다. 하우스 안에는 가족들로 보이는 사람들이 많이 있었다. 그때 한 농부가 수연과 대용에게 다가왔다.

"안녕하세요, 딸기 따기 체험에 오셨나요?"

"예? 아, 예."

대용은 얼른 대답했다.

"예약없이 오셨나 보죠?"

농부가 물었다. 수연은 농부의 말이 끝나기도 전에 벌써 저만치 안으로 걸어 들어간 후였다. 대용은 눈으로 수연을 쫓으면서 농부에게 대답했다.

"예, 미처 예약을 못했는데요. 참가할 수 없을까요?"

"일 인당 이만 원의 참가비만 내시면 누구나 참가 가능합니다. 드시는 건 맘껏 드셔도 되구요. 가져가시는 건 한 바구니만 가능합니다."

농부의 말이 끝나자 대용은 지갑에서 돈을 꺼내 자신과 수연의 참가비를 지불했다. 안으로 들어간 수연은 딸기 앞에 앉아 딸기를 딸 생각도, 먹을 생각도 없는 듯 바라보고만 있었다. 그런 수연을 보고 한 아이가 다가왔다.

"언니, 여기 바구니에다 따는 거야. 언니 바구니는 어디 있어?"

조그만 꼬마 아이가 수연에게 자신의 바구니를 보여주며 물었다. 그러자 수연은 고개를 돌려 대용을 쳐다봤다. 대용은 하우스의 입구로 가서 바구니 두 개를 가져다가 하나를 수연에게 주었다. 기왕 온 김에 딸기를 따서 어머니께 드려야겠다는 생각에서 자신의 바구니도 챙겨온 것이다. 대용에게 바구니를 받은 수연은 손으로 딸기를 쥐고 잡아당겼다. 딸기가 수연의 손 안에서 짓물렀다.

"아이, 언니. 그렇게 하는 게 아니야. 이렇게 딸기를 두 손가락으로 살짝 잡고 손을 이렇게 돌려야지. 언니처럼 하면 딸기가 아야 한단 말이야."

아이가 고사리 손으로 딸기를 쥐고 옆으로 돌리자 똑 소리가 나며 딸기가 떨어졌다. 수연은 아이가 하는 모양을 가만히 지켜보더니 따라서 딸기를 땄다. 손 안의 힘을 제대로 조종하지 못해서 몇 번 실패를 한 후에야 딸기 따기에 성공했다. 수연은 온전히 딴 딸기를 손에 들고 아이를 향해 환하게 웃었다.

대용이 수연을 만난 지 삼 년 만에 처음 보는 웃음이었다. 늘 무표정하던 수연의 얼굴이 웃는 순간의 천진함을 어떻게 표현해야 할까? 스물두 살이나 먹은 여자가 저렇게 해맑은 웃음을 지을 수 있다니 놀라운 일이다. 하기야 스물두 살 먹은 여자가 손 안의 힘도 조절하지 못해 딸기 하나 제대로 딸 줄 모른다는 것도 상식에서 벗어나긴 하지만 말이다.

상식? 대용은 자신이 떠올린 단어의 뜻을 생각하고는 피식 웃음을 지었다. 어차피 그녀는 환자가 아닌가? 정상적인 생활을 할 수 없는 환자. 그러니 그런 그녀를 일반적인 상식에 비추어 판단한다는 것 자체가 모순일 것이다. 아무리 겉으로 보기엔 멀쩡해 보일지라도 말이다.

아이가 수연에게 뭐라고 쫑알쫑알거리자 수연은 고개를 끄덕인다. 아이가 하는 말을 이해는 하는 것일까? 아니, 아이가 그녀의 정신 세계를 이해하는 것일까, 아니면 그냥 단순하게 아이의 행동을 모방하는 것일까?

“자, 이제 행사가 끝났습니다. 모두 밖으로 나와주십시오.”

시간이 꽤 흐른 뒤 농장 주인이 행사의 끝을 알렸다. 수연과 같이 있던 아이는 부모가 와서 데려갔다. 아이는 수연에게 손을 흔들며 빠이빠이를 외치고 하우스를 나갔다. 그러나 수연은 일어날 기미를 보이지 않았다.

“이제 그만 가봐야지요.”

대용이 수연에게 말했지만 그녀는 계속 딸기만 땄다. 그녀의 주위엔 그녀가 따놓은 딸기가 가득했다. 그 양이 엄청났다. 그가 어머니께 드릴 딸기를 따느라 잠시 한눈을 판 사이에 그녀가 저지른 일이다. 대용은 한숨을 내쉬었다.

“세상에, 이게 다 뭐래!!”

어느새 다가온 주인이 딸기가 주변에 아무렇게나 널려 있는 걸 보고 깜짝 놀라며 말했다.

“아니, 이 아가씨 보게! 먹지도 않을 거면서 이렇게 해놓으면 어떡하나!”

농장 주인은 화가 나서 수연에게 삿대질을 하며 소리쳤다. 대용은 농장 주인의 팔을 잡고 사과했다.

"아저씨, 정말 죄송합니다."

"죄송하다면 단가? 이게 얼마친데!"

"죄송합니다. 얼마가 되든 제가 다 변상해 드리겠습니다."

"멀쩡한 아가씨가 이게 뭐 하는 짓이래."

대용이 변상해 주겠다고 하자 주인은 안심이 되는지 목소리를 낮췄다. 그 와중에도 수연은 계속 딸기를 땄다.

"저희 아가씨가 조금 아프셔서 그렇습니다. 이해해 주시고 여기 이 돈 받으세요."

대용은 지갑에서 십만 원짜리 수표를 여러 장 꺼내서 주인에게 주었다.

"원, 멀쩡해 보이는구먼. 쯧쯧, 어디가 아픈데?"

주인은 수표를 받아 들고 혀를 차며 수연을 쳐다봤다.

"……."

대용은 주인의 물음에 아무런 대답도 해주지 않았다. 왠지 그녀에 대해 함부로 떠들고 다니고 싶지 않았다.

"아가씨, 이제 가셔야 합니다."

대용은 주인을 무시하고 수연에게 말을 걸었다. 그러나 수연은 여전히 딸기에만 매달려 있었다. 대용은 할 수 없이 수연을 일으키고는 안아서 하우스 출입구 쪽으로 나갔다.

"으~악, 악. 놔! 놔! 싫어! 악!!"

대용이 자신을 딸기에서 떨어지게 하고 안아서 나가려 하자 수연은 소리를 지르며 반항하기 시작했다. 팔을 들어 대용의 얼굴을 할퀴고 발을 허공에 차며 고래고래 소리를 질렀다.

농장 주인은 그 모습을 보고 놀라서 할 말을 잃었다. 겉으로 보기엔 예쁘장한 아가씨인데 하는 행동은 예닐곱 살 먹은 아이 같으니 말이다.

대용은 소리 지르며 반항하는 수연을 차에 태우고 차 문을 잠갔다. 그리고는 운전석 쪽으로 가서 시동을 걸고 얼른 차를 출발시켰다. 룸미러를 통해 보니 수연은 계속 차창을 손가락으로 긁고 있었다. 저러다가 지치면 잠들 것이다.

경기도 광주.

하얀 목련과 노란 개나리가 흐드러지게 핀 시골 길을 고급 승용차 한 대가 올라가고 있었다. 산속으로 이어져 있는 이 외길을 따라가면 산 아래 사람들이 절이라고 부르는 커다란 한옥이 자리하고 있다. 최근에 지어진 이 한옥으로 가는 외길에는 때때로 시골에서는 보기 힘든 고급 외제차가 다니곤 했다. 그래서 마을 사람들은 이 한옥이 서울 어느 부자의 것이라고 생각했다.

어느새 한옥 앞에 차가 도착하자 차에서 기사가 내려 큰 대문에 붙어 있는 인터폰을 들고는 방문자의 신상을 밝혔다. 기사가 차로 돌아간 지 얼마 되지 않아 대문이 열렸다. 차가 대문 안으로 미끄러지듯 들어갔다.

"뭐야? 최 회장이 왔어?"

새끼무당 하나가 방금 차를 타고 들어온 남자에 대해 말하자 기범은 깜짝 놀랐다. 연락도 없이 최 회장이 방문하는 경우는 거의 없었는데 하필이면 오늘 같은 날 방문하다니…….

"누님은 뭐라셔?"

"엄마가 안내하라고 해서 모셨어요."

"뭐? 수연이가 돌아왔어?"

"아니요. 아까 외출한 뒤로 아직 안 돌아왔는데요."

"누구랑 같이 나갔는데?"

"뻔하죠. 대용 씨가 따라갔어요."

"수연이도 없는데 누님은 무슨 생각으로 최 회장을 집 안으로 들인 거야. 지금 대용이한테 연락해서 얼른 들어오라고 해."

기범의 말에 새끼무당은 머뭇거렸다.

"뭐 해. 어서 연락하라니까."

"저기…… 수연이가 없는 거랑 최 회장님이 오신 거랑 무슨 상관이 있는데요?"

"뭐? 시키면 시키는 대로 할 것이지, 어디다 대고 말대답이야!"

자신의 실수를 깨달은 기범이 버럭 소리부터 질렀다.

"……전화할게요."

새끼무당이 뚱하니 마지못해 대답했다. 성질머리 하고는!

"누님 지금 어디 계시는데?"

어쨌든 시키는 대로 하겠다는 대답을 받아낸 기범은 성질을
조금 가라앉혔다.

"큰 안채에서 최 회장님 만나고 계세요."

"수연이도 없이 대체 어쩌시려고……."

묻는 말에 대답하고 획 돌아서 가버리는 새끼무당의 등 뒤로
혼자서 중얼거리는 기범의 목소리가 들렸다.

"어서오세요. 이리로 앉으시지요. 연락도 없이 어쩐 일로 여
기까지 오셨는지요?"

안내를 받으며 들어오는 최 회장에게 지숙은 인사를 건넸다.
지숙은 느리다는 인상도, 반갑다는 인상도 주지 않을 만큼만 미
묘하게 느린 속도로 움직였다.

최 회장은 지숙의 행동을 눈치챘지만 짐짓 모르는 척했다.

"반드시 예약을 하고 와야 한다는 건 알지만 오늘은 이 늙은
이가 급한 마음에 이리 연락도 없이 찾아왔네. 너무 탓하지 마
시게."

"탓하다니요? 그런 말씀 마십시오. 그래, 급한 일이 무엇인지
요?"

"허허, 이 나이에 자식 일 말고 급한 일이 뭐가 있겠나."

"아드님께 무슨 일이라도 있으신가요?"

"자네도 알다시피 나도 이제 늙어서 일선에서 뛸 나이는 지났
지. 그래서 몇 년 전에 아들을 불러들여서 기획이사 자리를 맡

겼는데 이 녀석이 자신의 경영 방식에 간섭하지 말라는 조건을 내세웠다네. 내 그때는 그러마 하고 약속을 했는데 이 녀석이 개혁이다 뭐다 해서 기존의 경영진들과 마찰이 많아졌지 뭐요. 오늘은 글쎄, 나랑 같이 회사를 세운 창립멤버 중 한 사람에게도 명예퇴직을 권해서 회사에 한바탕 회오리바람이 불었다네. 그래서 답답한 마음에 자네에게 하소연이나 하러 왔지.”

“예, 그러시군요.”

“여기 이게 그 녀석 태어난 날짜와 시간이오.”

최 회장은 지숙에게 아들의 생년월일시가 쓰여 있는 쪽지를 내밀었다. 지숙은 쪽지를 받아 들고는 최 회장을 똑바로 쳐다보았다.

“회장님, 제가 오늘 오전에 손님을 맞아 지금은 볼 수 없으니 후에 연락을 드리지요. 신력이 회복되는 대로 살펴보겠습니다.”

최 회장은 지숙의 말을 듣고 가만히 지숙의 얼굴을 살펴보다가 한참 후에야 말을 내뱉었다.

“이런, 아쉽구먼.”

“죄송합니다.”

오전에 손님을 맞아 지금은 점을 칠 수 없다는 지숙의 변명은 계속 그의 신경을 건드렸다. 오전에 점 몇 번 쳤다고 신력이 다하는 무당이 어떻게 무당 노릇을 하며 살아가겠는가?

“아니야, 연락 않고 온 내 실수지. 신력이 다해서라는데 어쩌겠는가? 그나저나 큰일이었던 모양이네. 신력을 다 쓸 정도면 말이야.”

최 회장의 질문에 움찔한 지숙은 곧 놀란 표정을 얼굴에서 지웠지만 한 발 늦었다. 최 회장은 이미 그녀의 동요를 알아차렸다.

“네.”

지숙은 어쩐지 최 회장의 질문에 뼈가 있는 것만 같았다. 이 늙은이가 뭔가 눈치를 챈 건 아닐까? 하지만 그럴 일은 없을 것이다. 얼마나 철저하게 비밀에 부쳤는데…….

“모처럼 오셨는데 헛걸음을 하시게 하고……. 죄송합니다.”

“아닐세. 그저 답답한 마음에 들러본 것이야. 너무 괘념치 마시게나.”

“아이들을 시켜 차를 내올 터이니 드시고 가시지요.”

“차는 무슨. 이만 가보겠네.”

최 회장은 지숙이 권하는 차를 거절하고 자리에서 일어섰다. 지숙은 일어나는 최 회장을 따라 나와 바깥까지 배웅했다. 차에 타는 최 회장에게 인사를 하고 최 회장의 차가 대문 밖으로 나가는 모습을 끝까지 지켜봤다.

최 회장이 탄 차가 멀어지자 기범이 지숙에게 다가왔다.

“어떻게 됐수?”

지숙은 눈살을 찌푸리고 기범을 쳐다봤다.

“내가 그 말투 좀 고치라고 했지?”

“헙! 알았수, 아니, 알았어요. 그런데 최 회장은 무슨 일로 왔대요?"

"아들이 회사에서 분란을 일으키고 있댄다."

지숙은 방으로 들어가며 말했고 기범도 지숙을 따라 들어왔다.

"대체 무슨 생각으로 수연이도 없이 최 회장을 만났데요? 들통나면 어쩌려고……."

"걱정 마라. 오전에 손님 받아서 신력이 회복되려면 시간이 걸린다고 했다. 최 회장이 아들의 생년월일시를 적어놓고 갔으니 이따 수연이 들어오면 보여주고 전화해 주면 돼."

"뭐 하러 집 안에 들였수? 그냥 집에 없다고 둘러대라고 할 것이지."

지숙 자신도 후회하고 있는 중이었다. 기범의 말대로 없다고 하고 돌려보낼 것을……. 그러나 그러기에는 최 회장이 너무 거물이었다. 불쾌한 기색을 드러내긴 했지만 설마 눈치야 챘겠는가?

"그건 그렇다 치고. 수연이 걔, 너무 자주 외출 허락하는 거 아닙니까? 그러다가 달아나기라도 하면 어쩌려고요."

"대용이가 따라갔지 않느냐."

"내 말은 너무 자주 나간다는 거지요. 그러다가 바깥 세상이 좋다고 나간다고 할까 봐서 그러는 거 아닙니까."

"쯧쯧쯧, 너는 하나만 알고 둘은 모르는구나. 동물을 가둬서 키우면 애초에 밖으로 나가려는 시도를 하지 않는 법이다. 인간도 마찬가지지. 익숙한 게 제일 편한 법이다. 걔는 밖에 나가서 사는 법을 몰라. 내가 그렇게 키웠으니까. 바깥하고 단절된 채 살아온지라 혼자서는 아무것도 못해. 대용의 보고를 들으면 확실하게 알 수 있지. 외출해 봐야 차 타고 나가서 주위 풍경이나 보며 멍하니 있다가 돌아오는 게 전부야. 더구나 그 애는 자폐 아니냐? 남들과의 의사소통도 제대로 못하고, 지가 보는 게 무엇인지, 손으로 만지는 게 무엇인지, 코로 들어오는 냄새가 무슨 냄샌지도 구별 못해. 때가 돼도 밥 먹으러 식당에 들어갈 줄도 모르고, 아니, 걔는 아마 배가 고프면 밥을 먹어야 한다는 사실 자체를 모를걸? 어릴 때보다 많이 나아지긴 했지만 아직도 자기만의 세계에 빠져 있는 애가 세상에 무슨 관심을 가진다는 거야? 그냥 내버려 둬. 걱정할 거 없어."

기범은 지숙의 말에 아무런 반박도 못했다. 수연을 데려온 지 십육 년이나 지났다. 좀처럼 제정신을 차리지 못하는 수연을 정신과에 보낸 결과 자폐라는 진단을 받았다. 그와 지숙이 그 병을 고치려고 무척이나 노력했지만 여전히 완치될 기미는 보이지 않았다. 그나마 다행인 것은 몇 년 전부터 상태가 점점 호전된다는 것이었다.

수연의 자폐 증상은 큰 골칫거리였다. 괜찮은 것처럼 보이다가도 갑자기 자기만의 세계에 빠져서 입을 꾹 다물곤 했다. 입 다문 무당이 무슨 무당 노릇을 하겠는가? 수연을 무당으로 만들어 큰돈을 벌려던 지숙은 곧 자신의 계획을 수정해야 했다.

지숙은 수연의 자폐 증상이 조금씩 호전되어 수연이 점을 칠 수 있게 되자 광주에 내려와 점집을 차렸다. 보통 점집이 아니라 이른바 큰손들만 상대하는 점집이었다. 아무 때나 자신만의 세계에 빠져 버리는 수연에게 하루 종일 손님을 받는 것은 무리였다. 그래서 생각해 낸 것이 적은 손님만 받아도 되도록 큰손님들만 받는 점집이었다. 엄청난 액수의 복채를 내더라도 전혀 부담스러워하지 않을 손님들만 상대하는 점집을 시작한 것이다.

물론 수연이 점을 친다는 것은 아무도 모른다. 자폐인 그 아이를 사람들 앞에 내세울 수도 없거니와 낯선 사람이 있으면 입을 꽉 다물어 버리기 때문에 대외적으로는 지숙이 점을 친다고 알려져 있다. 철저한 예약에 의해 손님을 받고 지숙이 손님을 받는 동안 수연이 지숙의 방과 연결된 카메라를 통해서 손님의 점을 친다. 그동안 지숙은 점을 치는 척하며 손님을 곁방으로 모신 후에 수연에게 점괘를 듣고 그 결과를 손님에게 알려준다. 수연의 점괘는 기가 막히게 잘 맞았고, 그로 인해 지숙은 큰 명성과 돈을 얻었다. 간혹 수연이 자신의 세계에 빠져 버리면 지숙은 오늘처럼 적당한 변명으로 때웠다. 큰손님만 상대하는 지숙의 전략은 기막히게 잘 통해 광주로 내려온 지 얼마 안 돼서 지숙은 큰돈을 벌 수 있었다.

지숙에게 수연은 황금알을 낳는 거위였다. 배만 가르지 않는다면 평생 황금알을 낳아줄 거위. 지숙은 수연에게 적당한 자유를 주면서 자신의 잇속을 챙겼다.

　서울 성북동 주택가.

　서울서 손꼽히는 부촌인 성북동 주택가 담장 높은 어느 집 앞에 아까 광주 시골 길을 올라가던 고급 승용차가 멈춰 섰다. 차의 앞문이 열리고 운전기사가 내리더니 얼른 달려가 뒷문을 열자 거기서 내린 사람은 최 회장이었다.

　"회장님 도착하셨습니다."

　최 회장이 내린 다음에 기사는 벨을 눌러 도착 사실을 알렸다.

　"그만 퇴근하지. 내일은 오찬 약속이 있으니까 여섯 시까지 오도록 하고. 오늘 수고했어."

　최 회장은 기사에게 퇴근할 것을 지시하고 집 안으로 들어갔다. 현관으로 들어가자 박 여사가 최 회장을 반갑게 맞이해 주었다. 그녀는 최 회장에게 시집온 뒤 삼십육 년간 출근할 때 배웅해 주고, 퇴근할 때 현관 앞에서 맞아주었다. 곱게 차려입은 모양새가 단정하고 예뻤다. 한 번도 흐트러진 모습으로 최 회장을 맞아본 적이 없는 박 여사였다.

　"오셨어요."

　박 여사는 그를 따라 안방으로 들어와 그의 양복을 받아 들었다.

　"가셨던 일은 어떻게 되었나요?"

박 여사가 넌지시 광주에 간 일을 물었다.

"예약없이 갔더니 안 된다는구려. 연락을 준다고 했으니 기다려 봅시다."

박 여사는 그의 어조에서 못마땅한 기운을 읽었다. 빈손으로 돌아온 일이 영 못마땅한 모양이다. 최 회장은 사실 무속신앙을 믿지 않던 사람으로 몇 해 전의 두통 사건만 아니었다면, 직접 무당을 찾아가는 일은 물론 없었을 것이다. 그리고 박 여사가 무당을 찾아간다 하여도 노여워하며 화를 냈을 것이다.

몇 해 전 최 회장은 극심한 두통에 시달린 적이 있었다. 병원에 가서 검사를 받아봐도 뚜렷한 원인을 찾아낼 수 없었다. 의사들은 스트레스에 의한 신경성이라고 말했다. 남편은 고민 끝에 일을 줄이기 위해 마침 공부를 마치고 귀국한 아들을 기획이사 자리에 앉히고 경영에서 손을 떼다시피 했다. 그럼에도 두통은 나아질 기미를 보이지 않았다. 최 회장은 근 반년을 두통에 시달렸고 박 여사는 친구의 소개로 광주에 있는 이 보살을 찾아가게 되었다. 박 여사 자신도 무속신앙을 믿는 것은 아니었지만 아주 용한 무당이라는 친구의 말에 지푸라기라도 잡는 심정으로 찾아갔었다.

최 회장의 생년월일시를 받아 들고 점을 친다며 자신을 곁방으로 안내한 지 한참 만에 이 보살은 남편에게 상문살이 끼었다고 했다. 상문풀이를 해야 한다고 남편의 속옷 한 벌과 남편을 데리고 오라고 했다.

집에 돌아온 뒤 망설이다가 최 회장에게 넌지시 얘기를 꺼냈
으나 남편은 화만 버럭 냈다. 며칠을 설득한 끝에 남편을 이 보
살에게 데려갔고, 그녀 밑에 있는 새끼무당 중 한 명이 상문풀
이 굿을 했다. 무속인마다 각각 하는 분야가 달라서 굿을 하는
아이는 단골형 무당으로 혈통에 따라 계승되는 아이라 점은 잘
못 보지만, 굿은 잘한다 했다.

굿이 끝난 후 최 회장의 두통은 정말이지 거짓말처럼 사라졌
다. 박 여사는 놀라움을 금치 못했고, 그 후로 광주에 자주 다녔
다. 최 회장은 못마땅해했지만 두통을 고친 일도 있어서 아내에
게 대놓고 다니지 말라고는 하지 않았다. 그래서 박 여사가 종
종 점을 보러 다니고 굿을 하는 것을 알면서도 모른 척했다.

그가 찬욱이 회사에서 벌인 일로 고민할 때 아내가 광주에 가
보라고 권했다. 앞일을 잘 내다본다나?

아들 녀석이 허튼 일을 할 사람이 아니라는 건 누구보다도 그
가 잘 알고 있다. 그룹 내에 새로운 바람이 필요하다는 건 그도
수긍하고 있는 사실이다. 다만 찬욱이 너무 빠르다는 데 그 문
제가 있다. 설득시킬 생각은 하지 않고 독선적으로 자신의 생각
만을 밀고 나가서 그게 걱정이었다. 더구나 건설의 김 사장은
화성의 창립멤버로 영향력이 있는 인물이다. 만약 하고자 마음
만 먹는다면 찬욱이 하는 일을 얼마든지 방해할 수 있는 인물이
기도 하다. 어느 손을 들어주어야 할지 난감한 문제가 아닐 수
없다.

생각이 정리되지 않아 무작정 찾아가 봤지만 대답을 들을 수
없자 마음만 더 답답해졌다.

"연락이 오겠지요."

박 여사는 그런 최 회장의 마음을 헤아린 듯 말했다.

"영…… 미덥지가 않아."

최 회장은 미간을 찌푸리고 눈을 가늘게 떴다.

"누가요? 이 보살이요?"

"응."

박 여사는 남편의 말에 놀랐다. 여태까지 자신이 이 보살에게
다녀도 아무 내색 않던 사람이었다.

"당신 두통도 고쳤잖아요."

"글쎄…… 뭔가 뒷머리를 잡아당기는 것 같구려. 수상한 냄새
도 나고. 이 보살이 뭔가 숨기고 있는 게 분명하오."

"숨길 것이 뭐가 있다고요? 혹시 이 보살이 가짜가 아닌가 의
심하고 있으신 거라면 그건 아닐 거예요. 여태껏 이 보살의 점
괘가 틀린 적이 없었잖아요."

박 여사의 말에 최 회장이 가만히 생각해 봤다. 그동안의 일
을 살펴보면 이 보살을 믿어야 하지만 오늘 일은 아무래도 수상
쩍었다.

"당신, 오전에 받은 손님 때문에 신력이 떨어져 점을 못 친다
는 무당이 정말 아무렇지도 않소?"

"그럴 수도 있는 거지요. 대신 정확하게 맞추잖아요."

"이 보살의 경우야 찾아오는 이들이 다 알 만한 사람들이라 하루에 한두 명만 손님을 받아도 넉넉한 복채를 챙기니 돈은 걱정 안 해도 될 테지만, 그 신력이라는 게 영 미덥지가 못해서 말이오. 점치는 모습을 보여주지 않는다는 것도 걸리고. 곁방으로 손님을 안내하고 점을 치는지, 아니면 다른 짓을 하는지 어떻게 알겠소?"

최 회장의 말을 듣고 보니 뭔가 걸리는 것이 있었다. 그러려니 하고 깊이 생각해 보지 않았지만 다른 무당들과 다른 점이 한두 가지가 아니었다. 혹시 손님에 대해 미리 조사해 보고 그걸 토대로 점이네 어쩌네 하면서 속이는 것은 아닐까? 박 여사는 잠시 그럴 가능성을 생각해 봤지만 이내 머리에서 지웠다. 이 보살에게 점을 보러 다니는 동안 자신이 들은 점괘 중에는 절대로 남들은 모르는 집안의 비밀도 있었고, 집안에 일어나리라고 생각지 못한 뜻밖의 일들도 있었다. 그것들은 조사를 통해서 알 수 있는 일이 아니었다.

"일반적인 점집들이나 무당과 다른 점이 많이 있지만 속이는 것 같지는 않았어요. 그동안에 점괘가 잘 맞기도 했고요. 때론 남들은 모르는 집안의 비밀 같은 것도 튀어나와서 놀랐던 적도 많았구요. 작년에 숙부님 일도 그렇고……. 작년에 제가 숙부님 편찮으신 것 같다고 병원에 모시고 가서 검사 받아보자고 했잖아요. 그거 사실은 이 보살에게서 숙부님 암이라는 소리 듣고 혹시나 해서 병원에 모시고 가자고 한 거예요."

　　최 회장은 아내의 말에 내심 놀랐다. 작년에 아내가 숙부님의 건강진단을 받아보자며 병원에 모시고 가자고 했을 때만 해도 가벼운 마음이었다. 시숙의 건강까지 살뜰하게 챙기는 아내가 고맙기도 했었다. 하지만 건강진단 결과 숙부님은 간암이었다. 다행히 초기에 발견돼 수술하시면 괜찮으실 거라는 주치의의 말에 미국까지 가서 수술을 받았지만 일 년을 못 넘기시고 돌아가셨다. 아내의 말대로라면 병원에 가시기도 전에 암인 것을 이 보살이 먼저 알았다는 말이 아닌가?

　　"분명히 이 보살이 숙부님을 모시고 병원에 가기 전에 암이라고 했단 말이지?"

　　최 회장은 아내에게 아까 한 말이 사실이냐고 다시 한 번 물었다.

　　"네. 그뿐만이 아니에요. 수술이 성공적이었다는 서방님 전화를 받고 나서 다시 한 번 광주에 내려갔는데 이 보살이 머지않아 초상 치를 거라고 하더군요. 그래서 제가 수술은 성공적으로 끝났다고 했더니 숙부님 명이 다했다고 하면서 올해를 못 넘기실 거라고 하더라고요. 그러더니 그해 가을에 숙부님이 돌아가셨어요."

　　최 회장은 아내의 말에 더 더욱 혼란스러웠다. 자신이나 아내가 사기에 걸려들 정도로 허술한 사람들은 아니었다. 그리고 이 보살이 자신들을 상대로 사기를 쳤다고 보기에는 무당으로서의 그녀의 능력이 매우 뛰어났다. 어쩌면 오전에 어려운 손님이 있

어서 신력이 떨어졌다는 이 보살의 말이 사실일지도 몰랐다. 최
회장 자신이나 아내나 무속인의 세계에 대해서 무엇을 알겠는
가? 그럼에도 불구하고 꺼림직했다. 무언가에 속는 듯한 기분이
드는 것은 왜일까?

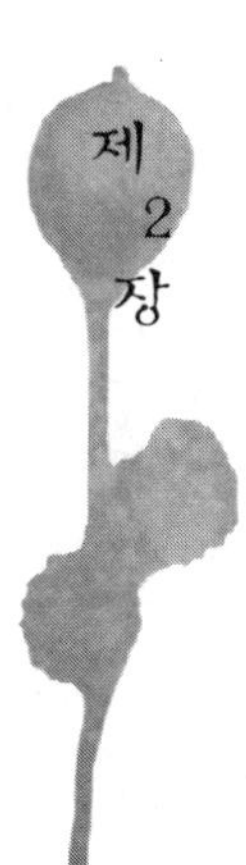

요사이 한참 유행하는 앤티크 스타일로 꾸며진 고급 술집 한쪽에 두 명의 남자들이 술을 마시면서 담소를 나누고 있었다. 그들은 어느 정도 사회적인 지위와 부가 있는 사람들이 이용하는 이 클럽 안에서도 유난히 눈에 띄는 남자들이었다. 술을 마시면 어느 정도 흐느적거리고 적당히 긴장을 풀기 마련인데 그들은 오히려 에너지가 넘쳐 보이는 게 자신감있고 힘차 보였다. 느린 재즈 선율이 흐르는 술집 안에서 그들의 에너지는 여자들을 매혹시키기에 충분했다. 그러나 정작 당사자들은 힐끔거리는 여자들의 시선에도 아랑곳하지 않고 자기들만의 이야기에 빠져 있었다.

"찬욱이 너 요새 또 일 벌인다며?"

친구의 물음에 찬욱의 한쪽 입술이 올라가자 미소가 만들어졌다. 그렇지 않아도 그동안 회사 일로 여기저기서 말을 많이 들은 터라 화제가 자신에게 돌아온 것이 썩 반갑지만은 않았다.

"아아, 너라도 그 얘긴 하지 마라. 골치 아프다."

찬욱은 한 손을 목 뒤에 대고 고개를 젖혔다. 듣기 좋은 소리도 한두 번이지, 여기저기서 말을 듣다 보니 하나뿐인 친구의 걱정 어린 충고조차 듣고 싶지 않았다.

"후후, 그런 녀석이 일은 잘도 벌인다."

성진은 찬욱이 하는 모양새를 보고 웃었다. 찬욱은 의지가 강한 친구였다. 어린 시절부터 하고자 하는 일이 있으면 반드시 해내고야 마는 친구였다. 고교 시절 아버지의 뒤를 이어 회사를 맡겠다는 결심을 하고 난 뒤 경영인으로 갖추어야 할 모든 것에 대한 공부를 한 녀석이다. 누구보다 회사를 잘 이끌어갈 거라 믿고 있었다. 그러나 주위의 시선이나 기대는 달랐다. 녀석이 가진 배경과 능력을 부러워하면서 시기하는 사람들 또한 많았다. 사람들은 찬욱이 잘해줄 것을 바라다가도 찬욱이 그들의 기대를 뛰어넘어 앞으로 나가면 시기했다. 남들에게 주목받는다는 건 어려운 일일 것이다. 저 무신경하고 무심해 보이는 녀석에게도 나름대로의 스트레스가 있을 것이다.

"일은 벌여놨으니 끝은 볼 테고……. 아버님 반응은 좀 어떠시냐?"

"훗, 그게 문제다. 경영에 간섭 안 하겠다고 하시긴 했지만 이번에는 뭔가 한말씀 하실 거라 생각했는데 너무 조용하시니까 어쩐지……."

찬욱은 최 회장의 조용한 반응이 호통보다 더 신경 쓰였다. 차라리 불러다 호통을 치시면 이러저러해서 경영권의 교체는 꼭 필요하다고 설득시킬 수 있을 텐데 아무런 반응이 없으시니 오히려 일을 진행하는 데 눈치가 보였다.

"널 믿으시는 거겠지."

"믿음? 물론 자식이니 믿으시겠지. 하지만 날 믿는 것과 상관없이 아버지와 함께 반평생을 회사를 이끌어오신 분의 퇴직 권고에 아버지께서 아무런 반응이 없으시다는 건 왠지 좀 찜찜해."

"좋게 생각해. 네 의견에 찬성하신다는 거겠지. 적어도 반대는 없으시잖아."

"좋은 방향으로 생각하면 찬성이라? 훗, 이제 와서 반대하셔도 별수없지. 밀고 나갈 거야. 앞으로 내다보면 이번 결정이 옳다는 걸 아버지도 곧 아시겠지."

"자식, 하여튼 고집은 알아줘야 한다니까."

찬욱은 친구의 핀잔에 피식 웃었다. 성민을 오랫동안 알아오면서 가장 편한 점은 자기 자신에게 솔직하다는 것이었다. 가끔은 지나치게 직설적으로 들릴 수 있는 얘기도 서슴없이 하곤 했다. 자신의 배경과 관계없이 허물을 솔직히 지적해 주고, 편한 친구로 대해주는 성민이 찬욱은 늘 고마웠다.

"너는 어떠냐? 영화 새로 들어간다면서?"

찬욱이 성민의 근황을 물었다. 영화감독인 성민은 최근에 새로운 영화를 찍기 위해 준비 중이었다.

"말도 마라. 제작자가 여배우를 지목했는데 영 미스 캐스팅 같아."

"왜? 누구를 지목했는데?"

찬욱도 영화계의 생리를 조금 아는데 때로는 제작자들이 말도 안 되는 여배우를 캐스팅 해달라는 요구를 하기도 한다. 물론 그런 경우 십중팔구는 여배우와의 모종의 거래가 있기 마련이고.

"송진희."

성민이 한숨 쉬듯 여배우의 이름을 말했다.

"송진희? 청순한 이미지로 꽤 버틴? 영화가 멜로냐?"

"아니, 스릴러야. 그러니까 문제지."

"스릴러? 이미지가 좀 아니긴 하지만 그래도 그럭저럭 해낼 것도 같은데."

찬욱은 예전에 파티에서 마추진 적이 있는 송진희를 떠올렸다. 제법 독한 눈을 가졌던 걸로 기억한다. 얼굴을 애교와 청순함으로 무장시키고, 가녀리고 부드러운 몸짓으로 사람들 사이를 누비고 다녔지만 언뜻언뜻 비치는 눈매는 제법이었다. 그동안 연기한 이미지대로 청순하고 착한 여자는 아닌 것 같았다.

"어딜 봐서?"

"한번 본 적이 있는데 눈빛이 제법이었어."

"그래? 하지만 성깔있게 생긴 것하고 연기는 또 다르니까 그게 문제지."

"제작자랑 관계있어? 침대 위에서 계약서 꾸민 것 같아?"

"말하는 것 하곤. 아닌 것 같아. 정태진 사장이 제작잔데 그런 것 같진 않아. 뭐, 자세한 사정이야 모르는 거지만."

"정태진이라면 배우 보는 눈은 정확하다는 평가를 받고 있는 사람 아냐? 사생활도 그럭저럭 깨끗한 것 같던데. 여배우랑 얽혀서 판단력 상실할 인물은 아니야."

"정 사장이야 누가 모르냐? 문제는 송진희지. 연기 지도 할 생각하니 앞이 까마득하다. 그나마 앞으로 육 개월간 일주일에 사 일간은 영화 일에 전념하겠다고 계약서를 썼으니 망정이지 아니면 어림도 없었어. 걔 연기 지도하고, 영화 찍고, 어느 세월에 그걸 다 해?"

"영화 들어가면 당분간 얼굴 보기 힘들겠네."

성민은 평상시 순하고 서글서글한 성격이지만 영화에 전념하기 시작하면 아무도 못 말리는 독재자로 변하곤 한다. 영화를 찍는 도중에 구경꾼들이 몰려들어서 주위가 시끄러우면 마이크에 대고 '조용히!' 하고 소리를 질러 주변 사람들을 기겁하게 하는가 하면, 배우들의 사진을 찍는다며 사진기 셔터를 눌러대면 '당장 플래시 꺼!' 라고 소리를 지르곤 한다. 평소에는 예의도 잘

차리는 놈이 영화를 찍는 기간에는 모든 말투가 반말이 되고, 편집이 끝날 때까지 본인의 사생활은 물론 배우와 스텝들의 사생활까지 존재하지 않는다.

"그렇지 뭐, 개봉 때까진 정신없을 거야."

"일어나자. 자리 옮겨서 오랜만에 술이나 진탕 마셔보자."

오늘 헤어지면 당분간 성민과 만나지 못하게 된다. 그게 아쉬운 찬욱은 성민의 등을 치며 일어났다.

"좋지. 술값은 네가 내는 거지?"

성민은 찬욱을 따라 일어서면서 한쪽 눈을 찡긋거렸다. 사실 성민 자신도 찬욱만큼은 아니지만 사채 시장에서 큰손으로 통하는 아버지 덕분에 돈 걱정을 별로 해본 적이 없었다. 그러니 술값이야 누가 내든 상관없었다. 그래도 찬욱에게 얻어먹는 술이 더 맛있게 느껴지는 것은 아마도 친구로서의 우정 때문일 것이다.

찬욱과 성민은 조용한 술집을 찾아 자리를 옮겼다. 찾아간 곳은 '헤라'로 두 사람이 간혹 가는 술집이었다. 회원제 술집으로 아무나 드나들 수 있는 곳은 아니었다. 사생활을 보호받아야 하는 사람들이 주로 이용하는 곳이었다. 성민과 찬욱은 늦은 저녁까지 술잔을 기울이다가 긴장도 풀 겸 마음에 드는 여자를 데리고 술집을 나와서 헤어졌다.

어슴푸레 해가 창으로 비치는 이른 새벽이지만 찬욱은 잠에서 깨어났다. 집이 아니면 숙면을 취하지 못하는 습관 때문에 저절로 눈이 떠졌다. 몸을 일으키려고 하니 낯선 팔이 가슴에 걸쳐져 있다. 고개를 돌려 옆을 보니 어제 헤라에서 같이 나온 여자다. 이름이 기억나지 않았지만 굳이 기억하려고 노력할 생각도 없었다. 가슴에 있던 팔을 휙 치우고 일어서 욕실로 들어갔다.

"흐음……."

여자가 뒤척이며 온기를 찾는다. 손을 뻗었지만 손끝에 닿는 건 시트뿐이다. 눈을 감은 채로 몸을 움직였다. 시트 위로 자신의 몸매가 드러난다는 걸 아는 여자는 남자들에게 욕망을 불러일으킬 만한 섹시한 포즈로 침대 위에서 몸을 움직였다. 남자가 달려들기를 기다렸지만 반응이 없자 눈을 떴다. 방 안을 둘러보니 남자가 보이지 않는다. 희미하게 물 흐르는 소리가 들리는 걸 보면 샤워를 하는 모양이다.

잠시 후에 문이 열리고 남자가 나왔다. 짐작대로 샤워를 했는지 젖은 머리를 한 남자는 가운을 걸치고 나왔다. 살짝 벌어진 가운 사이로 남자의 가슴이 보였다. 그 단단한 몸에 안겼던 기억이 떠올라 여자는 몸이 달아올랐다.

헤라에서 남자에게 불려갔을 때 은연중 풍기는 분위기에 보통 인물은 아닐 거라는 생각을 했다. 당당함과 자신감이 대단한 남자였다. 다른 손님들처럼 치근거리는 것도 아니고 그녀 스스로 안기고 애교를 떨며 잘 보이고 싶게 만드는 남자였다. 나중에 마담 언니에게 화성의 기획이사라는 얘기를 들었다.

세상은 원래 불공평하다.

가진 것이 많은 사람은 너무 많아 주체할 수가 없고, 가진 게 없는 사람은 아무것도 가질 수 없기 마련이다. 남자는 전자에 속하는 인물이었다. 가진 게 많은 인물, 한두 가지쯤 남에게 주어도 표도 안 날 남자.

"벌써 일어나셨어요?"

여자는 상체를 일으켰다. 이불이 흘러내려 가면서 봉긋 솟은 여자의 가슴이 드러났다. 아마 여자의 의도일 것이다.

찬욱은 여자의 의도를 눈치챘지만 동요하지는 않았다. 어떤 감흥도 느껴지지 않았다.

예쁘장한 얼굴에 잘 빠진 몸매, 잘나가는 호스티스라는 마담의 말이 생각났다. 남자들이 혹할 만하지만 고급 술집에 가면 하나둘쯤은 있는 여자였다. 하나, 특별할 것 없는 여자. 밤을 위한 여자지 환한 낮을 위한 여자는 아니다.

찬욱은 여자에게서 고개를 돌린 뒤 걸어둔 옷을 입기 시작했다. 찬욱이 셔츠에 팔을 꿰자 여자가 알몸으로 일어나 찬욱의 셔츠 단추를 채워주기 시작했다. 아랫단에서부터 천천히 위로 단추를 채우는 여자의 손길은 다분히 유혹적이었다. 단추를 채우는 여자의 손이 찬욱의 가슴 한가운데서 멈췄다. 한 손으로 찬욱의 가슴을 쓸어 내리면서 다른 한 손으로는 셔츠의 단추를 만지작거렸다.

찬욱은 여자의 손목을 잡고 밀어냈다. 여자의 얼굴에 의아한 빛이 잠깐 서리더니 입꼬리를 말아 올렸다.

"아침에는 별로이신가 봐요?"

여자의 의외의 말에 이번에는 찬욱의 눈꼬리가 치켜 올라갔다. 여자는 배시시 웃으며 남자의 반응을 기다렸다. 이런 남자들일수록 평범한 반응에 식상해한다는 걸 여자는 알고 있었다. 물론 여자가 매달리는 것도 싫어하기 때문에 적당히 호기심을 자극하는 쪽이 더 유리했다.

찬욱은 여자의 당돌한 말에 잠깐 흥미가 동했다. 몸매도 빠지지 않고 천박해 보이지도 않는 얼굴이다. 그러나 배시시 웃고 있는 얼굴에 가려진 눈 속에선 차가운 계산이 보였다. 찬욱은 사람을 볼 때 눈을 주의 깊게 살피는 편인데 웃고 있는 여자의 눈이 여자가 주판알을 튕기고 있다는 걸 알려주었다. 사람을 상대하는 데 제법 능숙한 여자다. 흥미는 동하지만 오래 고민할 필요는 없는 여자다.

"하룻밤이면 충분했어."

찬욱의 말에 여자의 몸이 움찔했다.

"여자를 알기에 하룻밤은 너무 짧지 않나요?"

곧 충격에서 회복된 여자는 얼굴에 유혹적인 미소를 띠고 찬욱의 목에서부터 가슴 골짜기 사이를 지나 아랫배까지 천천히 손으로 문지르기 시작했다.

찬욱은 그런 여자를 보고 피식 웃더니 셔츠의 단주를 마저 채우고 의자에 걸쳐져 있던 양복 상의 안에 들어 있는 지갑에서 수표를 몇 장 꺼내 테이블 위에 올려놓았다.

"덕분에 어젯밤은 즐거웠어. 마담에게는 따로 지불했어. 이건 당신 몫이야."

찬욱이 지갑을 꺼내자 자신의 몸을 애무하던 여자의 손이 딱 멈췄다. 수표를 꺼내 테이블 위에 올려놓자 얼굴에서 미소가 사라졌다. 찬욱의 말이 끝나자 여자의 몸이 딱딱하게 경직됐다.

"그러니 이걸로 끝이다? 이 말인가요?"

"그래."

찬욱은 단호히 말했다. 여자는 그의 생각을 읽으려는 듯 그의 얼굴을 빤히 바라보다가 몸의 긴장을 풀고 어깨를 으쓱했다. 찬욱의 얼굴에는 바늘 하나 들어갈 틈새도 보이지 않았다. 매달려 봐야 소용없다. 소득이 없는 일은 그녀가 세상에서 제일 싫어하는 일 중 하나다. 얻는 게 있다면 모를까, 없다면……. 여자는 테이블 위에 수표를 흘낏 보고 피식 웃었다.

"후하시네요. 다음에 다시 헤라에 오시면 불러주세요."

여자는 어느새 양복 상의에 팔을 꿰고 있는 찬욱에게 말했다.

"아, 아."

찬욱은 그 말에 건성으로 대답하고 옷을 차려입고 방문을 나섰다. 호텔의 객실 문이 닫힘과 동시에 방 안에 있는 여자는 찬욱의 머리 속에서 사라졌다. 어제는 즐거웠지만 기억할 만한 가치는 없는 여자였다.

엘리베이터를 기다리는 동안 집에 전화를 했다. 어머니께 비서 편에 갈아입을 옷을 챙겨서 회사로 보내달라고 했다. 다 큰 아들에게 몸 상한다며 일이 아무리 바빠도 잠은 집에 들어와서 자라고 걱정하는 어머니의 잔소리를 한 귀로 흘려듣고 호텔을 나와 대기하고 있던 차에 올라타고 회사로 향했다.

새벽의 여명이 지나가고 아침이 밝았다. 광주도 아파트 단지들이 여러 개 들어서면서 많이 개발되긴 했지만 산속의 공기는 여전히 청아하고 맑았다. 상쾌한 아침 공기만큼 사람의 기분을 좋게 해주는 것도 아마 별로 없으리라. 밤새 풀잎에 내려앉은 이슬은 이제 곧 태양 빛에 사라져 버릴 것이다.

수연은 아침 공기를 마시며 풀잎에 맺힌 이슬을 손가락으로 쓸었다. 차가운 물방울이 손에 묻었다. 손에 느껴지는 조그만 이슬방울이 감질나서 점점 더 풀숲으로 들어갔다. 발이 풀숲에 들어가자 발목을 스치는 풀잎에서 이슬이 묻어나왔다. 그 서늘함에 마치 발목이 잘려 나가는 것 같았다. 수연은 더 이상 풀숲으로 들어가지도 못하고 그렇다고 나오지도 못하는 어정쩡한 상태로 그곳에 서 있었다.

지숙의 부름으로 수연을 찾으러 다니던 새끼무당이 마침 풀숲 한가운데서 오도가도 못하는 수연을 발견했다. 사태가 짐작이 간 새끼무당은 한숨을 쉬고 수연을 풀숲에서 끌어냈다. 풀숲에 있는 것이 마음에 들지 않았던지 수연도 순순히 끌려 나왔다. 데리고 나와보니 맨발이었다. 발목에는 풀독이 올라 벌겋게 부어 있었고 발은 온통 젖은 채 흙투성이였다.

"이게 뭐야, 신발을 신고 다니라고 몇 번을 말해야 알아들어? 엄마가 찾으시는데 이런 꼴이니……. 이리 와, 씻어야겠어."

새끼무당은 수연의 손을 잡고 가장 가까운 욕실로 데려갔다. 그러나 수연이 자신의 컵이 없다고 난리를 치는 통에 결국 수연이 머물고 있는 안채까지 데려가야 했다. 새끼무당은 수연을 다 씻기고 나서 지숙에게 수연을 데리고 갔다.

"왜 이렇게 늦었어, 부르러 간 지가 언젠데!"

지숙은 새끼무당에게 화를 냈다. 어제 수연이 외출에서 돌아온 후에 수연에게 최 회장이 두고 간 아들의 생년월일시를 적은 쪽지를 보였지만 아무런 반응이 없어서 애가 타던 참이었다. 최 회장에게 연락을 주겠다고 약조를 하였는데 일이 틀어지면 어제 최 회장의 반응으로 보아 큰 고객 하나를 잃을 것 같았기 때문이다.

"수연이가 또 맨발로 돌아다녀서요. 발이 온통 흙투성이라 씻기고 오느라고 늦었어요."

지숙은 새끼무당의 말에 한숨을 내쉬었다. 저놈의 병만 고치면 금상첨화인데 저 모양이니. 눈을 치켜뜨고 수연을 보지만 수연은 벽만 쳐다보며 지숙과 눈을 맞추려 하지 않는다. 손가락으로 방바닥을 툭툭 치는 소리가 귀에 거슬렸다.

"너는 그만 나가봐라."

지숙이 새끼무당을 방에서 내보내려 했다.

"차라리 병원에 보내는 것이 어때요?"

지숙의 속도 모르는 새끼무당이 한소리 한다. 신내림은 받았으나 그다지 변변치 않은 신을 모시는 까닭에 새끼무당은 수연의 몸 안에 잠들어 있는 신의 존재를 알아차리지 못했다. 그래서 수연을 그저 단순한 지숙의 딸인 줄로만 알고 있었다. 지숙은 수연을 데리고 와 인왕산 자락을 떠난 후 자신의 딸로 입적시켰다. 그래서 수연의 이름은 진수연이 아니라 이수연이 되었다. 자세한 내막을 모르는 새끼무당으로서는 그다지 다정한 성격도 아닌 지숙이 정신병이 있는 딸을 싸고도는 게 이해가 가지 않았다.

"흰소리 하지 말고 그만 나가라."

"엄마, 솔직히 병은 병원에서 고쳐야……."

"그만 나가보래도!"

새끼무당의 말은 지숙의 호통에 질려 버리고 말았다.

"알았어요. 역정 내시기는……."

새끼무당은 무안함에 얼른 방을 나갔다. 지숙은 새끼무당이 방을 나가자 수연에게 쪽지를 하나 내밀었다. 어제도 보인 최 회장이 주고 간 쪽지였다.

"이것 좀 봐라."

그러나 수연은 여전히 벽만 쳐다본 채 방바닥만 툭툭 두드릴 뿐이었다. 지숙은 답답한 마음을 감추고 기다렸다. 기다리는 수밖에는 별달리 뾰족한 방법이 없다는 걸 알고 있기 때문이다.

"아들이 하는 일 때문에 회사에서 분란이 있다고 어느 방향으로 일을 해결했으면 하는지 묻더라."

수연은 벽에서 시선을 떼고 쪽지를 흘깃 바라봤다. 그리고는 또다시 방바닥을 두드렸다. 한참을 방바닥을 두드리던 수연의 손이 멈췄다.

"얼굴."

"뭐? 지금 뭐라고 한 거지?"

지숙은 수연이 내뱉은 말을 알아듣지 못하고 다시 되물었다.

"얼굴!"

"얼굴이라니, 사진을 가져오란 말이냐?"

수연은 눈을 들어 지숙을 똑바로 바라보고 말했다. 늘 텅 빈 눈을 하고 있던 수연이 서늘한 눈빛으로 자신을 똑바로 쏘아보자 지숙은 순간 가슴이 내려앉았다.

"얼굴! 보름 전후에 사나흘 와 있으라고 해."

"오라니? 누굴? 최 회장 아들을 오라는 소리냐?"

지숙은 갈피를 잡을 수가 없었다. 늘 쪽지에 적힌 내용을 보고 점을 치거나 아니면 카메라에 보인 얼굴로 관상을 봤지 지금처럼 사나흘간이나 와 있으라고 한 적은 없었다. 최 회장의 아들이 이 시골에 사나흘이나 와 있을 리도 없거니와 위험 부담이 너무 컸다. 혹시라도 수연의 정체를 알아차리기라도 날에는 낭패가 아닐 수 없었다. 그렇다고 최 회장에게 아무런 점괘를 내

놓지 않을 수도 없었다. 이러지도, 저러지도 못하겠으니 큰일이 아닐 수 없다.

"자손과 명줄에 관련된 일이야."

지숙은 수연의 말에 다시 한 번 크게 놀랐다. 최 회장 아들의 회사 문제로 점을 봐달라 했는데 난데없이 자손과 명줄에 관련된 일이라니…….

"누구의 자손 말이냐? 명줄은 누구 명줄을 말하는 거고?"

"이 사람!"

수연이 손가락으로 최 회장 아들의 생년월일시가 적힌 쪽지를 가리켰다.

지숙은 수연이 한 말이 놀라웠으나 즉시 머리 속으로 계산을 해보았다. 수연이 발각될 위험 부담과 최 회장의 아들로 인해 챙길 수 있는 돈을 저울에 놓고 저울질하기 시작했다. 최 회장은 슬하에 외아들 하나뿐이다. 그렇다면 만약 그 아들이 잘못되기라도 한다면 대가 끊기게 되는 것이다. 성공한 사람일수록 자손에 대한 욕심이 큰 법인데 하나뿐인 아들이 잘못된다……? 천만금도 아깝지 않을 것이다.

"회사 일은 어떻게 되느냐? 별문제가 없느냐?"

"고비가 있긴 한데…… 해결 방법이 없는 건 아니야."

수연이 고개를 갸웃거리며 말했다.

"어떻게? 어떻게 해결하면 되는데?"

"보름 전후에 사나흘간 와 있으라니까!"

수연은 그 말을 끝으로 입을 다물었다. 지숙이 아무리 다그쳐 물어도 대답을 하지 않았다. 지숙은 할 수 없이 수연을 내보내고 생각에 잠겼다. 어떻게 해야 하나? 외국에서 공부하고 온 최 회장 아들이 무속신앙을 잘 믿을 것 같지도 않고, 회사 일로 찾아온 최 회장에게 느닷없이 아들의 명줄과 관련된 일이라고 그러면 최 회장 역시 안 믿을 것 같은데……. 그러나 일만 잘되면 한몫 단단히 챙길 수 있을 테니 놓치기엔 아까운 일이고. 지숙의 머리 속은 복잡해졌다.

무슨 일인지 어머니가 전화를 해서 일찍 들어오라고 하자 찬욱은 긴장했다. 회사 일이 바쁘다는 걸 잘 아시는 분이 전화까지 해서 일찍 들어오라고 했을 때는 그만한 이유가 있겠지 싶어 저녁 약속을 취소하고 집으로 들어왔다.

그런데 저녁을 먹고 나서 자신을 앉혀놓고도 한참을 말이 없으셨다. 무슨 말씀을 하시려는지 얼굴에는 망설이는 기색이 엿보였다. 평소 현모양처로 집안일에 충실히 살아오신 분이지만 남편이나 아들의 눈치를 살피시는 분은 아닌데 오늘따라 유난히 자신의 눈치를 살피며 말은 꺼내지 않으시니 답답했다. 결국 침묵을 참지 못한 찬욱이 먼저 말문을 열었다.

"무슨 말씀을 하시려고 그러세요?"

박 여사는 이 보살의 연락을 받고 놀라기도 하고 걱정도 되는 마음에 고민하다가 남편에게 의논을 했다. 그러나 최 회장도 난감하기는 마찬가지였다. 자신이 물은 회사 일에는 한차례 고비만 있다 하고 난데없이 하나뿐인 아들의 자손과 명줄에 관련된 일이라고 보름 전후에 사나흘간 광주에서 지내게 하라니……. 전혀 생각지도 못했던 말이지만 무시하고 흘려버리기엔 개운치가 않았다. 결국 최 회장과 박 여사는 속는 셈치고 아들을 광주에 며칠간 보내기로 했다.

그러나 아들의 반응이 짐작 가는 박 여사로는 선뜻 아들에게 얘기를 꺼낼 수가 없었다. 그렇게 며칠을 보내다가 결국 보름을 일주일 앞두고 아들에게 얘기를 꺼내려고 일찍 집으로 불러들였다. 하지만 얼굴을 맞대고도 아들에게 얘기를 꺼내지 못하고 있는데 아들이 먼저 말을 하라고 재촉을 했다.

"경기도 광주에 며칠간 가 있거라."

박 여사는 말을 돌리지 않고 요점만 얘기했다. 물론 거기에는 약간의 진실이 감춰져 있긴 하지만 말이다.

"예?"

찬욱은 어머니가 꺼낸 말이 의외여서 놀랐다. 경기도 광주에는 아무런 연고가 없는데 갑자기 며칠간 가 있으라니, 광주 어디에 가 있으라는 말인가?

"사흘 후에 사나흘간 광주에 내려가 있거라."

"광주에는 갑자기 무슨 일로 내려가라고 하십니까? 아무런 연고도 없는데요."

"그럴 일이 있다. 내가 말하는 곳에 가서 휴가라 생각하고 며칠 머물다 오거라."

이유도 말씀하시지 않고 난데없는 명령이라니 정말이지 어머니답지 않은 일이다. 찬욱의 성격을 모르시는 것도 아닐 텐데 이런 식으로 명령조로 말씀하시다니 무슨 사연이 있는 것이 틀림없다.

"이유를 말씀해 주세요. 그렇지 않으면 움직이지 않겠습니다."

박 여사는 한숨을 내쉬었다. 그녀가 왜 아들의 성격을 모르겠는가. 아들이 따지고 들 것이 분명하지만 명령조로 말한 것은 혹시나 명령조로 말하면 그냥 따라줄지도 모른다는 희망 때문이었다.

"휴, 이유는 묻지 말고 다녀오면 안 되겠느냐?"

"제 성격 모르십니까? 뭡니까? 광주 어디를 가라는 것이며, 회사일 바쁜 것 아시는 분이 무슨 일로 이러시는지 말씀해 보세요."

아들의 재촉에 박 여사는 할 수 없이 이 보살에게서 받은 전화 내용을 말해 주었다.

"하하하, 어머니 지금 농담하시는 겁니까?"

찬욱은 어머니의 말을 듣는 순간 자신의 귀를 의심했다. 설마하니 이런 일로 자신을 부르셨을 줄이야. 어머님이 가끔 절에 가신다며 집을 비우는 것은 알고 있었지만 다니시는 곳이 절이 아니라 무당집이라는 것도 의외였고, 되도 않는 무당의 말을 믿고 아들을 그곳에 보내려 하시는 것도 믿어지지 않았다.

박 여사는 아들이 이렇게 웃어넘기리라 짐작하고 있었다. 그러나 아들이 자신에게 무당의 말을 믿는 귀가 얇은 어미라 생각해고 어쩔 수 없었다. 하나뿐인 자식의 일인데 이 보살의 말을 전부 믿지 못한다 하여도 만약이라는 게 있지 않는가. 그저 사나흘간 이 보살에게 가 있어서 화를 피한다면 보내야지. 보내야하고말고.

"농담이 아니다. 함안댁에게 짐을 싸놓으라 일렀으니 사흘 후에 가거라."

"어머니, 왜 이러세요? 지금 회사 일이 어떤지 잘 아시는 분이 무당의 말에 혹해 이러시다니요? 어머니답지 않으십니다. 요즘 세상에 무당이라니. 그저 돈 뜯으려고 그냥 하는 말일 겁니다. 심각하게 생각하지 마세요."

박 여사는 끝내 남편이 안 먹히거든 써먹으라고 알려준 미끼를 내밀었다.

"아버지께서 네가 순순히 광주에 가 있다 온다면 네게 경영권을 대폭 물려주신다고 하셨다."

찬욱은 어머니의 말씀에 무척이나 놀랐다. 경영권을 물려주신다는 말이 무슨 뜻이겠는가. 회사 내부에서 일어나는 갈등을 뻔히 아시고 계시는 분이 그런 말씀을 하셨다는 건, 회사를 자신의 뜻대로 이끄는 것을 승인해 주시겠다는 말이 아닌가. 한데 그 조건이 무당의 말에 따르면이라니…… 냉철하신 아버지까지 무당의 말을 믿으시다니 충격이 아닐 수 없었다.

"아버님께서 진짜로 그렇게 말씀하셨습니까?"

"그래, 그리 말씀하셨다."

찬욱은 머리를 굴려봤다. 경영상 과실을 저질렀다 해도 이사 이상의 경영진의 해임은 이사회를 통해서만 가능하다. 그 말은 아버지가 가지고 계신 지분이 절대적으로 필요하다는 뜻이다. 어차피 그룹 내의 가장 큰 문제는 건설과 물류인데, 물류는 세운 지 몇 년 안 돼 비교적 늙은 너구리들이 적었다. 자신이 하려는 개혁을 받아들이는 것이 건설보다는 쉬울 것이다. 그러나 건설의 경우 개혁을 할 때 너구리들이 한꺼번에 일어나고 아버지가 방관한다면 큰 문제가 될 수 있다. 겉에서 보면 경험도 적은 자신이 회사를 위해 한평생 봉사해 온 경영진을 핍박하는 것이 될 수도 있다. 아버지의 의사 결정권이 자신에게 들어온다면…….

사나흘간 회사 일에서도 벗어나고 골치 아픈 건설도 해결한다? 매력적인 미끼가 아닐 수 없다. 이게 얼마나 큰 미끼인지는 아버님도 알고 계시겠지? 이런 미끼를 던지면서까지 보내려 한다? 무당이라……. 후후, 자신이 무당집에서 며칠을 지내야 할지 누가 상상이나 했겠는가. 무당이 무슨 꿍꿍이인지는 모르겠지만 좋아, 가주지. 가서 내 그 가증스런 가면을 벗겨주리라.

"알겠습니다. 가겠습니다."

"그래?"

박 여사는 아들의 대답에 반색했다. 남편이 이 미끼를 던지면 거절하지 못할 것이라고 말하긴 했지만 저렇게 선선히 허락할 줄이야.

"휴가라 생각하고 편안히 있다가 오너라. 산속에 위치해서 공기도 맑고 경관도 아주 뛰어나니 지내기 불편하지는 않을 거다."

"하실 말씀이 끝나셨다면 저는 그만 이층에 올라가 보겠습니다. 회사를 비우려면 처리해야 할 일이 한두 가지가 아니라서요."

"그래, 올라가 보거라."

박 여사는 아들이 이층으로 올라가는 걸 보고 나서야 한시름 덜었단 생각에 한숨을 폭 내쉬었다. 광주에 가면 뭔가 해답이 있겠지 싶었다. 뭔가 방도가 없이 무조건 아들더러 오라 했을 리는 없을 테니까 말이다. 오라고 한 시기도 보름 전후라니 뭔가 까닭이 있겠지 싶었다.

워낙 이런 일을 믿지 않는 아이라 끝내 거절하면 어쩌나 했는데 다행이다 싶었다. 자신의 입으로 가겠다고 한 이상 갈 것이다. 약속한 것은 꼭 지키는 아이가 아닌가.

찬욱은 어머니와 말을 끝내고 이층에 올라와 어떻게 하면 그 무당의 가면을 벗길까를 생각했다. 무당이 가짜라는 것을 밝혀내면 서울로 돌아와야지 생각하면서. 가짜라는 사실만 밝혀낸다면 어머니도 더 이상 고집을 피우시진 않을 것이다.

젠장, 한창 중요한 때에 이따위 일로 휘둘리다니 정말이지 불쾌했다. 누구를 호구로 아는 것인가. 말도 안 되는 얘기로 현혹시키려 하다니. 어머니는 자식 걱정에 안타까운 마음에 속으셨는지 몰라도 자신은 어림도 없다. 어디 그 잘난 무당 낯짝이나 보고 정체를 밝혀내리라.

"여기 옷가지 몇 개 챙겼다."

박 여사는 일층으로 내려오는 아들에게 갈아입을 옷을 챙긴 가방을 건네주었다.

"이런 건 무겁기만 하게 뭐 하러 챙기셨어요?"

"그래도 사나흘은 있을 건데 갈아입을 옷은 있어야 하지 않겠니."

찬욱은 어머니가 건네주는 옷가방을 마지못해 받아 들었다. 무당의 정체를 밝히는 즉시 돌아오려고 아무것도 안 챙겼는데 언제 옷가방을 챙겨놓으셨는지. 찬욱은 기동성이 떨어질 것을 염려하여 차도 직접 몰고 가기로 했다. 기사가 태워다 주면 길을 찾을 필요가 없어 편하기는 하겠지만 떠나려고 마음먹었을 때 곧바로 떠날 수가 없기 때문이다.

"약도는 잘 챙겼고?"

"네. 염려 마세요."

"그래, 잘 다녀오너라."

찬욱은 거기서 지내는 시간을 조금이라도 줄여보고자 오후에 집을 나섰다. 찬욱의 차 옆에는 강 실장이 서 있었다. 찬욱은 무당집에 간다고는 차마 밝히지 못하고 휴가 처리를 했다. 그동안 처리할 일을 지시하고, 마지막으로 서류를 결재했다. 찬욱이 단순히 휴가를 떠나는 줄 알고 있는 강 실장은 부럽다는 표정을 하고 있었다.

"지시한 일은 내가 돌아올 때까지 모두 처리하고, 급한 일 있으면 휴대폰으로 연락하도록."

"네, 알겠습니다. 휴가 잘 다녀오십시오."

강 실장의 인사를 뒤로하고 차를 몰아 광주로 향했다.

차에 장치돼 있는 GPS 장치와 자세히 적어준 약도 덕분으로 길을 찾는 데는 별 어려움이 없었다. 무당집은 깊은 산속에 자리하고 있었다. 가는 길에 버스 표지판 하나 안 보이는 것으로 보아 상당히 외진 곳인데 이런 장소에 무당집이라니 의외였다. 손님이 있을까 싶었다.

그동안 조사해 본 바에 의하면 이 보살은 제법 알려진 무당이라고 했다. 거의 삼십여 년 가까이 무당 노릇을 하고 있고 예전에는 인왕산 자락에서 점을 쳤다고 했다. 광주로 내려온 지는 몇 년 안 되고, 그사이 몇 년간의 행적이 묘연하기는 하지만 전과가 있다거나 사기로 고소당한 일은 없다고 했다. 보고서를 읽어갈수록 아주 능숙한 사기꾼이라는 생각이 들었다.

찬욱은 찾아가는 장소가 외져서 한번 놀라고 무당집에 도착하자 굳게 닫혀 있는 대문에 다시 한 번 놀랐다. 문이 닫힌 무당집이라니, 역시 수상한 냄새가 난다. 자세히 살펴보니 감시 카메라도 보인다. 의혹이 점점 증폭되기 시작했다.

인터폰을 누르자 대문이 열렸다. 대문을 지나고 조금 뒤에 한옥이 눈에 들어왔다. 제법 그럴듯하게 지어진 한옥이다. 마당에는 울긋불긋한 한복을 입은 젊은 여자가 서 있다. 저 여자가 어머니가 말씀하셨던 무당인가? 찬욱이 차에서 내리자 인사를 해 온다.

"어서 오세요. 어머니께서 기다리고 계십니다."

찬욱은 여자의 인사를 아무런 반응도 하지 않고 무시했다. 아마도 저 여자가 말하는 어머니가 찬욱이 만나야 할 무당인가 보다.

"이리로 오시지요. 안내해 드리겠습니다."

여자가 따라오라고 말하고 앞장을 섰다. 찬욱은 속으로 비웃음을 날리면서 여자를 따라갔다.

여자는 방을 몇 개 지나치더니 마침내 한지가 곱게 발라진 방문 앞에 섰다.

"어머니, 손님 도착하셨습니다."

여자가 방문 밖에서 말하자 안에서 들어오라는 소리가 들렸다. 찬욱이 안으로 들어가자 오십대 정도 되어 보이는 여자가 앉아 있었다. 무당집 하면 연상되는 울긋불긋한 천도 보이지 않았고, 신단이나 제삿상도 없고, 독한 향 냄새도 나지 않는 것이 모르고 왔다면 평범한 가정집인 줄 알았을 것이다. 앞에 앉아 있는 여자도 한복만 입었다 뿐이지 무당처럼 보이진 않았다. 오히려 찬욱을 여기까지 안내해 준 젊은 여자가 더 무당 같았다.

"먼 길 오시느라 수고하셨네요. 이리 앉으시지요."

방 안에 있던 여자가 찬욱에게 자리에 앉을 것을 권하자 그를 방까지 안내한 젊은 여자는 문을 닫고 나갔다. 찬욱은 불편한 심기를 그대로 드러내면서 자리에 앉았다.

"그래, 제 자손과 명줄이 당신 손에 달렸다구요?"

찬욱은 자리에 앉자마자 여자를 향해 한껏 비꼬면서 말했다. 아들을 걱정하는 부모의 심리를 이용해 기묘한 말장난으로 사람을 현혹시키고 한창 바쁜 시기에 자신을 여기까지 오게 한 사람이 반가울 리가 없었다.

"호호호, 언짢으신가 보군요."

"어줍잖은 말로 협박해서 여기까지 오게 한 사람이 반가울 리가 있습니까?"

지숙은 최 회장 아들이 방 안에 들어서면서부터 조심스럽게 관찰하고 있었다. 불편한 얼굴을 드러내고 자리에 앉을 때부터 나이도 어린 놈이 풍기는 기색이 제법 대단했다. 지숙은 쉽지 않겠다고 생각했다. 비록 신이 떠나서 운명을 볼 수는 없지만 사람 보는 눈까지 잃어버린 것은 아니다.

고아로, 무당으로 살아온 오십 평생은 지숙에게 사람 보는 눈을 길러주었다. 그 눈으로 본 찬욱은 남의 말에 귀를 기울이거나 남에게 조정당할 사람이 아니었다. 태어나면서부터 남의 위에 군림하면서 살아온 사람은 남에게 명령을 하는 일에 익숙하지 않다. 지숙은 찬욱이 화가 난 것이 외부의 강요로 이곳에 왔기 때문이라는 걸 알았다. 또한 그 분노의 화살을 자신에게 돌리려 하는 것도.

"제가 어찌 남의 명줄을 틀어쥘 수가 있겠습니까? 운명은 어차피 사람 손에 달린 것이 아닙니다. 인간의 영역이 아니지요."

"그렇다면 당신의 말에 모순이 있는 것 아닙니까? 멀쩡한 남의 명줄을 들먹이면서까지 날 여기에 오게 한 이유가 무엇입니까?"

"잠시 소나기나 피해 가시라고 오라 한 것입니다."

"소나기가 올지 안 올지는 시간이 지나야 아는 것이고, 내가 충고 한마디 하자면 만약 허튼수작으로 우리 부모님을 현혹시키고 날 여기까지 오게 한 거라면…… 반드시 그 대가를 치러야 할 겁니다!"

찬욱의 말이 끝나자 지숙은 등줄기가 서늘해지는 것을 느꼈다. 안전핀이 뽑힌 수류탄을 손에 들고 있는 것처럼 몸이 긴장됐다. 한순간 찬욱을 이곳에 부른 것이 후회가 되긴 했지만 결국 탐욕이 승리를 거뒀다. 수연의 능력을 믿고 모험을 해보기로 했다.

"말씀대로 시간이 지나면 알겠지요. 오시느라 수고하셨으니 오늘은 그만 쉬시지요. 아이를 불러 묵을 방을 안내하겠습니다."

"왜? 오늘 당장 굿을 한다거나 하는 게 아니구요?"

찬욱은 입꼬리를 말아 올려 지숙을 비웃으며 말했다. 지숙은 얼굴에 씁쓸한 미소를 지었다. 찬욱이 자신을 무시하는 게 한눈에 느껴지는데 왜 안 그렇겠는가. 무시 정도가 아니라 미워하고 있다는 것을 온몸으로 느낄 수 있었다.

"오늘은 이만 됐습니다. 내일 뵙지요."

찬욱은 여자가 자신의 도발에 넘어가지 않는 것을 보고 역시 보고서대로 경험 많은 여우라고 생각했다. 하긴 이만한 일로 발끈해서야 여태까지 무당으로 이름을 날리며 버티지는 못했을 것이다.

찬욱은 아까 방을 안내해 준 여자의 뒤를 따라 자신이 지낼 방으로 들어갔다. 불을 피웠는지 방 안은 훈훈했지만 사람이 사용한 흔적은 없는 듯했다. 방 안에 있는 물건이라고는 조그만 옷장과 이불장, 그리고 책상이 전부였다. 찬욱은 어머니가 챙겨주신 옷가방을 내려놓았다. 언제 떠날지 모르니 가방을 풀지 않을 생각이었다.

오긴 왔는데 이곳에 있는 순간에도 자신이 여기 있다는 것이 믿기지 않았다. 대체 점이라든지 운명이란 것을 믿다니 그게 말이 되는 소리인가? 신문에 나와 있는 운세는 띠별로 똑같은데 띠가 같은 사람은 모두 그 운세라니 그런 일이 일어날 리가 없지 않는가? 더군다나 애매한 말―예를 들면 동쪽으로 가면 귀인을 만난다거나 하는―로 사람의 상상력에 의존하여 판단력을 흐리게 하는 것이 바로 무당들이 하는 일 아닌가?

생일이 같은 수천 명의 아이들은 모두 같은 운명이어야 하며, 몇 분 간격으로 태어나는 쌍둥이는 똑같은 인생을 살아야 하는가? 과학적으로 증명할 수도 없고 근거도 없는 일이 아닌가? 이런 장난에 휘말렸다는 게 불쾌했다.

집을 떠나 다른 곳에서 잠을 자야 한다는 것도 맘에 들지 않았다. 찬욱은 의외로 잠자리에 까다로워서 자신의 방에서만 숙면을 취할 수 있었다. 간혹 욕망을 해소하기 위해 여자를 필요로 하긴 하지만 여자에게 집을 사주고 들어앉히는 일은 하지 않았다. 욕망은 어디까지나 욕망이고 휴식을 취하는 것은 집에서만 가능했다. 그런 그에게 낯선 무당집이 편할 리가 없었다.

지숙과의 대화에서 아무런 소득이 없었다는 것 또한 찬욱의 심사를 뒤틀어놓는 데 한몫했다. 오기만 하면 당장 그 정체를 밝혀내 집으로 돌아갈 수 있을 줄 알았는데 계획대로 되지 않았다. 의외로 지숙이 노련해서 자신의 도발에 넘어가지 않았다. 결전의 시간은 다음으로 넘어간 것이다.

찬욱은 한숨을 쉬고 일을 하려고 가져온 노트북을 꺼냈다. 휴가를 내긴 했지만 손에서 일을 놓을 수는 없었다. 모르는 사람들은 재벌 2세라고 하면 은수저를 물고 태어났다고들 말하지만 은수저를 항상 반질반질하게 손질하는 것은 보통 정성으로 되는 일이 아니다. 보기 좋다고 그냥 내버려 두면 시커멓게 변해 버리는 것이 은이다. 마찬가지로 경쟁에서 뒤처지지 않게 회사를 유지하고 키워가는 것 또한 쉬운 일이 아니다.

남에게 지기 싫어하는 찬욱의 가장 큰 적은 바로 맨손으로 회사를 세운 아버지였다. 아버지보다 못하다는 소리를 듣지 않기 위해, 아니, 더 뛰어나다는 평가를 받기 위해 열심히 노력했지만 회사에서 아버지의 자리는 컸다. 회의 때마다 이사진들은 회장님이라면 이런 결정은 안 하셨을 거라며 찬욱의 결정에 제동을 걸곤 했다. 그래서 찬욱은 경영 혁신을 꾀하며 대대적인 구조조정에 들어가면서 꼭 필요한 인재를 빼고 아버지 쪽 사람들을 퇴직시켰다.

그 후에도 능력도 없는 낙하산이라는 소리를 듣지 않기 위해 휴가 한 번 없이 일에 몰두했었다. 덕분에 이젠 회사에서 찬욱의 능력에 의구심을 갖는 사람은 없었다. 이제는 좀 쉬어도 되련만 찬욱은 여기서 멈출 수가 없었다.

건설의 일이 아버지의 지지로 잘 마무리되면 이젠 화성물류를 개혁할 차례였다. 물류는 경영진에게 문제가 있다기보다 기존의 물류 시스템 자체에 문제가 있었다. 새로운 물류 시스템의 개발이 시급했다. 찬욱은 이곳에서 남는 시간 동안 물류 시스템의 개발에나 힘써야겠다고 생각하면서 노트북을 꺼내 일을 하기 시작했다.

일에 몰입하자 시간은 금세 흘러갔다. 일하는 중간에 방으로 차려온 저녁을 먹고도 늦은 밤까지 일을 계속했다. 잠자리가 낯설어 잠도 잘 오지 않아 집중해서 일을 할 수가 있었다.

한참 일을 하는데 왠지 목덜미가 서늘해졌다. 고개를 들어 방 안을 둘러봤다. 왠지 공기가 낯설었다. 무당집이라 그런가? 찬욱은 피식 웃었다. 귀신같은 건 믿지 않으면서 목덜미가 서늘해지니 이곳이 무당집이라는 생각부터 하다니. 웃음이 나왔다. 찬욱은 혼자서 피식거리다가 혹시 문틈이 벌어져 바람이 들어오는 것은 아닌가, 방문을 살펴봤다. 그러나 문은 잘 닫혀 있었다.

그때 밖에서 인기척이 났다. 찬욱은 목덜미뿐만 아니라 가슴까지 서늘해지는 걸 느꼈다. 조그만 소리가 귀에 들려왔는데 꼭 찬욱의 이름을 부르는 듯하였다. 찬욱의 머리는 가만히 있으라고, 가슴은 어서 나가보라고 말하는 듯했다.

찬욱은 잠시 망설이다가 나가보기로 결심을 하고 방을 나섰다. 아직 보름은 아니지만 보름을 겨우 이틀 앞두고 있는 달은 밝았다. 밝은 달이 마당을 비추는데 마당 한쪽에서 희끄무레한 뭔가가 움직이는 것이 보였다. 순간 찬욱은 머리카락이 쭈뼛 서는 것을 느꼈다.

잠시 헛것을 본 게 아닌가 하여 눈을 감았다가 다시 떴다. 눈을 뜬 순간 희끄무레한 무언가가 다시 움직였다. 찬욱은 자신도 모르게 순간적으로 충동에 사로잡혀 움직이는 무언가를 따라갔다. 혹시나 달아나지 않을까 발소리를 낮추고 숨을 죽이고 갔다.

갑자기 아드레날린이 무섭게 분비되는 것만 같았다. 전신의 신경이 팽팽해지면서 몸의 모든 감각이 깨어나는 듯했다. 눈이 무엇인지 모를 것에 고정되어 뇌가 반응하기도 전에 몸이 움직였다.

점점 가까이 다가가서 보니 여자였다. 긴 머리채를 풀어헤치고 색이 거의 보이지 않는 연한 연두색 옷을 입은 여자였다. 차림새로 보아 지금 막 잠자리에 들려는 여자 같았다. 사뿐사뿐 걷는 여자의 발이 멈췄다.

여자의 발? 자세히 보니 맨발이었다. 신발도 신지 않고 모래와 작은 자갈이 많은 마당 안을 걸어다니고 있는 것이다.

대체 신발은 어디다가 두고 맨발인가, 다치면 어쩌려고! 찬욱의 머리에 떠오른 생각은 한밤중에 얇은 옷차림으로 마당을 걸어다니는 여자의 정체에 대한 궁금증이 아니라 옷자락 아래 드러난 발에 대한 걱정이었다.

걸음을 멈춘 여자는 고개를 들어 달을 바라보았다.

찬욱도 여자가 바라보는 밤하늘을 보았다. 아직 보름 전이라 달의 한쪽이 채 차 오르지 못해서 마치 일그러진 것처럼 보였다. 유난히 크고 밝으며 일그러진 달은 숨 막히도록 아름다웠다. 자연의 신비로움을 그대로 간직하고 있는 것만 같았다.

그러나 달은 어딘지 모르게 묘한 부조화를 내비췄다. 그동안 찬욱이 상상해 온 이미지와 다르게 달은 전혀 여성스럽지 않았다. 오히려 남성성을 드러내고 있다고나 할까? 강인한 남성의 이미지였다. 달이 남성성을 상징하는 것 같다는 생각이 들자 가슴속에서 뭔가 울컥 치밀어 올랐다. 여자가 달을 바라보는 것이 마음에 들지 않았다.

　달에서 눈을 거두고 다시 여자를 바라봤다. 혹시 자신이 달을 쳐다보는 사이 달아나지 않았을까 걱정했는데 다행히 여자는 그 자리에 그대로 있었다.

　느닷없이 여자가 폴짝 뛰어오르기 시작했다. 시선은 달에 맞춘 채로 한 손을 들고 마치 달을 손 안에 잡으려는 듯 폴짝 뛰어오르면서 손으로 달을 감싸 쥐었다. 감싸진 주먹을 펴보고 달이 없자 다시 뛰어오르고, 다시 뛰어오르기를 반복했다.

　다시 가슴에서 뭔가 울컥 치고 올라온다. 여자가 달을 그러쥐려 하는 모양을 보니 말로는 설명할 수 없는 어떤 감정들이 가슴의 밑바닥에서 치고 올라왔다. 찬욱은 흉포한 감정이 자신을 휩싸는 것을 느꼈다. 여자의 행동을 그만두게 하고 싶었다.

　찬욱은 성큼성큼 다가가 달을 그러쥐려는 여자의 손목을 잡아챘다. 여자가 잡힌 손목을 빼내려고 안간힘을 쓰는 게 느껴지자 찬욱은 여자의 손목을 더욱 꽉 쥐었다. 여자의 행동을 멈추게 했다는 만족감을 느끼던 찬욱의 입매가 굳어졌다.

　여자의 시선은 여전히 달을 향하고 있었다. 손목을 빼내려 애쓰면서도 시선은 달에 고정시킨 채였다. 그녀는 자신의 손목을 잡고 있는 찬욱의 존재를 느끼지 못하는 것처럼, 오로지 바라는 건 달 하나라는 태도로 달만 바라보았다.

　찬욱의 머리에서 이성을 잡고 있던 줄이 툭 끊어지는 걸 느꼈다. 찬욱은 잡고 있던 여자의 손을 자신 쪽으로 끌어당기고 나머지 손으로 여자의 어깨를 잡아 자신을 바라보게 했다. 여자가 고개를 돌리는 순간 여자의 눈동자에서 달이 보였다. 그러나 찬욱 자신을 바라보게 하자 여자의 검은 눈동자에는 아무것도 볼 수 없었다.

텅 빈 눈동자. 초점도 맞지 않고 속도 들여다보이지 않는, 빛도 통과하지 못하고 그대로 반사될 것 같은 눈동자였다. 물체를 그대로 비추는 거울처럼 그 눈동자 안에 자신이 보일 것만 같았는데 고개를 돌린 여자의 눈동자 안에는 자신이 없었다.

비참해졌다. 원통하기도 했다.

왜 자신이 없을까? 왜 달을 보듯 간절한 눈으로 자신을 바라봐 주지 않을까?

타인을 볼 때의 무심함으로 여자는 자신을 보고 있었다. 낯선 사람, 여자에게 아무런 반응도 끌어내지 못하고 아무런 영향도 미치지 못하는 타인.

몸을 마구 흔들어볼까? 자신을 보라고 소리쳐 볼까? 갈등도 잠시, 여전히 무심한 여자의 눈길에 기운이 쭉 빠졌다. 어깨를 잡고 있는 손이 저절로 아래로 내려왔다. 여자를 흔들거나 소리를 질러도 여자에게 자신은 낯선 타인일 것이다. 그렇게 한들 여자에게 이끌어낼 수 있는 반응은 놀라움뿐일 것이다.

어떻게 해야 하지? 뭔가 말을 해야 할 것 같은데 무슨 말을 해야 할지 떠오르지 않았다. 평상시 자랑하던 논리적인 입담도 지금 이 순간만큼은 아무 소용이 없었다. 입술을 달싹여 보지만 정작 목소리는 나오지 않았다.

미적미적하는 사이 여자는 하늘을 올려다봤다. 달을 보는 모양이다. 도대체 달이 뭐가 볼 게 있다고?

울컥했다. 하지만 어떤 행동도 취하지 못한 채, 가슴만 끓일 뿐이었다. 최소한 똑바로 바라보기라도 해야 말을 건네볼 것이 아닌가.

밤하늘을 바라보느라 젖힌 고개의 턱이 부드러운 곡선을 그리고 있었다. 치켜 올라간 턱이며, 콧망울, 광대뼈, 작고 도톰한 입술이 부드럽게 반짝였다. 얼굴 전체가 입체감을 띠고 환하게 반짝였다.

말을 걸어야 한다는 생각은 잊어버린 채 여자를 관찰하기 시작했다. 홀린 듯 밤하늘을 바라보고 있는 여자. 여자의 눈동자 한가운데가 금빛으로 반짝였다. 달처럼 둥근 것도 아니요, 별처럼 은색 빛이 나는 것도 아니었다.

금빛 별. 여자의 눈에 금빛 별이 떴다.

신비로운 기운이 몸을 감쌌다. 장막이 드리워진 것처럼 캄캄하던 눈동자가 별이 되어 반짝였다. 어린 소년이 밤하늘을 바라보며 소원을 비는 별이 저렇게 생겼을까? 하염없이 바라보고 있자니 그 안으로 빨려 들어가는 것만 같다.

홀려 버렸다. 여자가 밤하늘에 홀린 거라면 자신은 여자에게 홀려 버렸다. 시간의 흐름도, 사고도 잊고 그저 여자만 바라보았다. 일 초에 수만 장의 사진이 찍히는 것처럼 여자의 모습이 뇌리에 찍혀 차곡차곡 저장됐다.

봄이라 해도 아직은 쌀쌀한 밤. 그녀의 입술에서 일정한 리듬으로 하얀 입김이 새어나오지 않았다면 숨 쉬고 있는 것도 느끼지 못할 만큼 여자는 미동도 없이 밤하늘을 바라보고 있었다. 그런 여자만 바라보고 있는 자신 역시 그녀와 별반 다르지 않다는 건 미처 몰랐다. 간혹 들려오는 풀벌레 소리만이 정적을 가르는 유일한 존재였다.

얼마나 있었을까? 집중력이 흩어진 틈을 타 서늘한 밤 공기가 몸에 가벼운 소름을 돋게 만들었다. 찬욱은 무의식 중에 팔을 문질렀다. 식은 손 역시 차가웠지만 몇 번 팔을 문지르니 온기가 좀 돌았다.

여자도 춥지 않을까? 찬욱은 그녀 옆으로 다가가 가냘픈 어깨에 팔을 둘렀다. 대나무처럼 꼿꼿이 서 있는 여자는 그가 팔을 두른지도 모르는 것 같았다. 어깨가 차가웠다. 어깨에 팔을 두른 채 여자의 팔을 손으로 문지르며 여자가 보는 하늘을 같이 바라봤다.

서울과는 비교도 할 수 없을 만큼 많은 별들이 보였다. 아름답다는 생각보다 밤하늘에 반짝이는 별들은 대부분 인간들이 쏘아 올린 인공위성이라는 친구 녀석의 말이 먼저 생각나는 걸 보면 자신은 낭만과는 거리가 멀었다.

"설마 저게 다 가짜겠어? 진짜가 하나쯤은 있겠지 뭐."

찬욱이 자신도 모르게 중얼거렸다.

“아름다워…….”

속삭이듯 작은 목소리, 분명 여자가 한 말이다. 찬욱은 고개를 돌려 여자의 얼굴을 바라봤다. 여자는 여전히 하늘을 보고 있는 중이었다.

“달이, 아니면 별이?”

여자가 아름답다고 말하는 게 뭔지 몰라 물었다. 처음에 달을 움켜쥐려 팔짝팔짝 뛸 때만 해도 그녀가 바라보고 있던 것은 달이었다. 하지만 그 후 미동도 없이 지켜보고 있던 건 별인 것 같았는데……. 여자가 아름답다고 말하는 건 뭘까?

“달은 신비롭고…… 별은 아름다워…….”

대답을 바라고 한 질문이 아니었는데 여자는 뜻밖에도 대답을 했다. 훗, 진작에 이럴 걸 그랬나? 무슨 말을 꺼낼까 망설이지 말고…….

“왜? 반짝여서?”

대부분의 여자들이 반짝이는 걸 좋아하듯이 그녀도 그런 걸까?

“응, 반짝여서…….”

아, 환상이 한꺼풀 벗겨지는 것도 같았다.

“후후. 다 그렇지 뭐…….”

씁쓸했다. 만남이 예사롭지 않아서 그녀는 특별할 거라 생각했는데 역시 다를 게 없는 여자였다. 화살이 꽂히듯 한순간 확 사로잡혀 버렸는데. 마치 사기를 당한 것 같은 기분이었다.

그녀의 눈에 들어가길 바랄 게 아니라, 어떻게 말을 붙여야 할까 고민할 게 아니라 보석을 하나 안겨줘야 했던 걸까?

안고 있던 어깨가 더 이상 가냘프게 느껴지지 않았다. 그녀의 어깨에서 자신의 팔을 치웠다.

갑자기 담배 생각이 간절했다. 방에 두고 나온 걸 알면서도 뒷주머니로 손이 갔다. 빈손을 다시 한 번 확인했다. 한숨을 쉬는데 문득 팔목의 시계가 보였다. 네 개의 다이아몬드로 장식된 시계. 달빛 아래서도 변함없이 찬란한 광채를 뿜고 있었다.

"이게 더 아름답지 않아?"

꼬인 심사를 어떻게든 나타내고 싶었을까? 그녀의 눈높이까지 팔을 들어 반짝이는 시계를 보여준 건……. 저질러 놓고 보니 어린아이처럼 유치한 자신의 행동에 절로 웃음이 새어나왔다. 무슨 짓을 하고 있는 건지.

"가짜야."

아까보다 좀 더 또렷한 목소리였다. 하지만 이 무슨 황당한 말이란 말인가! 가짜라니……. 스위스에서 특별히 주문 제작한 시계로 그 시계를 움직이는 무브먼트는 일 년에 열 개밖에 생산되지 않는 수공품이었다. 다이아몬드 역시 특별한 것이기는 마찬가지였는데 그게 가짜라니…… 기가 찼다.

"이봐, 아가씨. 보는 눈 좀 키우시지 그래?"

생각보다 날카롭게 말이 나갔다. 그의 말에 여자는 눈도 깜짝 않고 팔을 들어 반짝이는 별을 가리켰다.

"저게 진짜."

그리고 다시 그의 시계를 가리켰다.

"이건 가짜."

여자의 말은 자신의 시계가, 그 안의 보석이 가짜라는 말이 아니었다. 별이 진짜, 시계가 가짜, 구분하는 근거는 무엇일까?

"어째서 이게 가짜인데?"

"반짝이지 않아."

"뭐? 이게 왜 반짝이지 않아? 봐, 얼마나 반짝이는지!"

찬란하게 반짝이는 시계를 눈앞에 두고 반짝이지 않는다니.

"……스스로 반짝이지 않아."

여자의 말에 찬욱은 순간 할 말을 잃었다. 머리 속에 번쩍 섬광이 지나간 것 같았다.

그랬다. 여자의 말처럼 보석은 스스로 반짝이지 않는다. 보석이 반짝이기 위해서는 빛이라는 존재가 반드시 필요하다. 여자가 말한 건 그것이었을까?

"저건, 스스로 반짝여……."

손이 가리키는 방향에 있는 별. 변함없이 똑같은 밝기를 내고 있겠지만 찬욱의 눈에만큼은 아까보다 백 배는 더 밝아진 것 같았다.

"나도 저렇게 반짝이고 싶어……. 스스로 반짝이고 싶어."

여자는 작게 중얼거렸다. 하지만 그 목소리는 매우 간절했다.

스스로 빛을 내서 반짝이는 천체만이 별로 불릴 자격이 있다고 했던가. 빛을 받아 반사해 내 반짝이는 별은 행성일 뿐이라고, 진짜가 아니라고, 자신은 그런 걸 별이라고 인정할 수 없다고 천문에 관심이 있는 친구 녀석도 그렇게 말했었다.

조금 전 느꼈던 실망도, 배신감도 단번에 사라졌다. 눈앞에 서 있는 그녀가 시계 속 다이아몬드보다 더 반짝였다. 더 아름다웠다. 스스로 반짝이고 싶다? 빛을 받아 반짝이는 지금도 이렇게 아름다운데 스스로 빛을 낼 수 있다면 얼마나 더 아름다워질까?

앞으로 스스로 빛을 내기까지 변해갈 그녀의 모습을 지켜보고 싶었다. 그래서 확인하고 싶었다. 사람이 스스로 빛을 내게 되면 얼마나 아름다워질 수 있는지…….

바람이 한줄기 그들 사이를 파고들었다. 휘익, 바람의 소리를 들은 것도 같았다. 바람이 정말 소리를 내나? 그런 사소한 의문을 품던 찬욱의 뺨을 뭔가가 간질였다.

흑단처럼 새카만 그녀의 머리카락이었다. 등 뒤에서 바람이 불면 그녀의 머리카락은 그녀의 얼굴을 가리고 찬욱의 뺨을 간질였다. 바람이 잠잠해지면 그녀의 얼굴이 드러나고, 다시 바람이 불면 뺨을 간질거리고. 몇 차례의 바람이 만들어준 가벼운 접촉에 찬욱은 정신이 멍할 지경이었다.

손을 들어 여자의 머리카락을 잡았다. 매끄러운 감촉이 손가락 사이로 느껴졌다. 후두둑 떨어지는 머리카락. 흥미로운 장난감을 발견한 어린아이처럼 몇 번이고 손에 쥐고 다시 손가락 사이로 떨어뜨렸다.

찬욱은 고개를 숙여 자신의 얼굴을 간질이는 그녀의 머리카락에 코를 묻고 그녀의 향기를 마셨다. 바람 냄새, 풀 냄새, 그리고 달빛의 향기가 느껴졌다.

하, 이 여자에게서 바람 냄새, 달빛 냄새가 난다고? 바람에, 달빛에 냄새가 있던가? 찬욱 자신도 어떻게 아는지 모르지만 여자에게서 나는 냄새가 바람 냄새와 풀 냄새, 그리고 달빛의 향기라는 걸 확신할 수 있었다.

마음을 편하게 만들어주는 향기를 폐부 깊숙이 들이마셨다. 머리카락을 너무 세게 잡았던가? 여자의 고개가 찬욱 쪽으로 약간 기울었다.

얼굴이 눈에 자세히 들어왔다. 화장을 안 한 맨얼굴에 선이 고운 눈썹과 동글동글한 코끝이 귀여웠다. 성형미인들의 뾰족한 코와는 다르게 둥근 선이 예뻐서 그녀의 코끝에 혀를 갖다대고 싶었다. 도톰하고 조그마한 입술도 예뻤다.

그러나 섹시하다기보단 어딘가 모르게 연약해 보이는 얼굴이다. 그리고 보니 허리는 한 팔에 감길 정도로 가늘고 잡은 손목은 손에 힘을 조금 더 주면 부러질 듯 연약하다.

찬욱은 여자의 턱을 쥐고 있던 손을 움직여 그녀의 입술 밑의 살을 잡아당겼다. 그녀의 입술이 살짝 벌어졌다. 하얀 입김이 입술 사이로 조금씩 새어나왔다. 찬욱은 충동적으로 고개를 숙여 벌어진 그녀의 아랫입술에 자신의 숨을 훅 하고 불어넣었다.

여자의 눈동자가 미묘하게 떨린다. 떨리는 여자의 눈동자를 본 찬욱의 얼굴에 미소가 그려졌다. 그녀가 자신을 인식하고 있는 것이다. 있거나 없거나 느끼지 못했던 아까와 달리 지금 자신의 존재를 확실히 인식하고 있었다. 그 작은 변화가 만족스러웠다.

찬욱은 계속 그녀의 눈동자를 쳐다보면서 그녀의 아랫입술을 자신의 입 안에 넣고 조심스레 빨았다. 부드럽고 조그만 그녀의 입술이 자신의 입 안에 다 들어왔다.

그녀의 아랫입술을 지분거리던 찬욱은 조금 더 욕심을 내 그녀의 입 안에 혀를 집어넣었다. 놀란 그녀가 몸을 뒤로 빼는 것이 느껴지자 허리에 감은 팔에 더욱 힘을 주고 그녀의 턱을 꽉 잡아 고개를 돌리지 못하도록 했다.

그녀의 숨결을 한껏 들이시며 혀로 그녀의 입 안을 탐색해 나갔다. 가지런한 치열과 부드러운 잇몸, 그리고 그녀의 혀. 찬욱은 자신의 혀로 그녀의 혀를 감고 빨면서 주위 상황은 모두 잊어버린 채 그녀에게로 빠져들었다.

몸을 그녀에게로 밀착시키고 그녀의 조그만 몸을 안아 들고 그녀가 고개를 뒤로 젖힐 때까지 깊은 키스를 계속했다. 달콤한 그녀의 숨결이 이성을 앗아갔다. 부풀어 오른 남성으로 인해 바지 앞섶이 답답했다. 해방시켜 달라고 그에게 아우성을 치는 듯했다.

그녀의 허리를 받치고 있던 손으로 그녀의 등을 천천히 애무하면서 그녀의 목을 받쳤다. 손가락 끝으로 그녀의 목에서 뛰는 맥박이 생생하게 느껴졌다. 쿵쾅거리는 자신의 심장 소리와 더불어 손끝에 느껴지는 그녀의 맥박이 빠르고 힘차게 요동치고 있었다.

덜덜 떨리는 그녀의 몸이 다시 자신에게서 빠져나가려 하자 턱을 받치고 있던 손을 내려 그녀의 엉덩이를 모아 쥐었다. 가는 몸매와 어울리지 않게 풍만한 엉덩이였다. 그녀의 엉덩이를 받치고 자신의 부풀어 오른 남성을 그녀의 아랫배로 밀어붙였다. 얇은 옷감을 사이로 그녀의 부드러운 살결이 그를 미칠 듯한 열정으로 몰아갔다.

계속되는 찬욱의 키스로 숨 쉬는 것을 잊어버린 수연이 찬욱의 어깨를 밀어내려 했다. 그러나 단단한 그의 몸은 움직이질 않았다. 수연이 숨이 막혀 힘들어할 때 찬욱의 입술이 잠시 떨어졌다. 수연이 헉헉 숨을 몰아쉬며 차가운 밤공기를 들이마실 때 잠시 떨어졌던 찬욱의 입술이 다시 다가왔다.

아까와는 비교도 되지 않을 열정적인 키스였다. 마치 수연의 모든 것을 요구하는 듯한 키스였다. 두 사람의 숨결이 서로 섞이고 온몸이 열기로 달아올랐을 때 날카로운 소리가 밤의 고요를 깼다.

"수연아!"

찬욱은 날카로운 여자의 목소리에 키스를 멈추고 고개를 들어 소리 지른 주인공을 쳐다봤다. 그의 얼굴에는 방해받아 불쾌하다는 기색을 잔뜩 드러나 있었다.

찬욱이 소리 지른 사람에게 시선을 돌리느라 잠시 힘을 뺀 사이 수연이 달아났다. 찬욱은 달아나는 수연을 잡으려 몸을 움직였으나 다시 제지당했다.

"잠깐만요!"

또다시 방해를 받다니. 찬욱은 자신의 발을 붙든 여자를 살벌한 시선으로 노려봤다. 자신을 방해해 수연을 달아나게 한 분노를 담고서. 자신을 방해한 여자는 아까 이 보살에게 자신을 안내했던 젊은 여자였다.

집 안에서 가장 후미진 곳에 위치한 자신의 방으로 후다닥 뛰어온 수연은 쓰러지듯 바닥에 주저앉았다. 가쁜 숨소리가 새어나왔다. 쿵쾅거리는 심장 소리와 쉴 새 없이 몰아치는 숨소리가 멀리서 들리는 소리인 양 아득했다.

달랐다. 그와의 만남은 자신의 예상과는 너무도 달랐다.

쏘아보듯 강렬한 눈빛도, 팔을 잡던 손의 힘도, 얇은 원피스 위로 느껴지던 근육의 움직임도, 입술 위로 느껴지던 숨결도…….

단단한 사람. 대나무처럼 단단한 사람.

하늘을 향해 오직 곧게만 뻗어 올라가는, 옆으로 삐져나온 가지에게는 조금의 애정도 나눠주지 않는 대나무 같은 사람.

쓸모없어 잘라내는 대나무의 잔가지처럼 잘려 나갈지도 모른다. 어쩌면 그는 구원이 아닐지도 모른다. 하지만 다른 대안이 없었다. 처음부터 선택의 여지는 없었다.

불안하게 흔들리던 수연의 까만 눈동자가 움직임을 멈추고 제자리로 돌아옴과 동시에 몰아쉬던 숨소리도 가라앉았다. 다시 평정을 찾은 것이다. 수연은 아무 일도 없었던 것처럼 무표정한 얼굴을 했다. 늘 써왔던 가면을 다시 뒤집어쓰고 불안한 마음을 감췄다.

하지만 입술 위를 움직이는 손가락만큼은 제어하지 못했다. 저도 모르게 손가락이 팽팽한 입술 위로 올라가 스치듯 문지르고 지나갔다.

새끼무당은 평소의 일과대로 수연이 잠들었는지 살펴보러 수연의 방으로 갔다. 그러나 방 안에서 수연의 모습은 보이지 않았다.

"또 어디를 쏘다니는 거야!"

수연을 찾으러 다닐 생각을 하니 머리에서 쥐가 나는 것 같았다. 수연은 번번이 이렇게 사람을 귀찮게 한다.

"수연이 걔는 나와 전생에 무슨 악연이 있어서 이렇게 사람을 피곤하게 하는 건지 원. 얌전히 방 안에만 있으면 좀 좋아!"

새끼무당은 투덜투덜거리며 수연을 찾으러 나섰다. 이렇게 종종 수연이 제멋대로 사라지는 통에 집 주변에는 경보 장치가 설치되어 있다. 수연이 밖으로 나가려 하면 경보가 울린다. 아직 경보가 울리지 않은 것으로 보아 안채 어딘가에 있을 것이다.

새끼무당은 수연을 찾아 집 안을 다 돌아다녔지만 수연이 어디 있는지 통 찾을 수가 없었다. 그녀가 찾아보지 않은 곳이라고는 오늘 오신 손님이 머물고 있는 별채뿐이다. 혹시나 하는 마음에 별채 쪽으로 발걸음을 옮겼다.

산속이긴 하지만 거의 꽉 찬 달이 별채로 가는 길을 훤하게 비춰서 어둡지는 않았다. 오늘 오신 손님은 매우 중요한 분이라고 엄마가 누누이 얘기를 했기 때문에 별채로 가는 발걸음이 조심스러웠다.

새끼무당이 별채로 통하는 문을 연 순간 환한 달빛 아래 웬 남녀가 키스를 하고 있는 것이 보였다. 남자는 아까 오신 손님이 확실한데 뒤돌아 있는 여자의 얼굴은 보이질 않는다. 손님이 대단한 부자라고 들었는데 집 안의 허드렛일을 하는 여자들 중 한 명이 꼬리를 치나 싶어 속으로 코웃음을 쳤다.

그런 대단한 부잣집 아들이 지들을 상대나 해줄 줄 알고? 인생 망치려면 뭔 짓을 못해. 하여튼 기집애들 허영심이란.

꼬리를 치는 게 누군지 확인해 보고 싶은 마음에 몰래 지켜보는데, 키스를 하던 두 남녀가 잠시 떨어졌다. 여자가 숨을 헉헉 몰아쉬는데 자세히 보니 수연이다. 연두색의 긴 원피스를 입은 그녀는 머리는 풀어헤쳐진 채 남자의 키스를 받아 부풀어 오른 입술로 숨을 몰아쉬고 있었다.

새끼무당이 놀라서 얼어붙어 있는 사이에 남자가 숨을 몰아
쉬고 있는 수연에게 다시 키스를 했다. 마치 수연의 숨을 모두
들이마시려는 것처럼 진한 키스를 했다. 새끼무당은 너무 놀라
얼굴까지 화끈거리는 걸 느꼈다. 남자는 너무도 진한 키스를 수
연에게 하고 있었다.

왠지 부러운 마음이 들기도 했다. 남자에게 저런 키스를 받아
볼 수 있는 여자가 몇이나 될까? 아니, 여자에게 저렇게 열정적
으로 키스해 줄 수 있는 남자가 몇이나 될까? 새끼무당은 그들
이 키스하는 모습을 한동안 지켜보다가 퍼뜩 정신을 차리고 수
연의 이름을 불렀다.

“수연아!”

자신도 모르게 날카로운 목소리가 나왔다. 새끼무당의 목소
리를 들었는지 남자가 고개를 들었다. 불쾌한 표정이다. 그러나
그 순간 남자가 잠시 틈을 보인 사이 수연이 남자의 손에서 빠
져나와 달아났다. 남자는 수연을 쫓아가려 했다.

“잠깐만요!”

새끼무당은 소리를 질러 남자를 붙잡았다. 남자가 새끼무당
의 목소리에 잠시 주춤하는 사이 수연은 완전히 시야에서 사라
졌다. 새끼무당을 쳐다보는 남자의 시선은 아주 살벌했다. 그
시선에 몸이 오돌오돌 떨리는 것을 느꼈다.

“뭐지?”

찬욱은 한참 여자에게 키스를 하던 중에 방해를 받아 불쾌했다. 더군다나 달아나는 여자를 잡으러 가는 걸 또다시 방해받아 화가 머리끝까지 치밀어 올랐다. 소리친 무당을 노려보면서 험악한 말투로 말했다.

"뭐냐고!"

"그, 그게, 저……."

새끼무당은 찬욱의 험악한 시선과 말투에 겁을 집어먹었다. 제대로 대답을 할 수가 없었다. 말 한마디라도 잘못하면 한 대 얻어맞을 것만 같았다.

새끼무당이 말을 더듬거리자 찬욱이 계속 얘기하라는 듯이 한쪽 눈을 치켜떴다.

"수, 수연이는 어떻게……."

수연.

아까 달빛 아래 서 있던 여자의 이름이 수연인가? 하, 이름도 모르는 여자에게 미친놈처럼 키스를 했던 건가?

"그녀는 어디에 있지?"

찬욱은 여자의 질문에는 대답하지 않고 자신이 묻고 싶은 것만 물었다. 지금 가장 궁금한 것은 달아난 여자의 행방이었다.

"왜요?"

"뭐?"

찬욱은 여자가 자신의 질문에 제대로 대답하지 않자 다시 여자를 노려봤다. 빨리 대답하라고, 내 인내심은 그리 길지 않다고 눈으로 말하는 듯했다.

"어디에 있는지만 말해. 그녀도 무당인가?"

"아니에요. 수연이는 엄마의 딸이에요."

"엄마? 아까 본 무당 말인가?"

"네."

"사람 홀리는 재주가 제법이던데 엄마한테 배웠나 보군."

수연이 무당의 딸이라는 말에 심사가 꼬여 마음에도 없는 말을 했다. 사실 수연에게 키스를 한 것은 자신이 아닌가. 달아나려는 그녀를 도망가지 못하게 꽉 잡고 숨도 쉬지 못하도록 키스를 한 사람은 찬욱 자신이었다.

"사람을 홀려요? 수연 같은 병자가 무슨 재주로 사람을 홀리죠?"

찬욱의 험악한 시선이 조금 가시자 새끼무당은 비로소 찬욱의 질문에 제대로 대답할 수 있었다.

"병자? 어디가 아프다는 거지?"

수연이 병자라는 말에 찬욱은 잠시 놀랐다. 하긴 아까 안아본 가냘픈 몸을 봐서는 그다지 건강한 것 같지는 않았다. 연약해 보이는 것이 빈혈이라도 있나 싶었다.

"수연이는 자폐예요. 자폐인 사람이 누굴 홀리거나 유혹한다는 건 말이 안 되는 일이지요."

찬욱은 여자의 말에 깜짝 놀랐다. 그녀가 자폐라니! 찬욱은 자폐에 대해 자세히 알고 있는 건 아니지만 대충은 알고 있었

다. 자기만의 공간에 빠져 살고 남들과의 교류를 하지 못해 대
인 관계 형성에 문제가 있다는 것 정도가 찬욱이 자폐에 대해
알고 있는 전부다.

"어디에 있지? 다시 한 번 봐야겠어."

"죄송하지만 가르쳐 드릴 수가 없습니다. 엄마가 수연에 대해
상당히 민감하시거든요."

"아까부터 그 무당더러 엄마라고 부르는데 당신도 무당 딸인
가?"

"아니요, 저는 신딸이에요. 비록 엄마가 신내림 굿을 해주시
진 않으셨지만 제 신엄마로 모시고 있지요. 수연인 진짜 엄마
딸이구요."

"무당이 민감하게 생각해서 만날 수 없다……? 이유가 안 되
는 것 같은데."

"수연이 저러다 보니 정상적인 생활이 불가능하고, 그래서 엄
마가 특히 더 신경을 쓰세요. 아까와 같은 행동은 수연이에겐
폭력입니다. 그 아인 그런 행동을 그만두라는 말도 제대로 못하
니까요."

"폭력? 후후, 그래도 내가 만나야겠다면?"

찬욱이 여자가 자신의 행동을 폭력이라고 말하는 걸 듣는 순
간, 방금 전까지 수연과의 키스로 달아올랐던 몸이 경직됐다.
그래도 남아 있는 오기로 여자에게 다시 그녀를 만나야겠다고
말했다.

"정 그러시다면 내일 만나보세요. 제가 엄마에게 말씀드려 놓을게요."

새끼무당은 찬욱이 고집을 피우며 물러서지 않을 것 같아 찬욱에게 내일 만나보라고 권했다. 엄마에게 말씀드릴 시간을 벌기 위해서였다.

찬욱은 한동안 생각을 하다가 고개를 끄덕였다. 생각 같아서는 지금 당장 그녀를 보고 싶었지만 놀란 그녀에게 시간을 주기로 했다.

하지만 찬욱의 생각과는 달리 그의 몸에는 아직까지 그녀의 부드러운 육체의 감촉과 온몸을 태울 것 같았던 키스가 생생하게 남아 찬욱을 괴롭혔다. 그 감각은 그녀를 만나라고, 다시 한 번 그 달콤한 입술을 맛보라고 찬욱을 충동질하고 있었다.

찬욱은 자신의 몸이 보내는 신호를 무시하고, 잠시 달아오른 몸을 진정시키기 위해 마당을 거닐었다. 환한 마당이 어쩐지 쓸쓸해 보였다. 고개를 올려 달을 쳐다보니 여전히 밝다. 정말이지 크고 밝다. 달의 표면에 있는 무늬가 보일 정도로 가깝게 느껴진다. 하지만 별은 빛을 잃은 것 같았다.

찬욱은 다시 한 번 수연을 보고 싶었다. 수연을 보고 확인하고 싶었다. 자신이 잘못 본 것이 아니라는 걸 다시 한 번 확인받고 싶었다.

달빛이, 별빛이 만들어낸 환상이라기엔 그녀는 너무 선명했다. 뇌리에 사진처럼 찍혔던 그녀의 모습이 하나씩 떠올랐다.

어깨를 안을 때 느꼈던 피부의 감촉이 손바닥에 아직도 남아 있는 것 같다. 입술의 감촉이, 가쁜 숨이 아직도 자신의 얼굴을 간질이는 것 같은데……. 절대로 환상은 아니었다.

무당의 딸이라니 자신에게 어떤 주술을 건 걸까? 유난히 반짝이던 별도 그녀의 주술이 아니었을까? 보라, 지금은 저렇게 빛을 잃지 않았는가.

돌이켜 보면 처음 본 여자에게 흔들려 키스를 하고 하는 행동은 평소 그가 하는 행동과 거리가 있었다. 자신에게 주술을 건 거라면……?

홋, 스스로 생각해도 말도 안 되는 변명이다. 언제부터 주술 같은 걸 믿었다고. 차라리 한눈에 반한 거라고 인정하는 게 더 쉽지. 그래, 그녀에게 한눈에 반한 거라고 치자.

하지만 자폐라고? 그건 또 무슨 말인가?

자신이 알고 있는 자폐에 대한 지식을 머리 속에서 끄집어냈다. 멍하니 하늘을 바라보고 있던 행동은 의심을 살 만했다. 팔을 잡아도 고개를 억지로 돌려도 그를 바라보지 않았던 텅 빈 눈동자도 의심할 만했다.

하지만 그녀는 별처럼 반짝이고 싶다고 했다. 별처럼 스스로 빛을 내는 존재가 되고 싶다고 했다. 그렇게 말한 그녀가 자폐일 수 있을까?

믿고 싶어하지 않는 건 그저 자신의 바람일 뿐일까? 자폐 환자도 가끔은 정상적인 사람처럼 행동할 수 있는 게 아닐까? 자신이 만났던 그때가 마침 정상적으로 행동하던 때가 아닐까?

오만 가지 생각이 다 떠올라 머리 속을 헝클었다. 하지만 성과는 없었다. 어느 것 하나 속 시원히 결론이 나질 않았다. 혼자 생각을 해봤자 어차피 결론이 날 생각도 아니었다.

"내일 다시 만나보면 알겠지."

찬욱은 혼잣말을 했다.

그리곤 방으로 들어와 다시 노트북 앞에 앉았다. 하지만 달빛 아래 서 있던 수연의 모습이 아른거려서 일을 할 수가 없었다.

평소 그는 타인의 행동에 별 관심이 없었다. 특히 상식에서 벗어난 행동을 하는 사람은 그냥 무시하고 지나갔다. 하지만 지금, 맨발로 달을 잡겠다며 펄쩍펄쩍 뛰던 수연의 행동과 처음 본 여자에게 키스를 한 자신, 둘 중에 누가 더 상식에서 벗어난 행동을 한 건지 판단이 서지 않았다.

결국 노트북을 덮고 자리에 누웠지만 복잡한 심사 때문에 밤새 뒤척이느라 잠을 이룰 수가 없었다.

아직 날이 채 밝지 않은 새벽녘에 찬욱의 핸드폰이 요란스레 울리기 시작했다. 보통 한밤중이나 새벽녘에 걸려오는 전화는 안 좋은 소식이 대부분이다. 좋은 소식이라면 굳이 이런 시간에 연락을 할 리가 없다. 상대방에게 실례가 된다는 걸 알면서도 전화를 한다는 건 그만큼 급한 일이거나 안 좋은 소식인 것이 대부분이다. 찬욱은 서둘러 전화를 받았다.

“네, 최찬욱입니다.”

[이사님, 송 부장입니다. 화성반도체 쪽에 급한 일이 생겼습니다.]

“화성반도체에? 무슨 일입니까?”

[김인기라고 기억하십니까? 구매부 부장을 역임했던 인물이었는데 작년 감사 때 LCD 라인을 증강할 때 장비 납품 업체로부터 리베이트를 받은 것이 밝혀져 해고 조치되었습니다.]

“네, 기억나는군요. 화성반도체 사장이었던 김주성 사장의 조카 말이죠?”

찬욱은 김인기를 기억해 냈다. 화성반도체의 전사장이었던 김 사장의 조카로 사장인 제 숙부를 믿고 온갖 비리를 일삼은 인물이다. 하청업체로부터 리베이트 받기, 구매 물품의 가격 부풀리기, 회사의 법인 카드를 제 돈인 양 쓰고 다녔던 인물로 그 일들이 감사 때 발각됐었다. 화성반도체 김 사장의 간곡한 부탁으로 고발 조치는 하지 않았었다.

우리나라에서 반도체 산업을 해보겠다고 했을 때, 다들 코웃음을 쳤었다. 설비 투자산업에 속하는 반도체 산업을 제대로 해낼 거라고 생각한 사람은 별로 없었다. 기술도 없던 시절, 직접 일본 업체에 연수를 가서 기술을 훔쳐 배우며 반도체를 키운 건 김 사장이었다.

그런 김 사장의 부탁을 차마 거절할 수 없었던 최 회장은 조용히 일을 해결할 것을 찬욱에게 지시했다. 찬욱 역시 김 사장의 공로를 알기에 순순히 처리해 주었다.

그 후, 김인기가 횡령한 돈은 김 사장이 사재를 털어 돌려줬고 김 사장은 사표를 썼다. 비록 조카를 취업시켜 회사에 해를 끼치긴 했지만 그간의 공이 있고 또 꼭 필요한 인재라서 사표 수리를 거부했던 최 회장은 김 사장의 고집에 못 이겨 한 달여 만에 사표를 수리했었다.

찬욱은 그런 김인기의 이름이 왜 지금 나오는지 의아했다.

[네.]

"그런데 그가 왜 무슨 일로?"

[해고 조치에 대한 반발로…….]

"반발로 뭡니까?"

[전력실의 직원을 매수해서 D램 라인의 전력을 차단시켰습니다.]

"뭐야? 무슨 말도 안 되는 소리입니까! 보안키와 암호도 입력해야 하고 컴퓨터로 통제되는 전력 시스템을 어떻게 건드린다는 겁니까!"

전력실은 상당히 중요한 곳으로 특수 보안 장치가 설치되어 있어서 보안키를 가진 사람만 통과할 수가 있다. 컴퓨터 시스템으로 제어되는 전력 시스템은 3단계에 걸쳐서 암호를 입력해야 하고, 만약 전력 차단 같은 명령을 내릴 경우 컴퓨터 프로그램에 의해 경고를 해주게 되어 있다. 여러 겹으로 보안 장치가 설치되어 있어 단순히 전력실 직원의 힘만으로 이러한 보안 체계를 뚫는다는 것은 불가능했다.

[그게…… 해커도 관련된 것 같습니다.]

"어떻게 안 겁니까?"

[전력실 직원이 현장에서 검거됐는데 김인기로부터 사주를 받았다고 고백했답니다.]

"김인기는 체포했겠죠?"

[죄송합니다. 행방이 묘연해서 아직…….]

"대체 무슨 일들을 그렇게 처리하는 겁니까! 될 수 있는 한 빨리 찾으세요! 이 자식이 감히 누굴 상대로 이런 수작을 벌이는 거야! 잡히기만 해봐, 가만두지 않겠어!"

찬욱은 수화기에다 대고 고함을 질러댔다.

[다행히 비상용 발전기가 곧 작동됐습니다만 생산 중이던 D램은 모두 폐기 처리해야 했습니다. 장비 몇 개도 나가서 다시 라인이 돌아가려면 이틀 정도의 시간이 소요되리라 봅니다.]

"알았습니다. 곧 가……."

찬욱은 송 부장에게 곧 가겠다는 말을 하려다 말고 멈췄다. 수연이 생각났기 때문이다. 지금 가면 그녀를 못 볼 텐데 어떻게 한다지?

"다른 피해는 없습니까?"

찬욱은 가겠다는 말을 삼키고 다른 피해 상황을 물었다. 마음으로는 이미 가지 않기로 정한 것이다. 남아서 그녀를 보고 그 다음에 가더라도 가겠다고 마음을 정했다.

[예. 다행히 비상용 발전기가 금방 작동되어서 인명 피해는 없었습니다.]

송 부장은 찬욱의 질문이 인명 피해에 관한 것이라는 걸 금방 알아차렸다. 반도체 칩을 생산하는 여러 공정에 사용되는 화학 약품 중에는 독성이 있는 물질들이 몇 가지 있다. 평소에는 그 물질들을 기계를 통해 발 아래로 빼내는데 단전이 되면 화학 약품의 냄새가 빠져나가지 못해 오래 노출된 사람의 경우 질식사 할 수도 있다.

찬욱은 직원 중에 혹시 사고를 당한 사람은 없나 물었던 것이다. 다행히 비상 발전기가 바로 작동되어 인명 피해는 없는 듯했다.

"제가 지금 움직일 상황이 아니라서 그러니 송 부장님이 직접 현장에 내려가서 살피고 자세한 사항을 다시 보고해 주세요."

[네, 알겠습니다. 휴가 중이신데 방해드려 죄송합니다.]

"아닙니다. 그럼 저 대신 수고 좀 해주세요."

찬욱은 송 부장과의 전화통화를 마친 후 마음이 더 조급해졌 다. 빨리 그녀를 만나 확인해 보고 싶었다. 어제 만난 그녀만 아 니었다면 망설이지 않고 송 부장의 연락을 받았을 때 바로 현장 으로 향했을 것이다. 이 무당집에서 벗어날 구실만 찾고 있었으 니 말이다. 이 정도로 큰일이면 아버지도 별말씀 안 하셨을 텐 데. 자진해서 남게 될 줄이야.

찬욱은 방 안에 더 있기도 답답하고 해서 밖으로 나왔다. 전 화로 보고를 받는 새 벌써 날이 밝아오고 있었다. 밖으로 나오

니 산속이라 그런지 바로 앞도 보이지 않을 정도로 안개가 자욱
했다. 옛 어른들이 밤에 끼는 안개는 다음날 날이 궂을 징조고,
아침에 끼는 안개는 날이 화창할 징조라 했던가? 그 말대로라면
오늘은 날이 무척 화창할 모양이다.

안개가 낀 마당에 나오니 기분 탓인지 옷이 축축해지는 것 같
았다. 기분은 별로였지만 답답한 방에 있는 것보단 낫겠지 싶어
그냥 산책을 계속하기로 했다. 몇 걸음 걷는데 뭔가 몸에 부딪
쳤다.

수연! 그녀였다!

이렇게 빨리 만나게 될 거라곤 생각지 못했다. 아니, 그녀와
단둘이 만나게 될 거라고 생각지 못했다는 말이 맞을 것이다.
어제 그를 말린 젊은 무당의 태도로 보아 그녀를 다시 만나게
된다면 그녀의 엄마가 있는 자리에서 만나게 될 거라고 생각했
었다. 하지만 의외의 시간에 또 만나게 될 줄이야.

쿵쾅거리는 심장이 놀란 때문인지 그녀를 만난 기쁨 때문인
지 모르겠다. 그녀는 어제 입었던 옷차림 그대로였다. 안개 때
문에 잘 보이진 않지만 또 맨발일 것이다.

어제는 달과 별빛, 오늘은 안개 때문인지 그녀는 여전히 신비
스럽고 아름답게 보였다. 다시 만나면 다르지 않을까, 달리 보
이지 않을까 했다. 환상이나 잠시나마 의심했던 주술도 아니었
다, 심장이 빨라지는 걸 보면. 안개가 온 세상을 덮어버려 이 세
상에 오직 그녀와 단둘만 있는 것만 같았다. 뿌연 무채색의 세

상에서 연한 연두색 옷을 입은 그녀만이 살아 있는 생명체 같았
다.

그녀가 다시 그의 앞에 나타났다. 어제 있었던 일로 겁을 집
어먹어 그를 피하면 어쩌나 했었다. 하지만 그녀는 그를 피하지
않았다.

이 안개 속을 얼마나 헤매고 다녔는지 좀 전에 몸을 부딪쳤을
때 그에게 닿은 그녀의 몸이 차가웠었다. 그녀를 품 안에 꼭 끌
어안고 그의 체온으로 차가워진 그녀의 몸을 녹여주고 싶었다.

달아나지 마라! 달아나지 마라! 찬욱은 그녀를 향해 손을 뻗
으며 마음속으로 외쳤다. 그녀가 똑바로 그의 앞에 서서 그를
쳐다봤다. 여전히 그 눈동자에는 아무것도 없었지만 그래도 그
의 앞에서 그를 보고 있었다.

손을 뻗어 그녀의 가냘픈 몸을 끌어당겨 품 안에 안았다. 그
녀의 몸에서 올라오는 냉기로 그의 몸에 소름이 돋았다. 그렇지
만 그는 그녀를 놓지 않고 더 꽉 끌어안았다. 차가운 그녀의 등
을 그의 커다란 손으로 쓸어 내리면서 그녀의 몸이 따듯해질 때
까지 문질렀다.

그녀가 그의 품에서 가만히 있었다. 그가 그녀의 몸을 안고
손으로 만져도 그저 가만히 그의 품 안에 있었다. 움직이지도,
그를 밀어내지도 않고 가만히 안겨 있다. 찬욱은 가슴 밑바닥에
서 기쁨이 차 오르는 걸 느꼈다. 그녀를 가만히 품에 안고 있는
것만으로도 행복해지는 것 같았다. 시간이 이대로 지속돼 안개

속에서 그녀와 단둘이 누구의 방해도 받지 않고 이렇게 있고 싶었다.

다시 방해받고 싶지 않다. 다시 그녀가 달아나게 놔두지 않겠다. 그런 생각을 하자 자연히 그녀를 안은 팔에 힘이 들어갔다.

찬욱은 수연의 몸을 꽉 끌어안고 그녀의 냄새를 맡기 위해 그녀의 목덜미에 얼굴을 묻었다. 여전히 그의 후각을 자극하는 바람 냄새와 달빛 냄새가 난다. 이른 새벽의 안개 속인데도 그녀의 몸에는 달빛 냄새가 난다. 어제보다 더욱 진하게!

숨을 깊이 들이마셔 그녀의 냄새를 가슴속까지 채워넣었다. 얼굴을 묻은 목덜미에 입술을 갖다 댔다. 마른 입술이 그녀의 부드러운 피부에 닿았다. 마른 입술이 그녀의 피부에 혹 생채기라도 낼까 싶어 가볍게 살짝살짝 입맞춤을 했다.

"안 가길 잘했어. 당신 거기 가면 죽어."

찬욱이 수연의 목덜미에 자잘한 입맞춤을 할 때 갑자기 수연이 입을 열어 이상한 말을 했다.

안 가길 잘했다고 거기에 가면 죽는다고! 찬욱은 순간 자신이 그녀의 말을 제대로 들었는지 헷갈렸다. 그녀가 정말 그런 말을 했나?

찬욱은 고개를 들어 수연을 바라봤다. 그녀가 그의 시선을 똑바로 받는다. 까맣고 무심한 눈동자를 하고 그를 쳐다보고 있었다.

"어디? 어디에 가면 죽는다는 건데?"

찬욱은 자신이 그녀의 질문을 제대로 들었나 싶어 그녀에게 다시 되물었다.

"이천."

이천? ……화성반도체가 있는 곳이다! 그녀의 대답을 듣는 순간 찬욱의 등줄기로 찬바람이 휙 하고 지나가는 것만 같았다.

그녀가 내가 이천에 가려 했다는 걸 어떻게 아는 거지?

수연이 이천이라는 말을 한 뒤에 찬욱의 뇌리를 스친 생각은 누군가 자신이 머물고 있는 방에 도청 장치를 설치한 것이 아닐까 하는 의심이었다. 그러나 그 의심은 곧 지워져야 했다. 송 부장과의 전화를 끊고 바로 방에서 나왔고, 몇 걸음 걷지 않아 수연과 부딪쳤다. 수연은 아무것도 가지지 않은 맨몸이었고, 몸이 차가운 것으로 보아 오랫동안 밖을 돌아다닌 것이 분명했다. 수연이 그의 전화 내용을 엿들었을 가능성은 거의 없었다.

그런데 그녀가 어떻게 그 사실을 아는 거지?

찬욱은 그때까지 안고 있던 수연의 몸에서 손을 떼고 정색을 하며 의문에 찬 시선으로 수연을 바라봤다.

"당신, 대체 정체가 뭐야?"

찬욱은 수연의 정체가 의심스러웠다. 그리고 그녀에게 끌리는 자신이 두려웠다.

"당신, 안 가길 잘했어. 하지만 그는 어쩌지…… 그는 어떡해……."

수연은 찬욱의 질문에는 대답하지 않고 혼잣말로 중얼거렸다. 그리고는 정신을 놓았다.

찬욱은 수연이 갑자기 쓰러지자 놀라 그녀의 몸을 받쳤다. 어느새 수연의 정체에 대한 궁금증은 멀리 달아나 버리고 자신의 팔이 지탱하고 있는 가녀린 몸에 온 신경이 집중됐다. 하얀 피부가 더 창백해져 푸른 기색마저 비쳤다. 찬욱은 서둘러 수연을 안아 들고 방 안으로 들어갔다.

방 안에 들어서자 훈훈한 공기가 느껴졌다. 방금 전까지 자신이 누워 있던 요에 조심스럽게 수연을 눕혔다. 수연의 머리에 베개를 받쳐 주고 얼굴로 넘어온 머리를 가지런히 정리해 귀 뒤로 넘겨주었다.

찬욱은 수연의 창백한 얼굴이 자신의 탓인 것만 같아서 마음이 안 좋았다. 까만 눈을 덮은 눈꺼풀과 긴 속눈썹을 바라보던 찬욱이 수연의 뺨에 손바닥을 갖다 댔다. 수연의 얼굴은 찬욱의 손으로 다 가려질 만큼 작았다. 손바닥이 수연의 얼굴 위로 커다란 그림자를 만들어냈다.

자신과 수연의 힘의 차이. 남자와 여자의 차이. 귓가에 들리는 작은 숨소리도 없이 누워 있는 그녀를 보자니 설탕으로 만든 과자나 젤리처럼 느껴졌다. 꾹 누르면 부서질 것 같은 것들 말이다.

눌러 버릴까? 망가뜨리고 잊어버릴까?

자신의 의지와 상관없이 자꾸만 내면의 뭔가를 건드리는 그녀를 보며 순간 그런 생각을 했다. 대상 자체를 없애 버리면 혼란스러울 것도 없으니까. 하지만 그건 비겁한 방법이다. 자신을 스스로 컨트롤해서 중심을 잡는 것이 옳다. 그때까지만 해도 찬욱은 자신의 의지를 믿었다. 때론 의지가 이성을 배반할 수도 있다는 것을 그때만 해도 알지 못했다.

천천히 내려간 손가락 끝이 수연의 한쪽 뺨에 닿았다. 아기 피부처럼 보드라운 감촉이 손가락 끝을 타고 뇌에 각인됐다. 잊어버릴 수 없을 것 같았다, 지금 느낀 피부의 감촉은.

하얀 피부가 붉게 물들었던 어제의 기억이 불쑥 생각났다. 광대뼈 근처를 손가락 끝으로 조심스럽게 움직여 붉어졌던 피부 윤곽을 그렸다. 둥글게……

어제는 뜨거웠을까? 자신이 느꼈던 열기를 그녀도 느꼈을까? 붉게 물든 그녀의 피부 감촉은 어떤 느낌일까? 찬욱은 자신이 그린 윤곽 위로 손바닥을 가져다 댔다. 자신의 온기가 서서히 수연의 피부를 데워 차가움이 조금씩 사라졌다. 조금만 더 있으면 그들의 피부 온도는 똑같아질 것이다.

수연의 뺨과 자신의 손. 자신의 피부가 검다 느낀 적은 한 번도 없는데 나란히 두고 보니 유난히 검어 보였다. 아니, 그녀의 피부가 유난히 하얀 건가? 그래도 나쁘지 않았다. 원래 서로 다른 느낌을 주는 색들이 훨씬 강렬한 법이니까 말이다. 그래서 서로의 보색은 가장 강렬한 조합인 동시에 가장 어울리는 색상들 중 하나기 마련이니까. 자신의 단단하고 검은 피부와 수연의 보드랍고 하얀 피부는 서로 잘 어울렸다.

여전히 닫힌 눈꺼풀. 가만히 감겨 있는 눈꺼풀이 열리면 또 그 눈동자가 무심한 시선으로 바라보겠지?

까만 눈동자 안에 달을 가득 담았던 것처럼 찬욱은 자신을 그 눈동자 안에 넣고 싶었다. 간절히 달을 따려 했던 것처럼 자신을 간절히 갈구하는 그녀를 보고 싶었다.

자폐든 무엇이든 그녀를 감싸고 있는 단단한 벽에서 끄집어 내서 오로지 자신만을 위해 살게 하고 싶었다. 그녀의 머리끝부터 발끝, 머리카락 하나부터 그녀의 세포 하나까지 모조리 자신의 것이 되기를 바랐다. 오로지 그만 바라보고 그를 위해 존재하게 만들고 싶었다.

그런 자신의 감정이 무엇인지 설명할 수도 없고, 설명하고 싶지도 않았다. 그저 바랄 뿐, 바라는 것이 있으면 가지면 그뿐 설명은 필요치 않았다. 그걸로 마음의 정리를 끝냈다. 복잡한 심사를 덮었다. 언제고 뚫고 나올 얇은 천일지라도 일단 덮고 나니 보이지 않았고, 보이지 않으니 신경도 쓰이지 않을 것이다.

이제 더 이상 볼에서는 찬 기운이 올라오지 않았다. 하지만 다른 데는 여전히 차가울 것이다. 찬욱은 수연의 뺨에서 손을 떼고 이불을 덮어주려 했다. 시선의 끝머리에 그녀의 발이 보였다. 발 역시 맨발로 걸어다니느라 파랗게 변해 있었다. 흙투성이의 발이었는데 밉지가 않았다. 더럽다는 생각도 들지 않았다.

찬욱은 방 한구석에 있는 가방에서 수건을 꺼내 한 발, 한 발 조심스럽게 닦아냈다. 이슬에 젖은 발이라 쉽게 닦을 수 있었다. 닦아내며 혹시 다친 곳은 없나 조심스럽게 살폈다. 다행히 다친 곳은 없었다. 파랗게 질려 있는 앙증맞은 발가락을 손으로 그러쥐었다. 아무런 기교도 부리지 않고, 치장도 하지 않은 발. 군데군데 굳은살이 박힌 발을 자신의 양손으로 감싸고 자신의 온기를 나누어주었다. 뺨에 온기를 나눠주던 때와는 달리 발을 감싼 손은 섬뜩하리만치 차가웠지만 손을 놓지는 않았다. 그 발이 따스해지자 찬욱은 나머지 발을 감싸쥐고 똑같은 방법으로 온기를 나눠줬다.

한참의 시간이 지나자 수연의 발에도 어느 정도 온기가 돌았다. 이불을 덮어주려고 끝을 쥐었다가 이내 생각을 바꿔 수연의 옆에 누웠다. 베개 아래로 자신의 팔을 집어넣어 그녀에게 팔베개를 해주고 그녀의 머리를 자신에게로 끌어당겨 머리 위에 입술을 가만히 댔다. 이불을 끌어 올려서 덮고 다른 팔로는 그녀를 끌어안았다.

수연은 자신의 품 안에 꼭 들어왔다. 한 팔로 그녀의 머리를 받치며 어깨를 끌어안고 다른 팔로는 그녀를 당겨 안자 그녀의 작은 몸이 모두 자신의 품 안에 들어왔다. 찬욱은 정말이지 만족스러웠다. 이렇게 만족스런 기분을 느껴본 지가 언제인지도 기억나지 않았다. 아마도 처음이지 싶다.

그녀의 심장이 조그맣게 울린다. 어떤 음악보다도 더 감미로운 소리다. 찬욱은 수연의 심장이 콩콩 뛰는 소리에 귀를 기울이며 그녀와 함께 잠이 들었다.

"**다**시 말해 보거라. 뭘 봤다고?"

지숙은 자신의 신딸이 한 말이 믿어지지 않았다. 날이 밝자마자 긴히 할 말이 있다고 신딸이 찾아왔을 때만 해도 별일 아니겠거니 했다. 그런데 자신의 신딸이 한 말은 지숙을 충격에 몰아넣기에 충분했다.

"아이참, 엄마는 뭘 들으신 거예요? 어제 오신 손님이 수연에게 키스하는 걸 봤다고요."

"어떻게 된 일인지 자세히 얘기해 봐라."

지숙은 숨을 골라 쿵쾅거리는 가슴을 진정시키고 자초지종을 물었다.

"어젯밤에 수연이 얌전히 자고 있나 살피러 갔는데 방

에 없더라고요. 경보기가 울리지 않았으니 밖으로 나갔을 리는 없고 해서 찾으러 다녔는데 아무리 찾아도 없더라고요. 그러다 별채까지 가게 됐는데 정원에서 그 손님이 수연이에게 키스를 하고 있지 않겠어요. 얼마나 놀랐던지! 놀란 마음에 제가 수연을 부르니까, 손님이 잠시 주춤한 사이에 수연이가 달아났어요.”

“어젯밤에 있었던 일이라면서 왜 이제야 얘기를 하는 거야!”

지숙은 새끼무당에게 호통을 쳤다.

“주무시고 계시길래…… 아침에 말씀드리려고…….”

새끼무당은 지숙의 호통에 찔끔하면서 말끝을 흐렸다.

“그래서? 어떻게 된 일이래? 수연이는 어떻게 만났고, 키스는 왜 한 거래?”

“그건 저도 잘…….”

“그럼, 뭐야! 네가 알고 있는 게 대체 뭔데!”

지숙은 화를 참지 못하고 책상을 내려쳤다. 대체 둘이 어떻게 만났는지, 혹시 뭔가 눈치챈 것은 아닌지 걱정스러웠다.

'괜한 짓을 한 거야! 괜한 짓을! 이곳에 사람을 끌어들이다니……. 돈 욕심에 그만 실수를 한 게야. 어쩜 좋단 말인가? 눈치라도 챘으면 이 일을 어쩐단 말인가?

“저, 저기…….”

새끼무당은 지숙의 눈치를 살피다 다시 말을 꺼냈다. 손님이 수연이를 다시 만나보기를 원한다는 말을 해야 하는데 지숙이 화를 잔뜩 내고 있으니 쉽사리 말을 꺼낼 수가 없었다.

"손님이…… 수연이를 다시 만나고 싶다고……."

"뭐야? 왜?"

지숙은 새끼무당의 말에 고개를 획 돌려 무서운 눈초리를 하고 새끼무당을 쳐다봤다.

"그거야 저도 모르지요. 어젯밤에 수연이 달아나자 저에게 저 여자가 누구냐, 어디에 있냐며 꼬치꼬치 캐묻는 걸 엄마한테 말씀드려 본다고 둘러대고 말았지요."

"그래? 뭔가 다른 말은 안 했겠지?"

"수연이 무당이냐고 물어봐서 그냥 엄마 딸이라고, 자폐아니까 관심 가지지 말라고 그 소리만 했어요."

"그런 소리는 뭐 하러 한 거야!"

"그냥 별생각없이……."

새끼무당은 지숙이 계속 호통을 치며 나무라자 잔뜩 주눅이 들었다. 지숙이 수연의 일에 신경을 곤두세우고 있는 건 익히 알고 있었지만 이토록 무섭게 화를 내는 것은 이해가 가지 않았다.

"됐다. 그만 나가봐라."

지숙은 생각을 정리하기 위해 새끼무당을 내보내려 했다.

"참, 수연이는? 수연인 어떤 반응을 보였는데?"

새끼무당이 일어서 나가려고 할 때 지숙은 수연의 반응을 물어보았다. 그 아이가 어떤 반응을 보였는지 그것이 궁금했다.

“놀랐는지, 제 방에 와서 와들와들 떨다가 잠들더라고요.”

“알았다.”

지숙은 새끼무당이 나가자 생각에 잠겼다. 최 회장의 아들이 수연의 정체에 대해서는 눈치채지는 못한 것 같아 그나마 다행이다.

그동안 수연을 키우면서 지숙은 수연을 세심하게 관찰해 왔다. 자신이 알기로 수연은 정상적인 생활이 불가능한 자폐아였다. 그동안 병원을 다니면서 고집을 피우거나 폭력을 쓴다거나 자해를 하는 증상은 많이 완화되어 더 이상 그런 행동은 보이지 않았지만 그래도 타인과의 의사소통이 안 되는 건 여전했다.

수연은 자신의 의사를 표현할 줄도 모르고 남에게 뭔가를 요구할 줄도 모른다. 오로지 자기 자신에게만 관심이 있고 타인에게는 관심을 보이지 않는 아이이니, 먼저 최 회장의 아들에게 관심을 보였을 리는 없다. 그렇다면 결론은 최 회장의 아들이 먼저 관심을 보였다는 건데, 수연에게 그런 대단한 남자가 관심을 가질 만한 뭔가가 있다는 건가?

수연은 얼굴도 제법 봐줄 만하고, 때때로 식사를 거부하는 통에 몸매도 날씬한 편이긴 하지만 그런 재벌 2세의 주변에 수연만한 여자가 없었던 것은 아니리라. 그런데도 수연에게 관심을 보인다? 대체 왜?

이유가 어떻든 간에 더 이상의 관심은 위험하다. 지금은 다행히 눈치를 못 챈 것 같지만 앞으로 계속 관심을 가지고 보다 보면 언젠가 눈치를 챌지도 모른다. 그렇게 된다면 그동안 지숙이 어렵게 쌓아온 모든 것들이 엉망이 될 수도 있다. 사실 수연을 데려온 것부터가 불법이었고, 아픈 아이를 이용해서 돈벌이를 했으니 그것 또한 법에 저촉될 것이다.

욕심이 과해 그만 근심거리를 불러들였다. 수연이 점괘를 내놓지 않았으니 이대로 돌려보낼 수도 없고, 계속 관심을 가지게 둘 수도 없다.

어떻게 한다?

우선 당장은 수연을 못 만나게 해야겠다. 그래, 아프다는 핑계를 대고 대용이더러 수연의 주변을 살피라 해야겠다. 누구든지 접근하는 사람이 있으면 못하게 하라고 지시를 해야지. 여기 있는 동안만 못 보게 한다면 우선 급한 불은 끌 수 있다. 며칠만 철저히 살피면 될 것이다. 그 후엔 다시는 집에 사람을 들이는 짓은 하지 않으리라.

"대용이더러 올라오라고 해라."

지숙은 전화기를 들어 지시를 했다. 수연의 주변은 이제 대용이 지킬 것이고, 지숙에겐 최 회장 아들을 만나는 일이 남았다. 아직은 아침저녁으로 날이 차니 감기로 앓아누웠다고 하고 만나지 못하게 해야겠다. 아픈 딸 걱정하는 어미 흉내를 내서라도 더 이상은 못 만나게 해야겠다.

최 회장 아들이 수연에게 가지는 관심이 어느 정도인지는 모르지만 설마 하니 서울에 가서도 보고 싶다 할 정도로 큰 관심은 아닐 것이다. 그냥 호기심 정도겠지. 길어야 사나흘만 조심시키면 될 테고 수연이 빠른 시일 내에 점괘를 내놓는다면 금방 돌려보낼 수도 있다. 어제 만나볼 때의 태도로 보아 점을 미신이라 경시하고 믿지 않는 것 같은데 돌아가라고 하면 얼씨구나 하고 돌아갈 것이다.

지숙은 아직 시간이 이르니 아침 식사나 마친 후에 만나러 가 봐야겠다고 생각했다.

동생 기범이라도 있었다면 의논이라도 했을 텐데 마침 여행을 간 참이었다. 요즘 기범은 수연이 벌어들이는 돈을 술집 계집들에게 퍼주면서 지내고 있다. 이번 여행도 술집 계집애가 가고 싶다고 하니까 좋아라 하며 데리고 간 것이다.

하는 짓이 왜 그러는지. 점점 더 미덥지 못했다.

고아에다 단둘이 남매로 자란지라 항상 오냐오냐하며 아껴주었더니만 사십이 넘어 오십이 다 되어가는데 아직도 철이 안 들었다. 게다가 만날 술집 여자 끼고 술만 마시는 터라 장가도 못 갔다. 그래도 유일한 피붙이라 이럴 때면 의지하게 되나 보다. 없으니 아쉬운 걸 보면 말이다.

지숙이 아침상을 받고 몇 수저 들었을 때 다시 새끼무당이 헐레벌떡 달려왔다.

"엄마! 엄마, 큰일났어요!"

"큰일이라니, 뭐가 또?"

지숙은 밥술을 뜨던 숟가락을 내려놓았다.

"수연이, 수연이가 방에 없어요!"

"뭐야? 얼른 찾아보지 않고 뭐 하는 거야!"

"찾아봤어요. 집 안을 샅샅이 뒤져도 없어요."

"손님이 머물고 있는 별채는 찾아봤어?"

"거기도 없어요. 아침상 들여간 아이가 손님은 아직 안 일어 나셨다고 하고요. 별채는 제가 다 뒤져 봤는데도 없어요. 밖으 론 못 나갔을 텐데, 어딜 간 건지……."

지숙은 새끼무당의 말을 듣고 머리가 아파왔다. 최 회장 아들 일만 해도 벅찬데 수연이까지 말썽을 피우니 정신이 없었다.

"애들 데리고 다시 찾아봐."

지숙은 새끼무당을 내보낸 후 상을 물렸다. 입맛이 싹 달아났 기 때문이다. 왠지 마음이 불안했다. 뭔가 일이 일어날 것만 같 았다. 신기를 잃었어도 보통 사람보다 예민한 지숙의 육감이 기 분 나쁜 경고를 보내고 있었다.

한참 후에 다시 온 새끼무당은 여전히 수연을 못 찾았다고 했 다. 지숙은 가만히 있을 수가 없어 일어서서 나가 집 안을 온통 뒤졌다. 그러나 아무리 찾아봐도 수연의 모습은 보이지 않았다.

"손님은 아직 안 일어나셨니?"

지숙이 부리는 아이들 중 하나에게 물었다.

"예, 아직……."

하지만 지숙의 육감이 자꾸 별채가 수상하다는 신호를 보내고 있었다.

"너희들은 여기 있어라."

지숙은 아이들을 물리고 별채로 향했다. 부리는 아이의 말대로 아직 일어나지 않았는지 별채 안은 고요했다. 그 조용함마저 기분 나쁘게 느껴진다. 별채의 상돌에는 최 회장 아들의 신발만 덩그러니 있었다. 방으로 급하게 들어갔는지 흐트러진 모양이었다.

한 쌍의 신발이 주는 안도감도 잠시, 평소 신발을 신고 다니는 것을 싫어하던 수연의 습관이 지숙의 뇌리를 스쳤다. 굳게 닫힌 별채의 방문이 지숙에게 열어보라고 말을 거는 것만 같았다. 지숙은 홀린 듯 천천히 별채의 마루로 올라가 방문의 손잡이에 손을 댔다.

숨을 깊이 들이마셨다가 다시 내쉬고 방문을 조금 열었다. 살짝 열린 방문 사이로 이불이 보인다. 최 회장의 아들은 아직 자리에서 일어나지 않은 것 같다. 조금 더 방문을 열자 경첩에서 삐걱거리는 소리가 들린다. 지레 놀란 지숙이 순간 멈칫했다. 방 안에서 움직임이 안 느껴지자 다시 방문을 조심스럽게 열었다.

"헉!"

지숙은 너무 놀라 그 자리에서 돌처럼 딱딱하게 굳어버렸다.

방 안에는 최 회장의 아들이 수연을 꼭 끌어안고 같이 잠을 자고 있었다. 입술은 수연의 머리 위에 대고, 한 팔로는 팔베개를, 다른 팔로는 수연을 감싸 안고 한이불에 누워 잠을 자고 있었다.

지숙은 그 광경에 그만 넋을 잃었다. 너무 충격적이어서 목소리조차 나오지 않았다. 어떻게 이런 일이 있을 수 있단 말인가? 새끼무당은 분명히 수연이가 자기 방으로 달아나 부들부들 떨다가 잠이 들었다고 했는데 어떻게 여기서 최 회장의 아들과 같이 잠을 자고 있단 말인가?

그때 찬욱의 휴대폰이 날카롭게 울렸다. 지숙은 휴대폰이 울리는 소리를 들으면서도 몸을 움직여 전화를 받아야 한다거나 휴대폰의 주인인 찬욱을 깨워야 한다는 생각을 하지 못한 채 그저 멍하니 서 있기만 했다.

찬욱은 잠결에 들려오는 벨소리에 짜증이 났다. 정말 달게 자고 있는데 단잠을 방해하는 소리에 잠결에 인상을 썼다. 그리고 달콤한 잠을 더 즐기고 싶어서 그냥 무시했다. 하지만 저 혼자 울다가 꺼진 휴대폰이 다시 울리기 시작했다.

찬욱은 잠을 방해하는 끈질긴 소리에 잠결에 휴대폰을 찾다가 수연을 기억하고는 혹여 수연이 깨지 않을까 하는 생각에 얼른 상체를 일으켜 전화를 받았다.

"여보세요!"

좋은 목소리가 나올 리가 없다. 찬욱은 방해받은 것에 짜증이 나서 거친 목소리로 전화를 받았다.

[이사님, 강 실장입니다.]

“무슨 일입니까?”

[저, 이사님. 송 부장이⋯⋯.]

“화성반도체 일은 송 부장에게 보고를 받았습니다.”

찬욱은 강 실장이 송 부장이 이미 보고한 화성반도체 일을 말하려 하는 줄 알고 중간에서 말을 잘랐다.

[그게 아니라, 화성반도체로 가던 송 부장이 중부 고속도로에서 일어난 교통사고로 그만 사망했습니다.]

“뭐요?”

찬욱은 순식간에 잠이 깼다. 자신이 제대로 들은 건지 확신이 서지 않았다.

“자세히 얘기해 보십시오.”

[아침에 짙은 안개 때문에 중부 고속도로에서 10중 추돌 사고가 났습니다. 그로 인해 송 부장이 그만 사고를 당했습니다.]

강 실장의 얘기를 듣고 찬욱은 아까 수연이 쓰러지기 전에 했던 말이 생각났다.

“당신, 안 가길 잘했어. 하지만 그는 어쩌지⋯⋯ 그는 어떡해⋯⋯.”

찬욱은 전화를 손에 든 채로 잠들어 있는 수연을 쳐다봤다. 머리가 곤두섰다. 그동안 머리가 곤두선다는 사람들의 말을 이해하지 못했는데 정말 머리가 곤두섰다. 그리고 온몸에 소름이

쫙 돌았다.

[이사님! 이사님, 듣고 계십니까?]

수화기 안에서 자신을 찾는 강 실장의 목소리가 들렸다.

"네. 송 부장 일은 강 실장이 알아서 해줘요. 회사 차원에서 위로금도 넉넉히 주고, 기타 병원이나 유가족 문제도 알아서 처리해 주세요. 오랫동안 우리 화성을 위해 일해오신 분이니 그에 알맞은 대우를 해주도록 하세요."

[알겠습니다.]

"될 수 있는 한 빨리 회사에 복귀하도록 할 테니 그때까지 수고 좀 해주십시오."

찬욱은 전화통화를 끝낸 후 잠이 든 수연의 얼굴을 뚫어져라 쳐다봤다. 그녀의 정체는 대체 무엇일까? 어제 그 여자의 말대로 단순한 자폐증 환자인가, 아니면 다른 뭔가가 있나? 오늘 일은 그냥 우연의 일치인가? 아니면 그녀도 자신의 엄마와 마찬가지로 무당인 건가?

수연의 얼굴을 관찰하는데 햇빛이 이상했다. 방 안에 사람 모양의 그림자가 만들어져 있었다. 찬욱은 이상한 생각에 방문 쪽을 바라보니 수연의 엄마라는 지숙이 서 있었다. 뜻밖의 전화를 받느라, 그리고 수연을 관찰하느라 미처 그 존재를 느끼지 못했었다.

순간 찬욱은 이상하게도 전혀 거리낌이 없었다. 딸과 한이불에서 자고 있는 모습을 그 엄마에게 보였는데도 죄송스럽다거나 하는 감정이 생기지 않았다.

닮지 않은 모녀라서 그런가? 두 사람은 전혀 닮은 데가 없었다. 아마 처음 보는 사람들은 두 사람이 모녀 사이라고 생각지 않을 것이다. 골격부터 생김새, 그리고 풍기는 분위기까지 어느 것 하나 닮은 데가 없었다.

그래서 그런지 찬욱은 태연했다. 찬욱의 마음속에서는 지숙을 수연의 엄마로 인정할 수가 없었던 것이다. 문 앞에 서 있는 지숙을 봤을 때는, 그저 지숙이 햇빛을 가리고 있어서 수연의 얼굴 위로 그림자가 드리워진 것이 더 못마땅했다.

"무슨 일입니까?"

찬욱은 퉁명스럽게 말했다.

찬욱의 말에 정신을 차린 지숙은 그때까지도 잡고 있던 방문의 문고리에서 손을 떼고 방 안으로 들어와 자리에 앉았다.

"어, 어떻게 된 일입니까? 수연이 왜 여기에 있습니까?"

지숙은 찬욱을 추궁했다.

"아침에 마당에서 혼절을 하는 바람에 우선 안으로 데리고 들어온 것입니다."

찬욱은 지숙이 전혀 수연의 엄마처럼 보이지 않는다 하더라도, 일단 수연의 엄마라는 생각에 자신의 딴에는 성의껏 대답했다.

"아침에 마당에서 혼절을요?"

"네. 몸이 많이 차가워서 일단 방으로 데려와 눕힌 참입니다."

찬욱은 지숙이 상당히 귀찮았지만 일단 묻는 질문에는 모두 대답했다. 하지만 빨리 방에서 나갔으면 했다. 다시 수연을 품에 안고 어제 못 잔 잠을 보충하고 싶었다.

지숙은 아직까지 깨어나지 않고 있는 수연과 찬욱을 번갈아 바라보았다. 어제 일을 비롯해서 찬욱에게 묻고 싶은 것이 많았지만 둘을 떨어뜨려 놓는 것이 먼저라는 생각에 궁금한 것을 꾹꾹 눌러 목 안으로 삼켰다.

"혼절을 했다니 우선 방으로 옮겨서 의사를 불러야겠군요. 제 아이를 돌봐주셔서 감사합니다. 이젠 제가 데려가지요."

지숙은 찬욱이 더 이상 참견하지 못하도록 정중한 예의를 가장해 못을 박았다.

"이대로 두시지요. 어디가 아파 혼절했는지도 모르는데 옮기는 건 위험할 수도 있으니 의사가 올 때까지 그냥 여기 두는 게 안전할 듯싶은데요."

찬욱은 지숙의 말속에서 뼈를 느꼈다. 마치 지숙이 '너랑은 아무 상관도 없는 일이니 간섭하지 마라' 하고 말하고 있는 것만 같아 기분이 상했다. 그래서 핑계를 대서라도 수연을 자신의 방에 두고 싶었다.

"소, 손…… 님께서 불편하실 텐데요."

지숙은 찬욱이 뜻밖의 말을 하자 적잖이 당황했다. 둘을 떨어뜨리려고 질문도 생략하고 수연부터 데려가려고 했는데 찬욱이 나서서 막을 줄은 몰랐다. 수연의 몸을 염려하는 말로 포장을 해 반대할 명분도 없었다.

"저는 괜찮습니다."

찬욱은 단호히 대답했다.

지숙은 찬욱의 태도에 강경하게 나갈까를 잠시 고민하다가 일부러 의심을 살 필요는 없겠다 싶어 그냥 고개를 끄덕여 주고 의사를 불렀다.

찬욱은 수연을 자신의 시선이 미치는 곳에 두고 싶었다. 수연의 엄마인 지숙이 그녀를 데려가겠다는 건 당연한 요구고 따라야 한다는 것도 알고 있지만, 그러기 싫었다. 마치 자신의 것을 뺏기는 것 같은 기분이 들었다. 엄밀히 말하자면 그녀는 자신의 소유가 아니면서도 그 짧은 시간에 이미 그녀를 자신의 소유로 분류해 버린 것이다.

수연과의 단잠을 방해받은 불쾌감이 아직 남아 있었지만 일단은 그녀가 자신의 시선이 미치는 곳에 있어 꽤 만족스러웠다.

하지만 만족스러움도 잠시, 수연의 말과 행동에 대한 생각에 찬욱은 머리가 복잡했다. 수연은 그에게 이천에 가지 않길 잘했다고, 거기 가면 죽는다고 말했다. 다시 당신은 안 가길 잘했지만 그는 어떻게 하느냐고 했었다. 그리고 그 말처럼 이천에 가던 송 부장이 죽었다.

그에게 이곳에 오라고 한 건 수연의 어머니인 이 보살이다. 순진한 그의 어머니에게 자식의 목숨을 담보로 그를 여기까지 불러들였다. 그리고 그를 만난 자리에서 소나기나 피해가라고 했었다. 그렇다면 그 대신에 송 부장이 죽은 것이 그가 피한 소나기를 송 부장이 대신 맞았다는 소린가?

"내가 피해야 할 소나기는 지나갔습니까?"

찬욱이 지숙에게 물었다.

"이곳에 머물라 한 시간이 아직 남았지 않습니까? 그 시간 안에 지나갈 것입니다."

지숙은 찬욱이 왜 그런 얘기를 꺼냈는지를 알 수 없었다. 하지만 기왕이면 이곳에서 빨리 나가고 싶다는 뜻이기를 바랐다.

찬욱은 지숙의 대답에 그녀를 뚫어져라 쳐다봤다. 이 보살은 무당이다. 하지만 이 보살은 그에게 일어날 뻔했던 일을 모른다. 수연은 무당이 아닌 자폐 환자일 뿐이다. 하지만 수연은 그에게 일어날 뻔했던 일을 알고 있다.

무당은 모르고, 수연은 안다. 무당은 모르고, 수연은 안다? 그렇다면 진짜 무당은 어느 쪽이지?

설마 수연이……?

지나친 억측인가, 아니면 진짜는 수연이고 그녀의 어머니인 이 보살은 가짜인가?

지숙은 찬욱이 똑바로 자신을 쳐다보자 불안한 기운이 스멀스멀 등줄기로 올라오는 걸 느꼈다. 뭔가 뼈가 있는 질문인가, 아니면 어제처럼 단순히 넘겨짚는 질문인가? 설마 수연이? 어젯밤이나 혹은 쓰러지기 전에 뭔가 다른 말을 했었나? 아니다. 그 아이는 낯선 사람과는 일체 말을 섞지 않는다.

"수연이…… 쓰러지기 전에 무슨 말을 했었습니까?"

지숙은 궁금함을 참지 못하고 결국 찬욱에게 물었다.

"아니요. 별다른 말은 없었습니다. 말수가…… 적더군요."

찬욱은 속으로 피식 웃었다. 말수가 적다? 하긴 그녀가 자신에게 한 말이라고는 단 두 마디뿐이니 틀린 말은 아니지 않는가?

찬욱은 대답을 하면서도 줄곧 시선을 지숙에게 고정시켰다. 상대방이 무안할 정도로 빤한 시선이었다. 지숙은 찬욱의 계속된 시선에 당황하여 그의 시선을 피하기 위해 고개를 돌려 수연을 쳐다봤다.

"수연이 자폐라고 들었습니다만?"

찬욱이 지숙의 시선을 따라서 수연을 바라보다 지숙에게 물었다.

"네."

지숙은 찬욱의 질문에 수연에게서 시선을 떼고 찬욱을 바라보며 대답했다. 무당으로, 또 수연을 뒤에 두고 손님을 상대하면서 길러온 담력 덕에 이런 질문에는 끄떡도 하지 않는다. 전혀 동요없이 대답했다. 어차피 수연이 자폐를 앓고 있는 것은 사실이니 떨릴 리가 없지 않는가.

찬욱은 오히려 전혀 동요가 없는 지숙의 태도에 의문을 품었다. 딸이 정상적인 생활을 하지 못할 정도의 병을 앓고 있는데도 전혀 아무렇지 않는 태도로, 감정의 높낮이도 없이 타인에게 그 사실을 얘기한다는 게 부자연스러워 보였다. 지숙의 말에는 딸에 대한 안타까움이나 애틋함은 없었다. 그저 질문에 짧은 대답만이 있을 뿐이다.

"언제부터 앓기 시작한 건가요?"

"아마 그 애가 일곱 살 되던 해부터일 겁니다."

아마 일곱 살 되던 해일 거라구? 딸의 인생에 획기적인 일이 일어난, 아니, 절망적인 병을 앓는 것을 처음 안 해를 정확하게 기억 못한다는 건가? 어떻게 그럴 수가 있지? 보통 엄마라면 딸이 호되게 감기를 앓은 해도 정확하게 기억하기 마련이다. 그의 어머니만 해도 자신이 수두를 앓았다든지, 아니면 감기를 크게 앓은 해가 언제인지 정확하게 기억하고 있었다.

하물며 자폐는 감기에 비할 바가 아니다. 어쩌면 평생을 그 병에서 헤어나오지 못해, 평생 혼자서 자기만의 세계에 빠져 남들과 어울려 살아보지 못하고 죽을지도 모르는 병을 알게 된 해를 정확히 기억하지 못해? 말이 안 된다. 하늘이 무너질 것 같은 일이었을 텐데 기억을 못해?

"힘드셨겠군요?"

"네."

또, 네? 그저 담담한 말투였다. 슬픔도, 절망도, 안타까움도 느껴지지 않았다. 일상적인 질문을 하고 대답하는 것처럼 깔끔한 말투가 찬욱의 신경을 건드렸다.

"완치될 가능성은 없나요?"

“거의 불가능하다고 합니다.”

역시 말에 감정의 높낮이가 없다. 엄마라는 사람이 어떻게 딸의 절망에 대해 저렇게 쉽게 남의 말 하듯이 아무런 감정도 섞이지 않는 투로 말할 수가 있지?

지숙은 찬욱에게 질문을 받으면 받을수록 점점 더 불안해졌다. 수연에 대한 관심 자체에 대한 불안함이었다. 모진 결심으로 저지른 죄는 시간이 흐를수록 점점 더 무거운 바위가 되어 그녀를 짓누르고 있었다. 그럴수록 그녀는 더욱 불안에 시달렸다. 불안에 시달리면 시달릴수록 수연의 존재를 숨겼고 수연에 대해 자그마한 관심이라도 갖는 사람이 있으면 무조건 경계했다. 단순한 호기심도 경계하던 지숙에게 찬욱의 질문은 폭탄이나 다름없었다.

찬욱이 입을 열면 열수록 입술이 바짝바짝 타는 듯했다. 그러나 그런 불안은 조금도 내보이지 않고 애써 담담하고 태연한 어조로 질문에 대답했다. 평생을 속임수 위에서 살아온 그녀에게 비록 내심은 불안하다고 하나 그 정도 일은 아무것도 아니었다.

하지만 지숙은 자신의 그런 점이 오히려 찬욱의 의심을 샀다는 사실을 몰랐다.

두 사람이 대화를 나누는 사이 의사가 왔다. 수연을 진찰해 보더니 큰 이상은 없고 단순히 심신이 약해진 것이라며 영양제를 한 병 놔주겠다고 했다.

　의사가 영양제를 놓기 위해 수연의 팔을 잡는데 찬욱은 울컥
했다. 단순히 주삿바늘을 꼽기 위한 것이라는 걸 알면서도 의사
가 그녀의 팔을 잡는 것이 싫었다. 의사는 그녀의 팔을 잡은 다
음에 그녀의 옷의 소매를 걷어 올렸다. 그녀의 뽀얀 살결이 들
어났다. 그저 단순히 영양제를 놓기 위한 일이라는 걸 아는데
마치 의사가 그녀의 옷을 벗긴 것처럼 기분이 나빴다. 내 여자
에게 손을 떼라고 소리치고 싶었다.

　머리로는 알고 있는데 가슴으로는 용납이 안 된다. 의사든 누
구든 그녀에게 손을 대는 것이 싫다. 당장 그 손을 떼어내고 싶
었다. 찬욱은 자신의 두 손을 꽉 맞잡았다. 자신의 손을 그대로
두면 의사의 손을 붙잡아 그녀에게서 떼어낼 것만 같아서였다.
찬욱은 그런 자신의 감정에 스스로도 놀랐다.

　의사는 그녀의 팔에 영양제를 놓고 영양 상태가 좋지 않으니
식사에 신경을 쓰라는 주의를 하고 갔다. 의사의 태도로 보아
이런 일이 종종 있었던 것 같다.

　지숙이 의사를 배웅하러 간 사이 찬욱은 수연을 가만히 바라
봤다. 안색이 파리한 것이 생각보다 더 어리고 연약해 보였다.
찬욱은 문득 그녀의 나이가 궁금해졌다. 설마 미성년자는 아니
겠지? 그렇다면 어쩌려고? 미성년자라면 얌전히 손 떼고 떠나
려고? 찬욱은 스스로에게 질문을 해보고 피식 웃었다. 해보나마
나 한 질문이었다.

　처음으로 자신을 이렇게 흔드는 여자를 만났는데, 소유하고

싶은 여자를 만났는데, 그냥 손 떼고 돌아갈 수야 없지 않는가. 자신을 사로잡은 것의 정체가 무엇인지는 확인해 봐야 하지 않 겠는가. 결국 아무것도 아닌 허상이라 밝혀진다 하더라도 확인 해 보는 수밖에 없다.

찬욱은 그녀의 뺨에 손을 갖다 댔다. 아까보다는 많이 따뜻해 졌다. 하지만 안색은 여전히 파리하다. 찬욱은 손으로 그녀의 얼굴을 가만히 쓸다가 입술로 옮겨갔다. 엄지손가락으로 그녀 의 아랫입술을 만졌다. 아래로 누르자 그녀의 입술이 살짝 벌어 진다. 어젯밤에 그 입술에 키스를 했었다. 그의 숨을 불어 넣었 었다.

찬욱은 살짝 벌어진 그녀의 입술을 보면서 그녀가 마시는 공 기까지 모두 그에게서 받아 마시게 하고 싶다는 생각을 했다. 만약 누가 자신에게 이런 말을 했었다면 아마 미친놈이라고 욕 을 해주었을 것이다. 하지만 그는 그녀가 내쉬는 숨 하나, 먹는 것 하나, 내디디는 걸음 하나, 그녀가 입고 있는 옷 하나, 그녀 의 웃음 한 조각, 그녀의 눈물 한 방울도 모두 자신을 위한 것이 었으면 했다.

찬욱은 그녀의 입술에 자신의 입술을 가만히 갖다 댔다. 그리 고 어제처럼 그의 숨결을 불어 넣었다. 그러면 그녀의 얼굴에서 파리한 안색이 가시고 그녀가 눈을 뜰 것만 같았다. 입술을 떼 고 그녀를 바라보니 파리한 안색에 눈을 감고 가녀린 팔에는 주 삿바늘을 꽂고 있는 그대로다. 그러고 있는 사이 의사의 배웅을 마쳤는지 지숙이 방 안으로 돌아왔다.

지숙의 눈에 수연의 옆을 지키고 있는 찬욱이 보였다. 잘못 생각했다. 의사가 왔을 때 수연을 그 애의 방으로 옮기고 거기서 주사를 맞혔어야 하는데, 그랬더라면 이 둘을 떨어뜨려 놓을 수도 있었는데. 이제 꼼짝없이 주사를 맞히는 세 시간 동안 이곳에 있어야 하는 것이다.

결국 수연은 주사를 다 맞을 때까지 찬욱의 방에 누워 있어야 했다.

찬욱은 그 시간 동안 마음 놓고 수연을 관찰할 수가 있었다. 지숙이 옆에 지키고 앉아 있었지만 그것은 그에게 문제가 되지 못했다. 그가 한 번 마음을 먹고 일을 추진하면 어떠한 방해든 별문제가 되지 않았다. 사소한 건 설득하거나 회유하고 그게 불가능하면 무시하고 밀어붙였다. 그런 그에게 지숙의 방해 따위는 아무런 문제가 되지 못했다.

지숙은 최 회장의 아들에 대한 정보가 없다는 것에 불안감을 느꼈다. 처음 상문살이 낀 최 회장을 이곳에서 만났을 때 온몸에서 풍기는 존재감이 대단했었다. 역시 우리나라 굴지의 기업을 거느린 사람답다고 생각했다. 그러나 그런 그 역시 자신의 아들에 비할 바가 아니었다.

그런데 지금 그 아들이 세 시간째 꼼짝도 안 하고 수연을 바라보고 있다. 이걸 어떻게 해석해야 할까? 수연에게 키스를 하고, 쓰러진 수연을 자신의 방에 옮기고, 수연을 끌어안고 함께 자고 있었다.

수연에게 여자로서의 매력을 느끼는 것일까? 그가 왜? 주위에 여자가 없는 것도 아닐 텐데 대체 왜 수연에게……. 색다른 것에 느끼는 잠깐의 호기심일까? 그래, 그런 것이리라. 아름답고 제대로 교육받은 지적인 여자들 틈에 둘러싸여 있다가 거의 백치에 가까운 수연이 특이해서 잠시 느낀 호기심일 것이다. 그렇지 않다면 저 대단한 남자가 수연이 같은 애를 상대할 리가 없지 않은가?

정말일까? 정말 단순한 호기심일까? 저렇게 세 시간 동안 미동도 없이 수연의 곁을 지키고 있는데 그게 그냥 단순한 호기심에 불과할까? 남자란 생물이 얼마나 단순한데, 얼마나 쉽게 지겨움을 느끼는데……. 지숙 자신이 아파 누워 있어도 동생인 기범은 한 십 분 정도 옆에 앉아 있으면 지겹다면서 일어서곤 했다. 그 정도로 쉽게 무료함을 느끼는 생물이 남자다.

그런데 저기 앉아서 수연을 바라보고 있는 최 회장 아들의 얼굴에는 지겨움이란 없다. 엷게 서린 미소가 만족스러워 보였다. 만족스러워 보여? 그는 대체 무엇이 만족스러운 것일까? 무엇이 만족스러워 미동도 없이 수연을 지키고 앉아 있는 것일까?

그녀가 권한 아침 식사도 거절하고서 말이다.

지숙은 수연을 지키고 앉아 있는 찬욱의 등이, 자신을 등지고 있는 그의 등이 거대한 벽처럼 느껴졌다. 다가가 뚫을 수 없을 만치 커다란 벽 말이다.

인생을 오래 살다 보면 어느 정도 사람 보는 눈이 생긴다. 더군다나 지숙은 사람을 상대하는 직업을 가졌지 않은가. 그것도 사람의 속내를 읽어야 하는 직업 말이다. 그런 지숙의 본능이 경고하고 있었다. 저 남자가 위험하다고, 네가 상대할 수 있을 만한 남자가 아니라고. 너는 결코 저 단단한 등을 넘을 수 없을 거라고 자신에게 경고를 하고 있었다.

만의 하나라도 그가 가진 수연에 대한 호기심을 끊어버리지 못하면 어떻게 되는 것일까?

위험하다!

자신의 본능이 위험하다고 비명을 지르고 있었다. 계속 관심을 가지고 눈여겨 보다보면 수연의 특별함을 눈치챌지도 모른다. 그리고 어쩌면 그 이면에 숨은 진실도 드러날지 모른다. 줄줄이 드러나는 진실 아래, 자신이 저지를 죄악마저 드러난다면……? 안 된다! 그런 일이 일어나서는 안 된다. 조금만, 아주 조금만 더 있으면 끝나는데……. 숨기기 위해 들어간 노력이 얼만데, 돈이 얼만데…….

시간이 필요했다. 하다못해 올해가 지날 때까지만이라도 시간이 필요했다.

어떻게 한다? 어떻게 해야 그의 관심을 다른 데로 돌릴 수 있을까? 왜 하필이면 수연이와 만나서 이 사단이 난단 말인가? 그를 불러들이는 것이 아니었는데 잘못했다. 욕심에 눈이 멀어서 그만 큰 실수를 했다.

아니다! 그가 방문해 머물고 있는 동안 수연을 방에 가둬뒀어야 했는데 미처 생각지 못했다. 수연이를 방에 가둬두고 감시만 제대로 했어도 그 둘이 만날 일은 없었을 텐데 그러지 못한 것이 돌이킬 수 없는 실수가 되어버렸다.

지숙이 생각에 잠긴 사이 영양제가 거의 다 수연의 혈관 속으로 들어갔다. 바늘을 빼기 위해 수연에게 가까이 가녀 찬욱이 조금 옆으로 비켰다. 지숙은 이때다 싶어 바늘을 얼른 빼고 대용을 불렀다. 지숙의 지시로 대용이 방으로 들어왔다.

"수연이를 제 방으로 옮겨야겠다."

찬욱은 수연이 영양제를 맞는 동안 그녀의 얼굴에서 푸른 빛이 사라지고 혈색이 돌아오기를 바랐다. 그러나 그녀는 결국 영양제 병이 다 비워지도록 깨어날 줄 몰랐다. 그녀의 잠든 모습을 지켜보는 것만으로도 만족스러웠지만 묻고 싶은 것, 듣고 싶은 것 또한 많았다.

그런데 지숙이 한 남자를 부르더니 그녀를 데려간단다. 아직 그녀가 깨어나지도 않았는데, 그녀와 아무런 말도 나누지 못했는데 그녀를 데려간단다. 더군다나 그 남자가 자신의 옆에 앉아 그녀를 안아 들려 했다. 찬욱은 분노가 치밀어 올라 그 남자를 살인적인 눈빛으로 쏘아봤다.

지숙의 말이 떨어지자 대용은 한 발 내디뎌 누워 있는 수연에게 다가갔다. 수연을 안아 들기 위해 무릎을 꿇고 앉자 옆에서 살인적인 시선이 느껴졌다. 대용은 순간 움찔했다. 눈빛만으로 사람을 죽일 수 있다면 그는 벌써 죽은 목숨이리라.

"누구지?"

찬욱이 대용에게 물었다. 하지만 대용은 뭐라 대답해야 할지 몰라 아무런 대답도 하지 못한 채 지숙에게 도와달라는 시선을 보냈다.

"수연이의 경호를 맡고 있는 사람입니다. 어서 방으로 옮기지 않고 뭘 하는 게야. 손님께 언제까지 실례를 할 참이냐?"

지숙은 찬욱을 향해서는 공손하게 대답하고, 대용에게는 목소리를 높여 수연을 어서 옮기라고 호통을 쳤다.

찬욱은 지숙이 왜 대용에게 호통을 쳤는지 눈치챘지만 모른 척하고 대용에게 말했다.

"방이 어디지? 앞장만 서게."

찬욱은 수연을 계속 자신의 방에 두고 싶었으나 명분이 없었다. 그래서 찬욱은 대용에게 앞장서라고 말하고 반대할 틈을 주지 않기 위해 수연의 등과 다리에 한 팔씩 받치고 수연을 안아 들었다. 수연이 자신 이외의 다른 남자에게 안겨서 옮겨지는 것도 싫고, 또 자신이 수연을 옮기면 방을 물을 필요가 없이 자연스럽게 그녀의 방이 어디인지를 알게 되는 것이니 일석이조가 아닌가.

지숙과 대용은 찬욱이 수연을 안아 들자 크게 놀랐다. 특히 지숙의 놀라움은 이로 말로 다 할 수 없을 정도였다.

"대용아, 뭘 하는 게냐? 어서 수연을 받아 들지 않고!"

지숙은 찬욱이 이렇게까지 나올 줄 몰랐다. 수연에 대한 관심이 예상보다 큰 것 같다. 찬욱과 같이 모든 걸 이미 가지고 태어난 사람들은 스스로 나서서 남에게 뭘 해줄 줄 모른다. 워낙 받는 것에만 익숙해져 있어서 주는 방법을 모르기 마련이다. 그런데 그가 스스로 수연을 안아 들고 나서다니 이건 그만큼 수연에 대한 관심이 깊다는 증거가 아니고 무엇이겠는가.

지숙은 또다시 가만히 서 있는 대용에게 소리를 쳤다. 이만하면 찬욱도 알아듣기를 바라면서, 그래서 대용에게 수연을 넘겨주기를 바라면서.

지숙의 말에 멀뚱히 서 있던 대용은 수연을 달라는 제스처로 팔을 내밀었다. 그러나 찬욱은 대용이 내민 팔을 무시하고 수연을 편한 제세로 다시 고쳐 안았다. 수연을 넘겨줄 생각이 없다는 찬욱의 제스처였다.

"앞장서라는 말 안 들리나?"

찬욱은 마치 대용이 자신이 부리는 사람이라도 되는 듯 오만하게 말했다. 머쓱해진 대용은 다시 지숙을 쳐다봤고 지숙은 가볍게 고개를 까닥였다. 지숙의 고갯짓을 보고 나서야 대용이 몸을 움직이기 시작했다. 대용이 앞장서서 수연의 방으로 안내를 하고, 그 뒤를 수연을 안은 찬욱이 따르고, 맨 뒤에서 지숙이 힘없이 발을 타박타박 움직였다.

수연의 방은 집터의 가장 깊은 곳에 위치하고 있었다. 만약 지금 알아두지 않았더라면 작정하고 찾아도 한참을 헤매었으리

라. 역시 수연을 안고 오길 잘했다.

방 안에는 어제 그녀가 덮고 잔 이불이 그대로 있었다. 희미하게 그녀의 향기가 난다. 다른 곳에서는 절대 맡아볼 수 없는, 존재하리라고 생각해 본 적조차 없는 자연의 향기가 난다. 찬욱은 수연을 가만히 이불 위에 눕혔다.

"감사합니다. 괜한 수고를 끼쳤습니다."

지숙이 찬욱을 향해 입바른 감사를 전했다. 말은 감사의 말이지만 속뜻은 이제 그만 꺼지라는 소리였다.

찬욱은 지숙의 말에 아무런 대꾸도 하지 않고 수연의 방 안을 둘러보았다. 그가 머물고 있는 별채보다 더 단출한 것 같다. 살림살이가 없어 사람이 사는 방 같지가 않았다. 방에서 나는 희미한 그녀의 향기만이 이곳에 누군가 살고 있다는 유일한 증거였다.

지숙은 그런 찬욱을 유심히 살펴보았다. 수연을 방으로 옮기고도 나갈 생각은 하지 않고 수연의 방에 대해 관심을 보이는 그가 지숙은 불안했다. 지숙 자신이 직접적으로 나가라고 한 것은 아니지만 그만한 눈치가 없는 것도 아닐 텐데 무시하고 오로지 찬욱 자신의 관심사인 수연에게만 시선을 주는 그가 말도 못하게 불안하기만 했다.

"수연이를 좀 쉬게 해야겠다. 대용아, 그만 나가자꾸나."

지숙은 차마 찬욱에게 나가라는 말을 하지 못하고 대용에게 나가자고 권유를 했다.

찬욱은 한쪽 눈썹을 치켜 올리며 불만을 드러냈지만 토를 달진 않았다. 지금은 물러나야 할 때라는 걸 알고 있기 때문이다. 접근해 나갈 타이밍을 잡는 것만큼이나 물러나야 할 때를 아는 것 역시 중요한 일이다. 일부러 경계심을 높일 필요는 없으니까 말이다.

찬욱은 지숙을 향해 날카로운 시선을 한 번 더 던지고 방에서 성큼성큼 걸어나갔다. 찬욱의 날카로운 시선이 이게 다가 아니라고, 이걸 끝이라 생각하면 곤란하다고, 결코 포기하지 않겠다고 말하고 있는 것만 같았다.

찬욱이 방에서 나가고 나서야 지숙은 참았던 숨을 내쉬었다. 수연의 방에 계속해서 머물겠다고 고집을 피울까 봐 걱정했지만 예상과 달리 찬욱이 순순히 나가주어서 지숙은 그나마 다행이라고 생각했다.

"대용아, 앞으로 며칠간 여기 머물면서 수연이 좀 살펴봐라. 손님 가실 때까지 둘이 만나지 못하게 하고. 내 말 무슨 말인지 알겠니?"

지숙은 이제라도 둘이 만나지 못하게 해야겠다는 생각으로 대용에게 수연을 감시할 것을 지시했다.

"손님이 수연이를 만나겠다고 하면 아파서 안 된다고 거절하도록 하고."

지숙은 한편으론 수연이 쓰러진 것이 잘된 일이라는 생각이 들었다. 쓰러져서 정신을 못 차리는 동안은 찬욱과 만나 쓸데없는 말을 하지 못할 것이니 다행이고, 깨어난 후에도 아프다는 핑계를 들어 만남을 거절할 수도 있으니 그것도 또한 반가운 일이 아닌가.

"네, 알겠습니다."

대용은 지숙의 지시에 의아한 생각이 들었지만 그리하겠다 대답했다. 대용이 보기에 손님이 수연을 쳐다보는 시선이 범상치 않았다. 그것은 남자가 여자를 보는 눈이었다. 자신이 수연을 안아 옮기겠다고 했을 때 소유욕이 가득 찬 시선으로 자신을 노려봤었다. 자신의 여자를 지키려는 남자의 눈이었다.

대용의 생각으로는 수연을 싸고돌 것이 아니라 차라리 그 남자와 자주 만나게 하는 것이 낫지 않을까 싶었다. 지숙이 딸을 평생 끼고 살 생각이 아닌 이상 시집을 보내야 할 텐데 좋은 남자가 나타났을 때 보내는 게 좋지 않을까 생각했다. 대용이 보기에 별채에 머물고 있는 손님 정도면 좋은 신랑감일 텐데 말이다.

지숙과 대용은 함께 방을 나왔다. 나와보니 손님은 이미 자신의 숙소로 돌아갔는지 보이지 않았다. 수연의 방에서 나와 지숙은 자신의 방으로 가고, 대용은 수연의 방 앞 마루에 앉아 의문을 품은 채 수연을 지켰다.

한편 수연의 방에서 나온 찬욱은 답답한 마음을 벗어버리고자 머물고 있는 별채로 곧장 가지 않은 채 산책할 생각으로 좀 걸었다. 산속이라 공기는 맑았지만 공기가 씻어주기엔 그의 마음이 너무 복잡했다.

차분히 생각해 보면 문제가 많은 여자다. 무당의 딸, 더군다나 자폐에, 어쩌면 그녀 자신도 무당일지 모르는 여자. 평생을 자기 자신 안에서, 자폐라는 껍질 안에서 못 빠져나올 수도 있는 여자. 배운 것도 없는 여자. 아니, 배우는 건 고사하고 남들과 간단한 의사소통도 하지 못하는 여자. 그런 여자다, 이수연이란 여자는.

그런데 왜 탐이 나는가? 왜 갖고 싶은가?

찬욱은 자신에게 질문을 던졌다. 하지만 돌아오는 대답은 없었다. 그 자신조차 모르기 때문이다.

그녀를 어떻게 하고 싶은데? 그냥 한번 자보고 싶은 거야? 아니면 부인으로 맞이하고 싶은 거야?

찬욱은 또다시 자신에게 질문을 던졌다. 머리 속에 떠오르는 질문을 던지다 보니 그녀를 데리고 사는 자신의 모습이 그려지기 시작했다. 자신의 집에서 자신만을 위해 존재하고 있는 그녀.

찬욱은 지금 자신의 상태가 전혀 이성적이지 못하다는 걸 알고 있다. 이성은 이미 우주 밖으로 날아간 것만 같았다. 그녀에 대한 이 이상한 소유욕이 단순한 남자로서의 욕망인지, 그저 그런 집착인지, 아니면 다른 무엇이 있는지 확인해 보고 싶다. 그녀를 갖고 나면 없어질지도 모르지만 말이다.

그녀에 대한 이 소유욕이 사라진다?

아니다, 만족하지 못할 것이다. 그녀와 한번 자고 나서 해소될 욕망은 아니다. 손끝에 피부만 닿아도 좋고, 눈으로 보기만 해도 만족스러운 이 감정이 단순한 욕망일 리 없었다.

찬욱은 자신의 감정을 솔직히 인정했다. 그저 한 번의 잠자리로 잠재울 수 있는 욕심은 아니다. 지금 자신은 차라리 그녀가 자폐인 것이 반가울 만큼 그녀가 탐이 났다. 그녀가 자폐라 다른 사람과는 말도 제대로 못 나누고, 웃지도 않고, 다른 사람에게 관심을 기울이지 않는 것이 기뻤다. 찬욱은 그녀가 오로지 자신에게만 말을 하고, 자신에게만 웃어주고, 자신에게만 관심을 기울여 주기를 바란다.

아까 의사가 그녀의 영양 상태가 안 좋다는 얘기를 들었을 때 찬욱은 그녀에게 밥을 먹여주는 상상을 했었다. 숟가락으로 밥을 떠서 건네면 그녀가 받아먹는 상상을 했었다. 어미 새가 물어다 주는 먹이에 아기 새가 자신의 생명을 의탁하고 먹이를 받아먹듯이, 그녀가 자신이 떠주는 밥을 먹는 상상을 했었다. 자신에게 그녀가 의지하기를, 오로지 그만 필요로 하기를 바랐다.

후후후, 미친놈처럼 그런 상상을 했다.

하하, 어쩌면 그녀에게 미쳤는지도 모르지.

이 바람, 욕심, 혼란스러운 감정을 확인하는 길은 하나밖에 없었다. 그래서 찬욱은 그녀를 가지기로 마음먹었다. 여기서 떠나 서울로 돌아가면 수연을 볼 일은 요원했다.

사는 집과 여자를 들인 집을 오가는, 평소 경멸하던 부류의
사람들이 하던 짓을 자신이 해야 한다는데 들던 거부감도 잠시,
결심은 순간이었다. 양심과 욕심. 팽팽하던 저울의 추가 욕심
쪽으로 기운 것도 순간이었다.

순식간에 계획이 섰다.

부모님, 이 보살 그리고 그녀의 병 등 장애물을 모두 한쪽으
로 치웠다. 어쩌면 불쑥 튀어나와 문제를 만들지도 모르지만 우
선은 모두 모아 멀찌감치 치웠다.

생각은 나중에, 행동은 당장.

자신이 생각해도 무대포로 밀고 나가는 거지만 우선 한 가지
만 생각하기로 했다. 욕심나는 그녀만 생각하기로 했다. 이 보
살의 방해도, 후에 자신이 한 짓을 알았을 때 어머니의 충격과
실망도…… 무시했다.

일일이 신경 쓰다가 망설이는 것도 늦춰지는 것도 사절이었다.

찬욱은 결심이 서자 밀어붙이기로 했다. 우선 비서실 강 실장
에게 전화를 걸었다.

"접니다. 회사 근처에 괜찮은 집 하나 알아봐 주세요."

[네? 어떤 용도로…….]

강 실장은 유난히 잠자리를 가리는 찬욱의 습관을 알고 있었
기 때문에 찬욱이 집을 알아보라고 하자 찬욱이 사용할 거라는
생각은 하지 못하고 회사 일로 사용하려나 보다 생각하고 용도
를 물었다.

"사생활이 보호되는 데로 알아봐 주세요."

찬욱이 사생활 보호를 운운하자 그제야 용도를 눈치챘다. 강 실장은 찬욱에게 표현하지는 않았지만 여태껏 없던 일에 크게 놀랐다.

"그리고 하나 더, 저번에 이지숙에 대해 조사한 거 있지요?"

[네.]

"그건 보강 조사가 필요합니다. 해방이 묘연한 몇 년을 중심으로 해서 자세하게 다시 조사하도록 하세요. 그리고 이지숙에게 딸이 하나 있는데 그 딸에 대한 것도 자세히 알아봐 주세요. 자폐라니까 병원 기록도 좀 조사해 주시고요."

[네, 이사님. 다시 조사하겠습니다.]

"부탁드립니다. 될 수 있는 한 빨리 받아보고 싶군요."

[네, 빠른 시일 내에 조사를 끝마치겠습니다.]

찬욱은 강 실장과의 통화를 끝내고 담배를 한 대 꺼내 입에 물었다. 담배 연기를 깊이 들이마시자 머리가 좀 안정이 되는 것 같았다.

우선 한 가지 결심을 행동에 옮겼다. 잘못된 결심이지만 그녀를 가지기 위해 행동에 나섰다는 것만 중요했다. 일단 한 걸음을 뗀 이상 되돌아가지는 않을 것이다. 그의 사전에 뒷걸음질이란 없었다.

여자를 그렇게 대하면 안 된다고, 마음에 든 여자에게 어떻게 그런 짓을 저지를 수 있느냐는 속삭임도 무시했다. 자폐인 그녀가 뭘 알겠느냐고, 동의를 구하지도 않고 저 혼자 무슨 짓을 하려 하는 거냐는 속삭임에 귀를 닫았다.

담배 한 개비가 모두 연기가 되어 사라질 때, 자신의 결심을 막는 모든 것들을 다 날려 버렸다. 담배 연기와 함께 안 된다고 소리치는 양심도 같이 날려 버렸다. 뱃속에 타래를 틀고 끈질기게 남아 있는 양심은 수면 위로 떠오르지 않게 단단한 돌덩이를 달아 침수시켜 버렸다.

담배가 모두 타고 난 다음 나온 것은 수연을 가질 생각에 힘차게 뛰는 심장의 박동 소리뿐이었다.

찬욱의 성격을 잘 아는 박 여사는 하룻밤이 지나
자 안도했다. 워낙 집 밖에서 자길 싫어하는 성격인데
다 평소 과학과 통계를 맹신하는 찬욱이 일단 광주에서
하룻밤 잤다니 다소 마음이 놓였다. 혹여 못 참고 그 길
로 돌아오면 어쩔까 하는 생각에 밤이 깊도록 잠이 오
지 않았는데 그 밤이 무사히 지나가고 나니 한시름 놓
였다.

"사모님, 과일이라도 좀 드세요."

함안댁이 쟁반에 모양을 내 깎은 과일과 차를 내왔다.
잠을 설치다 보니 입 안이 깔깔해서 아침에 국만 한 그
릇 비웠을 뿐, 밥술은 통 뜨질 못했다. 평소 과일을 워낙

좋아하니 함안댁이 마음을 쓴 모양이다.

"뭘 이렇게나 많이 깎았어. 같이 들어요."

"전 아침 잔뜩 먹었어요. 사모님이니 좀 드세요."

한입 와삭 깨무니 달콤한 배 즙이 입 안 가득 찼다. 깔깔하던 혀도 과일은 받아들였다.

"제철이 아닌데도 맛이 나네."

"하여튼 사모님은 과일 엄청 좋아하세요."

함안댁이 그럴 줄 알았다는 듯 고개를 끄덕였다. 다른 것은 마다해도 워낙 좋아하시는 과일은 드실 걸 알았다.

"어릴 때 워낙 즐겨 먹었거든."

"그 시절에 과일을 즐겨 드실 정도면 귀하게 자라셨나 봐요?"

함안댁의 질문에 박 여사는 조용히 웃기만 했다.

사실 자신의 어린 시절은 그때 대부분 농부의 자식이 그러했듯이 가난했다. 변변한 논 한 마지기 없었던 아버지는 남의 땅을 일궈야 했고 겨우 끼니 걱정이나 면할 정도로 가난한 살림이었지만 그래도 과일은 제법 많이 먹었었다.

자신의 어린 친구 덕분에 말이다.

배꽃이 피면 과수원은 눈이 내린 것처럼 하얗게 변했다. 온통 하얗게 변한 구릉 사잇길로 빨간 원피스를 입고 빨간 구두를 신은 그 아이가 폴짝이며 뛰어다니곤 했다. 잎의 초록빛마저 덮은 하얀 꽃 사이에서 빨간 원피스가 돌아다니면 멀리서도 그 모습이 선명하게 보였었다. 그 아이를 모르는 동네 아이들은 귀신이 움직이는 거라며 무서워하기도 했었다. 그럴 때면 비밀을 간직한 소녀처럼 킥킥대며 혼자서 즐거워하곤 했었다.

"언니! 유선 언니!"

조그만 손을 열심이도 흔들며 달려오는 그 아이의 목소리가 귓가에 들리는 것만 같았다.

"언니. 나도, 나도 하나 따줘."

제 얼굴만큼 큰 배를 옷에 대고 슥슥 문질러 껍질째 입에 물고 베어내 조그맣게 움푹 파인 배를 자신에게 내보이며 까르르 웃던 그 아이의 모습도 눈에 선했다.

"몰라, 몰라. 내 그림이 더 예쁘단 말이야."

때때로 그 아이 엄마가 자신의 그림을 칭찬하면 골을 내던 통통한 볼도……. 계속해서 놀려대면 손바닥에 물감을 묻히고 그림 위에 꾹꾹 눌러대면 애써 그린 그림을 망치던 모습도 스치듯 기억났다.

"사모님?"

배를 한입 베어 물고 생각에 잠겨 있던 박 여사를 함안댁이 불렀다.

"딴생각을 좀 하느라고……."

입 안에 있던 과즙 빠진 배를 삼키고 다시 한 입 베어 물었다. 어쩐지 아까보다는 맛이 덜한 것 같았다. 기분 탓일지도…….

벌레 먹고, 바람에 떨어지고, 때로는 덜 익었던 어린 시절의 배만큼 맛있는 배는 여태껏 없었고 앞으로도 먹지 못할지도 모른다. 추억이기에 더 맛있게 느껴지는 건지도 모른다. 하얀 속살을 드러낸 배 위로 그보다 더 하얗고 맑게 웃음 짓던 어린 친구의 모습이 겹쳐지며 박 여사는 나직이 한숨을 내쉬었다.

이 보살에 대한 조사를 지시한 뒤 찬욱은 해가 질 때까지 일을 계속했다. 점심상을 들여온 사람에게 물었지만 수연은 아직 깨어나지 않았단다.

수연에 대한 생각으로 일에 집중하지 못할 것 같다는 처음 생각과는 달리 의외로 일에 집중할 수 있었다. 아마도 수연의 뒷조사를 지시하고, 또 그녀의 거처를 알고 있다는 사실이 그에게 안정을 준 것 같았다. 걸어서 몇 분이면 그녀가 있는 방 안으로 갈 수 있고, 그녀의 얼굴을 볼 수 있으니 말이다. 그리고 그녀에 대해 이미 마음을 정했기 때문에 더 이상 고민을 할 필요가 없게 된 것이 가장 큰 요인일 것이다.

찬욱이 쉴 틈 없이 일을 하느라 딱딱해진 목을 주무르며 몸의 긴장을 풀고 있는데 저녁상이 들어왔다. 찬욱은 상을 가져온 여자에게 수연의 상태를 물어보려다 그만두었다. 물을 것도 없이 식사를 마친 후 직접 가보려는 생각에서였다. 방이 어딘지도 아니 굳이 남의 입을 통해 들을 필요는 없었다.

수연을 볼 생각에 후다닥 식사를 마치고 상을 물리자마자 겉옷을 하나 챙겼다. 봄이라도 아직은 아침저녁으로 쌀쌀했기에 수연이 혹시라도 어제처럼 달빛 아래 산책을 한다면 둘러줄 생각이었다. 영양 상태가 좋지 않다는데 그 여리여리한 몸으로 얇은 원피스 하나만 입고 맨발 차림으로 돌아다니다 감기라도 들까 걱정이었다.

아침에 자신의 앞에서 쓰러지는 그녀를 보고 심장이 내려앉았다. 그 짧은 순간 혹시나 그녀를 놓쳐 바닥에 머리를 부딪치지나 않을까 하는 생각을 했다. 자신의 몸이 둔해진 것만 같았다. 품 안에서 느껴지던 작은 몸이 그대로 그의 가슴에 들어왔었다. 그는 미처 몰랐지만 그 순간 수연은 끄집어낼 수 없을 만치 깊게 그의 가슴속에 들어와 각인되어 버렸다.

찬욱은 별채를 나와 수연의 방 쪽으로 발걸음을 옮겼다. 어제보다 조금 더 밝아진 달빛이 수연에게로 가는 길을 환하게 비춰 주고 있었다. 달의 안내를 받으며 수연에게로 조금씩, 조금씩 다가갔다. 반가운 이를 만나러 가는 길은 그 발걸음마저 가볍다. 찬욱은 자신도 모르게 언뜻 한번 들은, 제목도 모르는 노래를 흥얼거리며 걸어가고 있었다.

찬욱이 수연의 방 앞에 다다랐을 때 인기척이 느껴졌다. 마루에 아까 본 수연의 경호원이 앉아 있었다. 찬욱은 즐겁던 기분이 싹 달아나는 것을 느꼈다. 누군가 그녀의 옆에 있다는 것조차 기분 나쁜데 그게 남자라니, 아무리 수연의 경호원이라지만 불쾌한 기분이 들었다.

더군다나 아까 지숙의 명령에 따라 수연을 안아 옮기려는 그의 태도가 지나치게 자연스러웠었다. 여러 번 경험이 있는 듯한 태도였다. 의사의 말로 미루어 수연이 쓰러진 일이 자주 있었던 것 같은데 그렇다면 그때마다 그가 수연을 옮겼단 말인가? 찬욱의 가슴에 불길이 확 끓어올랐다.

찬욱이 온 것을 알고 대용이 마루에서 일어섰다.

"안녕하십니까?"

대용은 인사를 건넸지만 심사가 뒤틀린 찬욱이 순순히 인사를 받을 리가 없었다. 그냥 무시하고 걸어갔다.

점점 다가오는 찬욱을 보며 대용은 지숙의 말을 기억해 냈다. 만나지 못하게 하라는 말을.

"저, 수연 씨는 아직 안 깨어났습니다. 나중에 다시 오십시요."

대용의 말을 듣고 찬욱은 눈을 부릅떴다.

'수연이라니! 나도 아직 그녀의 이름을 한 번도 불러보지 못했는데 너 따위가 어디서 감히 그녀의 이름을 부르는 거야!'

찬욱은 마음속으로 부르짖었다. 그러나 입으로 소리 내 말하지는 않았다. 계속 앞으로 걸어갈 따름이었다.

대용은 찬욱의 무시에 기분이 상했다.

'내가 뭘 어쨌다고 아까부터 무시야! 손님이면 다야? 네가 돈이 있어봤자 얼마나 있다고 사람을 함부로 무시하는 거야? 그래, 저런 자식한테 시집보내 봐야 수연 씨만 고생이지.'

대용은 아까 한 자신의 생각을 뒤집었다. 찬욱의 무시가 질투에서 나온 것이라고는 생각지 못하고, 경호 일을 하는 자신을 무시해서 그러는 것이라고 오해했기 때문이다. 자신의 자격지심의 발로였다.

찬욱은 태어날 때부터 굳이 자신의 행동에 대해, 또는 자신의 의도에 대해 설명해 본 적이 없는 사람이다. 찬욱이 한 가지 행동을 하면 사람들은 스스로 알아서 찬욱의 행동에 대해 생각했고, 그의 의도에 대해 추측해서 대처하곤 했다. 그래서 설명할 필요성을 느낀 적이 없었다. 혹여 그의 행동에 대해 잘못된 대처를 하더라도 사람들은 찬욱에게 설명을 안 했다고 비난하는 대신 찬욱의 행동을 예측하지 못한 자신을 탓했다.

이런 찬욱의 태도는 그를 오만하고 거만한 사람으로 보이게 했다. 그러나 그런 평판에 신경을 쓰며 남의 눈치를 살핀 적이 없었기에 찬욱은 지금 대용의 마음을 눈치채지 못했다.

"죄송합니다. 이만 돌아가십시오."

다가오는 찬욱을 향해 대용이 다시 말했다. 여전히 정중한 말투였지만 차가운 말에서 가시가 느껴졌다.

남들의 감정에 무심한 찬욱이지만 말에 섞인 가시를 느끼지 못할 정도는 아니었다. 그러나 찬욱의 심사가 대용보다 더 꼬이면 꼬였지 결코 덜하지는 않았다.

"당신이 무슨 권리로 막아서는 것이지?"

그의 목소리는 싸늘했다. 그는 화가 날수록 차분해지는 성격이었다. 하지만 그런 그의 말투에 대용은 자신의 생각이 맞는다는 확신이 생겨 더욱 강하게 나갔다.

“이만 돌아가시죠. 아무리 손님이라도 여긴 못 들어가십니다.”

“그래도 들어가야겠다면 어떻게 막을 건데?”

찬욱은 짜증이 났다. 그건 비단 지금 자신의 앞을 막아서는 대용에게만 느끼는 감정은 아니었다. 수연에게 가기까지 통과해야 할 수많은 장애물들에 대한 감정이었다. 그도 익히 잘 알고 있는 여러 장애물들 말이다.

“실력 행사를 할 수도 있습니다.”

“하, 실력 행사라……. 어디 한번 볼까?”

네가 무슨 짓을 하든 전혀 상관없다는 찬욱의 태도는 대용을 계속 자극시켰다. 대용은 수연의 방으로 향하는 찬욱을 가로막았다. 밖에 나가면 깍두기로 보일 만큼 덩치가 좋은 대용이지만 찬욱에게는 별다른 위협이 되지 않는 듯했다. 찬욱은 그저 눈을 치켜뜰 뿐이었다.

두 남자가 서서 눈빛을 주고받았다. 어느 한쪽도 쉽게 물러나지 않을 시선이었다. 찬욱은 수연을 꼭 봐야 했으니 결코 물러날 수 없었고, 대용은 또 나름대로 자존심을 내세워 물러나지 않고 있었다.

“네가 아무리 그래 봐야 절대로 날 막지 못해. 너뿐만 아니라 그 누구라도 결코 날 막지 못할 거야.”

찬욱의 말에는 단호한 결심이 느껴졌다. 대용에게 하는 말이지만 또한 그 자신에게 하는 다짐이기도 했다. 누가 막든지 간

에 결코 그녀를 포기하지 않겠다고 스스로에게 하는 다짐이었
다.

대용은 찬욱의 얼굴을 다시 찬찬히 살폈다. 수연에 대한 마음
이 엿보였다. 다소 오만해 보이긴 하지만 방탕해 보이진 않는
다.

대용은 수연의 경호를 하면서 그녀에게 연민을 느꼈다. 수연
이 가여웠다. 자폐에서 벗어나 행복해지기를 바랐다. 그런데 만
약 수연이 방탕한 재벌 2세—대용은 이 여사에게서 찬욱이 대단한
재벌 2세라는 얘기를 들었다—에게 걸린 것이라면 막고 싶었다.
데리고 놀다 버릴 작정이라면 죽을힘을 다해 막아서려 했다. 그
러나 찬욱의 눈은 진심이 담겨 있었다.

"수연 씨를 경호한 것이 삼 년이나 됐습니다. 삼 년 동안 웃는
모습을 본 것은 딱 한 번뿐입니다. 수연 씨는 자신만의 세계에
서 외롭고 불쌍하게 지내왔습니다. 처음에는 정신병자인 것만
같아서 꺼렸지만, 만나보고 나서는 어린아이 같다는 생각이 들
었습니다. 당신이 아니라도 충분히 가여운 사람입니다. 만약 그
저 그런 호기심 때문이라면 그냥 돌아가 주십시오. 당신 주변에
는 더 좋은 여자가 많이 있지 않습니까?"

대용은 찬욱의 눈빛에 마음에 있던 말을 꺼냈다.

찬욱은 대용이 수연을 만난 지 삼 년이 되었다고 했을 때는
그녀의 과거 삼 년을 알고 있는 그에게 질투를 느꼈고, 그녀의
웃는 모습을 봤다고 했을 때는 그의 멱살을 쥐고 흔들고 싶었

다. 그리고 자신이 아니라도 충분히 불쌍한 여자라고 했을 때는 심장이 조여오는 것만 같았다.

"내 감정을 설명할 필요성은 못 느끼지만 그저 그런 호기심은 결코 아니야. 그리고 그녀를 비하하는 말은 하지 말았으면 좋겠어. 좋은 여자가 어떤 여잔데? 그녀가 어디가 어때서 그런 말을 하는 거지?"

대영은 찬욱의 말을 듣고 웃으며 옆으로 비켜섰다. 수연이보다 좋은 여자가 많다는 말에 화를 내는 그를 보니 수연에 대한 마음을 다시 한 번 느낄 수 있었다.

"이 여사님이 아시면 큰일납니다. 수연 씨가 아프다고 하고 만나지 못하게 하라고 지시하셨거든요."

찬욱은 옆으로 비켜서는 대용에게 눈빛으로 감사를 표시했다. 비틀린 마음에 미처 보지 못했던 대용의 선한 눈매가 눈에 들어왔다. 워낙 우람한 덩치 탓에 대부분의 사람들은 저 눈매를 보기 전에 겁부터 집어먹을 것이다. 그 눈에 들어 있는 수연에 대한 걱정이 불쾌한 동시에 한편 고맙기도 했다. 이 보살에게서도 볼 수 없었던 진심이 엿보였던 것이다. 한 사람이라도 걱정해 주고 염려해 주는 사람이 있었으니 다행이구나 싶었다.

방으로 들어가니 수연은 아까와 같은 모습으로 잠들어 있었다. 달빛이 방 안으로 들어와 그녀의 얼굴에 그림을 그렸나 보다. 금가루를 뿌려놓은 것처럼 보였다. 얼굴을 만지면 손에 금가루가 묻어나올 것만 같았다.

"잠자는 공주도 아니고 그만 일어나지."

찬욱이 잠든 수연을 바라보며 부드럽게 속삭였다. 그러나 수연은 여전히 깨어날 줄 몰랐다. 동화 속 공주처럼 키스라도 해주어야 일어나려나?

잠든 수연의 입술을 손으로 가만히 만졌다. 보드랍다. 찬욱은 고개를 숙여 수연의 입술에 자신의 입술을 살며시 맞췄다. 가느다란 숨이 찬욱의 입술 위를 간질었다. 후후, 잔웃음이 새어나왔다. 숨이 새어나온 콧망울 위에 가벼운 입맞춤을 했다.

착각일까, 잠든 얼굴이 좀 생기있어 보이는 건?

눈으로 직접 보니 좋았다. 홀로 애끓이며 걱정하는 건 정말이지 두 번 할 일은 못 되는 것 같았다. 어릴 때 문득문득 어머니의 시선을 느끼고, 왜 그렇게 보시는 거냐고 물으면 하시는 대답은 항상 같았다.

좋아서……

지금 자신의 기분이 그랬다. 그냥 보고 있는 것만도 좋았다.

자신은 운명론자도 아닌데 그녀는 마치 원래부터 하나였는데 둘로 나누어져 그리워하다 때가 되어 다시 만난 세상에 하나뿐인 운명 같았다. 운명이란 인간을 포함한 모든 것을 지배하는 초자연적인 힘이라고 했던가. 찬욱은 수연을 만난 것에 운명을 느꼈다. 보이지 않는 누군가가 자신을 수연에게로 인도한 것만 같았다.

"동화대로라면 여기서 당신은 눈을 떠야 해."

동화처럼 자신의 키스에 수연이 눈을 뜰 것만 같아서 키스를 멈추고 그녀를 바라보며 말했다. 동화는 키스해 준 왕자와 그로 인해 눈을 뜬 공주가 결혼하는 것으로 끝을 맺었는데.

하지만 수연의 긴 속눈썹은 여전히 눈을 덮고 있다. 찬욱은 감긴 수연의 눈꺼풀에 입을 맞췄다. 한쪽 눈에, 그리고 다시 한쪽 눈에 번갈아가면서 입을 맞췄다. 수연의 눈 밑을 엄지손가락으로 쓸어 내리면서 광대뼈로, 턱 선으로, 다시 입술로 천천히 손을 옮겼다. 찬욱의 키스로 살짝 부어오른 입술에서 손이 멈췄다.

그때였다, 거짓말처럼 수연이 무거운 눈꺼풀을 들어 올리고 그를 바라본 것이. 갈구하는 눈빛과 텅 빈 눈빛이 허공에서 부딪쳤다. 찬욱의 손은 여전히 수연의 입술 위에 있었다. 찬욱은 그 무심한 눈빛이 아닌 감정이 일렁이는 눈동자를 보고 싶었다. 비록 그것이 아픔일지라도……. 그로 인한 것이라면…….

찬욱은 수연의 턱을 당겨 입을 맞췄다. 거친 입맞춤이었다. 수연의 모든 것을 요구하는 듯한 입맞춤이었다. 찬욱은 혀를 집어넣어 수연의 입 안을 탐험했다. 자신을 밀어내려는 수연의 혀를 붙잡아 빨아들였다.

"음, 흡."

수연이 숨 막히는 소리를 냈다. 달빛 아래서와 같은 반응이었다. 찬욱은 수연의 키스를 멈추고 고개를 들어 다시 수연의 얼굴을 바라봤다. 수연의 눈동자에 스친 것은 두려움이었다. 하지만 찬욱은 그조차 기뻤다. 그 눈에 비록 두려움일지라도 감정을 일렁이게 만든 것은 자신이었다. 그녀의 눈동자 안에 들어 있는 것은 바로 자신이었다.

"이제 그만 깨어나. 당신은 너무 오래 그 안에 갇혀 있었어. 당신이 아무리 도망친다 해도 반드시 깨우고야 말겠어."

찬욱은 왜 그런 생각이 들었는지 알 수 없지만 수연이 도피한 거라는 생각이 머리를 스쳤다. 그녀는 자기 자신 안으로 도망친 거라고, 이제 깨워야 한다고, 그런 생각이 들었다. 원래 자폐가 그런 것 아닌가? 스스로의 세계에 갇혀 지내는 것.

찬욱이 그 말을 하는 순간 수연의 눈동자가 또다시 흔들렸다. 두려운지 몸을 빼려 했다. 손을 들어 찬욱을 밀쳐 내려 했다. 하지만 단단한 그의 몸은 꿈쩍도 하지 않았다.

찬욱은 자신을 밀쳐 내는 수연의 두 팔을 붙들었다.

"날 여기 오게 한 건 당신이야. 그렇지? 이 보살이 아니라 당신이 날 오게 한 거야. 아닌가?"

찬욱은 머리 속에 맴돌던 질문을 입 밖으로 끄집어냈다. 수연이 이천에 가지 말라고 자신에게 말할 때부터 품었던 의문. 그것은 진짜 무당은 이 보살이 아니라 수연일지도 모른다는 의문으로 이어졌다. 만약 그렇다면 자신을 이곳에 부른 건 수연임이 분명했다.

수연이 왜 자신을 이곳에 불렀을까?

그의 명줄과 자손이 관계된 일이라고 했다. 수연이 이천에 가지 않길 잘했다고 하며 그는 어떻게 하냐고 했을 때는 무슨 말인지 몰랐으나, 지나고 보니 그건 송 부장을 말하는 것이었다. 찬욱 자신을 대신해서 죽은 송 부장 말이다. 만약 수연을 만나지 않았다면 그는 이천에 갔을 것이다. 그랬다면 사고가 나서 죽은 사람은 그였을지도 모른다. 그런 면에서 보면 수연은 그의 목숨을 구했다고 할 수 있다.

하지만 단지 그것뿐이었을까, 자신을 이곳에 부른 이유가? 그것이 굳이 이곳에서 지내라 한 이유가 될까?

아니다. 만약 그것 때문이라면 그냥 경고를 해줄 수도 있었다. 그를 이곳에 오라고 말했던 날부터 벌써 여러 날이 지났다. 그렇다면 미리 사고를 예견했다는 것인데……. 전화를 걸어 알릴 수도 있었다. 사고가 날 것을 전화로 알려주었더라도 피할 수 있었을 것이다. 그런데 수연은 굳이 오라 했다.

왜?

찬욱은 수연의 얼굴을 움직이지 못하게 잡고 자신을 똑바로 마주 보게 했다.

"당신은 자신의 껍질을 깨줄 사람으로 날 택한 거야. 그래서 날 부른 거지. 자기 안으로 도망치는 게 무의미하다는 걸 뒤늦게 깨달았는데 혼자 힘으로 깨고 나오기 힘이 드니까 날 부른 거야. 날 위해서가 아니었어. 날 위해서였다면 굳이 오라 할 필요는 없었어. 아닌가?"

그것은 질문이 아니라 확신이었다.

찬욱의 말을 들은 수연의 눈빛이 일렁였다. 놀라움, 혼란스러움, 그리고 두려움으로…….

"당신이야! 당신이 날 부른 거야!"

찬욱의 목소리에는 기쁨이 흘러넘쳤다.

'그녀가 날 부른 것이다. 날 선택한 거야! 다른 누구도 아닌 날!'

찬욱은 수연의 선택한 것이 자신이라는 게 기뻤다. 그녀가 왜 그렇게 되었는지, 왜 자신만의 세계에 갇혔는지는 중요하지 않다. 중요한 건 그녀가 그를 선택했다는 것이다. 그녀를 구해줄 기사로 그를 원했다는 것만이 중요했다.

"선택한 건 당신이야. 잊지 마."

찬욱은 수연에게 경고를 했다. 그리고 다시 그녀에게 입을 맞췄다. 자신을 선택한 데 대한 기쁨이었을까. 아까보다 훨씬 부드러운 입맞춤이었다. 숨을 들이쉴 때마다 그를 미치게 만들던 그녀의 향기가, 그 자연의 향기가 그의 가슴에 들어왔다. 달빛의 냄새, 그리고 알싸한 바람의 냄새가 그의 가슴에 들어오자 비로소 숨통이 트이는 것만 같았다. 어느 누구도 흉내 낼 수 없는, 존재하리라고 결코 생각지 못한 오직 그녀만의 향기가 숨결을 타고 그의 가슴에 들어왔다.

찬욱의 입술이 그녀의 목을 따라 부드러운 살결을 음미하면서 내려갔다. 미끄러져 내려가던 입술이 목 가운데 맥박이 뛰는 곳에서 멈췄다. 나비가 날갯짓을 하듯 파드득 떠는 그녀의 맥박이 그의 입술에 느껴졌다. 입술로 그곳을 지그시 눌렀다. 맥박이 뛰는 것이 좀 더 세게 느껴진다. 찬욱은 오랫동안 그곳을 지분거렸다. 여린 피부가 붉게 물들며 찬욱의 입술 흔적이 남았다. 찬욱은 자신이 남겨놓은 흔적이 만족스러웠다. 빙긋 웃은 다음 다시 수연의 목을 탐험하기 시작했다.

목을 타고 내려온 찬욱의 입술은 쇄골 사이의 움푹 파인 곳에서 다시 멈췄다. 혀를 내밀어 그곳을 맛보았다. 피부가 달다. 여자의 피부가 이렇게 단 적은 처음이었다. 찬욱은 수연의 쇄골을 따라 그녀의 피부를 맛봤다. 품 안에서 수연이 파르르 떨었다.

조금 더, 조금만 더 욕심이 났다. 수연의 피부를 따라 아래로 내려가는 찬욱을 방해하는 것은 수연이 입은 원피스였다.

수연은 따뜻했다. 살아 있는 육체였다.

그녀를 만난 것은 결코 꿈이 아니다. 그녀는 지금 내 눈앞에 살아 있는, 실제로 존재하고 있는 사람이다.

찬욱은 수연의 원피스 위로 손을 미끄러뜨렸다. 수연의 가슴 골짜기 사이를 지나 밑으로 내려갔던 손은 다시 위로 올라와 수연의 가슴을 움켜쥐었다. 수연의 여린 몸에 비하면 크지만 다른 여자들과 비교하면 크지도 작지도 않은, 한 손에 꽉 들어오는 가슴이다. 그의 손에 대고 맞췄다고 해도 좋을 만큼 딱 찬욱의 손안에 들어왔다.

찬욱은 수연의 가슴을 꽉 움켜쥐었다.

“아앗.”

수연은 아픔에 미약한 신음 소리를 냈다. 유난히 민감해진 가슴을 찬욱이 손으로 움켜쥐자 아팠다.

찬욱은 수연의 아픈 신음 소리에 손에 힘을 풀었다. 그가 가슴을 움켜쥐자 긴장했던 수연의 몸이, 손에 힘을 풀자 한숨을 쉬듯 이불 위로 허물어졌다. 하지만 찬욱은 곧 다시 수연의 가슴을 움켜쥐었다. 그러곤 힘을 줬다 풀었다 하며 수연의 가슴을 희롱했다.

찬욱은 온몸이 불길 속에 담근 듯 화끈거리는 걸 느꼈다. 화상을 입은 것 같다. 차가운 물로도 그 화끈거리는 피부는 어쩔 수 없는 것처럼 온몸을 뒤덮은 화끈거림은 치유할 방법이 없을 것 같았다. 수연은 찬욱에게 화상을 치료할 약인 동시에, 고통마저 달콤한 화상을 입히는 무서운 불길이었다.

찬욱은 수연의 맨살을 만지고 싶었다. 옷감 위로 느껴지는 수연의 피부가 그를 감질나게 했다. 옷감을 밀어젖히고 수연의 매끄러운 맨살을 만지고 싶었다. 한 손 가득 수연의 가슴을 움켜쥐고, 달콤한 그녀의 피부를 맛보고 싶었다.

찬욱은 손을 더듬어 수연의 입은 원피스의 지퍼를 찾았다. 그러나 지퍼는 손에 만져지지 않았다. 찬욱은 수연의 쇄골에 파묻고 있던 고개를 들어 눈으로 지퍼를 찾았지만 보이지 않았다. 아마도 등 뒤에 있는 모양이다.

찬욱이 지퍼를 찾으려 한 손을 수연의 등 뒤로 넣는 순간, 찬욱의 눈이 수연의 눈과 부딪쳤다. 눈 속에 한가득 두려움을 담고 있는 수연을 보면서 찬욱의 손이 멈췄다.

내가 뭘 하는 거지? 아무것도 모르는 어린애 같은 이 여자에게 무슨 짓을 하는 거지? 아, 하지만 이 화끈거리는 불은 어떻게 해야 끌 수 있단 말인가?

찬욱은 고통스러웠다. 이러지도, 저러지도 못하고 타오르는 불길 속에 무방비 상태로 던져진 어린아이처럼 무기력했다.

"말해, 당신도 날 원한다고. 날 부른 건 당신이라고! 제발 날 원한다고 한마디만 해!"

찬욱은 수연의 얼굴을 보면서 외쳤다. 타오르는 욕망에 굴복해 그녀를 강제로 안아버리지 않고 결국 그녀에게 허락을 구했다. 찬욱의 몸은 그녀를 안아서 이 타오르는 욕망을 해소시켜 버리라고 유혹했으나 그는 그 유혹에 넘어갈 수 없었다. 하지만 수연은 찬욱의 말에 아무런 반응도 없이 그저 찬욱의 얼굴을 똑바로 바라보기만 했다. 찬욱은 좌절했다.

자신이 착각한 거라고 생각하며 실망하고 있을 때였다, 수연이 손을 내민 건. 수연은 한참을 찬욱의 얼굴을 바라보다가 두 팔을 하늘 높이 허공으로 벌렸다. 찬욱의 눈에 그건 자신을 향해 팔을 벌린 것처럼 보였다. 마치 허락한 것처럼.

"이건 허락인가? 훗, 아니라도 상관없어. 나는 허락이라고 믿을 테니까."

찬욱은 수연의 눈을 들여다보며 말했다. 서로를 한동안 바라보던 두 사람의 균형이 깨진 것은 수연이 눈을 감으면서였다. 수연은 조용히 눈을 감았다. 찬욱은 그런 수연의 행동마저 허락의 의미라고 해석했다. 설혹 아니라 할지라도 그렇게 믿고 싶었다.

찬욱은 감은 수연의 눈꺼풀에 입맞춤을 했다. 찬욱의 입술이 닿자 수연의 눈꺼풀이 파르르 떨렸다. 찬욱은 한 손으로 수연의 목과 어깨를 받치고, 다른 손은 수연의 등 뒤로 집어넣어 지퍼를 찾았다. 손에 딱딱한 금속성 지퍼의 고리가 느껴지자 천천히 끌어 내렸다. 지퍼를 끝까지 내리고 브래지어 고리를 푼 다음 손바닥으로 수연의 매끄러운 등을 쓸어 내렸다.

손에 느껴지는 매끄러운 피부의 감촉이 곧 죽어도 될 만큼 좋았다. 자신의 단단한 손바닥에 수연의 여린 피부가 느껴지는 것이 죽을 만큼 그를 흥분시켰다. 수연이 여자라는 것이, 자신이 남자라는 것이 확실히 느껴졌다. 서로의 피부가 부딪침으로 인해서.

찬욱은 한참 동안 수연의 매끄러운 등이 주는 감촉에서 헤어나올 수가 없었다. 여린 피부 밑에 느껴지는 수연의 뼈마디 하나하나를 만지고, 기억하고, 숭배했다.

"하아, 너무 좋아!"

찬욱은 숨을 깊이 들이마셔 수연의 살내음을 마셨다. 아무리 마셔도 질리지 않을 것 같은 냄새였다. 아무리 마셔도 목마를 것 같은 냄새였다.

찬욱은 수연의 입술에 깊은 키스를 하며, 수연의 옷자락을 끌어 내렸다. 어깨에 있는 옷자락 끝을 잡고 끌어 내려 한쪽 팔씩 옷에서 끄집어내곤, 계속해서 옷자락을 끌어 내렸다. 팔에서 벗겨낸 브래지어는 한쪽에 던져 버렸다.

옷자락이 조금씩 밑으로 내려가는 길을 따라 수연의 매끄러운 피부에 키스를 하며 옷을 끌어 내렸다. 드디어 옷 아래 숨어 있던 수연의 뽀얀 가슴이 드러났다. 뽀얀 젖가슴 위에 핑크빛 유두가 솟아 있었다. 찬욱은 충동을 이기지 못하고 수연의 핑크빛 유두를 입에 넣고 빨았다. 배고픈 아이가 엄마 젖을 빨듯, 생명을 이어가는 젖줄이라도 되는 것처럼 그렇게 입 안에 넣고 빨았다.

입 안에서 꼿꼿하게 일어서는 수연의 유두가 그를 더욱 흥분시켰다. 바지가 갑갑해질 정도로 욕망이 그를 몰아가고 있었다.

파르르, 떨림이 피부를 통해 느껴졌다. 욕망과는 다른 떨림. 그렇게 흥분한 와중에 어떻게 알아차릴 수 있었을까? 완전히 정신이 나가지는 않은 모양이다. 찬욱은 고개를 들어 수연의 얼굴을 바라봤다. 겁을 먹은 걸까? 상기된 얼굴이 가늘게 떨리고 있었다. 후, 깊게 심호흡을 했다. 그를 재촉하고 있는 본능을 가라앉히려 노력했다.

한 뼘이나 될까? 그 거리 사이로 공기의 흐름이 느껴졌다. 한껏 달아오른 피부에 공기가 통하면서 마음이 좀 차분해지는 것도 같았다. 자신을 올려다보고 있는 눈, 그 눈가를 조심스럽게 어루만졌다.

억지를 쓰면 여기에 눈물이 흐를까?

불안하게 흔들리지만 피하지 않고 똑바로 바라보는 눈. 겁이 든 부끄러움 때문이든 간에 가늘게 떨리는 몸과 대담하게 자신을 바라보는 수연의 눈은 묘한 대조를 이뤘다. 눈만 놓고 보자면 그녀는 괜찮을 것도 같았다. 하지만 그 순간 손가락 끝에서 미세한 진동이 느껴졌다. 눈가의 근육이 미세하게 떨리고 있었던 것이다.

찬욱은 그 미세한 근육 위에 입맞춤을 했고, 수연은 눈을 감았다. 꾹 도장을 찍듯, 맹세를 하듯 오래도록 그녀의 눈가에 입술을 대고 있었다. 차츰 눈가의 떨림도 몸의 떨림도 가라앉아 갔다.

입술을 떼고 고개를 드는 순간 수연도 눈을 떴다. 두 사람의 눈동자가 서로 부딪쳤다. 서로를 사로잡아 놓아주질 않았다.

수연을 똑바로 바라보며 손바닥으로 그녀의 볼을 감쌌다. 살짝 감긴 눈, 동시에 고개가 옆으로 살짝 기울었다. 그 움직임이 찬욱의 손바닥과 작은 마찰을 만들어냈다.

황홀했다. 기분이 마치 수연이 자신의 손바닥에 볼을 비빈 것 같았다. 그렇게 믿어도 될까? 잠시 숨을 고르고 있던 심장이 다시 세차게 뛰기 시작했다.

손으로 어루만지고 있는 뺨의 반대쪽에 가볍게 입을 맞췄다. 다시 살짝 감긴 눈. 수연은 자신이 입을 맞추면 눈을 감았다가 입술을 떼면 눈을 떴다. 그녀의 반복적인 행동이 재미있었다. 계속해서 수연의 얼굴 위에 자잘한 키스를 했다.

반쯤 재미에서 시작한 입맞춤은 깊고 진하게 변했고 점점 열기를 더해갔다. 가슴에 커다란 불덩이를 품고 있는 것처럼 찬욱의 온몸이 뜨거워졌다. 점점 몸속으로 퍼지는 열기는 수연을 안아야만 해소될 것 같았다. 몰아치는 열기에 마음이 급했고, 손길도 점점 빨라졌다.

수연이 작은 신음 소리를 낼 무렵 찬욱의 손이 끌어 내린 옷자락 위에 닿았다. 멈칫, 손이 멈추고 수연의 반응을 살폈다. 아까와 같은 떨림은 느껴지지 않았다.

그래도 혹시……? 옷자락 위에 손을 댄 채 수연의 눈을 똑바로 바라봤다. 다시 얽힌 눈빛의 서로의 시선을 놔주지 않았다. 헉, 헉, 몰아쉬는 자신의 숨소리도 멀리서 들리는 듯했다. 모든 감각은 오로지 수연의 눈에만 집중됐다. 그들을 어떤 결계가 둘러싸고 현실과 분리시켜 놓은 것 같은 기분이었다.

얼마나 시간이 흘렀을까? 스스르, 수연의 눈이 감겼다. 찬욱이 입을 맞출 때처럼 눈이 감겼다. 순간 그들은 다시 현실로 돌아왔다. 숨소리도, 맞닿은 피부의 온기도, 작은 움직임들도 생생하게 느껴졌다.

찬욱은 수연이 눈을 감은 것이 허락이라고 믿었다. 손에 힘을 주고 옷자락을 꼭 잡았다. 허락이라 믿은 이상 망설일 이유가 없었다.

　　찬욱은 수연의 엉덩이를 살짝 들어 올리고 허리까지 끌어 내린 수연의 옷을 완전히 벗겨 버렸다. 이제 눈부신 수연의 나신에 걸쳐져 있는 것은 차마 옷이라 부를 수 없는, 수연의 비밀스런 여성을 가리고 있는 작은 천 조각뿐이었다.

　　찬욱은 숨을 쉴 수가 없었다. 그대로 숨이 멎을 것만 같았다. 인공적인 불빛이라고는 하나도 없는, 방 안에 있는 빛이라고는 오로지 달빛뿐이었다. 달빛을 받은 수연의 나신이 금가루를 뿌려둔 듯 눈부시게 반짝였다.

　　수연의 목부터 천천히 쓸어 내렸다. 가슴 골짜기 사이를 지나 배 위로, 그리고 움푹 들어간 배꼽 위를 지난 손은 작은 천 조각에 다다랐다. 찬욱은 수연의 날씬한 아랫배 위를 둥글게 애무하다가 마지막 남은 천 조각마저 벗겨냈다.

　　수연이 흠칫 놀라며 몸을 굳혔다. 동공이 크게 열렸다. 하지만 찬욱을 말리지는 않았다.

　　찬욱은 서둘러 자신의 옷을 벗고, 맨몸으로 수연의 몸 위에 자신의 몸을 겹쳤다. 한 치의 틈도 없이 수연의 몸을 꼭 끌어안았다. 정말 이상한 기분이었다. 당장이라도 욕망을 채우지 못하면 죽을 것만 같으면서도 이렇게 가만히 수연의 맨몸을 안고 있으라고 하면 며칠이라도 그렇게 있을 수 있을 것만 같았다.

　　찬욱은 수연의 온몸을 구석구석 탐색하기 시작했다. 어느 한 곳도 빼놓지 않고 정성 들여 애무를 했다. 수연의 머리카락을 손으로 흐트러뜨렸다. 손가락 사이를 미끄러져 내리는 머리카락이 실크보다 더 부드러웠다. 머리카락 끝에 키스를 하고 그것을 시작으로 수연의 몸 구석구석에 키스를 했다. 그녀의 몸을 숭배했다.

찬욱이 더 이상 욕망을 참을 수 없는 지경이 되자 수연을 만지고, 키스하는 것만으로 만족이 되지 않았다. 당장이라도 수연과 한몸이 되지 못하면 죽을 것 같은 갈망에 시달렸다. 찬욱은 수연의 무릎을 벌리고 그녀의 여성에 터질 듯 부풀어 오른 자신의 남성을 밀어붙였다.

수연은 움찔하며 무릎을 다물려 했지만 이미 찬욱이 수연의 몸 가운데 자리 잡은 후라 쉽지 않은 듯했다. 찬욱은 수연이 조금이라도 상처를 덜 입길 바라는 마음에 부드러운 수연의 여성을 정성 들여 애무했다.

잠시 후에 수연의 여성이 촉촉하게 젖어들기 시작했다. 찬욱은 자신의 남성을 수연의 여성 안으로 조심스럽게 밀어 넣기 시작했다. 찬욱이 수연의 몸 안으로 들어가는 것을 막는 마지막 장벽이 느껴졌다.

찬욱은 잠시 망설이다 한 번에 장벽을 뚫고 수연의 몸 안으로 들어갔다.

"아악, 아파……."

수연은 온몸을 뒤흔드는 아픔에 필사적으로 찬욱을 밀어내려 했다. 그러나 찬욱은 그런 수연의 몸을 꼭 껴안아 움직이지 못하도록 했다.

"미안해, 당신을 아프게 해서 미안해. 하지만 이번뿐이야. 약속할게. 다음부터는 절대로 당신을 아프게 하지 않겠어."

찬욱은 자신의 몸무게를 이용해 수연의 몸을 움직이지 못하게 꼭 누르고, 이마에 흘러내린 머리와 양 볼 옆에 있는 머리를 연신 쓸어 넘기며 수연에게 미안하다고 사과의 말을 했다. 수연의 눈을 들여다보며 앞으로 두 번 다시 아프게 하는 일은 없을 거라고 진심으로 약속하고 맹세를 했다.

수연의 눈에 이슬이 맺혔다. 찬욱을 밀어내려던 수연의 몸짓이 멈췄다. 수연의 두 눈에서 눈물이 흘러내렸다.

찬욱은 수연이 흘린 눈물이 아픔 때문인지, 아니면 다른 무엇이 더 있는지 알 수 없었다. 그러나 수연이 흘린 눈물은 그녀의 볼을 타고 찬욱의 마음속에 흘렀다. 수연의 눈물이 찬욱의 마음에 비가 되어 내렸다. 찬욱은 수연의 눈 밑에 키스를 했다. 수연의 목을 타고 흘러내리는 눈물에 키스를 하며, 입으로 수연의 설움을 마셨다. 수연의 슬픔을 마셨다.

찬욱이 수연의 눈물을 삼키는 사이 수연은 찬욱의 머리를 조심스러운 손길로 만졌다.

찬욱은 머리에 느껴지는 낯설고도 감미로운 손길에 고개를 들었다. 수연이 자신의 머리를 만지고 있었다. 찬욱은 눈을 감았다. 그 간단한 행동이 눈물이 날 만큼 기뻐서, 여자 앞에서 우는 추태를 부릴 것 같아서 두 눈을 감았다. 그 서툴고도 조심스러운 손길에 겨우 참고 있던, 있는 힘을 다해 자제하고 있던 욕망이 다시 끓어올랐다.

찬욱은 수연의 몸 안에 있던 자신의 남성을 천천히 움직이기 시작했다. 여전히 아픔이 남아 있는지 수연의 몸이 굳어지면서 찬욱의 머리를 만지던 손길이 멈췄다. 찬욱은 수연의 양팔을 들어 자신의 어깨를 잡게 한 다음, 수연의 몸 안으로 더욱 깊이 들어갔다.

“하아. 제발, 제발 날 밀어내지 마. 제발…… 부탁이야.”

찬욱이 욕망에 들떠 거친 숨을 토해내며 수연에게 애원했다. 다행히 수연에게서 찬욱을 거부하는 몸짓은 보이지 않았다.

찬욱은 좀 더 깊이 수연의 몸 안에 들어가고 싶은 마음에 살짝 빠져나왔다가 다시 밀어 넣고, 다시 빠져나왔다가 좀 더 힘차게 밀어 넣기를 반복했다.

“하아, 헉, 헉. 아악!”

찬욱이 욕망의 끝에 다다르는 동안 수연도 신음을 내뱉었다. 마침내 찬욱이 모든 욕망을 분출시키자 수연은 비명을 질렀다.

찬욱은 욕망을 분출시킨 후에도 수연의 몸 안에 머물러 있었다. 남녀가 한몸이 된다는 것이, 몸을 섞는다는 것이 이렇게 친밀감이 느껴지는 행동인 줄 예전엔 미처 몰랐다. 그동안의 섹스는 그저 긴장을 풀기 위한, 즐거움을 위한 오락 같은 거라고 생각하며 가볍게 즐겼었다. 섹스가 끝나 욕망이 충족되면 그걸로 끝이었다.

하지만 지금 찬욱은 수연의 몸 안에 좀 더 머물며 이 친밀감을 오래 느끼고 싶었다. 수연에게서 빠져나오고 싶지 않았다. 수연의 몸 안에 자신의 남성을 묻어두고 수연의 몸 위에서 숨을 고르던 찬욱의 가슴에, 수연의 가슴이 오르락내리락 하는 게 느껴졌다. 숨을 힘겹게 쉬는 것이 느껴졌다. 찬욱은 그제야 자신의 몸무게에 수연의 힘들어하고 있다는 걸 알고 자신의 남성을 천천히 뺐다.

수연이 인상을 썼다. 아직도 아픔이 남아 있었던 모양이다.

"미안."

찬욱은 다시 한 번 사과를 하며 수연의 이마에 정성 들여 키스를 했다.

찬욱은 몸을 옆으로 굴려 하늘을 보며 드러누웠다. 찬욱은 곧 수연에게 팔베개를 해주고, 수연의 몸을 끌어당겨 자신의 품 안에 안았다. 찬욱은 수연을 품에 안고, 머리 위에 입술을 대고, 머리카락을 만지작거리던 사이 어느새 잠이 들었다. 밖에 대용을 세워둔 채 방 안에서 낯 뜨거운 행동을 했다는 것도 잊고서 얼굴에는 수연을 가진 만족감이 고스란히 드러나 있었다.

찬욱이 수연의 방에 들어가고 곧 있다가 새끼무당이 대용을 찾아와 지숙이 찾는다는 말을 전했다. 대용은 찬욱이 수연의 방에 있다는 걸 새끼무당이 눈치챌까 싶어 조바심이 났다. 다행히 새끼무당은 눈치채지 못한 것 같았다. 대용은 수연의 방을 흘끗

보고, 별일이야 있으랴 하는 마음에 새끼무당을 따라나섰다. 결론을 말하자면 그 덕에 대용은 방 안에서 벌어진 찬욱과 수연의 사건을 몰랐다.

찬욱이 잠든 후에 수연은 몸을 일으켰다. 몸을 움직이는 것이 낯설었다. 자신의 몸이 아닌 것만 같았다. 삐걱대는 관절을 펴고 일어나 앉았다. 흘러내린 이불을 빠져나와 군데군데 흩어져 있는 옷을 모아 하나씩 몸에 걸쳤다. 시선은 찬욱에게 고정한 채 서둘러 옷을 입었다. 옷을 다 입은 수연은 한참 동안 찬욱의 얼굴을 바라봤다.

이 일은 좋은 일일까, 아니면 나쁜 일일까. 자신이 건 도박은 실패였을까?

혼란스럽게 흔들리던 눈동자는 이내 차갑게 가라앉았다. 천천히 일어선 수연은 방문을 열고 밖으로 걸어나갔다.

마루에서 밤을 환하게 비추는 달을 바라보다가 시선을 돌려 상돌 위에 있는 찬욱의 신을 쳐다봤다. 자신의 발이 족히 두 개는 들어갈 것 같은 검은 구두가 달빛을 받아 반짝였다. 수연은 달을 한 번 바라보고 찬욱의 구두를 한 번 바라봤다. 다시 멀리 어둠 속에 묻혀 있는 산을 멍하니 바라보다가 찬욱의 신을 집어 들었다.

구두는 크기만 큰 게 아니라 무심코 든 손목이 휘청거리며 꺾일 만큼 무거웠다. 하나를 들어 가슴에 쥐고 또 하나를 마저 들었다. 마루에서 일어나 조심스럽게 방문을 열어 구두 두 짝을 방 안에 밀어 넣고 조용히 문을 닫고 마루에 다시 앉았다. 서늘한 달빛을 맞으며 마루에 앉아 있는데도 눈이 자꾸만 찬욱의 신발이 놓여 있던 상돌 위로 가는 것을 막지 못했다.

대용이 지숙에게 수연이 아직 아무런 움직임이 없다는 보고를 하고, 수연을 철저히 감시하라는 지숙의 당부를 들은 후, 안채에 왔을 때 수연은 혼자 마루에 앉아서 달 구경을 하고 있었다.

"언제 나오셨어요?"

대용이 수연에게 물었다.

"……"

"저…… 혹시 손님을 만났나요?"

“……..”

수연은 아무런 대답 없이 달만 쳐다보고 있었다. 대용은 답답한 마음에 안채를 살폈지만 찬욱은 없었다. 찬욱이 신발을 벗어 두었던 상돌 위는 텅 비어 있었다.

“가셨나?”

대용은 고개를 갸웃거렸다. 그때 새끼무당이 수연의 자리끼를 가지고 왔다. 수연은 벌떡 일어나 손을 내밀어 자리끼를 받고는 자신의 방 안으로 들어가 버렸다.

“언제 일어났어요?”

새끼무당이 대용에게 물었다.

“모르겠어. 이 여사님께 갔다 오고 나니까 달 구경하고 있더라고.”

“그래요? 이제 기운 차렸나 보네.”

“저……..”

“왜요?”

“별채에 좀 가보겠어, 손님이 방에 계시나?”

대용은 뭔가 찜찜한 마음에 새끼무당에게 별채에 가봐달라는 부탁을 했다.

“갑자기 왜요? 설마 이 시간에 안채까지 오셨겠어요? 별채에 계시겠죠.”

새끼무당이 대수롭지 않은 투로 중얼거렸다.

“그래도 한번 확인해 봤으면 좋겠는데……. 그럼 내가 가볼 테니 잠깐 여기 있을래요?"

"아니에요. 내가 가볼게요."

대용에게 맘이 약간 있었던 새끼무당은 흔쾌히 대용 대신 별채로 갔다. 그리곤 잠시 후 다시 나타나 대용에게 말했다.

"방 안에 불이 꺼져 있는 걸 봐서는 주무시는 것 같아요."

"그래?"

대용은 새끼무당의 말을 듣고 나서야 안도의 한숨을 내쉬었다. 아무래도 그가 이 여사에게 불려간 사이 돌아간 모양이다. 대용은 안도의 한숨을 쉬고, 새끼무당과 함께 밖으로 나와 수연이 머물고 있는 곳과 바깥을 연결하는 유일한 통로인 소문을 잠갔다. 이제 아무도 이곳으로 들어가지는 못하리라. 대용은 소문이 잘 잠겼나 다시 한 번 확인을 하고 가벼운 걸음으로 자신이 이곳에서 잘 때마다 머무는 숙소로 향했다.

찬욱은 잠을 자다가 묘한 한기에 눈을 떴다. 옆 자리가 썰렁한 것이 자신 옆에서 자고 있어야 할 수연이 보이지 않았다. 찬욱은 상체를 일으켜 방 안을 둘러보았다. 방의 한쪽 구석에 수연이 무릎을 두 팔로 안고 쭈그리고 앉아 있었다. 가까이 가서 보니 잠이 들어 있었다. 찬욱은 문득 수연이 무릎에 얼굴을 묻고 무슨 생각을 하다 잠이 들었을까 궁금해졌다.

수연이 자신에게 몸을 내어준 게 단순한 의미는 아닐 것이다. 자신의 추측대로라면 수연은 자신의 껍질을 깨고 싶어하고, 아마 자신을 매개로 그걸 이루려 했을 가능성이 크다. 그녀가 언제부터 자폐 증상을 보이기 시작했는지는 모르나, 스스로 막아두었던 울타리를 갑자기 허물려 한 이유가 무엇인지 궁금했다.

수연은 자신의 품에서 빠져나와 무슨 생각을 한 것일까? 비바람에 보호막을 모두 빼앗겨 움츠린 채 떨고 있는 나무처럼 연약하고 불쌍한 자세로 잠이 든 것일까? 왜 세상에 자신을 보호해 줄 것은 아무것도 없다는 태도로 스스로를 끌어안은 채 홀로 잠이 든 것일까? 방금 전까지 사랑을 나누었던 자신이 옆에 있었음에도 왜 그녀는 홀로 잠들어야 했을까?

혹시 그래서인가? 세상에 그녀를 보호해 줄 사람이 아무도 없어서, 그녀를 이해해 줄 사람이 아무도 없어서, 그래서 그냥 자신만의 세계에 갇혀 버린 것인가? 상처받는 것이 두려워서, 누군가를 믿고 의지하는 것이 두려워서, 그래서인가?

찬욱은 수연의 조그마한 어깨에서 눈을 떼지 못했다. 남의 운명은커녕 자신의 운명조차 짊어지지 못할 것 같은 작고, 연약한 어깨가 안쓰러워 한참을 바라보고만 있었다. 가만히 감싸 안아 자신의 온기를 나눠주고 싶었지만 발이 땅에 붙은 듯 움직일 수가 없었다.

움직이지 않는 발 대신 손을 뻗어 수연의 머리를 가만히 쓰다듬었다. 착한 일을 한 어린아이를 칭찬해 주듯이 그렇게 가만히 머리를 쓰다듬었다. 장하다, 잘했다 하며 칭찬을 해주는 것처럼 머리를 쓸고, 또 쓸고 하였다.

그러는 사이 어느새 발이 움직였고, 찬욱은 수연 앞에 다가가 쪼그리고 앉아 있는 무릎째 꼭 안아주었다. 새벽의 차가운 공기에 수연의 몸이 싸늘하게 식어 있었다. 수연을 이불로 옮기기 위해 제대로 안아 들려 하는데 수연이 칭얼거리며 깨어났다.

"깼어?"

찬욱은 수연을 이불로 옮겨주려는 게 오히려 깨운 꼴이 되어 멋쩍었다. 수연이 잠에 취한 눈으로 찬욱을 바라봤다. 그가 누구인지 기억해 내려는 듯 고개를 갸웃거렸다.

"하암, 도둑은 잡았느냐?"

어딘지 위화감이 느껴지는 또렷한 목소리였다.

"어?"

찬욱은 뜬금없는 수연의 말에 의아했다. 도둑이라니……. 이곳에 도둑이 들었다는 말인가?

"여기에?"

"아니, 이천에 말이다."

조심스럽게 묻는 찬욱에게 수연이 귀찮은 듯이 대답해 주었다. 말투가 이상했다. 반말을 하긴 했어도 지금은 마치 아랫사람을 대하는 것 같은 말투가 아닌가. 게다가 목소리도 수연의 것이 아닌 것 같았다.

"이천? 화성반도체 말이야?"

"제 집에 도둑이 든 줄도 모르고 태연하게 잘도 자더구나!"

찌릿, 째려보며 질책하는 모양새가 제법 무서웠다.

"어, 언제? 언제 도둑이 들었는데?"

묻는 목소리가 저절로 조심스러워졌다.

"집안 사람이 도둑질한 줄도 모르고 계집을 안고 좋아라 하는 꼴이라니……. 쯧쯧."

지금 말을 한 건 수연이 아니다. 머리카락이 쭈뼛 섰다.

"무슨……."

"아, 그러고 있지 말고 서둘러. 사라진 설계도를 찾아야 할 게 아니냐? 밥을 떠먹여 줘도 씹을 줄 모르니……."

수연의 얘기를 듣는 순간 찬욱의 머리 속을 스쳐 가는 것이 있었다.

정전 소동과 해커!

뭔가 이상한 결합이라 생각했지만 그냥 흘려들은 것이 실수였다. 단순히 해고당한 것에 대한 분풀이로는 일을 너무 크게 벌렸다. 해커까지 동원해서 일을 저질렀다면 단순히 해고당한데 대한 보복으로만 한 일은 아닐 것이다.

설계도라니! 대체 무슨 설계도를 노린 것일까? 설마? 차세대 기억장치 SR의 설계도를 노린 행동일까?

그럴 가능성도 있다. 경쟁업체에게 판다면 한 재산 챙길 수도 있을 것이다. 설마 대만 쪽에 넘기려는 것은 아니겠지?

찬욱은 서둘러 강 실장에게 전화를 했다.

[네. 강성민입니다.]

전화기 저편에서 잠에 취한 듯한 목소리가 들려왔다.

"강 실장님, 접니다."

찬욱이 목소리에 다급함을 실어 말했다.

[네? 네, 이사님.]

강 실장은 이른 새벽에 걸려온 전화에 깜짝 놀라 얼른 대답했다.

"화성반도체의 연구실과 개발부에 급히 사람을 보내 정보 유출이 있었는지 여부를 좀 조사해 주십시오. 급합니다."

[정보 유출이요? 불가능하다는 건 이사님께서 더 잘 알고 계시지 않습니까? 연구실과 개발부에서 진행되는 프로젝트에 대한 건 아예 복사가 되지 않게 컴퓨터가 감시하도록 설계되어 있습니다. 또한 연구실과 개발부를 드나들 때는 X—ray 검색기를 통과해야 하는 등 보안은 철저하게 이루어지고 있다는 걸 누구보다 잘 아시지 않습니까? 정보의 유출은 절대 불가능합니다.]

"평상시라면 그렇겠지요."

[네? 그 말씀은……?]

"정전 사태일 때는 문제가 다르지 않습니까? 비상 발전기가 돌아가기는 하나, 그런 어디까지나 비상용으로 당장 전기가 들어가지 않으면 위험한 곳이나 사람들을 피신시키기 위한 곳 등으로 전기가 들어가는 곳이 제한되어 있습니다. 우선 정전일 때 보안 감시 체계가 작동하는지 여부부터 알아보시고요. 그 시간에 연구실과 개발부에 남아 있었던 인원들을 살펴주세요. 제 예상이 맞는다면 차세대 기억장치인 SR의 설계도가 도난당했을 가능성이 큽니다.”

[네? 설마 SR의 설계도가?]

“아니길 바라지만 지금으로서는 그럴 가능성이 큽니다. 서둘러서 알아봐 주세요.”

[네. 알겠습니다. 저…… 그런데 이사님, 그런 정보를 어디서 얻으셨는지…….]

찬욱은 강 실장의 질문에 말문이 막혔다. 정보를 어디서 얻었냐는 질문에 그가 대체 뭐라고 대답하겠는가. 자폐를 앓고 있는 무당에게서 얻었다고 말할 수야 없지 않은가!

“밝힐 수 없는 정보원이 있습니다. 지금 그게 중요한 게 아니라, 우선 설계도가 도난당했는지 여부와 만약 도난당했다면 누가 훔쳤는지, 가담자는 누가 있는지, 그리고 어디로 넘어갔는지 밝혀내는 것이 더 중요합니다. 서둘러서 알아봐 주십시오, 한시가 급합니다.”

[네, 조속히 처리하도록 하겠습니다.]

찬욱은 강 실장과의 통화를 끝내고 수연을 바라봤다. 보면 볼수록 그 끝이 보이지 않는 여자다.

“왜 그때 얘기 안 했어?”

찬욱이 수연에게 왜 자신더러 이천에 가지 않길 잘했다고 한 날 도둑의 일을 같이 얘기하지 않았는지를 물었다.

“…….”

“왜 좀 더 일찍 말하지 않았어?”

"누구한테 감히 질책이야! 고마운 줄도 모르고."

노한 목소리가 귀를 때렸다.

"나이도 어린 놈이 말은 왜 반토막이고!"

"……."

누가 나이가 어리단 건가? 자신이?

"……당신, 대체 누구야?"

찬욱이 수연을 똑바로 보며 물었다. 지금 말을 하는 사람은 수연이 아니다. 누군지 모르지만 수연이 아니라는 것만은 확실했다.

"건방진 놈!"

수연이라면 이런 식으로 말할 리 없다. 설마……?

"아무래도 실수지 싶다."

찬욱의 얼굴을 빤히 바라보던 수연이 긴 한숨을 쉬고 말을 끝냈다.

"돌려줘. 수연일 돌려줘…… 요."

뭔지도 모를 존재에게 이런 부탁을 하게 될 줄이야.

찬욱을 쏘아보는 눈빛이 점점 더 강렬해지더니 한순간 눈동자 위로 까만 장막이 씌워졌다. 그제야 찬욱은 참았던 숨을 내쉬었다. '푸' 하고 숨이 한꺼번에 터져 나온 후에야 자신이 숨을 참고 있었다는 걸 알 수 있었다.

"……괜찮아?"

수연의 얼굴을 살피며 조심스럽게 물었다. 무슨 말인지 모르겠다는 듯 수연이 고개를 갸우뚱거렸다.

"지금 나한테 한 말, 기억해?"

수연의 까만 눈동자가 순간 커다랗게 확장됐다.

놀라는 모습은 저렇구나. 수연에 대한 정보 하나가 머리에 저장됐다.

"기억 못해?"

수연이 천천히 머리를 위아래로 끄덕였다.

"이렇게 기억 못할 때가 많아?"

이번에는 머리를 가로저었다.

"그러면?"

"가끔……."

입술이 달싹이며 조그만 목소리가 흘러나왔다.

"기억을 못하는 건, 안 좋은 거야. 음, 아픈 건지도 몰라."

조심스럽게 단어를 골라 말을 꺼냈다.

"아픈 거 아니야. 지금은 안 아파."

"지금은? 그럼 언제 아픈데? 어디가 아픈데?"

지금은 안 아프다는 말은 전에는 아팠다는 말이다. 어디가, 어떻게 아팠다는 걸까?

"머리."

"머리? 머리가 아파? 언제? 지금처럼 기억 못할 때?"

"몰라, 그냥 아파."

이상한 말투와 예언, 없어진 기억, 그리고 두통. 뭔가 연관 관계가 있을 것 같았다. 두통을 제외하면 수연이 무당이라는 가정 하에 설명이 가능한 것들이다. 하지만 두통은 동떨어져 있었다.

"다음에 또 머리가 아프면 말해 줄래?"

찬욱은 수연에게 당부를 했다. 두통에도 일정한 패턴이 있다면 연관 관계를 밝힐 수 있지 않을까.

"왜?"

수연이 눈을 동그랗게 뜨고 찬욱을 향해 물었다.

"어? 어, 그러니까…… 아프면 고쳐야 하는데 언제 아픈지 모르면 병원에 갈 수가 없으니까. 그러니까 머리가 아프면 그 즉시 말해 줄래?"

어설픈 변명이었지만 달리 생각나는 것이 없었다.

"음, 병원은 싫은데. 병원 가도 머리 아픈 거 못 고쳐. 병원에 가면 머리가 더 많이 아프단 말야."

"어떨 때 아픈데? 병원에서 검사 같은 거 할 때 아프니?"

"아니."

"그럼? 그럼 어떨 때 아픈데?"

"그냥 병원에만 가면 아파. 병원에 가면 귀에 웅얼웅얼하는 소리가 들려."

"사람들이 말하는 소리?"

"아니, 말하는 소리 말고."

수연은 찬욱이 자신의 말을 못 알아듣자 짜증을 냈다.

"미안. 그럼 어떤 소린데?"

"웅얼웅얼하는 소리란 말이야. 처음엔 쪼그맣게 들리는데 나중엔 너무 커져서 머리가 아프단 말이야!"

수연이 찬욱에게 짜증을 내며 소리 지르듯이 말했다. 찬욱은 짜증내는 수연을 꼭 끌어안았다. 수연을 안은 채로 수연의 뒷머리를 한 손으로 받치고 수연의 눈을 마주 봤다. 그 눈 안에는 짜증이 가득했다. 이런 순간조차 그는 수연의 짜증을 가라앉혀야 한다는 생각보다 수연의 눈 안에 자신의 모습을 담고 싶다는 생각을 했다.

"미안. 나는 수연이 언제 어떻게 아픈지 잘 모르니까 자세히 얘기해 줘. 그럼 안 아프게 해줄게. 약속할게. 난 약속은 꼭 지키는 사람이다."

찬욱은 또다시 수연에게 사과를 했다. 벌써 몇 번째 하는 사과인지 모르겠다.

"소리가……."

"응? 소리가 뭐?"

"소리가 머리를 찌르는 것 같아."

"소리 때문에 머리가 아프단 말이야?"

"응. 소리가 머리를 찔러서 아파. 처음엔 밖에서 들리는 소리가 머리를 콕콕 찌르는데, 조금 더 지나면 머리 속에서 소리가 왔다 갔다 하면서 머리를 아프게 해."

"그때도 그랬어? 새벽에 나한테 왔을 때도, 그때도 그랬어?"

"그건 달라."

"달라? 뭐가 다른데?"

"그건…… 신이 나한테 말해 주는 거야. 아프진 않아."

"신?"

"응, 신. 신이 말하는 건 괜찮아. 싫다고 하지만 않으면……. 신 말고 다른 것들도 들리니까, 그때는 머리가 아프지."

정리를 하자면, 신은 아까처럼 수연의 입을 통해 직접 말을 할 때도 있고, 수연에게만 들리도록 말을 할 때도 있다. 전자의 경우 수연은 그 사실을 기억하지 못한다. 그리고 때로 신이 아닌 다른 존재가 수연에게 말을 걸기도 하고, 그러면 수연은 머리가 아프다. 맞나?

비과학적인 이런 일들이 거부감없이 믿어지는 건 왜일까? 예언을 직접 경험해서? 예언이라……. 강 실장이 결과를 보고하면 좀 더 확실해지겠지. 하지만 지금 같아서는 굳이 조사 결과를 듣지 않더라도 수연의 말이 옳을 거라는 확신이 들었다.

"많이…… 아파?"

만일 평범한 사람이라면 겪지 않아도 될 아픔을 수연은 지금 겪고 있는 것이다. 마음이 짠했다.

"가끔은……. 하지만 괜찮아. 생각 안 하면 안 아파."

생각 안 하면, 이라? 어쩌면 그게 수연이 자폐에 빠진 원인이지 않을까? 사고를 차단하고, 주위에 대한 관심을 버리고, 자신의 세계를 쌓아 아픔으로부터 혹은 아프게 하는 어떤 존재로부터 스스로를 보호해 온 게 아닐까?

"하아아아~"

수연이 크게 하품을 했다. 그래 봐야 별로 크지도 않았지만 말이다.

수연은 얼굴 전체적인 균형을 봐서는 입술이 작은 편이다. 하품을 하느라 크게 벌린다고 벌려도 역시나 조그맣다. 그 모양새가 귀여워 지켜보는 찬욱의 얼굴에 저절로 미소가 떠올랐다.

"졸려?"

찬욱은 수연을 더 가까이 끌어안고는 수연의 머리를 자신의 어깨에 기대게 했다. 찬욱의 어깨에 기댄 수연은 거짓말처럼 금방 잠들어 버렸다.

수연의 머리가 힘을 잃자 흑단처럼 검은 머리카락이 그의 가슴으로 후두둑 떨어졌다. 그와 동시에 찬욱의 심장도 내려앉았다. 그저 몸의 부속품으로 딸려 있던 심장이 수연을 안자마자 '쿵' 하고 내려앉으면서 그때부터 제 기능을 다해 뛰기 시작했다.

찬욱은 수연을 안은 채로 수연의 흑단같이 검은 머리카락을 손으로 쓸어 내렸다. 손가락에 감기는 머리카락이 부드러웠다. 까맣고 곧은 머리카락이 이제껏 염색이나 파마 한 번 안 해본 것 같았다. 자연 그대로다. 마치 그녀처럼. 세속의 때가 하나도 묻지 않은 그녀처럼.

찬욱의 품 안에서 수연이 꼼지락거린다. 앉은 자세로 그의 품에 안겨서 자려니 불편한 모양이다. 찬욱은 자신이 잠든 사이에 수연이 일어나 챙겨 입은 원피스를 다시 벗겨낼까 고민하다가 그냥 놔두기로 했다. 그녀의 맨살이 주는 유혹을 참기 어려울 것 같았기 때문이다. 잠에 취해 어린아이마냥 자신의 품에 기대어 졸고 있는 수연을 찬욱은 차마 다시 깨워 자신의 욕망을 채울 수가 없었다.

찬욱은 수연을 이불 위에 눕히고 자신도 그 옆에 누웠다. 그리고는 수연을 품 안에 꼭 끌어안았다. 찬욱은 아까도 안고 있었지만 어느 틈엔지 일어나 자신의 품 안을 빠져나간 수연의 소행을 기억해 내고는 한쪽 다리를 수연의 몸 위에 척 걸쳤다. 수연이 움직이면 자신이 알아챌 수 있도록 그렇게 했다. 다리를 걸치고 나서야 찬욱은 만족스러운 미소를 지었다.

그러나 곧 미소를 지워야 했다. 좀 전에 수연과 나눈 대화가 생각나서였다. 그녀의 아픔을 제거하려면 어떻게 해야 할까? 찬욱은 이런 종류의 일을 해결하려면 누구를 찾아야 할지를 생각해 봤지만 선뜻 떠오르는 사람은 없었다.

강 실장에게 알아보라고 해야겠다. 참, 수연에 대한 조사도 부탁했는데. 화성반도체 일까지 너무 많은 일을 맡긴 건 아닐까? 이 일은 다른 사람에게 맡겨야 하나? 강 실장만큼 입이 무겁고 일처리를 잘하는 사람이 또 누가 있지? 우선 수연의 병원 기록부터 살펴봐야 하는데, 그래야 그녀의 증상이 어느 정도인지, 또 그녀가 무당인 것과 점을 치는 것과 그녀의 자폐가 연관이 있는지 없는지를 알 수 있을 텐데.

그녀와의 대화를 통해 찬욱은 그녀가 다른 사람과의 의사소통에는 별문제가 없음을 알 수 있었다. 말투가 어린 듯한 점은 있지만 비교적 대화의 요점을 잘 파악했다. 중간에 짜증을 낸 것도 어찌 보면 희망적인 일이라 할 수 있다. 그건 그가 그녀가 하는 말의 요점을 파악하지 못해서 그녀가 짜증을 낸 것이다. 이걸 바꿔 말하면 그녀는 자신이 그에게 전달하고자 하는 말의 요점을 정확하게 파악하고 있었다는 뜻이다.

정상으로 돌아올 수 있다는 신호일까?

찬욱은 잠든 수연의 얼굴을 바라봤다. 순진무구한 얼굴로 잠들어 있었다.

기쁜 건가? 그녀가 정상인 사람처럼 될 수 있을지도 모른다는 한 자락의 희망이 기쁜 것일까? 그녀를 독점할 수 있는 기회가 사라져서 아쉬운 것이 아닌가?

찬욱은 혼란스러웠다. 이중적인 잣대.

그녀가 정상이 된다면, 그렇다면 그녀를 옆에 두는 일은 좀 더 쉬우리라. 그녀의 조건은 형편없지만 대신에 그가 배경이 되어줄 수 있었다. 그녀의 자폐 증상이 사라지기만 한다면 말이다. 기쁜 일이다.

하지만 찬욱은 마냥 기뻐지지만은 않았다. 자신도 모르는 새에 뼛속 깊이 파고든 그녀에 대한 독점욕 때문이었다. 오직 그를 위해 존재했으면 하는 마음. 그녀의 눈이 그를 향하고, 그녀의 미소가 그를 향하고, 그녀의 손이 오직 자신에게만 내밀어지기를 바라는 마음.

치졸한 욕심. 그러나 다스릴 수 없는 욕망이었다.

찬욱은 이런저런 생각을 하느라, 그리고 자신의 품 안에서 자고 있는 수연에 대한 욕망을 다스리느라 새벽의 여명이 밝아올 때까지 잠을 이룰 수가 없었다. 그러나 전날 밤에도 역시 잠을 이루지 못한 노곤한 몸이 그를 잠 속으로 이끌었다. 여전히 수연을 꼭 안은 채로 그는 날이 밝아올 때가 되어서야 겨우 잠이 들었다.

성난 음성이 그를 깨우기 전까지 말이다.

지숙은 아침이 되자 기분이 다소 나아졌다. 대용의 보고에 따르면 최 회장 아들은 자신의 숙소에서 움직이지 않은 것이 분명했다. 점심, 저녁을 모두 자신의 숙소에서 먹었고, 밤에도 수연을 찾지 않았다고 했다. 늦은 밤에야 문을 걸어놨으니 못 들어갔을 테고 말이다. 생각 같아서야 그가 갈 때까지 문을 걸어잠가 놓고 싶었지만, 혹시나 하는 마음에 그만뒀다. 괜한 꼬투리를 잡히기 싫었던 것이다.

아침 일찍 다시 대용을 불러들여 들은 애기로는 수연이 밤늦게 깨어나 달 구경을 했다고 한다. 무슨 이유인지는 알 수 없으나 수연은 달 구경하기를 좋아했다. 평소에도 흔히 있는 일이라 지숙은 그러려니 했다.

지숙은 수연을 불러다 얘기를 할까 하다가 수연의 방으로 직접 가기로 했다. 점괘를 빨리 내놓으라고 독촉을 해야겠다. 아무래도 찜찜한 것이 최 회장 아들을 얼른 보내 버려야겠다.

지숙은 서둘러 수연의 방으로 향했다. 수연이 깨어난 이상 지체할 까닭이 없었다. 수연의 처소 앞에 나와 있던 대용이 들어서는 지숙을 보고 인사했다.

"아직 안 일어났나?"

지숙이 대용에게 물었다.

"예, 아직 기척이 없습니다."

지숙은 대용의 대답에 고개를 끄덕이고는 수연의 방으로 들어가기 위해 방문을 열었다가 그대로 돌이 되어버렸다. 방 안에는 최 회장의 아들이 수연을 껴안고 잠들어 있었던 것이다. 더군다나 이불 위로 보이는 최 회장 아들의 상체는 맨몸이었다.

지숙은 누군가가 머리를 망치로 후려친 것 같은 충격을 받았다. 어떻게 최 회장의 아들이 여기에 있단 말인가! 분명히 대용이 문을 잠그고 자러 갔다고 했는데 그가 어떻게 여기에 들어와 이런 모습을 하고 수연과 같이 누워 있을 수 있단 말인가!

지숙은 자신도 모르게 새된 비명을 질렀다.

"이게 뭐 하는 짓이야!"

수연을 품에 안고 만족스럽게 잠을 자고 있던 찬욱이 그 소리에 깼다. 자신을 방해한 소리에 인상을 한껏 찌푸리고 눈을 떴다. 수연도 잠이 깼는지 일어나려고 품 안에서 꼼지락거렸다.
찬욱은 우선 품 안에서 벗어나려고 꼼지락거리는 수연의 어깨
에 팔을 둘러 단단히 끌어안고 상체를 일으켜 함께 일어났다.

자신을 방해한 목소리의 주인공은 이 보살이었다. 하필이면
또다시 이런 장면을 볼 게 뭐람. 한 번의 방해도 귀찮았는데 또
다시……. 짜증이 절로 났다.

찬욱과 지숙, 두 사람 모두 얼굴에 서로의 감정을 고스란히
드러낸 채로 대치 중이었다. 찬욱의 얼굴에는 짜증이, 지숙의
얼굴에는 놀라움과 불쾌한 기색이 있는 그대로 드러났다. 그들
의 대치 상태를 깬 것은 찬욱의 품에서 벗어나려고 꼼지락거리
는 수연의 몸짓이었다.

"가만히 좀 있어봐."

찬욱은 자신을 밀어내려 애쓰는 수연을 다시 꽉 안은 채 지숙
을 바라봤다.

"너, 너……!"

지숙은 찬욱의 품에 안겨 있는 수연을 바라보며 말을 잇지 못
했다. 호통을 치려 했지만 입에서 나오는 단어라고는 겨우 숨넘
어가는 목소리로 내뱉는 '너' 소리가 다였다.

지숙의 비명과도 같은 고함 소리에 놀라 방으로 뛰어들어 온
대용의 반응 역시 같았다.

"헉! 부, 분명히 문을 잠갔는데……."

지숙을 노려보던 찬욱은 방으로 뛰어들어 온 대용이 하는 말

을 분명히 들었다.

문을 잠가? 그럼 여태까지 수연을 감금하고 있었단 말이야? 네가 무슨 권리로 감히 수연을 감금해? 너희들이 무슨 권리로 그녀의 자유를 박탈해!

찬욱은 살기 어린 시선으로 지숙과 대용을 번갈아가면서 쳐다봤다. 그런 찬욱의 시선에 지숙과 대용이 주춤하며 그들도 모르는 새 뒷걸음질쳤다.

"우선 옷부터 입고 얘기하기로 하죠."

찬욱이 분노를 참으며 지숙과 대용을 향해 통보를 했다.

"잠시 나가 있으란 말입니다."

찬욱은 옷부터 입고 얘기하자는 자신의 말에도 그들이 움직일 기미를 보이지 않자 노골적으로 나가 있으라고 말했다. 찬욱의 말에 대용은 멈칫멈칫하며 방을 나갔지만 지숙은 여전히 그 자리에 서 있었다.

지숙의 시선은 수연에게 고정된 채였다. 눈동자 하나, 눈꺼풀 하나 움직이지 않고 오직 수연만 뚫어져라 쳐다보고 있었다.

"나와라!"

흔들림없이 수연을 쳐다보던 지숙이 말했다. 목소리 가득 경악과 배신감이 고스란히 담겨 있었다.

지숙의 말을 들은 수연이 일어나 지숙에게 가려 했다. 하지만 찬욱은 알아차렸다, 그녀가 사실 지숙에게 가고 싶어하지 않는다는 것을. 지숙이 나오라는 말을 했을 때 수연의 몸이 약간 굳었었다. 그녀와 살을 맞대고 있는 그만이 눈치챌 수 있을 만큼 아주 미세했지만 그녀는 분명 망설였다.

"젠장!"

찬욱은 수연을 안고 있던 팔을 풀고 그녀의 어깨를 두 손으로 꼭 눌러 그대로 앉아 있으라는 제스처를 했다. 그런 다음 이불을 끌어당겨 몸에 두르고 일어나서 수연을 뚫어져라 쳐다보고 있는 지숙의 팔을 잡아끌어 방 밖으로 내보냈다. 비록 한 팔이긴 했지만 찬욱의 힘에 당하지 못하고 지숙은 힘없이 끌려 나갔다.

"잠시 후에 다시 얘기하죠!"

찬욱은 지숙을 방 밖에 세워둔 채 자신만 안으로 들어와 문을 세게 닫았다. 그런 후 뒤돌아보니 수연은 그가 앉혀놓은 그 자리에 그대로 앉아 있었다. 찬욱은 나직이 한숨을 쉬었다. 몸에 두른 이불을 방바닥에 아무렇게나 내팽개친 다음 자신의 옷을 찾아 입기 시작했다.

여기저기 흩어져 있는 옷을 빠른 시간 안에 주워 입은 찬욱은 수연의 앞에 마주 앉았다. 가만히 그녀의 어깨 위에 손을 올려놓고 그를 바라보게 했다.

"이곳에서 벗어나고 싶어?"

찬욱은 단도직입적으로 물었다.

"……."

그러나 수연의 대답은 없었다.

"말해, 당신이 해 달라는 대로 해줄게. 그만한 힘은 있어."

"……."

"당신이 원하는 걸 말해. 그렇지 않고서는 아무것도 해결되지 않아. 여기서 벗어나고 싶니?"

가만히 있던 수연의 고개가 위아래로 움직였다. 살짝이나마 그녀가 고개를 끄덕였다.

하하하, 그녀가 고개를 끄덕였어! 내가 하자는 대로 하기로 했다고!

"그래? 알았어! 그럼 이제 내가 하자는 대로 하는 거다."

찬욱은 터질 것 같은 심장을 부여잡고 다시 한 번 수연에게 다짐을 받았다. 찬욱은 팔을 수연의 등 뒤로 둘러 그녀를 꽉 끌어안았다.

"다 잘될 거야! 걱정하지 마!"

찬욱은 수연을 보듬어 안고 속삭였다. 그것은 수연에게 하는 약속이요, 그 자신에게 하는 다짐이었다.

한편 찬욱의 손에 이끌려 방 밖으로 쫓겨난 지숙은 자신의 코앞에서 닫힌 문을 멍하니 쳐다보고 있었다. 조금 전의 상황이 머리 속에서 필름이 돌아가듯 휘리릭 떠올랐다.

아닐 거야! 별일없을 거야! 수연이는 옷을 입고 있었잖아! 그냥 별일 아닐 거야! 최 회장 아들이 수연이를……? 그럴 리가 없어! 주위에 여자가 좀 많겠어? 수연이 같은 아이가 눈에 찰 리 없어! 그래, 아무 일도 없었을 거야! 아니, 설혹 무슨 일이 있었다 해도 그저 잠깐의 호기심이겠지. 최 회장 아들은 결국 떠날 사람이잖아? 걱정할 필요 없어!

지숙이 스스로에게 최면을 걸고 있는 사이 방문이 열리며 옷을 갖춰 입은 찬욱의 모습이 보였다.

"들어오시죠."

지숙은 스르르 방 안으로 들어갔다. 방 한가운데의 요 위에 앉아 있는 수연을 보자 그 요 위에 수연과 찬욱이 누워 있던 모습이 겹쳐졌다. 지숙은 마음을 다잡고 찬욱을 향해 말했다.

"상식이 없는 사람도 아닐 텐데 이게 무슨 경우입니까? 제정신도 아닌 아이를······."

"마치 그녀가 미치기라도 한 것처럼 말하시는군요."

"제정신이 아닌 건 사실이지요. 더하지도 빼지도 않은 사실 그대롭니다. 제 병으로 학교도 한번 못 가본 아입니다. 남녀 간의 일 같은 걸 알 리가 없지요. 이렇게 경솔하리라곤 생각지 못했는데 뜻밖이시군요."

"마치, 남처럼 말씀하시는군요. 딸이 남자와 함께 있던 걸 본 엄마라고는 도저히 생각되지 않는군요."

찬욱은 자신의 말에 지숙이 당황해하는 걸 눈치챘다.

역시 무언가 수상해!

"별일은······ 없었겠지요?"

지숙이 당황한 속내를 감추며 찬욱에게 물었다.

"글쎄요, 별일이라······ 무엇을 말씀하시는 건지?"

"이보세요!"

능글거리는 찬욱의 태도에 답답함을 느낀 지숙이 언성을 높였다.

"그녀와 같이 잤냐고 물으신 거면, 그렇습니다."

"헉!"

너무나도 솔직한 찬욱의 태도에 지숙은 놀란 숨을 삼켰다.

"저런, 벌써부터 놀라면 안 되는데."

지숙은 뻔뻔한 찬욱의 태도에 분노를 참을 수가 없었다. 그와 동시에 수연에 대한 분노도 복받쳐 올랐다. 지숙은 자신은 상관없다는 듯 앉아 있는 수연을 째려봤다. 그런 지숙의 눈에 수연의 목 가운데 나 있는 키스마크가 들어왔다. 어젯밤, 맥박이 뛰는 그곳을 지분거리던 찬욱이 남겨놓은 흔적이었다.

지숙은 서둘러 수연에게 다가갔다. 우악스런 힘으로 수연의 원피스를 마치 찢어버리듯이 벗겼다. 너무나 순간적으로 일어난 일이라 수연은 제대로 된 반항 한번 못해보고 옷이 벗겨져 하얀 상체가 드러났다.

수연의 몸 여기저기에는 어젯밤의 흔적이 고스란히 남아 있었다. 수연의 쇄골에, 어깨에, 가슴 골짜기에, 가슴 위에 온통 검붉은 키스마크 투성이었다.

"앙큼한 것 같으니라고!"

지숙은 분노를 참지 못해 수연의 등짝을 손으로 사정없이 때리더니 그도 분이 풀리지 않았는지 수연의 머리채를 잡고 마구 흔들어대기 시작했다.

갑자기 수연에게 다가가는 지숙을 저지하려던 찬욱은 지숙에 의해 드러난 수연의 뽀얀 속살에 잠시 정신을 빼앗겼다. 여기저기 남아 있는 열정의 흔적들을 보며 그녀를 거칠게 다룬 것 같아 미안하면서도, 한편으로는 자신의 흔적이 그녀의 몸에 남아 있는 것이 뿌듯했다. 그가 잠시 그런 뿌듯함에 젖어 있는 사이에 갑지기 지숙이 수연을 때리기 시작했다. 찬욱은 깜짝 놀라 수연에게 다가갔지만 이미 지숙이 수연의 머리채를 잡고 흔들고 있었다.

"무슨 짓입니까?"

찬욱이 지숙의 팔을 수연에게서 떼어내면서 말했다.

"상관하지 마!"

지숙이 찬욱을 향해 표독스럽게 외쳤다.

"당신 입으로 정상이 아니라고 말한 딸한테 지금 뭘 하는 겁니까?"

"내 딸 일이야! 당신이 상관할 일이 아니야!"

지숙은 찬욱에게 잡히지 않은 나머지 한 팔로 수연을 때리기 시작했다. 왜 찬욱에게보다 수연에게 더한 분노가 끓어오르는지는 지숙 자신도 알 수 없었지만, 지숙은 수연에 대한 분노를 참을 수가 없었다.

찬욱은 그런 지숙을 더 이상 보아넘길 수가 없어서 수연에게서 강제로 떼어낸 후 힘껏 밀쳤다.

"당신 미쳤어? 내 여자한테 지금 뭐 하는 짓이야!"

"내 딸 내가 때리겠다는데 무슨 참견이야!"

찬욱의 힘에 밀려 바닥에 쓰러진 몸을 일으켜 세우며 지숙이 외쳤다. 몸을 일으키자마자 다시 수연에게로 다가가려는 지숙을 찬욱이 몸으로 막았다. 수연을 자신의 등 뒤에 안전하게 감추고 지숙을 막아섰다.

"거기서 한 발짝만 움직여 봐, 내가 어떻게 나오나!"

어금니가 거의 맞붙은 채 흘러나온 찬욱의 음성은 험악하다 못해 음산하기까지 했다.

"한 번만 더 이 여자한테 손을 대봐! 다시는 손도 들지 못하게 해주겠어!"

수연을 때리는 지숙의 모습에 꼭지가 돌아버린 찬욱은 지숙이 수연의 엄마라는 것도 잊어버리고 그녀를 적으로 간주해 버렸다. 자신의 머리 속에서 그녀를 적으로 구분지어 놓고, 자신을 가로막는 적을 밀어버리던 평소의 습관대로 지숙에게 경고를 했다.

지숙은 수연에게 다가가려던 움직임을 딱 멈추고 찬욱의 험악한 시선을 고스란히 받아냈다.

최 회장 아들이 수연을 자신의 여자란다! 수연을 때리면 움직이지도 못하게 하겠다는 협박을 서슴지 않고 한다!

지숙은 앞이 캄캄했다. 겨우 하룻밤 함께 보낸 건데 수연에 대한 소유권을 주장하는 찬욱 때문에 막막했다. 너무 간단하게 생각한 것이 실수다. 그저 호기심이겠지, 라고 치부해 버린 것이 이런 결과를 낳았다. 누가 알았겠는가? 백치 같은 수연에게 최 회장 아들이 호감을 느끼리라고, 수연을 여자로 보리라고 누가 알았겠는가?

왜 하필 최 회장 아들인가? 많고 많은 사람 중에 왜 하필 '화성'의 최 회장 아들인가? 다른 사람이었으면, 좀 더 상대하기 쉬운 다른 사람이었으면 이렇게까지 암담하지는 않았을 텐데.

화수분을 잃어버릴지도 모른다! 다른 사람에게 빼앗길지도 모른다!

지숙에게 수연은 황금알을 낳는 거위요, 화수분이었다. 영영 마를 리 없는 돈줄! 수연의 점괘로 대한민국에서 난다 긴다 하는 사람들의 생활을, 그들의 돈을 쥐락펴락했다. 모두들 수연의 점괘를 맹신했고, 믿을 수 없을 만치 후한 대가를 치르곤 했다.

그리고 드디어 우리나라 최고라는 '화성'의 최 회장이 고객으로 왔을 때는 얼마나 기뻤던가! 그 대단한 사람이 그녀에게 찾아와 뻣뻣한 태도로 있다가, 굿을 한 후에 두통이 사라지자 보낸 놀라운 시선에 얼마나 전율했던가. 그 아들의 목줄과 자손이 관계된 일이라며 수연이 말했을 때는 또 어떤가? 그 대단한 집안에서 뜯어낼 수 있는 돈을 상상하며 즐거워했었는데……. 이렇게 뒤통수를 맞을 줄이야!

지숙은 믿어지지 않았다. 어떻게든 수습을 해야 했다. 지숙은 쓰러진 몸을 일으켜 몸가짐을 바로 하고 앉았다. 찬욱도 비로소 온몸에 주었던 힘과 긴장을 약간이나마 풀었다. 그러나 경계는 여전히 늦추지 않았다.

"내 여자라니? 지금 내 딸더러 내 여자라고 했나?"

지숙은 수연이 자신의 딸이라는 걸 강조해서 말했다. 찬욱의 눈썹이 꿈틀거렸다.

"지금 소유권 싸움이라도 하자는 겁니까?"

찬욱의 음성엔 비꼬임이 가득했다.

"소유권이라고? 마치 그 아이가 물건이라도 되는 것처럼 말하는군."

지숙이 말꼬리를 잡았다.

"훗, 말씀 잘하셨군요. 자식이 소유물은 아니지요. 아무리 어미라도 맘에 안 든다고 폭력을 행사할 권리는 없지 않습니까?"

찬욱이 일부러 '어머니'가 아닌 '어미'라 그녀를 낮추어 불렀지만 상황이 상황인지라 지숙은 알아차리지 못했다. 그의 음성에 묻어 있는 비웃음마저도.

"부모가 되어서 자식이 모르는 것이 있으면 가르쳐야 하지 않겠나? 때려서라도 가르칠 것은 가르쳐야지!"

잠시 할 말을 잃긴 했지만 한 평생을 사람들을 상당하며 쌓아올린 관록이 어디 가겠는가. 지숙은 곧 회복해 찬욱을 향한 반격에 나섰다.

"하! 뭘 가르친다는 건지, 어디 한번 들어나 봅시다."

되도 않는 변명을 늘어놓으며 자신의 행동에 정당성을 부여

하는 지숙을 향해 찬욱이 설명해 보라고 요구했다. 가르친다는 핑계를 대고 폭력을 정당화하다니 어디 그런 말도 안 되는 소리!

"얘가 무지해 처음 본 남자와 아무렇지도 않게 잠자리에 드는 잘못을 저질렀으니 때려서라도 가르칠 것은 가르쳐야지!"

그것은 수연을 때린 자신의 행동에 대한 변명이었고, 찬욱에 대한 비난이었다. '수연인 자폐라 그렇다 쳐. 정신이 멀쩡한 너는 뭐야?' 하는 비난이었다.

이번엔 찬욱의 말문이 막혀 버렸다. 변명의 여지가 없었다. 사랑을 나누는 도중 수연이 팔을 내민 행동을 허락의 의미로 해석하긴 했지만, 그녀가 자폐라는 사실은 내심 그의 양심을 찌르고 있었다. 정상적인 교육을 받지 못한, 학교도 다니지 못한, 그리고 성에 대해 무지한 사람. 그 사실이 그의 마음에 돌덩이가 되어 양심을 무겁게 하고 있었다.

하나, 거치적거리는 양심 때문에 수연을 놓을 수는 없었다.

"남녀 사이의 일은 어디까지나 둘 사이의 문제죠. 미성년자도 아니니 부모가 간섭할 필요는 더욱 없다고 보는데."

수연이 자폐라는 건, 정상이 아니라는 건 무시한다. 때로는 원하는 걸 얻기 위해 포장하거나 숨길 수도 있고, 무시할 건 무시할 수도 있다.

"남녀 사이의 일이라고 하셨나요? 그래서 어쩔 건가요? 대화성의 후계자가 자폐아와 사귀기라도 할 건가? 아니, 못할걸!

지켜보는 눈이 한둘이 아닌데 경솔하게 행동해서 뭘 얻겠다는
건지 알 수가 없군요.”

지숙은 이 이상 끌고 나가지 못할 거라고 확신했다.

“이 일은 여기서 덮지요. 나도 자식 교육 잘못시킨 허물이 있
으니까 원망은 않겠어요. 앞날이 창창한 애 버린 것은 억울하지
만 이만 덮죠!”

끝도 없는 욕심! 탐욕!

지숙은 짐짓 선심이라도 베푸는 듯 말했다. 하지만 그 욕심이
어디 가겠는가?

찬욱을 보내고 나서 일을 끄집어내도 늦지 않을 것이다. 최
회장을 상대로 협상을 할 수도 있다. 아들의 실수면 아버지가
덮어야 하는 게 옳지 않은가. 머리 속으로 주판알을 타다닥 튀
겼다.

“덮는다! 대체 덮는다는 게 뭘 뜻하는 말입니까?”

“말 그대로 어젯밤에 일어난 불상사는 덮어두겠다는 겁니다.
없었던 일로 하지요. 그리고 수연에 대한 관심은 그만 끊어주시
기 바랍니다. 앞으로 두 번 다시 만날 일은 없었으면 합니다. 물
론 서로 생활 반경이 다르니 다시 마주치는 일도 없겠지만 말입
니다.”

지숙은 찬욱에게 분명한 선을 그었다. 문제는 이제 단순히 비
밀만 들통나는 것이 아니기 때문이다. 지숙은 자신이 아닌 수연
이 점을 본다는 사실이 알려지는 게 두려웠으나, 당면한 문제에

비하면 그건 새 발의 피였다. 자신이 왜 그러한 비밀에 집착하고 숨겼는지가 이제는 생각이 나질 않았다.

애초에 수연의 존재를 비밀에 붙이지 않고 터놓고 밝혔더라면 이런 사단이 나지는 않았을지도 모른다. 수연의 아비야, 그 아이를 처갓집 친척들에게 보낸 줄 알고 있으니 문제가 될 것이 없고, 설혹 찾는다 하여도 진수연을 찾고 있을 것이니 이미 성이 '이' 가로 바뀐 그 아이를 찾아내기란 어려운 일일 수밖에 없다. 수연의 자폐를 교묘히 포장해서 손님을 받게 했어도 됐을 텐데, 그리고 돈은 뒤에서 자신이 챙겨도 됐을 텐데 완벽을 기한답시고 그 아이를 감추고 연극을 한 것이 오히려 허술함을 드러내는 꼴이 되고야 말았다.

비밀이 들통난다 하여도 딸을 이용해 돈을 번 것이 무에 잘못이 되겠는가. 가족인 것을. 하지만 비밀의 탄로에서 일이 멈추지 않고 수연을 뺏긴다면 그건 큰일이다. 돈줄을, 화수분을 뺏기는 것이기 때문이다.

설마 찬욱이 수연을 서울로 데려간다고 하기야 하겠는가? 그 대단한 집안에서 수연의 존재를 가만 보아넘길 리가 없다. 이성은 찬욱이 수연을 빼앗아갈 리가 없다고 말하고 있으나, 그녀의 본능이 경고를 하고 있었다. 빼앗길지도 모른다고!

찬욱은 지숙의 덮는다는 말에 묘한 의심이 싹터 올랐다. 딸을 지극히 사랑하는 엄마라면 당연히 그를 비난해야 하고, 돈독이 오른 엄마라면 수연의 처녀성을 대가로 한 재산을 요구했어야 정상이다. 한데 지숙은 그 어느 쪽도 아니다. 오히려 엄한 수연을 때렸다. 왜 그랬을까? 찬욱은 생각에 잠겨 있다가 무심결에 자신의 의문을 입 밖으로 내뱉었다.

"이럴 경우 열에 아홉은 상대 남자를 원망하지 않을까요?"

"무슨……?"

"딸의 방에 들어와 자고 있는 남자를 본 엄마라면 열에 아홉은 남자를 때려야 하지 않을까 해서 해본 말입니다. 딸을 때리는 것이 아니라! 딸의 처신의 문제가 아니지 않습니까? 이곳은 딸의 방이니 말입니다. 더군다나 딸아이는 자폐아인데, 이럴 경우 딸아이를 이용한 불한당 같은 놈이라고 남자를 욕하는 것이 보통 아닙니까? 반응이 영 이상하군요!"

"그, 그건…… 너무 경황이 없어서……."

지숙은 등줄기로 식은땀이 주르륵 흘러내렸다.

"경황이 없다? 변명거리로는 좀 부족한 듯하군요."

수연의 얕은 숨소리가 찬욱의 등에 부딪치며 그녀의 존재를 상기시켰다. 찬욱은 자신의 등 뒤에 있는 저 약한 여자를 지키기 위해서라면 무슨 일이든지 할 수 있을 것만 같았다.

"어찌 됐든 제 가정사입니다. 이 이상의 참견은 더 이상 허락지 않겠어요."

지숙은 당황함을 감추고 강경한 태도로 말했다. 찔리는 것이 있어 어물쩡한 태도를 보인 것이 오히려 불리하게 작용했던 것 같았다. 강한 태도로 밀어붙이는 것이 오히려 나을 듯싶었다.

"저도 관계된 일이라 가만히 있을 수 없습니다!"

찬욱 역시 한 치도 양보하지 않겠다는 태도를 보였다. 그런 찬욱을 빤히 노려보던 지숙이 밖에 있던 대용을 불렀다.

"대용아! 이리 들어오너라, 대용아!"

대용을 부르는 지숙의 목소리에 찬욱은 한쪽 눈썹을 치켜 올렸다. 어디 해볼 테면 해보라는 듯한 태도였다.

밖에서 귀를 방문에 붙이고 있던 대용은 서둘러 방 안으로 들어갔다. 수연을 등 뒤에 가린 채 찬욱과 지숙이 마주서 있었다.

대용을 부른 지숙은 찬욱이 방 안으로 들어오는 대용을 쳐다보는 사이 순식간에 찬욱의 등 뒤에 있던 수연의 팔을 낚아챘다. 놀란 찬욱이 수연의 다른 쪽 팔을 낚아채자 수연을 가운데 둔 채 찬욱과 지숙이 각각 한쪽 팔씩 붙잡고 줄다리기를 하는 모양새가 되어버렸다. 필사적으로 수연의 팔을 잡아당기는 지숙의 힘은 찬욱의 힘 못지않았다. 대용은 그 모양을 보며 어정쩡하게 서 있었다.

"뭘 멀뚱히 보고 있는 게냐! 막지 않고서!"

지숙의 호통에 대용은 쭈뼛쭈뼛 찬욱에게 다가가 수연의 팔을 잡고 있는 손 위에 자신의 손을 올려놓고 조용히 말했다.

"놓고 말씀 나누시지요."

하지만 찬욱의 손은 움직일 줄 몰랐다.

"어서 떼어내!"

지숙은 다시 한 번 대용에게 독촉을 했다. 찬욱은 그 말에 손을 놓기는커녕 나머지 한 손을 수연의 허리에 두르고 더욱 힘껏 잡아당겼다.

"이…… 어서 놓지 못해!"

지숙은 냅다 소리를 지르며 찬욱에게 끌려가는 수연의 몸을 붙들고자 온몸에 힘을 주고 버텼다.

"그만 하십시오."

대용은 수연의 팔을 붙잡고 있던 찬욱의 손을 거칠게 뜯어냈다. 어젯밤 그에게 수연의 방에 들어가는 것을 순순히 허락했던 것은 그가 수연에게 마음이 있다고 믿었기 때문이다. 하룻밤에 장난이 아닌 진실함을 엿보았다고 생각했다. 하지만 결과가 이렇게 나오는 걸 본 대용은 자신의 행동을 후회했다. 그를 수연의 방에 들어가게 하는 것이 아니었는데 괜한 짓을 해서 수연에게 죄를 지은 느낌이었다. 남자의 응큼한 속셈을 알아차리기에 수연은 너무 순수했다. 그런 그녀의 방 안으로 남자를 밀어 넣은 것이 자신이라는 데 대한 분노를 감출 수가 없었다.

"무슨 짓이지!"

찬욱은 자신을 방해하는 대용에게 마음속 분노를 담아 말했다.

"당신이야말로 이게 뭐 하는 짓입니까?"

대용의 말과 시선에 담겨져 있는 것은 찬욱에 대한 비난이었다.

이상한 일이다! 이상하게도 지숙의 비난보다는 대용의 비난이 더 찬욱의 양심을 건드렸다. 딸을 걱정하는(?) 어미의 비난보다 생판 남의 비난이 더 찔리는 것은 그가 자신을 믿고 방 안에 들여보내 주었기 때문인가? 아니면 수연을 진심으로 걱정하는 것이 지숙보다는 대용 쪽일지도 모르기 때문인가? 찬욱은 자신이 마음의 빚을 진 것이 어느 쪽인지 알 수가 없었다.

찬욱이 대용과 대치하고 있는 동안 지숙은 자신의 있는 힘을 다해 수연을 찬욱에게서 떼어냈다. 찬욱은 뒤늦게 수연을 잡으려 했지만 대용의 방해로 뜻을 이룰 수가 없었다. 지숙은 수연을 떼어내는 데 성공하자 서둘러 수연의 몸을 감싸고 방을 빠져나갔다. 찬욱이 그런 지숙을 따라 나가려 하자 이번에도 대용이 방해했다.

"당신을 믿었습니다."

찬욱을 막은 것은 대용의 완력이 아닌 차분한 목소리였다. 당신을 믿었다는 그 한마디. 찬욱은 걸음을 멈추고 대용을 바라봤다.

"당신이 수연 씨에게 해를 끼치지 않을 거라는 믿음이 있었기 때문에 이 여사님의 명령을 어기면서까지 당신을 수연 씨의 방 안에 들여보냈던 것입니다."

"지금은 믿음이 없다? 그리고 내가 수연에게 해를 끼쳤다고?"

찬욱이 불쾌하다는 듯 대용을 바라봤다. 자신도 알고 있는 일이지만, 자신도 느끼고 있는 일이지만 막상 그걸 남에게 지적당하니 불쾌했다.

"그럼 아닙니까? 수연 씨는…… 뭐랄까, 세상에 무지한 사람입니다. 병도 병이지만 이곳에서 갇혀 살다시피 해서 사람들과의 교류가 전무합니다. 이곳에 있는 사람들과도 별다른 교류가 없었지요. 그런 사람이 남녀 사이의 일을 어떻게 알겠습니까? 그런 사람을…… 잠자리로 끌어들인 것은 당신의 잘못입니다. 정말로, 진심으로 그 사람에게 해를 끼치지 않았다고 맹세할 수 있습니까? 당신의 양심에 거리끼는 일이 없다고 맹세할 수 있습니까?"

"내가 보상할 수 있어! 보상하면 돼!"

찬욱은 자신의 양심을 꼭꼭 지르는 말만 하는 대용이 거슬렸다. 하지만 그게 사실이었고 부정할 생각은 없었다. 그는 자신의 잘못을 부정하거나 사과하는 대신 늘 하던 대로 보상하겠다는 말이 먼저 튀어나왔다.

"어떻게 보상하겠다는 겁니까? 아니, 대체 뭘 보상하겠다는 겁니까? 수연 씨와의 하룻밤? 아니면 그녀의 순결? 여자를 사듯 그렇게? 창녀를 사듯 그렇게?"

"감히 그녀를 뭐라 부르는 거야!"

찬욱은 대용의 입에서 나온 창녀라는 말에 이성을 잃었다. 물론 자신이 보상을 하겠다고는 했지만 그것이 돈을 의미하는 것은 아니었다. 그동안 여자와 하룻밤을 즐기고 돈을 지불한 적이 있긴 하지만 그런 자신의 행동이 어떤 건지는 미처 자각하지 못했었다. 그런 행동이 남의 입을 통해 나올 때 어떤 의미가 되는지 미처 알지 못했다. 수연을 그녀들처럼 대하려는 것은 아니었다. 그가 말한 보상이란 돈은 아니었다.

"그럼 그걸 뭐라 부른답니까? 여자와 하룻밤 자고 나서 보상 운운하는 남자를 뭐라 불러야 할까요? 그리고 그 보상이란 걸 받는 여자는 또 뭐라 부릅니까? 제 말이 기분 나쁘십니까? 그럼 대답해 보십시오. 당신이 말한 보상이 대체 뭡니까? 무슨 생각으로 수연 씨를 안은 겁니까?"

찬욱은 화르륵 끓어올랐던 화가 한순간에 가라앉는 것을 느꼈다.

뭘 보상하려고 했지?

엉겁결에 튀어나온 보상이란 말. 그저 입에 달고 다니던 말. 피해를 입혔다면 돈으로 해결하면 된다는 평소의 더러운 습관의 연속. 말로는 돈이 아니라고 했지만 돈이 주는 안락함을 그녀에게 제공하는 것 외에 달리 떠오르는 보상도 없는 것이 사실이다.

하! 최찬욱, 너 그녀에게 돈을 주려고 했어? 침대에서 하룻밤 뒹굴던 여자에게 하듯 수표를 던지려고 했어? 넌 돈 말고 아는 게 없지! 그녀에게 뭘 보상해야 하지?

찬욱은 대용의 말에 대답을 할 수가 없었다. 하지만 그냥 그러고 싶었다. 그녀에게 이끌리는 감정을 억누를 수가 없었다. 그녀를 만지고, 안고 싶었다.

그리고? 그리고 나서 어쩌려고 했지?

맞아! 그녀를 서울로 데려가려 했지! 집을 사주고 그 안에 가두려 했지!

사람들은 그녀를 뭐라 부를까?

정부! 노골적인 비웃음을 담아 그렇게 부르겠지! 그 아름다고, 여린 여자에게 그런 치욕스런 이름을 줄 수 있어, 너? 그렇게 하면서까지 그녀를 옆에 두고 싶어, 너? 그녀가 자폐라고 존중받을 가치가 없는 여자도 아닌데 사람들의 경멸 어린 시선을 받게 할 건가? 너 그렇게 이기적이야?

"결혼할 생각이야."

대용은 찬욱의 대답에 눈에 띄게 놀랐다. 저 대단한 남자가 지금 결혼이라고 했던가? 잘못 들은 건 아니겠지?

"지금…… 겨, 결혼이라고 했습니까?"

"그래."

찬욱이 대답했다.

막상 입 밖으로 내니 쉬운 것을. 한 번도 결혼에 대해 생각해 본 적이 없는 그로서는 다분히 충동적인 말이긴 했지만 길은 그것밖에 없었다. 수연을 데리고 사는 데도 그만한 반대가 있을 테고, 그렇다면 그녀에게 치욕스런 이름 대신 그녀의 울타리가 되어줄 수 있는 아내라는 이름을 주자, 그런 생각이었다.

"말도 안 되는 소릴!"

대용은 찬욱의 말이 믿기지 않았다. 자신을 놀리는 것만 같았

다. 우리나라에서 내로라하는 재벌집 외아들이 무당의 딸과 결
혼을 한다? 그것도 정상이 아닌?

"왜 말이 안 된다고 생각하지?"

수많은 반대에 부딪칠 것은 예상했지만 그가 말을 꺼내자마
자 대용이 말도 안 되는 소리라고 일축해 버려 기분이 나빠졌
다.

"길 가는 사람 아무나 붙잡고 물어보십시오. 다들 말도 안 된
다고 할 겁니다. 우선 당신 같은 사람들은 형편이 얼추 비슷한
집안 사람끼리 결혼한다고……."

"꼭 그런 건 아니야!"

"무엇보다 집안 어른들이 허락하지 않으실……."

"결혼은 당사자가 하는 거야. 내가 설득시킬 수 있어!"

"수연 씨는 병이 있어서 그만한 집안 살림을 이끌어갈 수
가……."

"밖에 나가 돈을 버는 건 내가 할 거고, 집 안엔 일하는 사람
천지이니 굳이 그녀가 해야 할 필요는 없을 거야!"

"내조도 제대로 못할……."

"내조 따윈 없더라도 충분한 사람이야, 난!"

찬욱은 대용이 조목조목 수연이 안 되는 이유를 들 때마다 말
꼬리를 자르고 반박했다. 말을 하면 할수록, 안 되는 이유를 반
박하면 할수록 결심은 더욱 확고해졌다.

"고집만으로 해결될 일이 아니지 않습니까? 이 일이 가져올

파장 같은 건 전혀 생각지 않으시는 겁니까? 세상이 비웃을 겁니다, 대 화성의 안주인이 자폐아라고!"

"누가 감히 비웃는다는 거야?"

찬욱은 말도 안 된다는 듯이 코웃음을 쳤다. 그는 화성의 주인인데 누가 감히 면전에서 그에게 비웃음을 날릴 수 있단 말인가?

"대놓고 비웃진 않겠지만 뒤에서는 다들 수군거릴 겁니다. 사람이란 자신보다 높은 위치에 있는 사람이 자신보다 낮길 바라는 법이니까요. 화성의 안주인이 자폐를 앓고 있는 사람이라는 걸 받아들이지 못할 겁니다."

"내가 막아줄 수 있어!"

찬욱은 자신이 있었다, 세상의 어려움을 막아줄 자신이.

"비난은 당신이 막아준다고 칩시다! 하지만 당신과 결혼한다고 해서 수연 씨가 과연 행복해질까요? 그 담장 높은 집에 들어가 당신 가족들에게 사람 취급도 못 받으며 사는 게 행복할까요?"

대용은 수연의 미래가 눈에 보이는 것만 같아서 마음이 답답해졌다. 거의 평생을 자신 안에 갇혀 있었는데 이제는 담장 높은 집에 갇혀 온통 무시와 적대만 가득한 곳에서 살지도 모른다니 운명이라기엔 너무 가혹하다.

"사랑입니까?"

"뭐?"

"수연 씨를 사랑하시냐고 물었습니다."

"……."

찬욱은 날벼락 같은 대용의 질문에 순간 당황했다. 사랑이라? 그녀를 사랑하고 있는 건가? 훗, 사랑이 대체 뭔데? 뭔 줄 알아야 사랑을 하든 말든 할 거 아냐?

"대답을 못하시는군요. 그저 호기심이면 하지 마십시오. 당신에겐 한때의 호기심이겠지만 수연 씨에게는 평생이 달린 인생입니다."

"……."

"아예 시작할 생각도 하지 마십시오."

"그럴 수 없어!"

그녀를 놓아줄 수 없다! 이 선택으로 인해 그가 궁지에 몰리고 그녀가 만신창이가 되더라도 놓아줄 수가 없다! 아집이고, 집착이라 욕해도 할 수 없다!

"어리석은 분이군요. 끝이 보이는데……."

"길이 끝나는 곳이 어디일지 가보지 않고서는 모르는 법이지. 확인해 보는 방법은 직접 가보는 것뿐이야."

찬욱의 고집에 대용은 긴 탄식을 했다. 이제 막 시작되는 연인들의 앞날이 너무나 불투명해서 저절로 한숨이 나왔다.

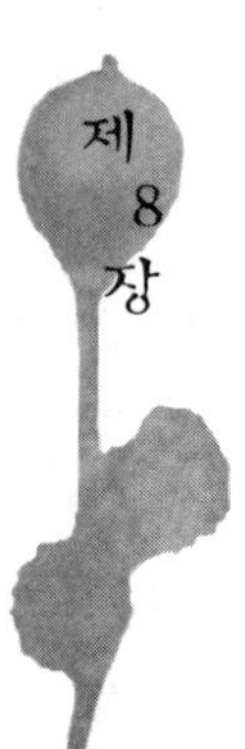

제 8 장

수연의 손목을 붙들고 나온 지숙은 자신의 빠른 걸음에 미처 따라오지 못하는 수연을 질질 끌고 자신의 방으로 데리고 들어갔다. 머리에서 김이 나는 것처럼 화가 솟구쳤다. 거친 손길로 방문을 열어젖히고 수연을 방안에 내던지듯이 밀어 넣었다. 별 힘도 쓰지 못하고 팍 엎어진 수연을 바라보는 지숙의 눈에는 분노가 가득했다. 그 분노를 받을 사람은 수연이 아니었지만 지숙은 분노를 결국 자신에게 가장 만만한 수연에게 터뜨렸다.

"망할 년! 그동안 먹여주고 입혀준 게 어딘데, 감히 뒤통수를 쳐!"

지숙은 몸을 추스리고 앉으려는 수연에게 다가가 따

귀를 한 대 날렸다. 고개가 획 돌아갈 정도로 거친 손길이었다.

"너더러 점치라 그랬지, 누가 손님이랑 자랬니? 화냥년 같으니라고!"

부지불식간에 따귀를 얻어맞은 수연이 정신을 차리기도 전에 지숙은 수연의 긴 머리채를 잡고 수연의 몸을 마구 흔들어대기 시작했다.

"내가 이대로 당하고만 있을 줄 알아? 너희 연놈들이 날 물 먹이는 걸 가만히 두고 볼 줄 아느냐고? 어림도 없어! 알아?"

지숙은 제 분을 참지 못하고 마구 소리를 질러댔다. 하지만 수연의 무반응에 점차 사그라들었다. 화도 응대해 주는 사람이 있어야 오래 낼 수 있는 법이다. 신음 한번 내지 않고 가만히 앉아 맞기만 있는 수연을 흔들다 지친 지숙은 그녀의 앞에 앉았다.

씩씩거리는 숨을 한참이나 고르던 지숙이 날카로운 눈으로 수연을 꼼꼼히 살펴봤다. 별다른 점은 보이지 않는다. 수연의 눈동자에는 실오라기 같은 감정의 찌꺼기도 없었다. 그녀에 대한 미움도 없었다.

문득 지숙은 무서워졌다. 수연을 키우면서 지숙은 문득문득 섬뜩한 느낌이 들 때가 있었다. 특히 감정의 흔적조차 보이지 않는 저 까만 눈동자는 가끔 그녀를 서늘하게 만들곤 했다. 마치 '나는 너의 잘못을 알고 있어. 네 죄를 알고 있어' 라고 말하는 것만 같아 지숙은 소름이 끼치곤 했다.

"인간 같지도 않은 계집애! 괴물 같은 년!"

지숙은 두려움을 감추기 위해 수연을 향해 욕을 했다. 그 순간 수연의 까만 눈을 스치고 지나간 것은 상처였다. 너무 순식간이라 지숙이 미처 보지 못했지만 그것은 분명 상처였다. 지숙의 눈에 비친 수연은 여전히 아무런 반응도 없이 멍하니 앉아 있을 뿐이었다. 지숙은 수연을 바라보다가 결심한 듯 턱을 꽉 물고 전화기를 들었다.

"차 좀 준비시켜. 그래, 외출할 거야. 아니, 뒷문에 대기시키도록 해. 될 수 있는 한 조용히."

지숙은 이곳에 집을 지을 때 만약의 사태를 대비해서 따로 뒷문을 만들어두고 차가 한 대 지나갈 만한 산길을 만들어두었다. 뒷문과 이어진 길은 잡초가 무성해서 산 아래에서 보기에는 길이란 표가 전혀 나지 않았다. 때때로 길을 보수하면서 차가 지날 때 방해가 될 만한 돌이나 쓰러진 나무 등은 치워뒀지만 풀은 베지 않았다. 탈출로를 교묘하게 숨기기 위한 방책이었다.

그 길을 쓸 일이 생길 줄이야. 최 회장 아들 모르게 뒷문으로 빠져나가 몇 군데 마련해 두었던 집들 중 한곳에 수연을 숨기려는 생각이었다.

지숙은 수연이 벌어들인 돈으로 곳곳에 집과 상가를 사두었다. 물론 명의는 지숙이나 기범의 명의가 아니었다. 아이러니하게도 지숙이 숨겨놓은 재산의 소유주는 수연이었다. 지숙이 수연을 입양해서 '이수연'으로 성을 바꾸기 전의 수연의 이름, 즉

‘진수연’의 명의로 되어 있는 재산이었다.

수연의 호적이 두 개였기에 가능한 일이었다. 진수연의 명의로 집과 상가를 사고 또 통장을 만들어 세를 받고 세금을 냈다. 진수연은 실체는 없고 서류상으로만 존재하지만 분명 주민등록번호도 가지고 있고, 자신의 재산도 어느 정도 있으며, 세금도 꼬박꼬박 내는 대한민국의 시민이었다.

수연의 과거를 아는 사람은 지숙 자신과 동생인 기범 단둘뿐이니 절대 들통날 리가 없을 거란 생각에 지숙은 ‘진수연’ 앞으로 재산을 숨긴 것이다. 수연은 모르고 있지만 지숙은 분명 수연이 번 돈을 그녀에게 돌려주고 있었던 것이다. 진수연! 그녀에게 말이다.

지숙은 그곳들 중 한곳에 수연을 데리고 가서 숨길 생각이었다.

눈앞에 보이지 않는데 제가 어쩌겠는가? 서울로 돌아가서 자신의 생활에 젖다 보면 잊겠지! 지숙은 그렇게 믿었다. 찬욱이 진심은 아닐 거라고, 그래서 단순히 수연을 숨기는 것만으로 사태가 해결될 거라 믿었다.

차를 대기시켰다는 호출이 오길 기다리며 지숙은 문밖을 연신 살폈다. 혹시나 찬욱이 오지 않을까 걱정되어서였다.

차가 준비되었다는 말을 전해 들은 지숙은 수연을 일으켰다. 마음이 조급해서 손길이 거칠었다. 몸만 데리고 가면 그만이라는 생각에 짐을 싸는 수고조차 하지 않았다. 필요한 것은 그곳에서 조달하면 된다는 생각에서였다.

지숙의 거친 손길에 수연은 순순히 끌려갔다. 하지만 수연의 시선은 집 안을 두루두루 살피고 있었다. 뒷문에 다다라 준비시킨 차에 수연을 태우려는 순간 수연이 몸을 꼿꼿이 세우며 버텼다.

"어서 타!"

지숙이 소리를 지르며 수연을 차 안에 밀어 넣으려 해도 수연은 한동안 그 자리에서 집을 바라보며 꼼짝 않고 있었다.

"김 기사, 어서 태우지!"

지숙의 명령에 김 기사까지 나선 후에야 수연은 천천히 발걸음을 옮겨서 차를 탔다. 지숙도 수연의 옆 자리에 올라타며 서둘러 차를 출발시키라고 김 기사에게 재촉을 했다. 이윽고 차가 출발하자 지숙은 안도의 한숨을 쉬었다.

지숙은 몰랐다. 그날이 수연이 그 집에서 머무는 마지막 날이었음을……. 그 길로 다시는 그 집에서 수연의 발걸음을 보지 못할 것이라는 걸 지숙은 미처 몰랐다.

대용이 나간 후 방 안에서 찬욱은 조용히 마음을 가라앉혔다. 가만히 생각해 보니 이 보살이 화를 낼 만도 했다. 어쨌든 수연과 함께 누워 있는 모습을 보인 것은 그의 실수임에 분명했다. 수연을 다그치는 이 보살의 태도에 화를 다스리지 못하고 다분히 감정적으로 비꼬며 대했던 것도 일을 차근히 풀어가는 것과는 거리가 먼 일이었다.

하지만 걱정이 되지는 않았다. 일단 수연과 결혼하기로 마음 먹었고, 그런 이상 이 보살도 더 이상의 반대는 못할 거라고 믿었다. 솔직히 누가 보아도 그는 우리나라 최고의 신랑감이자 사윗감임이 분명했으니 말이다. 문제는 본가의 부모님인데…….

한동안 부모님의 반대를 물리칠 방법에 골몰하던 찬욱은 자신이 이곳에 오게 된 이유를 생각해 냈다.

명줄과 자손!

자손? 혹시 어젯밤의 일로 수연이 임신이라도 한 건 아닐까?

그렇다면 일이 한결 쉬워질 가능성도 있었다. 대체로 부모란 손주 앞에서 무너지는 법이니, 수연이 임신을 했다면 결혼을 허락받는 데 큰 도움이 될 것이다. 그의 나이가 부모님의 허락을 구하고 결혼할 나이는 아니지만, 그렇다고 부모님을 무시하고 결혼을 강행할 정도로 막돼먹은 건 아니다.

허락이 필요하다!

아버지의 허락만 떨어진다면 일단 가장 든든한 방패를 얻는 것과 마찬가지니까 말이다. 물론 수연에게 향해지는 시선은 그도 충분히 막아줄 수 있지만 반대한 결혼과 인정받은 결혼의 차이는 크다. 아버지인 최 회장의 허락을 받은 며느리라면 사람들도 수연을 한결 조심스럽게 대할 것이기 때문이다.

차차 수연의 병이 나아지기만 한다면 더 이상 바랄 것은 없을 테고 말이다. 물론 그에게는 수연이 자폐를 앓고 있든 그렇지 않든 별 상관 없었다. 처음부터 그녀가 아프다는 걸 알고 있었고, 그녀의 병을 알고도 크게 위화감이 느껴지지 않았기 때문이다.

처음 그녀를 보았을 때 그녀의 신비로움에 이끌렸으나, 나중에 그녀가 환자라는 걸 알았을 때에도 그 신비로움은 그대로였다. 그녀가 우습게 보인다든지 얕잡아 보이진 않았다. 오히려 그와는 다른 세상에서 살고 있는 사람처럼 느껴졌다. 그보다 더 고귀한 사람처럼 느껴졌다. 하루 저녁이긴 하지만 그녀와 몸을 섞은 후에도 그녀를 가진 것처럼 느껴지지 않았다. 그녀는 너무 높은 곳의 사람이라 그가 가질 수 없는 이처럼 느껴졌다.

어쩌면 그건 그녀의 까만 눈동자 때문인지도 몰랐다.

아무것도 들어 있지 않은 그 까만 눈동자! 자신의 모습이 비춰지기를 바랐지만 결코 흔들리지 않았던 그녀의 눈동자! 혹은 그녀의 심장!

욕심은 한이 없다.

달빛 아래서 훔친 키스는 어느새 그녀와의 하룻밤으로, 꿈결 같은 하룻밤은 그녀와의 결혼으로, 그녀와의 결혼은 또 아이로, 그리고 그녀의 심장으로…… 바라는 것만 늘어난다. 앞으로 얼마나 많은 욕심이 생길지…….

우선은 가장 당면한 문제인 결혼에 집중하자!

그를 이곳까지 이끈 것이 그녀인지 신의 손길인지 모르지만, 그녀를 그의 운명 안에 끌어들이는 것은 분명 그가 될 것이다!

찬욱은 결심을 했다, 비겁한 방법일지 모르지만 아이를 이용하기로. 수연이 어젯밤의 일로 임신을 했다면 더욱 좋겠지만, 만약 그렇지 않더라도 임신시킬 기회는 앞으로도 많이 있었다. 이 보살은 결코 그 같은 사윗감을 거절하지 못할 거란 확신이 있었다. 우선은 이 보살의 동의를 얻어 수연을 서울로 데려가야겠다. 수연이 아이를 가질 때까지 비서실장을 통해 알아보라고 한 집에서 지내야겠다. 그 후에 부모님께 허락을 구할 생각이었다.

결심을 굳힌 찬욱은 벌떡 일어나 밖으로 나갔다. 여기 온 첫날 안내받은 이 보살의 방으로 향했다. 그러나 찬욱의 발길은 안채로 통하는 문 앞에서 멈춰질 수밖에 없었다. 문이 잠겨 있었기 때문이다.

순간 찬욱의 뇌리로 불길한 기운이 휙 스쳐 지나갔다. 찬욱은 급한 마음에 문을 마구 두드렸다. 그러나 안에서는 아무런 반응도 없었다. 찬욱은 더욱 거친 손길로 문을 두드렸다.

"지금 뭐 하시는 거예요?"

등 뒤에서 나는 소리에 찬욱은 고개를 확 돌렸다. 이 보살의 방으로 안내해 주었던 새끼무당이었다.

"이 보살은?"

찬욱은 다급한 목소리로 물었다.

"엄마는 다녀오실 데가 있다면서 외출하셨는데요."

"그럼 수연은?"

"데리고 가셨어요."

새끼무당의 대답에 찬욱은 자신의 불길한 느낌이 맞았음을 감지했다.

"행선지는 어디지?"

"전 몰라요."

새끼무당은 지숙이 뒷문에 차를 대라는 명령을 할 때 사실 의아했었다. 명령을 받을 때 지금 자신에게 그녀의 행방을 묻는 이 남자 때문에 떠나는 거라는 확신이 들었다. 수연을 데리고 떠난다는 것도 의문이었고, 더군다나 비상용으로 만들어준 뒷길로 나갈 만큼 급한 사안인지에 대한 확신은 없었다. 하지만 지숙은 자신에게조차 행방을 가르쳐 주지 않고 떠났다.

"행선지가 어디냐니까!"

찬욱은 새끼무당의 두 팔을 꽉 틀어쥐고 소리를 지르듯이 다시 물었다.

"아악! 전 정말 몰라요. 정말이에요!"

새끼무당은 팔을 틀어쥐는 찬욱의 손아귀 힘에 아픈 비명을 지르며 서둘러 대답했다. 새끼무당을 주의 깊게 살펴봤지만 거짓말을 하는 것 같지는 않았다. 찬욱은 잡고 있던 새끼무당의 팔을 확 놓고 성큼성큼 걸어갔다. 그의 힘 때문에 새끼무당이 바닥으로 쓰러졌지만 개의치 않았다.

치밀어 오르는 화를 가라앉히고자 무작정 걸었다. 마당 안을 걷는 찬욱의 온몸에서는 살기가 피어오르고 있었다. 걷고 있던 그의 눈에 수연이 방이 보였다. 찬욱은 신발도 벗지 않은 채로 방문을 열어젖히고 방 안에 들어갔다. 방 안은 아까 그가 나갔던 그대로였다. 방 한가운데 수연과 함께 밤을 보냈던 이불이 그대로 깔려 있었다. 수연이 달빛 아래 고운 나신으로 이불을 덮고 자던 모습이 눈에 선했다.

찬욱은 천천히 다가가 살며시 이불 위를 손으로 쓸었다. 그리고 그 위에 앉아 눈을 감고 수연이 오기를 기다렸다. 눈을 감고 앉아 점심도 거르고 저녁도 거르고 오로지 수연만을 기다렸다. 그러나 해가 서산을 넘어가고, 자정이 넘도록 수연은 끝내 그 모습을 나타내지 않았다.

찬욱은 서서히 감은 눈을 떴다. 눈빛이 말도 못하게 강렬했다. 불빛 하나 없는 방 안에 찬욱의 눈빛만 번쩍였다. 찬욱은 단호한 몸짓으로 몸을 일으켜 밖으로 나갔다. 그리고는 그 길로 차를 타고 서울로 올라왔다. 서울로 가는 차 뒤로 휘영청 밝은 보름달이 따라가고 있었다.

다음날 아침, 찬욱은 이틀의 휴가가 없었던 것처럼 평소와 다름없는 태도로 일어나 출근 준비를 했다. 아래층으로 내려오는 그를 보고 최 회장과 박 여사는 깜짝 놀랐다.

"어찌 된 일이냐?"

최 회장이 보고 있던 신문을 덮고 찬욱에게 물었다.

"볼일이 일찍 끝나 내려왔습니다. 회사에 문제도 있고 해서."

“음.”

최 회장은 찬욱에게 궁금한 것이 많았지만 더 이상 묻지 않았다. 얼굴이 푸석푸석한 것이 한숨도 못 잔 것처럼 많이 피곤해 보였다. 최 회장은 제 침대가 아닌 다른 곳에서는 잠을 잘 못 자는 찬욱의 습관을 알고 있는 터라 찬욱의 상한 얼굴이 단순히 잠자리가 바뀐 데서 오는 불면의 결과인 것으로 오해했다.

“지금 출근하려는 게냐? 어차피 휴가 낸 것을 며칠 더 쉬지 않고.”

“아닙니다. 반도체에 문제가 있어서 나가봐야 합니다.”

찬욱은 최 회장의 권유를 거절하고 현관으로 향했다. 그의 등 뒤로 아침도 먹지 않고 출근하냐는 박 여사의 목소리가 들렸지만 찬욱은 발걸음을 멈추지 않았다.

아무도 없는 회사 로비를 지나 역시 비어 있는 비서실을 거쳐 자신의 사무실로 들어갔다. 겨우 이틀 비웠을 뿐인데 마치 몇 달 만인 양 낯설었다. 찬욱은 자신이 업무를 보는 책상에 앉는 대신 창밖으로 조용한 거리가 서서히 깨어나는 것을 내려다보며 우두커니 서 있었다.

건물 안으로 들어오던 사람들이 줄어들 즘에 비서실에서 사람들의 말소리가 들리기 시작했다. 찬욱은 창에서 시선을 돌려 인터폰으로 비서실 강 실장을 호출했다. 싸늘하게 가라앉은 심장이 무거운 머리를 대신해서 그가 할 일을 지시했다.

“찾으셨다고요. 휴가는 잘 다녀오셨습니까?”

잠시 후 들어온 강 실장이 고개를 숙이고 인사를 하며 말했다.

"지시한 이지숙의 조사는 어떻게 됐습니까?"

찬욱의 목소리는 차분하고 억양이 없었다.

"자세한 조사는 시간이 더 걸릴 것 같습니다."

"우선 조사한 데까지만 보고를 해주시죠."

"예. 말씀하신 대로 이지숙에겐 이수연이라고 입양한 딸이 하나 있습니다. 그런데 그 딸이……."

"지금 뭐라고 하셨습니까? 입양한 딸?"

찬욱은 비서실장의 말을 가로채고 다시 질문을 했다. 수연이 입양한 딸이라고 했던가?

"예. 서류에 따르면 집 앞에 버려진 아이를 입양했다고 되어 있습니다."

"친딸이 아니란 말이지……."

찬욱은 혼잣말을 했다. 어쩐지 이 보살과 수연을 보면서 이상한 느낌이 들었었다. 생긴 모습도 달랐지만 비단 그것뿐만 아니라 태도에서 친모녀 사이로 보여질 만한 정이 느껴지지 않았었다. 입양한 모든 부모가 친자식과 다르게 입양한 자식을 차별하는 것은 아니지만 이 보살의 경우 아예 정이 느껴지지 않았었다.

"그리고 말씀하신 대로 이수연 양은 자폐로 치료를 받은 기록이 있었습니다. 수연 양이 칠 세 되던 해부터 지금까지 신라대병원 정신과에서 치료를 받고 있습니다. 수연 양이 칠 세 때 치

료를 담당했던 수련의가 지금 특진의가 되었다는 것 외엔 변화
가 없습니다."

"계속해 보세요."

"인왕산 근처에 무속인들이 밀집한 지역에서 살다가 이수연
양을 입양했습니다. 지금 살고 있는 경기도 광주에는 몇 년 전
에 이사했구요. 인왕산 자락에서 광주로 이사하기까지 몇 년간
의 행적이 불분명합니다. 이수연 양을 입양한 후 바로 인왕산
자락을 떴습니다. 몇 달 뒤 자폐 치료를 시작한 기록이 있고, 이
수연 양의 자폐 증상이 호전되면서 광주에 정착한 것 같습니다.
조사 결과를 바탕으로 추측하면 이수연 양의 자폐 치료에 매진
하느라 일을 그만둔 것으로 보여집니다."

"그건 아닐 거야."

찬욱은 단정했다. 수연의 병간호를 위한 것은 아닐 것이다.
이 보살이 그럴 사람은 아니다. 그의 짐작대로라면, 아니, 거의
100% 확실히 점을 치는 것은 수연임에 분명했다. 비서실장의
보고가 그의 추리를 뒷받침해 주고 있다. 수연의 병이 호전된
시점과 상류층을 상대로 하는 점집을 차린 시점의 일치가 우연
이라고 보기는 어려웠다.

또한 수연을 데리고 잠적해 버린 것도 그런 관점에서 볼 수
있었다. 이 보살은 수연과의 하룻밤을 무기로 그에게 돈을 요구
하는 대신 잠적을 택했다. 욕심을 부리려 했다면 한없이 채울
수 있는 기회였다. 그러나 그 좋은 기회를 이 보살은 차버렸다.

이런 사실을 바탕으로 추리를 해보면, 이 보살은 분명 수연을 이용해 상류층을 상대로 점을 봐주고 막대한 재산을 챙겼을 것이다. 그에게 돈을 요구하거나 수연을 책임지라고 하지 않고 잠적한 것을 보아 혹시나 수연을 빼앗길까 봐 걱정하고 있는 것이 분명했다. 그가 수연에게 집착해서 그녀를 요구할까 봐 달아난 것이 분명했다. 아직은 그가 수연이 점을 친다는 사실을 눈치챘다는 것을 이 보살은 모르고 있을 테니 말이다.

그리고 그건 수연이 광주에 감금된 채 이용만 당하고 있었다는 말이기도 했다. 어쩌면 어딘가에서 또다시 감금당한 채로 이용당하고 있을지도 모른다.

이 보살이 수연을 입양한 이유가 혹시 그것은 아니었을까? 그녀에게 신기(神氣)가 흐른다는 것! 그렇다면 과연 수연이 집 앞에 버려진 아이였을까? 무당의 집 앞에 신기가 있는 아이가 버려질 수 있을까? 그것도 우연히!

"수연 양의 과거 행적에 대한 것은 별다른 것이 없습니다. 학교를 다닌 적도 없었고, 병으로 인해 거의 사회와 분리된 채 살다시피 했습니다. 죄송합니다."

강 실장을 쳐다보는 찬욱의 시선이 찌르는 듯했다. 날카롭게 날이 선 칼이라도 그것보다는 덜 날카로울 것 같았다.

"하지만 이지숙에 대한 것은 몇 가지 더 추가 사항이 있습니다. 여기 그에 대한 보고서입니다."

찬욱은 강 실장이 내미는 보고서를 받아 꼼꼼히 읽었다. 보고

서에 써 있는 글자 하나하나를 머리 속에 입력시켰다. 마치 그 것이 수연을 자신에게 돌아오게 할 수 있는 구명줄이라도 되는 것처럼 하나도 남김없이 기억하고 또 되뇌었다.

"재정 상태에 대한 기록이 이게 답니까?"

찬욱은 보고서의 내용 중 이 보살의 사유재산에 관한 부분에 대해 질문을 했다.

"네, 예상과 달리 큰 재산은 없는 듯합니다."

"그럴 리가 없어! 이 보살이 상대한 상류층 인사가 얼마인데 재산이 이것밖에 안 됩니까?"

"이지숙 본인은 물론 동생, 그리고 광주에 거주하는 직원들까 지 모두 조사해 봤지만 이것뿐이었습니다. 은행 예금은 물론 주 식, 부동산까지 모두 뒤졌습니다. 만약 이지숙이 무기명 채권이 나 양도성 예금증서 등으로 재산을 숨겼다면 찾기는 거의 불가 능합니다."

"자세히 뒤져 보세요. 걸리는 것이 있을 겁니다."

"알겠습니다."

"그건 그렇고, 입양되기 전의 수연의 기록은 찾아봤나요?"

"그것이…… 수연 양이 입양되기 전에 대한 기록은 없었습니 다. 입양 전후를 시점으로 실종신고가 들어온 미아를 중심으로 뒤졌습니다만 수연 양과 일치하는 사람은 없었습니다. 자세한 사항을 조사하기엔 시일이 촉박해서……."

"샅샅이 조사해 보도록 하세요. 수연의 병원 기록은?"

"여기 있습니다. 정신과 간호사를 한 명 매수해 얻은 복사본입니다."

강 실장이 병원 차트와 담당의사 소견이 적힌 보고서를 찬욱에게 건넸다. 찬욱은 병원 기록이 담긴 차트를 흘끗 쳐다볼 뿐 읽지는 않았다.

"화성병원에 정신과 전문의 중 자폐에 대한 권위자가 있는지 알아보고 약속 잡도록 하세요."

찬욱은 수연의 차트의 복사본이 있는 아무런 표식도 없는 서류철에서 시선을 떼지 않았다. 그녀를 보면서 느꼈던 이상한 위화감, 그리도 대화. 자폐에 대한 전문적인 지식은 없었지만 자폐 환자가 타인과의 의소소통에 문제가 있다는 것은 익히 알고 있었다. 하지만 수연과는 어느 정도 대화가 통했다. 그래서 찬욱은 어쩌면 그녀가 자폐가 아닐지도 모른다는 의심이 들었었다. 하지만 곧 그 생각은 머리에서 지워 버렸다. 장장 십오 년간의 치료를 받은 기록이 있다면 그녀가 자폐인 것은 거의 확실한 사실일 것이다.

그러나 나지막한 희망! 어쩌면 치료가 가능할지도 모른다는 것이었다. 다른 의사에게 보이면, 그 분야의 권위자에게 보이면 뭔가 치료의 방법이 생기지 않을까 하는 작은 희망! 찬욱은 거기에 매달리기로 했다.

언제가 됐든 그가 찾고만 있으면 수연을 못 찾을 리는 없다. 찬욱은 자신이 있었다. 시간이 빠르냐, 느리냐의 차이뿐이지 그가 마음먹은 이상 반드시 찾을 수 있었다. 대한민국 이 좁은 땅 덩어리에서 어딜 가겠는가? 어딜 가서 그의 눈길을 피할 수 있 겠는가?

찬욱은 그녀를 찾고 난 다음을 생각해서 그녀를 치료할 길을 알아보는 것이었다.

"알겠습니다. 곧 약속을 잡도록 하겠습니다."

"그리고 이 건에 대해서는 좀 더 자세히 조사하도록 하세요. 이지숙의 약점이 될 만한 건 모든 다 찾아보도록 하고. 아무리 사소한 일이라도 빼먹지 말고 보고하도록 해요."

"네."

"그건 그렇고 화성반도체 일은 어떻게 진행되고 있습니까?"

"정전이 일어난 사실이 언론에 공개되기는 했으나 수출 물량 에 차질이 없다는 발표를 했고 다친 사람도 없어서 주식은 안정 적입니다. 전력실 보안이 뚫렸다는 사실은 비밀에 부치도록 했 습니다."

"김인기는?"

"전국에 수배 조치되었고 출국금지 명령이 떨어졌습니다. 그 런데……."

찬욱은 계속하라는 듯 강 실장의 얼굴을 바라봤다.

"아무래도 산업 스파이가 관련된 것 같습니다."

"산업 스파이라니? 무슨 말이죠?"

"연구실에 근무하던 직원 한 명이 사건 당일부터 행방이 묘연

합니다. 전력이 차단된 후 복구하는 과정에서 보안이 허술한 틈을 타서 연구 자료를 빼낸 것으로 보입니다. 해고된 것에 대한 김인기 개인의 복수가 아니라 돈과 대만 쪽 경쟁업체가 관련된 것 같습니다. 김인기는 수배가 됐으나 문제의 연구실 직원의 경우 확실한 물증이 없어서 경찰에서도……."

"그럼 그냥 내버려 뒀단 말입니까?"

"알아본 바로 출국자 명단에는 없었습니다. 일단 공항과 부두에 사람을 보내서 살피고 있는 중입니다. 돈이 관련된 이상 아직 자료를 넘기지는 않았을 것으로 추정되고 있습니다. 직접 손으로 건넬 거라 여겨집니다. 출국장 주변에 경찰이 배치되었고 우리 측 사람도 보내두었으니 국내를 빠져나가려고 하면 발각될 겁니다. 우선 산업 스파이라는 증거를 찾는 데 중점을 두고 조사 중입니다."

"저번에 시제품 도난 사건과 무슨 연관이 없는지 알아보십시오. 뭔가 연관이 있을 겁니다."

"그럼……?"

"이번 한 번은 아닐 겁니다. 그동안 해먹은 게 있겠죠. 이번을 마지막으로 크게 한 건 하고 뜰 계획이었을 겁니다. 도둑질도 해본 놈이 한다는 말도 있잖습니까. 자세히 조사해 보고 혐의 드러나면 바로 수배되도록 조치하죠."

"네."

"앞으로 다신 이런 일이 재발되지 않도록 보안을 더욱 철저히

하도록 하고, 기존의 보안체계를 대신할 새로운 보안 시스템의 개발을 서두르라고 지시하십시오. 그리고 이번일 언론에 흘러 들어 가는 일이 없도록 각별히 주의 기울여 주십시오.”

“네, 알겠습니다.”

“이만 나가보십시오.”

강 실장에게 지시하는 찬욱의 목소리는 차분했다. 평소 그의 태도와 별다른 점을 느낄 수 없을 정도였다. 하지만 그의 마음 속에는 차가운 분노가 자리잡고 있었다.

처음 수연을 데리고 잠적한 것을 알았을 때는 분노가 온몸을 휘감아 눈앞에 보이는 사람은 누구라도 한 대 치고 싶었다. 화산처럼 폭발하는 분노를 가라앉히려 무작정 걷기만 했었다. 발길 닿는 대로 걷다가 수연의 방 안까지 들어갔었고 이불을 보았다. 우습게도 그와 그녀의 밤을 증명해 줄 수 있는 것은 그 이불 뿐인 것 같았다. 이불을 손으로 만지며 마음을 가라앉히고 기다렸다.

시간이 정오를 지나고, 오후를 지나고, 밤이 되어 그날 하루가 다가는 자정이 될 때까지 기다렸다. 자정을 지나 그녀가 돌아오지 않을 것임을 알았을 때, 이 보살이 그녀를 쉽게 보내주지 않을 거라는 사실을 알았을 때 타오르던 그의 분노는 한순간 가라앉아 차갑게 얼어붙은 것이다.

화산은 폭발하고 그 뜨거움이 대지를 뒤덮어도 언젠가는 식어 화강암이 되지만, 차가운 얼음 빙하는 땅속에서 몇 만 년을 그대로 얼어붙어 대지를 얼린다. 그의 분노는 남극의 빙하처럼 얼어붙은 것이다.

폭발하는 그의 분노도 무시무시하지만 얼어붙은 그의 분노는 상상을 초월할 정도였다. 평온해 보이는 그의 겉모습 뒤의 차가운 분노를 아무도 몰랐다. 누구도 눈치채지 못했다. 한 번도 분노를 얼릴 정도로 그의 화를 돋운 사람이 없었기에 그의 차가움이 얼마나 소름 끼치는지 아무도 몰랐다. 이제 지숙이 그 차가움을 처음으로 만나는 사람이 될 것이었다.

지숙은 수연을 데리고 충청도 산골에 마련해 둔 은신처로 갔다. 면 소재지에서 차로 사십 분가량 들어가야 하는 곳으로 전형적인 시골 마을이었다. 마을 사람들은 서울 사람이 사두었다고 알려지긴 했지만 오래도록 비워졌던 집에 지숙이 수연을 데리고 나타나자 궁금한 듯 집 주위를 기웃거렸다. 그동안 지숙은 그 집과 논밭을 사들여 마을 사람에게 도지를 주고 있었다. 결국 궁금함을 참지 못한 마을 사람들의 대표로 지숙이 도지를 주었던 땅을 농사짓던 마을 이장이 찾아왔다.

"연락도 없이 어쩐 일이구만유. 내려오신대는 걸 알았더라면 집을 좀 치워두는 건데 그러구만유."

긴 남방에 면바지, 목에는 수건을 두르고 장화를 신고 밀짚모자를 쓴 이장이 지숙을 찾아와 말했다.

"딸아이가 아파 요양이나 할 겸해서 내려왔습니다. 급히 오느라 준비한 것도 없고 마을 어르신들께 대접이나 좀…….”

지숙은 귀찮은 기색을 숨기고 손가방을 열어 봉투에 돈을 좀 넣어 이장에게 내밀었다. 아직까지 사람의 입이 가장 무서운 시골에서는 인심을 잃지 않는 일은 무엇보다 중요했다.

“이럴 것까진 없는데유.”

이장은 지숙이 내미는 돈 봉투를 받아야 할지 말아야 할지 망설이며 미약한 거절의 말을 했다.

“아닙니다. 제가 동네 어르신들을 모시고 직접 대접을 해야 하는데 딸아이가 아파서 경황이 없군요. 이장님이 동네 어르신들께 잘 좀 말씀드려 주세요.”

“그러구만유, 사정이 그렇다는데 어쩔 수 없지유. 지가 동네 어르신들 뫼시고 잘 쓰것구만유.”

이장은 입이 귀에 걸며 돈을 받았다. 서울서 시골에 땅을 사고 온 사람치고는 거들먹거리는 것 없이 예의가 있다고 생각하면서.

“감사합니다. 그리고 저 부탁이 하나 있는데…….”

지숙이 말하기 난처하다는 듯이 말꼬리를 흐렸다.

“부탁이라니유? 말씀만 하셔유.”

“아까도 말씀드렸다시피 제 딸이 아파서 소란스러운 것을 싫어해서요. 마실도 다니고 하는 게 사람 사는 정인 건 알지만 신경이 예민한 아이라 사람들이 찾아오는 것을 싫어하네요.”

이장은 무슨 말인지 단번에 알아들었다.

"시골이 정은 많지만 서울 사람들에 비하면 간섭이 좀 심하지유. 지가 동네 사람들에게 잘 말하것이구만유."

이장이 자신만 믿으라는 듯이 가슴을 펴고 주먹으로 탁탁 두드렸다.

"감사합니다."

지숙은 이장에게 입바른 인사를 하고 배웅을 했다. 시골은 도시와 달라 어느 집에 밥숟가락이 몇 개 있는지 소문이 짜하게 퍼지는 법이다. 남의 집 살림에 간섭하고 그것이 정이라고 믿는 사람들. 이장을 통해 뇌물을 먹여놨으니 관심은 좀 덜할 것이다. 지숙은 이장의 뒷모습이 사라지자 몸을 돌려 방 안으로 들어갔다.

방 안에는 수연이 장판을 보며 걷고 있었다. 발로 자잘한 장판 무늬 하나하나를 밟아가며 걷는 것에 열중하고 있었다.

"정신 사납다. 그만 앉아라!"

지숙이 소리를 질렀지만 수연은 여전히 장판에만 시선을 고정하고 좁은 발걸음으로 방 안을 돌아다니며 걸었다. 지숙은 포기를 하고 자리에 털썩 앉았다. 머리가 지끈거리는 것이 편두통이 재발하는 것 같았다.

아픈 머리를 쥐고 이곳으로 왔다고 기범에게 연락을 하려고 찾으니 휴대전화도 두고 온 모양인지 보이지 않았다. 지숙은 한숨을 쉬고는 전화부터 가설해야겠다고 마음먹었다. 당분간 이곳에서 지낼 것을 생각하니 두통만 심해졌다. 편두통약을 찾아

입에 넣고 물도 없어서 그냥 삼켜야 했다.

급히 오느라 아무것도 가져오지 않아서 필요한 것이 한두 가지가 아니었다. 우선 필요한 물건을 적어주고 기사를 시켜 사 오도록 했다. 아쉬운 대로 당분간은 이곳에서 지낼 수밖에 없었다.

지숙은 어수선하게 방 안을 걸어다니는 수연을 째려보면서 관자놀이를 손가락으로 꾹 눌렀다. 그렇게 하면 십오 년간 그녀를 괴롭혔던 두통이 가시기라도 할 것처럼…….

젠장! 좋은 소식이라고는 하나도 없었다. 잠적한 화성반도체 연구실 직원은 아직도 찾지 못했고. 수연의 행방도 여전히 오리무중이었다.

"화성의 정보력이 겨우 이 정도입니까?"

찬욱은 강 실장을 힐난했다. 실망스럽기 그지없는 보고였다. 이렇게까지 했는데 꼬리를 감춘 이 보살을 칭찬해야 할지, 아니면 무능한 직원들을 해고해야 할지 찬욱은 외려 화가 나기보다 웃음이 비실비실 흘러나올 것만 같았다. 그래, 어디 한번 해보자는 오기였다.

"죄송합니다."

면목이 없다는 듯이 강 실장이 고개를 푹 숙였다.

"필요없습니다. 그런 말보단 결과를 가져오세요, 결과를!"

"일단 이지숙의 소재를 파악하지는 못했지만 이기범이라고 이지숙의 동생이 있는 곳을 찾았습니다."

"그래요? 지금 어디 있습니까?"

"제주에 있습니다. 사람을 붙여뒀으니 이지숙과 접촉이 있다면 알아낼 수 있습니다."

"뭐 하는 인물입니까, 이기범이?"

"특별히 하는 일 없이 누나에게 얹혀사는 건달입니다. 아직 미혼으로 제주에는 사귄 지 이 년 정도 되는 술집 마담과 함께 간 것으로 알고 있습니다."

"그래요?"

"네, 마담이 운영하는 술집도 이기범이 차려줬습니다. 결혼만 하지 않았지 꽤 가까운 사이라 할 수 있습니다."

강 실장의 대답에 찬욱은 잠시 생각에 잠겼다.

"제주행 비행기 표 좀 예매하고 내일부터 이틀간 스케줄 좀 비워요."

찬욱의 말에 강 실장은 깜짝 놀랐다. 이 중요한 때에 회사를 비우겠단 말인가? 화성건설 일도 아직 해결이 안 났고, 화성반도체 문제도 해결해야 되는 중요한 시점에 회사를 비운다?

"제, 제주에 직접 가실 생각이십니까?"

"준비하지."

찬욱은 강 실장의 질문에 대답하지 않고 입을 닫았다. 이럴 경우 어떤 설득도 먹히지 않는다는 걸 그는 경험을 통해 잘 알고 있었다.

"네."

찬욱은 인사를 하고 나가는 강 실장의 등을 바라보았다. 그 자신도 물론 알고 있었다, 회사를 비우기에 적당한 때가 아님을. 하지만 가야 했다. 남의 손만 믿고 기다리기엔 성에 차지 않았다.

밤에 자다가 수연의 향기에 깨어나곤 한다. 꿈속에서 그를 미치도록 괴롭히는 그녀의 향기!

깨어나고 보면 방 안에는 수연의 흔적은 아무것도 없었다. 실제로 맡은 것처럼 생생한 그녀의 향기도 없었다. 그저 그의 뇌가 그녀의 향기를 기억하고 있을 뿐이었다. 꿈에서 그녀의 향기에 취해 있다가 깨어나면 방 안에서 나는 방향제 냄새가 역해서 창이란 창은 온통 열어놓고 환기를 시켰다. 바람이 불면 그나마 살 것 같았다. 그 바람에 희미하게 그녀에게서 나던 바람 냄새가 나는 것만 같아서 숨통이 트였다.

그녀가 사라진 후로 한 번도 깊게 잠든 적이 없었다. 몸은 피곤하지만 정신이 멀쩡하게 깨어 있었다. 그녀를 찾을 때까지 그의 정신이 휴식을 허락하지 않는 것 같았다. 조급하게 마음먹지 않으려고 해도 문득 생각나는 그녀는 그의 정신을 잡고 놔주지 않았다.

스스로 생각해 봐도 여자에게 빠져서 허우적거리는 자신이 기가 막혔다. 하지만 그럴 때면 어김없이 그의 마음은 수연은 보통 여자가 아니라고 속삭이는 것이다. 머리가 어디가 다르냐고, 오히려 평범한 여자보다 못하다고 속삭이면, 가슴은 또 그녀의 특별함을 줄줄이 읊어대는 것이다. 그녀의 피부는 금가루를 뿌린 듯 반짝인다고, 그녀의 향기는 세상에서 가장 뛰어난 조향사라도 만들지 못할 거라고, 그녀의 까만 눈동자는 흑요석보다 더 검다고. 이렇게 말이다.

시계를 보고 살아본 적이 없지만 지금은 시계를 자주 보는 버릇이 생겼다. 비서들이 알아서 스케줄을 챙기는 탓에 한 번도 시간에 쫓기듯 시계를 본 적이 없었다. 하지만 이제는 시계를 쳐다보며 생각한다. 그녀를 보지 못한 지 며칠째더라? 몇 시간째더라? 날짜만 세고 앉아 있다.

가만히 앉아서 있느니 차라리 직접 몸을 움직이는 것이 나았다. 거리에 지나다니는 사람들을 붙잡고 혹시 이수연을 모르느냐고 문득문득 묻고 싶은 적도 있었다. 미친 짓이란 걸 알고 있지만 말이다. 그렇게 되기 전에 이기범을 만나봐야겠다. 별 소득이 없더라도 가만히 앉아서 기다리고 있는 것보다는 덜 답답할 것 같았다.

어쩌면 실수일지도 모른다. 아니, 거의 확실하게 자신이 이기범을 찾아가는 것은 실수다. 자신의 틈을, 약점을 드러내는 일이 될 것이기 때문이다. 그것도 이미 그들 손에 있는 약점을……

후후후, 이미 알고 있다.

하지만 어쩌랴, 불이 뜨겁다는 걸 알고 있지만 본능적으로 끌릴 수밖에 없는 부나방처럼 자신의 의지와는 상관없이 이끌려 가는 것을……

제9장

계절은 봄, 신혼 여행객들로 붐비는 제주 공항을 빠져나온 찬욱을 제일 먼저 반긴 것은 따가운 봄볕과 외국의 섬나라에라도 온 것 같은 착각을 불러일으키는 야자수였다. 커플티를 입고 옆으로 지나가는 갓 결혼을 한 듯한 남녀 한 쌍이 찬욱의 시선을 잠시 끌었다. 평소라면 눈여겨보지 않았겠지만 오늘은 왠지 시선이 갔다. 세상의 모든 행복을 손안에 넣은 것처럼 행복하게 웃고 있는 한 쌍의 신혼부부 위로 봄볕이 따뜻하게 비추고 있었다. 이곳에 오면서도 잠시 잊어버리고 있었다. 여기가 유명한 신혼 여행지라는 것을…….

입국장을 빠져나오니 찬욱이 25%의 지분을 소유하고

있는 LIP호텔에서 보낸 차가 대기 중이었다. 서울서 찬욱을 수행하고 온 강 실장은 운전석 옆에, 찬욱은 뒷좌석에 올라탔다. 차창이 까맣게 선팅된지라 햇살이 들어오지는 않았지만 찬욱은 마치 따가운 햇살이 자신만 쫓아다니는 것 같아 손을 들어 햇빛을 가리는 제스처를 취했다. 룸미러를 통해 찬욱의 행동을 살피던 강 실장이 어디가 불편하시냐고 물었다. 강 실장에게 아니라고 대답하면서도 찬욱의 손은 계속 이마 언저리에 있었다.

찬욱은 호텔에 도착해서 준비된 방으로 바로 올라갔다. 전에는 한번 시찰을 나오면 호텔 관계자들이 죽 늘어서 인사를 하곤 했지만 그런 형식적인 면을 싫어하는 찬욱이 없애라 지시한 후로는 호텔 입구에 늘어선 사람들의 숫자가 현저히 줄었다. 뭐, 물론 여전히 나와 있는 몇몇 중역들이 눈에 띄긴 하지만 말이다.

간단한 목례와 눈인사로 인사를 대신한 후 룸에 도착한 찬욱은 창문을 열고 발코니로 나갔다. 시원스레 푸른 바다가 보이는 발코니에서 짠 바다 냄새와 바람을 맞자 그제야 숨통이 트이는 것 같았다. 뒤에서 따라 들어온 강 실장의 기척이 느껴졌다.

"지금 어디 있습니까?"

시선은 바다를 향한 채, 주어도 없이 짧고 간단한 질문을 했다.

"호텔을 나와 관광에 나섰다고 합니다."

강 실장은 찬욱이 기범의 행방을 묻고 있다는 걸 알아채고 대답했다. 그러나 찬욱은 아무런 반응 없이 절벽에 부딪혀 하얗게 부서지는 파도만을 바라볼 뿐이었다. 강 실장은 찬욱의 말이 떨어지기만을 가만히 기다렸다.

"계속해서 살피다가 호텔에 들어오면 보고하세요."

"네."

찬욱의 지시를 들은 강 실장이 방을 나갔다.

같은 호텔이라면 살피기가 훨씬 수월했겠지만 아쉽게도 기범이 묵고 있는 호텔은 외국계 체인 호텔이었다. 공교롭게도 제주 내에서 LIP호텔의 가장 큰 경쟁 호텔이었다. 강 실장에게서 기범의 행방을 찾았다는 보고를 들었을 때부터 사람을 보내 쭉 살피고 있지만, 기범은 이 보살과 수연의 행방을 알아낼 만한 단서를 제공해 주진 않았다.

찬욱은 강 실장이 나가고 나서도 한참이 지난 후에야 파도에서 시선을 돌렸다.

LIP호텔의 스위트룸은 가격에 따라 여러 방이 있긴 하지만 전망에 따라 나누자면 지금 찬욱이 있는 방처럼 절벽과 바다가 바라다보이는 sea view와 정원이 내려다보이는 garden view 둘로 나눌 수 있다. 열대 나무와 멕시코에서 들여온 백 년에 한 번 핀다는 용설란으로 꾸며진 정원도 물론 멋있지만, 찬욱은 확 트인 바다가 보이는 이곳을 더 선호했다. 그는 일을 끝내고 발코니에 앉아서 가벼운 와인을 마시며 호텔의 조명이 희미하게 검은 파도를 비추는 바다를 바라보는 것을 좋아했다. 어둠을 틈

타 야금야금 절벽을 깎아 내리는 시커먼 파도가 마치 약탈자처럼 보여서 흥미롭게 바라보곤 했다. 수백 년, 아니, 어쩌면 수천 년, 수만 년의 끈기로 절벽을 공격하는 파도를 그는 좋아했고, 약간은 존경하기까지 했다.

찬욱은 파도를 보면서 마음을 가라앉혔다. 수연을 찾아야 한다는 생각에 급한 일을 모두 뒤로 미뤄놓고 제주까지 왔지만 서둘러서 일을 망치고픈 생각은 없었다. 마음 같아서야 당장에 데려오라 하여 수연의 행방을 추궁하고 싶었지만 그렇게 해서 털어놓는다는 보장은 없었다.

우선은 마음을 가라앉힌 후 기범을 어떻게 대할지에 대해 생각해 보고 그를 만나보아야 한다. 협박할 것인지, 구슬릴 것인지. 약한 자에게 강하고 강한 자에게 약한 인간이라면 협박을 할 것이고, 탐욕스러운 인물이라면 매수해 구슬릴 작정이었다. 권력과 돈이라는 건 때로는 아주 편리한 무기가 되어주기도 하니까 말이다.

찬욱은 신중하게 옷을 골랐다. 찬욱이 고른 옷은 너무 딱딱하지 않은 캐주얼에 가까운 양복이었다. 그러면서도 권력과 돈 냄새가 나는 그런 옷을 골랐다.

기범이 관광을 마치고 돌아왔다는 보고를 듣고 비서실장에게 지시를 해서 약속을 잡았다. 홈그라운드의 이점을 살릴 겸 LIP호텔의 일식당에서 만나기로 했다. 어려울 줄 알았던 약속에 순순히 응해서 찬욱으로서는 의외였다. 일이 잘 풀릴 징조로 받아들이고 싶었다.

약속 시간에 맞춰 방을 나서려는데 휴대전화가 울렸다. 사적인 전화라 번호를 알고 있는 사람이 몇 안 되는 지인들뿐이었다. 잠시 무시를 할까 하는 생각도 들었지만 전화를 받았다.

[날세.]

전화를 한 사람은 화성병원에 내과과장으로 있는 서 과장이었다. 찬욱의 아버지와 절친한 친구로 찬욱 가족의 주치의이기도 했다.

"아버지께 무슨 일이라도 생겼습니까?"

찬욱은 갑작스런 서 과장의 전화에 아버지의 건강에 무슨 문제가 있나 싶어 얼른 물었다.

[아닐세. 최 회장의 건강에 문제가 있는 것이 아니라, 신경정신과에 자네가 환자 기록을 주며 검토해 달라고 한 것이 있다면서?]

환자 기록? 수연의 차트를 말하는 건가?

"네. 그것을 어떻게 아셨습니까?"

찬욱은 아무에게도 알리지 않고 강 실장을 통해 전한 일을 서 과장이 어떻게 알고 있는지 궁금했다.

[신경정신과 과장이 내 후배 녀석인데, 자네 심복인 강 실장이 은밀히 부탁한 일이라고 해서 내 흥미가 동해서 말이야. 누군가, 그 차트의 주인공?]

비밀이란 없는 것인가? 찬욱은 다급해졌다. 서 과장의 귀에 들어갔으니 아버지의 귀에 들어가는 것은 시간문제다.

"개인적으로 알아보는 일입니다. 비밀은 지켜주시리라 믿습니다."

찬욱은 미리 선수를 쳤다. 이렇게까지 말해 뒀는데 설마 아버지의 귀에 들어가는 일은 없겠지?

[그래? 비밀이라? 내 입막음 값은 비싼데.]

전화기 너머로 서 과장의 웃음 섞인 목소리가 들렸다.

"아버지 드리려고 구해둔 좋은 바둑판이 하나 있는데 그걸 드리지요."

[하하, 바둑판이라? 좋지, 좋아! 내 비밀은 지킴세.]

서 과장의 입을 막을 뇌물로 찬욱이 선택한 것은 바둑판이었다. 찬욱의 아버지와 마찬가지로 서 과장 역시 굉장한 바둑광이었다. 의사가 되지 않았다면 아마 세계를 주름 잡을 기사가 됐을 거라고 입버릇처럼 말하곤 했다. 그는 좋은 바둑판과 바둑알을 수집하는 수집광이기도 했다.

"감사합니다."

[아차차, 내가 전화한 건 말이야. 후배 녀석이 그 환자를 한번 보고 싶다고 해서 말이야.]

"수연이를요?"

[호? 그 환자 이름이 수연인가? 여자 이름 같아 점점 더 수상해지는구먼. 아무튼 한번 데려오라더군.]

"완치될 가능성이 있답니까?"

찬욱은 희망을 갖고 물었다.

[나야 자세히 모르지만 이상한 점이 있다고 하던데.]

"네? 뭐가요?"

[환자가 아무래도 수상하다더군. 뭐, 직접 봐야 자세히 알 수 있겠지만.]

"수상하다고요?"

찬욱은 갑자기 머리가 멍해졌다. 그가 듣기를 바랐던 대답은, 아니, 그가 들을 거라고 예상했던 대답은 아니었다. 수상하다니? 무엇이 수상하단 말인가?

"무엇이 말입니까?"

[그건 나도 모르지, 그냥 그렇게만 말했으니까. 환자에 대해 함부로 발설하는 것은 의사의 윤리의식에 반하는 일이네. 그 녀석, 환자에 대해 함부로 말하고 다니는 녀석이 아니야. 단지 네가 맡긴 일이고, 우리가 가족처럼 허물없이 지내니까 나보고 환자를 데리고 오라고 전하라 했던 거지.]

"사정이 있어서 환자는 지금 못 데려갑니다. 제가 서울로 가서 그분을 한번 뵙겠습니다."

[그럼 그렇게 하게. 난 이만 끊네. 참, 바둑판 보내는 것 잊지 말게.]

서 과장은 바둑판 얘기를 꺼내고 나서야 전화를 끊었다. 서 과장의 전화로 기범을 만나서 수연의 행방을 찾는 일에만 집중

해야 할 찬욱의 신경이 분산됐다. 서 과장의 전화는 정말이지 뜻밖이었다. 수연의 병세를 정확히 알고 치료하고자 보냈던 차트가 이런 결과를 가져오리라고는 예상치 못했다.

수상하다니? 대체 뭐가? 환자를 만나봐야 확실해진다는 건 또 뭔가? 차트에 뭔가 문제가 있는 것인가?

서 과장의 전화가 찬욱의 머리 속을 헤집어놓아서 그는 그만 기범과의 약속 시간이 다 되었다는 것을 잠시 잊어버렸다. 강 실장의 노크로 다시 약속을 떠올린 찬욱은 수연의 병에 대한 일은 잠시 저편에 밀어두었다.

방을 나서서 일식당으로 걸어가는 그 짧은 시간에 머리 속을 정리하고 기범을 만나는 일에만, 수연의 행방을 찾는 일에만 집중하려 노력했다. 그리고 일식당 앞에 섰을 때 이미 찬욱의 머리 속에는 기범을 상대하는 일만이 들어 있었다.

전형적인 일본의 젠 스타일로 꾸며진 일식당 안으로 들어가자 찬욱을 알아본 식당 지배인이 예약해 두었던 룸으로 안내를 했다. 열어주는 룸 안으로 들어가자 안에 있던 기범이 고개를 들어 쳐다봤다. 허공에서 두 사람의 눈이 부딪쳤다.

"이거 죄송합니다. 나오려는데 중, 전화가 오는 바람에 늦었습니다."

찬욱은 중요한 전화라고 말하려다가 말을 바꿨다. 혹시라도 전화가 기범을 만나는 일보다 덜 중요하다는 말로 들릴까 봐 말을 바꾼 것이다.

“조금밖에 안 늦으셨는데요 뭘.”

기범이 대수롭지 않다는 투로 손을 내저으며 말을 했다.

찬욱은 그런 기범에게 눈을 내리며 가볍게 인사를 했다. 찬욱은 기범이 일어나 정식으로 인사를 나누길 기대했으나, 기범은 그런 예의를 아는 인간이 아니었다. 찬욱은 기범과 정식으로 인사 나누는 것을 포기하고 자리에 앉았다.

“그런데 무슨 일로⋯⋯.”

기범이 맞은편에 앉은 찬욱에게 물었다. 아무리 생각해 봐도 최 회장의 아들인 찬욱이 자신을 만나자고 할 까닭이 없었다. 성격이 급한 기범은 자신의 의문부터 해결하려 했다.

“아직 저녁 전이시지요? 우선 식사부터 하시고 천천히 말씀 나누지요.”

찬욱은 기범의 질문을 교묘히 무시하고 저녁 식사를 권했다.

“그럽시다.”

기범은 의문이 가득한 표정으로 찬욱을 바라보며 고개를 끄덕였다.

좀 있자 찬욱이 미리 주문해 둔 식사가 서빙되었다. 특별히 주문해 두었던 것으로 보통사람이 보기에 입이 딱 벌어질 만한 모듬회였다. 광어, 우럭, 가자미, 참치를 비롯해서 제주산 한치, 소라와 아직까지 살아 꿈틀대는 전복, 그리고 마지막 숨을 몰아쉬고 있는 도미(신경을 피해 회를 뜬 도미는 상에 올라올 때까지 살아 있었다), 거기다 좀처럼 맛보기 힘들다는 고등어 회까지 빠진 것 없는 모듬회였다. 그뿐만 아니라 함께 나온 튀김과 초밥 모두 어느 하나 맛있게 생기지 않은 것이 없었다.

"드시지요. 술 한 잔 하시겠습니까?"

찬욱은 입까지 벌리고 감탄하고 있는 기범에게 술을 권했다. 섬세한 맛으로 생선회와 가장 잘 어울린다는 일본산 우라가쓰미 청주(淸酒)였다.

기범은 허허 웃으며 술잔을 내밀어 찬욱이 따라주는 술을 받았다. 무릇 맛있는 음식 앞에서 기분 나빠하는 사람은 별로 없다. 이를 이용한 찬욱의 전략이었고, 기범은 지금까지 잘 넘어오고 있었다.

기범은 우선 찬욱이 따라주는 술을 한 잔 들이켰다. 하나, 룸 살롱에서 양주를 병째로 비우는 기범에게 깨끗한 청주의 맛은 어쩐지 밍밍했다.

"우라가쓰미란 일본의 명주로 향이 강하지 않고 섬세해 생선회에 제격이라고 하더군요."

찬욱은 싱겁다는 듯한 기범의 얼굴을 읽어내고는 술에 대한 설명을 해주었다. 찬욱은 기범의 생각이 얼굴에 그대로 드러나자 속으로 쾌재를 불렀다. 사람을 상대함에 있어서 가장 쉬운 타입은 생각이 얼굴에 그대로 드러나는 기범 같은 사람이다.

"하하, 좋군요."

기범은 좀 전까지만 해도 별로라는 얼굴이었으면서 일본의 명주라는 말에 금방 얼굴을 펴며 웃는다. 찬욱은 기범이 단순히 좋은 것, 비싼 것, 명품의 이름에만 집착하는 사람이란 걸 금방 알아차렸다. 협박이 아니라 매수가 잘 통하리라는 걸 알아차린 것이다.

찬욱은 기범과 저녁을 먹으며 술을 마시는 내내, 술에 대한 얘기나 혹은 제주의 관광 명소에 관한 얘기 등 가벼운 대화만 나누었을 뿐 수연에 대한 말은 일체 꺼내지 않았다. 마치 기범이 잘 아는 사이인마냥, 대단한 손님인 것마냥 그렇게 대접했다. 차차 시간이 지나면서 처음에 찬욱에게 용건부터 물었던 경계심이 있던 기범의 태도는 차차 누그러졌다.

맛이 강하지 않아 마시기는 쉬워도 청주는 사람을 은근히 취하게 한다. 술이 한두 잔 들어가자 기범의 얼굴은 벌겋게 달아올랐고, 말이 많아졌다. 찬욱이 조그마한 화제를 하나 꺼내면 거기에 대해 침을 튀기며 응대하기 시작했다.

"실은 제가 뵙자고 한 것은 긴히 부탁드릴 일이 있어섭니다."

찬욱은 기범이 술이 얼큰하게 취한, 그러나 정신이 어느 정도 있는 상태다 싶어 말을 꺼내기 시작했다. 태도가 풀어진 것은 좋으나 너무 술이 많이 취한 상태에서 말을 꺼내면 나중에 딴소리를 하거나 기억을 못할 수도 있는 위험성이 있기 때문에 타이밍을 잘 잡아 얘기를 꺼냈다.

"부탁이라니? 최 이사가 나 같은 사람한테 부탁할 게 다 있나?"

기범은 찬욱이 부탁이라는 말을 꺼내자 정신을 가다듬으며 몸을 바로 세웠다. 찬욱의 예상대로 그다지 취하지 않은 얘기를 꺼내기 적당한 상태였다. 찬욱은 그런 기범을 보면서 조용히 웃었다.

"제가 이번에 광주에 가 있었던 일을 아시겠지요?"

"그래, 누님에게 들었지."

"실은 제가 거기서 수연 씨를 보고 한눈에 반했습니다."

"잠깐, 지금 뭐라고 그랬나? 수연이를 보고 반했다고? 그렇게 말했나?"

기범은 술이 확 깨는 것 같았다. 아니, 자신이 지금 술에 취해 헛소리를 들은 것만 같았다. 정신을 가다듬고 누님이 천박하다고 질색하는 말투가 튀어나오지 않도록 신경을 썼다.

"네. 제가 젊은 혈기에 실수를 좀 했는데…… 이 보살, 아니, 이 여사님이 화가 나셔서 그만 수연 씨를 데리고 사라지셨지 뭡니까."

찬욱은 수연과의 일을 젊은 혈기에 한 실수라고 말하는 자신이 싫었지만 기범을 설득하기 위한 과정이다 생각하고 그렇게 말을 했다.

"누님이 광주를 떠나 계시겠다고 연락이 오긴 했지. 그게 그럼 최 이사 때문이었나?"

"네, 부끄럽지만 그렇습니다. 이 여사님은 아마도 제게 화가 많이 나신 듯합니다. 분명히 말씀드리지만 불장난이 아닙니다. 전 수연 씨와 결혼할 생각입니다."

찬욱은 상대방에게 확신을 주기 위해 단호한 말투로 말을 했다. 이런 말투는 찬욱이 사업하며 상대방을 설득해야 할 때 주로 쓰는 말투였다. 상대방에게 신뢰와 믿음을 주기에 충분히 단호한 말투였다.

"잠깐만, 지금 겨, 결혼이라고 했나?"

기범은 찬욱이 꺼낸 말이 믿어지지 않아 다시 되물었다.

"네, 분명히 그렇게 말씀드렸습니다."

찬욱은 여전히 단호하고 확신에 찬 목소리로 대답했다.

기범은 그런 찬욱을 찬찬히 살폈다. 농담을 하는 것 같지는 않았다. 농담이라면 제주까지 자신을 찾아올 이유가 없지 않는가? 그렇지만 수연이와 최 이사라? 수연이가 화성의 안주인이 된다?

"험! 그 아이가 병, 아니, 몸이 좋지 않다는 걸 알고 있는지 모르겠군."

"자폐에 관한 말씀이시라면 알고 있습니다."

"그런데도 결혼을 하겠다?"

"네. 그건 제게 별로 문제되지 않습니다. 최근 들어 수연 씨 병세가 많이 나아졌다고 들었습니다. 병이야 앞으로도 차차 고치면 되는 거고, 저에겐 주위의 시선쯤은 충분히 막고 수연 씨를 보살필 능력이 있습니다. 다만……."

"다만?"

"다만 제가 광주에서 저지른 실수로 이 여사님이 화가 나셔서

수연 씨를 데리고 잠적해 버리신 것이…… 그래서 도움을 주십
사 하고 왔습니다.”

“내 도움이 필요하다, 이 말이지?”

“네, 제가 수연 씨와 결혼하겠다는 말씀을 드리기 전에 잠적
해 버리셔서 그렇습니다.”

“어떻게 도와달라는 건가?”

“혹시 이 여사님께 연락이 오면 제게 가르쳐 주십시오. 제가
수연 씨와 결혼하게 된다면 제게 처삼촌이 되시지 않습니까? 하
나뿐인 조카사위를 도와주시지 않는다면 누굴 돕겠습니까?”

찬욱은 처삼촌과 조카사위라는 말을 특히 강조했다. 그러면
서 속으로 ‘넘어온다, 넘어온다’ 를 외쳤다.

“하하, 조카사위라!”

“그렇지요. 제게는 하나뿐인 처삼촌이 되시지 않습니까? 옛
말에 처가 예쁘면 처갓집 말뚝에 절을 한다는 속담도 있지 않습
니까? 도와주시기만 한다면 제가 하나뿐인 처삼촌께 뭘 못해 드
리겠습니까?”

찬욱은 교묘히 기범의 욕심을 자극하는 말을 했다.

아마도 속으로 저울질을 하고 있을 것이다. 화성의 안주인이
된 수연을 그려보며, 화성의 후계자가 된 찬욱이 기범을 처삼촌
이라 떠받드는 모습을 그려보며 저울질을 하고 있을 것이다. 찬
욱은 기범의 얼굴을 보며 확신했다, 그가 넘어오리라는 것을!

“험, 누님이 잠적하셨다면 그만한 이유가 있지 않겠나?”

찬욱은 이 말이 기범이 마지막으로 한 번 더 튕겨보는 것임을 알았다. 욕심으로 가득 찬 그의 얼굴이 이미 넘어왔다고 알려주고 있었기 때문이다.

“제가 수연 씨와 한이불에 있던 걸 보시곤……”

“그렇구먼.”

“이 여사님께 연락이 오면 어디 계시는지만 알려주시면 됩니다. 그러면 제가 찾아뵙고 설득하겠습니다.”

“결혼하겠다는 결심은 확실한 건가?”

기범은 사실 여부를 확인하고자 다시 한 번 물었다. 만약 사실이라면? 정말로 수연이 화성의 안주인이 된다면? 그게 뭘 의미하는지 기범은 머리 속으로 주판알을 튕겼다.

“네.”

“험! 그럼 도와줌세! 도와주고말고. 하나뿐인 삼촌이 돕지 않으면 누가 돕겠나!”

기범의 목소리에는 즐거운 기색이 영력했다. 누님의 지시로 그 쓸모없는 것을 데려왔을 때는 사람 구실은 못할 것 같았는데 어느새 커다란 돈줄이 되어주고, 더군다나 저런 신랑감을 물고 왔는데 어찌 기쁘지 않겠는가. 기범은 세상을 손에 다 넣은 것만 같았다.

“감사합니다.”

“누님을 설득하는 것이 어렵다면 내가 거들음세.”

기범이 큰소리를 치며 호언장담했다.

"아닙니다. 옛말에 결자해지(結者解之)란 말도 있지 않습니까? 제가 저지른 실수니 제가 수습을 하는 게 맞지요. 직접 설득을 하고 허락을 받겠습니다. 그저 어디 계시는지만 알려주시면 됩니다."

찬욱은 기범이 산통을 깰까 서둘러 말렸다.

"그럼 그러든지."

기범은 선선히 허락했다.

수연이 아무리 많은 돈을 벌어다 준다 하여도 그건 불안을 안고 있는 일이다. 수연이 언젠간 정신을 차릴지도 모른다는 불안, 사라질지도 모른다는 불안, 그리고 자신과 누님이 그 아이의 아비를 속여 유괴한 사실이 발각될지도 모른다는 불안. 하지만 일단 수연이 최 이사와 결혼만 한다면 그런 불안 속에서 살 필요가 없었다.

최 이사는 누구도 부정할 수 없는 화성의 후계자임이 분명했다. 그런 집안과 사돈을 맺는다면 더 이상 수연이 벌어다 주는 돈에 목매지 않고 살 수 있다. 떳떳하게 화성의 사돈이라고 가슴 펴고 살 수 있다. 그리고 최 이사가 처가인데 설마 돕지 않겠는가. 한 자리 내어주거나 한 재산 떼어줄 것이다. 말년에 이런 복이 있을 줄 누가 알았겠는가?

"지금 묵고 계신 호텔, 불편하신 점은 없으신지요?"

찬욱은 기쁨을 주체하지 못해 탐욕스런 얼굴로 허허 웃고 있는 기범을 확실히 매수하기 위해 호텔 얘기를 꺼냈다.

"뭐, 특급 호텔이라 별 불편한 점은 없네만."

"제가 이 호텔에 지분을 좀 가지고 있습니다. 이 호텔로 옮기시면 어떻겠습니까? 스위트룸을 준비해 드리겠습니다. 계시는 날까지 마음 편히 지내셔도 됩니다."

찬욱은 기범을 확실하게 매수할 겸, 그리고 감시할 겸 호텔을 옮길 것을 권했다.

"그럴 필요까진 없는데 그러네."

찬욱의 속셈을 모르는 기범은 좋아라하기만 했다. 찬욱은 자신에게 완전히 넘어온 기범을 보며 생각보다 어렵지 않았다고 생각했다. 찬욱은 기범이 마음껏 취할 때까지 술 상대를 해주었다. 늦은 밤까지 계속된 술자리는 취해서 말이 꼬이는 기범을 직원을 통해 그가 머물고 있는 호텔로 실어다 주라고 지시하는 것으로 끝이 났다.

찬욱은 기범이 차에 실려가는 것을 보고 자신의 방으로 들어왔다. 와인 한 잔을 따라 발코니로 나가 마시면서 오늘의 작은 승리를 홀로 축하했다. 수연에게 다가가기 위한 첫 걸음을 성공적으로 뗀 것을 축하했다. 파도 소리가 귓가에 들려오는 발코니에서 찬욱은 오래도록 떠날 줄 몰랐다.

다음날, 찬욱은 직원을 시켜 기범 일행을 LIP호텔로 옮겨오게 하고, 호텔에서 가장 좋은 스위트룸을 내주었다. 있는 동안 방값과 식사, 호텔 내에서의 쇼핑 등 모든 것을 room charge로 올리도록 하고 자신의 계좌로 결제할 것을 지시했다. 기범이 지내는 데 조금의 불편함도 없도록 한 후에 서울행 비행기에 몸을 실었다.

김포공항에서 대기하던 차에 몸을 싣고 화성병원으로 향했다. 약속없이 찾아가는 길이었지만 걱정하지는 않았다. 공항에서 병원까지 한 시간 반 정도 걸리는 시간이 마냥 초조하기만 했다.

차가 병원 앞에 서자, 찬욱은 기사가 문을 열어주기 위해 차 앞으로 돌아오는 찰나도 기다리지 못해 스스로 차 문을 열고 나왔다. 병원 안으로 성큼성큼 걸어 들어간 찬욱은 서 과장의 방 앞에 서서 잠시 숨을 고른 후 노크를 했다. 대답을 기다리지 않고 문을 열고 안으로 들어갔다.

"이게 누구야? 찬욱이 아닌가? 내 바둑판은 가져왔나?"

논문을 살펴보고 있던 서 과장은 방 안으로 들어온 사람이 찬욱이라는 것을 알자 반색을 했다.

"죄송합니다. 바둑판은 다음에 꼭 가져다 드리겠습니다."

찬욱이 사과를 했다. 서 과장은 씩 웃으며 눈짓으로 소파를 가리켰다.

"우선 앉지."

"네."

찬욱이 소파로 걸어가자 서 과장도 자리에서 일어나 소파로 다가가 찬욱을 마주 보며 앉았다.

"그래, 어쩐 일인가?"

"전화로 말씀하신 그 후배 분 좀 뵈었으면 합니다."

찬욱의 말이 끝나자 서 과장은 찬욱을 뚫어져라 쳐다봤다. 마치 그의 진심을 읽으려는 듯이. 찬욱 역시 서 과장의 시선을 피하지 않고 마주 바라보았다.

"후! 자네한테 어떤 의미인지 물으면 대답해 주겠나?"

서 과장은 깊은 한숨을 내쉬고 찬욱에게 수연이 어떤 의미인지를 물었다.

"죄송합니다. 나중에 말씀드리겠습니다."

찬욱은 흔들림없는 목소리로 정중하지만 단호하게 거절을 했다. 서 과장이 뭘 궁금해하는지는 알지만, 또 그가 약속을 한 이상 함부로 말을 옮길 사람이 아니라는 것 또한 알지만 대답하지 않았다.

사실은 찬욱 자신조차 수연이 자신에게 어떤 의미인지 확신할 수가 없었기 때문이다. 그녀를 다시 찾고 싶고, 옆에 두고 싶고, 그러기 위해서 결혼까지 할 결심을 했지만, 그녀가 자신에게 어떤 의미인지는 확신할 수가 없었다. 옆에 두고 보면 알겠지, 그 정체가 무엇인지는!

"그래? 할 수 없구먼. 그 친구, 이리로 불러줄까?"

서 과장은 수화기를 들어 자신의 후배를 호출하려 했다.

"아닙니다. 제가 가보겠습니다. 안내만 부탁드립니다."

찬욱은 서둘러 서 과장을 제지시켰다. 여기서 얘기를 한다면 아무래도 불편할 것이기 때문이다. 깊은 얘기를 할 수도 없거니와 수연에 대해 자신이 아닌 누군가—그게 아버지의 친구인 서 과장이라 할지라도—가 아는 것이 싫었다. 그녀에 대해 가장 잘 아는 사람은 자신이면 족했다.

"내가 들어서는 안 되는 얘긴가 보군. 김 간호사, 들어와 봐요."

서 과장은 자신의 후배를 부르는 대신 간호사를 불렀다. 잠시 후 들어온 간호사에게 찬욱을 신경정신과의 이 과장 방으로 안내해 달라는 부탁을 했다.

"감사합니다. 다음에 다시 찾아뵙겠습니다."

찬욱은 서 과장에게 인사를 하고, 간호사를 따라 신경정신과 병동으로 발걸음을 옮겼다. 서 과장이 전화를 넣어놨는지 신경정신과 병동에 도착하자마자 이 박사와 만날 수 있었다.

"이수연 양의 보호자가 되기엔 좀 젊으신 것 같은데 어떤 사이신지 여쭤어봐도 될까요?"

이 박사는 찬욱의 배경을 알고 있었기에 찬욱과 수연과의 사이에 연관성을 찾을 수가 없었다.

"약혼자입니다."

"흡!"

찬욱의 대답에 이 박사는 크게 놀라 숨을 들이마셨다. 그는 화성그룹 최 회장의 아들이 분명했다. 화성의 후계자. 이 병원의 재단 이사장의 아들. 그런데 자폐증 환자와 약혼을 했다. 어디서도 들은 적이 없는 얘기였다. 신문이나 방송, 어디서도 모르는 소식이었다. 최찬욱이 결혼을 한다? 그것도 자폐증 환자와?

요즘 들어 정신과에 대한 편견이 많이 사라지긴 했지만, 아직도 정신과에서 치료를 받는다고 하면 미친 사람을 떠올리는 사람들이 많다. 그런데 단순히 불면증 등으로 정신과 치료를 받은 것도 아닌 자폐 환자면 이건 큰 사건이 아닐 수 없다.

세상에, 어떻게 이런 일이!

"아직 선생님밖에 모르는 일입니다. 서 과장님도 모르시지요. 밖으로 흘러나가는 일은 없으리라 믿겠습니다."

교묘한 협박이었다.

"듣자하니 수연이가 수상하다고 하셨다는데 무슨 뜻입니까?"

"수상하다기보다 진료 기록이 뭔가 석연치 않군요. 이상한 점이 몇 가지 눈에 뜨입니다."

이 박사가 자신의 책상에서 수연의 차트를 꺼내며 말했다.

"계속하시죠."

찬욱이 재촉했다.

"이 환자의 경우 칠 세에 처음 치료를 받은 것으로 기록되어 있습니다. 일반적으로 일 세에서 사 세 사이에 발견하게 되는데, 이 환자의 경우 발견이 아주 늦은 케이스라고 할 수 있습니다."

"그건 입양을 해서 그럴 겁니다. 집 앞에 버려진 그 사람을 입양한 거라고 하더군요.”

“예, 차트에도 그렇게 쓰여 있습니다. 발견이 늦은 건 뭐, 그렇게 설명할 수 있지만 치료 과정에 이상한 점이 있습니다.”

“치료 과정예요?”

“네. 이 환자의 경우 십오 세 후로 병이 호전되기 시작했는데, 차트를 보면 그전까진 병이 악화된 것으로 보입니다.”

“그게 뭐가 이상하다는 겁니까?”

“처음 치료를 받았을 때부터 비교를 해보자면 점차로 자폐의 증상이 늘어나고 있는 걸 알 수 있습니다. 처음 진료를 받았을 때는 타인과의 의사소통에 어려움이 있었습니다. 자폐의 전형적인 증상이지요. 하지만 이때까지만 해도 강박적 행동은 보이지 않았습니다. 그러나 그 다음에 치료를 받을 때는 강박적 행동을 보였습니다.”

“그게 뭐가 이상하다는 겁니까? 의사 한 사람이 환자 한 사람에게 할당하는 시간이라야 고작 십오 분 남짓이 아닙니까? 그 짧은 시간에 얼마나 많이 살피겠습니까? 미처 살피지 못했을 수도 있지 않습니까?”

“그 다음에는 상담을 받는 내내 책상을 두드리는 행동을 했습니다. 그리고 그 다음엔 공격적인 행동 패턴을 보이고, 그 다음엔 결여 행위라고 부르는 행동을 보였습니다. 결여 행위란 의미도 없는 말을 중얼거린다거나 타인의 말을 그대로 따라한다거나 하는 행동을 말합니다.”

"전 지금 박사님께서 무슨 말씀을 하시려는지 모르겠습니다."

"환자를 직접 보고 검사를 해봐야 자세히 알겠지만, 이 환자의 경우 마치 자폐를 학습한 것처럼 보입니다."

"학습이요? 자폐를 배웠단 말씀이십니까?"

"네. 제 소견에 의하면 교묘히 자폐의 증상을 흉내 낸 것으로 보입니다."

찬욱은 혼란스러웠다. 자폐가 학습을 한다고 가능한 일인가? 대체 십오 년을 무엇 때문에 자폐 흉내를 낸단 말인가! 일이 년도 아니고 장장 십오 년을!

"말도 안 됩니다. 그럼 십오 년 동안 정신과 전문의의 눈을 속였단 말입니까? 어떻게 그런 일이 가능합니까? 검사를 했을 거 아닙니까?"

"자폐의 경우 정확한 발병 원인이 밝혀진 것이 아니라서 증상으로만 판단하는 수밖에 없습니다. 자폐 환자들 사이에서 태아의 초기 뇌 발육에 중요한 역할을 하는 HOXA 1 유전자의 이상이 발견되기도 하고, 7번 염색체의 WNT2 유전자의 이상이 발견되기도 하지만, 이 환자의 경우 그 두 유전자에는 아무런 이상이 없습니다. 최근에는 자폐아의 경우 사 세 때 두 개골의 크기가 십이 세의 정상아의 크기와 비슷하다는 연구 결과도 나왔지만 확실하게 이거다 할 자폐의 원인은 밝혀지지 않고 있습니다. 증상만으로 병을 진단해야 하는 경우 의사는 환자의 증상을 믿는 수밖에 없습니다. 저도 환자를 직접 보기 전에는 뭐라 확실하게 말씀드릴 수가 없습니다.”

“……만약 자폐가 아니라면, 그럼 뭡니까?”

“글쎄요, 학습일 수도 있고…… PECS치료 후 언어에 많은 발달을 보이고, 지능이 떨어지지 않는 걸로 봐서는 아스퍼거 증후군으로 보이기도 합니다만, 정확한 건 역시 환자를 봐야 알겠네요. 환자를 한번 데려오십시오. 그래야 확실히 알 수 있습니다.”

“PECS치료란 건 뭐고, 아스퍼거 증후군이란 건 또 뭡니까?”

“PECS란 그림교환 의사전달 체계인데, 예를 들어 환자가 마실 것을 원하면, 음료가 그려진 그림을 보여준 후 그림과 단어를 연결시켜 언어능력을 기르고 타인과의 의사소통을 하는 방법을 가르치는 것을 말합니다. 아스퍼거 증후군은 자폐의 일종으로 분류하기도 하는데 자폐와 비슷한 증상, 즉 강박적 행동과 타인과의 의사소통에 어려움을 겪는 등의 증상을 보이긴 하지만 자폐증 환자와 달리 아스퍼거 증후군 환자는 정상적인 지능을 가지고 있어 정상적인 학교 생활을 보낼 수 있고 예술이나 특정 기술 등에 뛰어난 능력을 보이기도 합니다.”

“그럼 정상적인 생활이 가능하단 말씀입니까?”

“학습을 하며 자폐를 흉내 낸 것이라면 일단 정상이라고 봐야겠지요. 무슨 이유로 그런 행동을 했는지는 알 수 없지만 말입니다. 아스퍼거 증후군이라면 일반 자폐보다는 치료 방법도 간단하고, 치료의 효과도 매우 높습니다. 치료만 잘한다면 거의 정상인과 같은 삶을 살 수도 있습니다."

"만약…… 전자의 경우라면? 대체 무슨 이유로 겨우 일곱 살 짜리 아이가 자폐를 흉내 낸 걸까요?"

딱히 의사에게 한 질문은 아니었다. 자폐를 학습한 것일지도 모른다는 말을 들은 순간부터 그의 머리 속에 떠오른 의문을 입 밖에 냈을 뿐 답을 바란 질문은 아니었다.

"글쎄요, 그건 이수연 씨 본인만 알고 있을 것 같습니다."

이 박사의 대답에 찬욱은 미간을 찌푸렸다. 다시 원점으로 돌아왔다. 그녀를 찾는 것만이 그녀에 대한 의문을 해소할 수 있는 유일한 길인 것이다.

"감사합니다. 또 다른 의문이 있으면 연락드리겠습니다."

찬욱은 자리에서 일어서서 이 박사에게 악수를 청하며 인사를 했다.

"그러시지요."

이 박사도 자리에서 일어서서 찬욱과 악수를 하며 인사를 했다. 정중하게 인사를 하고 성큼성큼 걸어나가는 찬욱을 보면서 이 박사 자신이 들고 있는 차트의 주인공이 점점 더 궁금해졌다. 대체 어떤 여자이기에 찬욱을 사로잡아서 그의 입에서 약혼자라는 말이 나오게 했는지 궁금했다. 그리고 무엇보다 직업적인 호기심으로 그녀가 자폐를 흉내 낸 것인지, 아스퍼거 증후군인지가 가장 궁금했다.

　　찬욱은 이 박사의 방에서 나와 손을 더듬어서 주머니에서 담배를 찾았다. 어지간한 일이 아니면 피우지 않는데, 지금은 담배 생각이 간절했다. 주머니에서 꺼낸 담배를 입에 물었다. 간호사의 시선이 느껴졌다. 너무도 당당한 찬욱의 태도에 간호사는 아무 말도 못하고 쳐다보기만 했다. 찬욱은 담배에 불은 붙이지 않은 채 병원 건물을 빠져나왔다. 병원 건물에서 나온 후에야 담배에 불을 붙였다. 담배 연기를 한 모금 깊게 들이마시는 그 짧은 사이 기사가 차를 찬욱 앞에 대기시켰다. 찬욱은 차에 타고 회사로 가는 내내 차 창문을 열어놓고 담배를 태웠다. 수연을 찾지 못해 애타는 시커먼 가슴으로 담배 연기를 한껏 들이마셨다.

제
10
장

지숙이 충청도 산골짝에 내려온 지 이제 겨우 열
흘이 지나가고 있었다. 시골에 있자니 시간이 너무도 더
디게 흘러가는 듯했다. 물론 광주도 시골이기는 했지만
거기에는 자신의 취향과 취미에 맞게 꾸며진 곳이기에
이곳과는 달랐다. 갑작스럽게 준비도 없이 내려온 이 촌
구석과는 다를 수밖에 없었다.

충청도에 내려온 후 하루 이틀은 필요한 물건을 사들
이며 보냈고, 그 후 이삼 일은 수연을 감시하느라 보냈
다. 다행히 수연의 행동에 별달리 이상한 점은 보이지
않았다. 수연은 방 안에서 혼자 놀거나 마당에 나가 흙
장난을 하고, 개미를 관찰하며 시간을 보내곤 했다. 그

래서 요 며칠 수연에 대한 감시의 눈초리를 늦췄다.

외부와 연락을 끊고 지내는 것도 하루 이틀이지, 이제는 온몸이 다 뒤틀렸다. 하루 종일 하는 일 없이 보내는 것도 진절머리가 났다. 그나마 다행인 것은 이장에게 귀띔을 해놓은 덕분인지 기웃거리며 살피러 오는 마을 사람들이 별로 없다는 것이다.

지숙은 큰 한숨을 쉬고 식사를 준비하기 시작했다. 이곳에 있다는 것을 아는 사람이 적을수록 좋겠다 싶어 행선지조차 밝히지 않았으니 부릴 사람은커녕 살림도 자신이 꾸려가야 했다.

요즘 입맛이 있을 턱이 없었다. 입 안이 깔깔해 뭘 삼켜도 맛을 몰랐다. 밥상을 차리고 마당에 있는 수연이를 억지로 끌어다 밥상 앞에 앉혔다. 손에 숟가락을 쥐어주고 밥 먹길 강요해 보아도 도로 숟가락을 내려놓는다. 또다시 밥을 거부하는 것이다. 가끔 이렇게 몇 날 며칠 밥을 거부하곤 한다. 최근에는 그런 일이 없어서 안심하고 있었는데 다시 시작된 것이다. 지숙은 짜증이 솟구쳤다.

“얼른 밥 먹지 못해!”

지숙은 다시 수연의 손 안에 숟가락을 쥐어주었다. 그러자 수연은 밥상 위로 숟가락을 내팽개쳤다.

“뭐 하는 짓이야? 어서 밥 먹으라니까!”

“싫어!”

수연은 고개를 저으며 밥을 거부했다.

지숙은 머리가 지끈거리기 시작했다. 밥을 먹으려던 생각이 싹 사라졌다. 수연이 거부를 하는데 입을 벌리고 억지로 먹일 수는 없다. 병원에 데려가서 처방을 받으면 좀 나아지곤 했는데. 그러고 보니 한 달에 한 번씩 병원에 가던 정기검진 날짜가……?

지숙은 달력을 살펴봤다.

이런, 지났다. 어제가 검진일이었던 것이다. 약을 챙겨오지 못한 것이 걸렸는데, 며칠 약을 걸렀다고 기어코 티를 내는 것이다. 어쩐다지? 아직은 병원에 가는 것이 불안한데…….

지숙은 지끈거리는 머리를 부여잡고 밥상을 치웠다. 그런 뒤, 뒤를 돌아본 지숙은 깜짝 놀랐다. 수연이 전화 수화기에 대고 '여보세요' 하며 말을 하고 있었던 것이다. 지숙은 황급히 다가가 수연의 전화기를 뺏었다. 그러나 수화기 안에서 들려오는 목소리는 '다이얼이 늦었으니 다시 걸어주시기 바랍니다' 라는 안내 멘트였다. 그제야 지숙은 가슴을 쓸어 내리며 수화기를 내려 놨다.

지숙이 수화기를 내려놓자 수연이 수화기를 들고 귀에 가져다 댔다. 한동안 가만히 있다가 수화기에서 뚜 하는 신호음이 들리자 버튼을 아무거나 눌렀다. 그러자 또다시 다이얼이 늦었다는 안내 멘트가 나왔다. 전화 수화기 안에서 사람의 목소리가 들리니까 수연은 '여보세요' 하며 말을 했던 것이다. 지숙이 가만히 지켜보는 가운데 수연은 그러한 행동을 몇 번이고 반복했다.

　지숙은 그런 수연을 한심스런 눈초리로 쳐다보고는 마루로 나갔다. 지끈거리는 머리가 찬바람을 쐬면 좀 나아질까 해서였다. 지숙이 마루로 나간 뒤에도 한참 동안을 수연은 전화기를 붙잡고 있었다.

　찬욱은 동창 녀석인 한 검사와 점심 식사를 하고 회사로 돌아오는 길이었다. 화성반도체의 정전에 기여했던 해커가 붙잡혔단 소식을 듣고 그 일을 의논하기 위한 자리였다.
　해커는 술을 마시고 친구에게 화성반도체를 해킹한 얘기를 자랑스레 떠벌리는 바람에 꼬리를 잡혔다. 그 자리에 있던 사람 중 하나가 경찰에 신고를 한 것이다. 가택 수색에서 해킹에 사용한 프로그램도 찾을 수 있었다. 김인기와 행방이 묘연한 연구실 직원 하나와 공모한 사실도 자백했으나 문제는 그들의 행방이었다. 그는 일을 마친 그날 바로 돈을 받고 그들과의 연락이 두절된 상태였다. 그가 아는 사실이라고는 그들이 설계도를 대만 쪽 업체에 넘기려 한다는 것뿐이었다.
　반쪽짜리 성과였다. 아니, 반쪽짜리 성과도 되지 못했다. 그의 체포 과정에서 해킹 사실이 그만 언론에 알려지고 만 것이다. 다행히 설계도 도난 부분에 대해서만큼은 입을 막았다. 체포된 해커와도 입을 다물기로 이미 합의를 끝냈다.
　언론은 앞을 다퉈 해킹 사실을 일면에 실었다.
　'국내 기업의 취약한 보안 상태'란 제목으로 신문 선상을 오르내리면서 화성반도체 주식은 10% 정도 주가가 떨어졌다. 찬욱의 선견지명으로 화성반도체는 IMF체제 전에 이미 시설투자를 모두 마친 터라 경쟁 업체보다 발 빠르게 신제품을 내놓고 있었고, 매출과 시장 점유율이 꾸준히 상승하고 있는 중이기 때문에 떨어진 주가에는 크게 신경을 쓰지 않았다.

하지만 김인기와 설계도의 행방은 목에 걸린 가시마냥 신경이 쓰였다.

한 검사와 점심을 하며 김인기가 다른 여권으로 출국했을 가능성에 대한 수사를 부탁했다. 한국 사람뿐만 아니라 동양계 사람까지 정전 사태 이후부터 지금까지 출국한 사람 중에서 김인기와 비슷한 나이의 사람을 대상으로 조사를 부탁했다.

출국을 했든 국내에 있든 자그마한 꼬리라도 드러낸다면 반드시 잡고야 말 것이다.

찬욱은 회사로 들어오기 전에 기범에게 전화를 했다. 제주에 갔다 오고 난 후부터 매일 전화를 하다시피 했지만 소득은 없었다. 역시 연락이 없다는 대답뿐이다.

회사에 도착한 찬욱은 엘리베이터를 탄 후, 자신의 사무실이 있는 이십오층 버튼을 눌렀다. 같이 엘리베이터에 타고 있던 사람들의 힐끔거리는 시선이 느껴졌지만 무시했다.

그 시각 찬욱의 사무실에는 이상한 전화가 한 통 걸려왔다.
"네, 기획이사실입니다."

미진은 평소와 다름없는 밝은 목소리로 전화를 받았다. 그러나 전화 상대방은 아무런 말이 없었다.

"여보세요? 말씀하십시오."

미진은 다시 한 번 채근했지만 여전히 상대방은 아무런 말이 없었다.

"잘못 걸린 전화인가?"

수화기를 들고 고개를 갸웃거리는데 미약한 숨소리가 수화기를 통해 전해졌다.

[바꿔…… 주세요.]

상대방이 말했다.

"네? 실례지만 어디십니까?"

미진은 다짜고짜 바꿔달라고 말하는 여자의 목소리에 당황했다. 당당한 태도로 말하는 것도 아니고 희미한, 아무런 억양도 없는 목소리로 그저 바꿔달라고만 말하는 여자의 정체를 파악하는 것이 우선이라는 생각이 들었다.

[……수연…….]

이상한 여자다. 누구냐고 물으니 그냥 이름만 달랑 대답한다.

"누구를 찾으시는데요?"

미진은 잠시 전화를 끊어야 할지 말아야 할지 망설이다가 찾는 사람을 물었다.

[그 남자…….]

대답을 듣는 순간 미진은 자신이 괜한 짓을 했다는 것을 알았다.

“죄송합니다. 전화를 잘못 거신 것 같습니다.”

미진은 그렇게 말하고 전화를 끊었다.

“언니, 무슨 전화인데 그래요?”

그 이상한 전화를 생각하며 피식 웃자 옆에 앉아 있던 정희가 물었다.

“어떤 여자가 전화해서 다짜고짜 바꿔달라고만 하잖아. 누구냐고 물으니까 ‘수연’ 이래. 그러면서 그 남자 바꾸란다. 잘못 걸린 전화인가 봐.”

쾅!

문이 열리는 소리가 들리더니 찬욱이 갑자기 뛰어들어 왔다.

“미스 김, 지금 뭐라고 했지?”

“네?”

갑자기 사나운 기세로 문을 열고 들어오는 찬욱 때문에 놀라 황급히 일어섰던 미진은 찬욱의 질문을 이해할 수가 없었다.

“방금 전화 건 사람이 누구라고?”

“네? 잘못 걸린 전화인데요……..”

미진은 찬욱의 사나운 기세에 눌려 말끝을 흐렸다.

“전화 건 사람이 누구냐니까!”

찬욱은 답답함을 참지 못하고 미진을 향해 소리를 질렀다.

“……그저 수연이라고만 했는데요.”

“지금 수연이라고 그랬지?”

“네.”

“뭐, 뭐라고 했는데?”

찬욱은 가슴이 두근거렸다.

그녀다! 틀림없이 그녀다! 그의 예감이 그렇게 외치고 있었다.

“그냥, 바꿔달라고만…… 그 남자 바꿔달라고만 했는데요.”

“그래서?”

“잘못 걸린 전화인 줄 알고……. 죄송합니다.”

말을 더듬고 낯빛이 바뀌면서 자신을 다그치는 찬욱을 보면서 미진은 하얗게 질렸다.

“젠장!”

찬욱은 미진의 책상을 쾅 내려쳤다.

“그 전화, 다시 오거든 반드시 연결시켜! 어느 때라도, 회의 중이라도 상관없으니 반드시!”

“네.”

미진은 부들부들 떨며 대답을 했다. 찬욱의 기세가 너무 무서워서 숨조차 쉴 수가 없었다.

찬욱은 떨고 있는 미진을 남겨둔 채 자신의 사무실로 들어왔다. 심장이 평소보다 배는 빠르게 펌프질을 해댔다.

그녀가 먼저 연락을 해오다니……. 찬욱은 믿을 수가 없었다. 마음을 진정시킬 수가 없어서 사무실 안을 왔다 갔다 걸어다녔다. 그 와중에도 시선은 자꾸 전화기로만 향했다. 그러나 전화

벨은 울리지 않았다.

손 안에 붙잡았다가 놓쳐 버린 나비 같았다. 점심 약속만 아니었어도 받을 수 있었는데! 김인기 따위가 뭐 중요하다고. 젠장! 사무실에만 있었어도, 아니, 점심을 멀리까지 나가서 먹지만 않았어도 전화를 받을 수 있었다! 그녀의 목소리를 들을 수 있었다! 어쩌면 그녀가 있는 곳을 알게 될 수도 있었다! 그녀를, 젠장!

목소리를 듣고 싶었다! 밤마다 자신을 괴롭히는 그녀의 향기를 맡고 싶었다! 그리고 무엇보다 정말이지 미치도록 그녀가 보고 싶었다! 그녀가 보고 싶었다!

조급한 마음에 찬욱은 십 분마다 한 번씩 비서실에 인터폰을 해서 전화가 오지 않았냐고 다그쳤다. 그때마다 떨리는 목소리로 미진이 한 대답은 죄송하다는 말뿐이었다.

찬욱은 모두 퇴근하고 난 후에도 늦은 밤까지 기다렸지만 수연의 전화는 다시 오지 않았다. 혹시나 하는 미련에 다음날 새벽동이 틀 때까지 사무실에서 기다렸지만 그녀의 전화는 다시 걸려오지 않았다.

수연이가 이틀째 고집스럽게 음식을 거부하자 지숙은 고민에 빠졌다. 그만 집으로 돌아갈까, 그것도 아니면 병원에 데려가 약이라도 받아와야 하지 않을까 하는 고민 말이다. 하지만 두려웠다! 찬욱이 그녀와 수연의 행방을 쫓고 있을 것만 같아서 두

려웠다. 그건 그녀만의 두려움이었다. 기범도 모르는 오직 그녀
만의 두려움!

죄의 무게!

지숙은 십오 년 전의 일이 생각이 나자 고개를 설레설레 흔들
었다. 애써 떠오르는 생각들을 지우려 했다. 이제 와 지난 일을
곱씹어야 소용없다. 너무 오래된 일! 이제는 죄책감조차 없
다…….

지숙은 마당 한구석에서 흙장난을 하고 있는 수연을 바라봤
다.

'저 아이만 데리고 있으면, 그러면 된다! 아무도 모르는 일!
들추지 않을 테다! 그렇게 내버려 두지 않을 테다! 결단코! 그렇
게 내버려 두지 않을 테다!'

지숙은 마루에 앉아 수연을 바라보다가 결심한 듯 방 안으로
들어갔다. 전화 수화기를 들고 기범의 핸드폰 번호를 천천히 눌
렸다. 벨이 한번두번 울리기 시작했다. 몇 번의 벨이 더 울린 후
에야 전화 수화기 안에서 기범의 목소리가 들렸다.

"나다."

[누님? 누님이우? 대체 지금 어디 있는 거요!]

수화기를 통해 기범의 쩌렁쩌렁한 목소리가 들려왔다. 쯧쯧,
그리 말해도 도무지 고치질 못하니 천성인가 보다.

"소리 지르지 마라. 쓸데없이 목소리만 높이는 버릇은 고치래
도. 그 말투도 좀 고치고. 어딘 게냐?"

[들을 사람도 없는데 뭐 어떠우? 어디긴 어디요, 집이지. 행선지는 좀 알리고 다닐 것이지 아랫것들한테도 알리지 않고 대체 어딜 간 게요?]

기범은 찬욱의 당부가 생각나 있는 곳부터 물었다.

"누구…… 찾아온 사람은 없었느냐?"

지숙은 조심스럽게 물었다.

[없긴 왜 없수? 여기저기서 연락 오고 난리지!]

"어디 어디서?"

[말도 마우. 예약 받아 놓은 곳에서 다들 난리요. 갑자기 약속을 취소하고 날짜도 다시 받지를 않으니 이리도 난리들이지.]

"그래서 뭐라고 했는데?"

[밑에 아이들이 수행 떠났다고 했수. 뭐, 달리 변명할 말도 없고 해서……. 그보다 어디냐니까 그러네.]

"충청도다. 수연이 약 좀 가져오너라."

[충청도? 아, 전에 사둔 거기요? 대체 그 촌구석까지 뭐 하러 간 거요? 사놓고 비워둔 지도 오래되었는데 지낼 만은 하우?]

"시끄럽다. 잔소리 집어치우고 시키는 거나 똑바로 가져오너라."

[알겠소. 젠장, 가본 지 너무 오래돼서 길도 생각 안 나네. 어떻게 가야 하우?]

"어떻게 오냐 하면……."

지숙은 기범에게 오는 길을 자세히 설명해 주었다. 길을 가르쳐 주면서 절대로 입 밖에 내지 말고 혼자서 찾아올 것을 다시 한 번 당부시켰다.

기범은 걱정 말라며 큰소리를 탕탕 치고 전화를 끊었다. 수연과 최 이사 얘기를 하고 싶어 입이 무척 간질거렸지만 최 이사의 당부가 있어서 입을 다물었다. 좋은 일인데 왜 그렇게 피해 다니느냐고 누나에게 다그치고 싶은 것을 꾹 참았다.

아무리 생각해 봐도 누나답지 않은 행동이었다. 최 이사와 수연이 일을 낸 것을 봤으면, 수연을 억지로라도 최 이사에게 책임지게 하거나 그 일을 빌미로 돈을 뜯거나 해야 했는데 얼토당토않게 도망이라니……. 최 이사가 쫓아올 것을 알고 머리를 쓴 건가?

어찌 됐든 최 이사가 알아서 잘하겠지. 일만 잘 풀린다면, 흐흐흐, 인생을 바꿀 수 있다. 회사에 한 자리 달라고 해야지. 그럴듯한 자리로 달라고 해서 명함이나 근사하게 파야지!

[하하하! 최 이사, 날세!]

찬욱은 발신자가 기범임을 알고 서둘러 전화를 받았다. 전화기 안에서 기범의 웃음소리가 들리자 머리가 확 밝아지고 시야가 트이는 듯한 느낌이 들었다.

[수연이 어디 있는지 알았네! 듣고 있는가?]

"네, 듣고 있습니다. 어딥니까, 거기가?"

전화기를 잡은 손에 저절로 힘이 들어갔다.

[충청도에 있다네.]

“충청도요? 충청도 어디입니까?”

가슴이 쿵쾅쿵쾅거리고 목이 칼칼해서 목소리가 잘 나오지 않았다. 찬욱은 기범이 설명해 주는 길을 서둘러 적으며 하나하나 머리 속에 각인시켰다.

“고맙습니다, 숙부님. 수연을 찾으면 정식으로 다시 인사드리겠습니다.”

[허허, 인사는 무슨, 가족끼리.]

찬욱은 기범의 입이 귀에 걸린 모습이 안 봐도 선하다 생각했다.

[사실 내가 거짓말을 못하는 성격이라서 누님께 자네 일을 숨긴 것이 마음에 걸려서 말이야. 아무에게도 말하지 말고, 수연의 약만 가져오라고 했는데 말이야…….]

기범이 말로써 공을 세우려고 주저리주저리 말을 늘어놨다.

“약이요? 어디가 아프답니까?”

찬욱은 수연의 약을 가져오라고 했다는 말에 깜짝 놀라 목소리를 높였다.

[아니야, 아픈 게 아니라 그 아이가 만날 먹는 약이 있어. 급히 가느라고 약을 챙겨가지 못한 모양이야. 수연이가 또 밥을 거부하는 모양이지. 그럴 때 약을 먹이면 좀 좋아지곤 했지. 그래, 지금 그곳으로 갈 텐가?]

“예, 바로 출발할 생각입니다. 수연의 약은 잘 챙겨 가겠습니다. 걱정하지 마십시오.”

찬욱은 서둘러 전화를 끊고, 이후 스케줄을 취소시켰다. 일에 관해서 철저한 그가 며칠 간격으로 스케줄을 취소시키는 돌발적인 행동을 하자 비서실은 술렁이기 시작했다. 수연의 전화를 받은 미진만이 찬욱의 갑작스런 행동이 혹시 며칠 전에 전화를 걸어온 묘령의 여인과 관련이 있지나 않을까 추측하는 중이었다.

비서실장은 찬욱의 갑작스런 행동이 걱정된 나머지 직접 모셔다 드리겠다고 했지만 찬욱은 일언지하에 거절했다. 그렇다면 행선지라도 알려달라는 비서실장의 요구도 묵살하고 나와 혼자서 차를 몰고 충청도로 향했다.

급한 마음을 반영한 듯 액셀러레이터를 밟는 발에 자꾸만 힘이 들어갔다. 속도계를 보니 160㎞를 넘어서고 있었다. 찬욱은 액셀러레이터에서 발을 떼고 마음을 가라앉히려고 노력했다. 심호흡을 하며, 이제 곧 볼 수 있다고 스스로를 위로했다. 서두를 것 없다고, 그녀는 거기에 있을 거라고 최면을 걸듯 스스로에게 되뇌었다.

전화벨이 울리자 지숙은 확인도 해보지 않고 무심코 기범이려니 하며 받았다.

“어디쯤이니? 약은 가지고 오는 거겠지?”

[이거이거, 모처럼 여사님 목소리를 들으니 반갑습니다?]

가장 듣기 싫어하는 목소리가 귀에 들렸다. 돈으로 매수해 거추장스러운 방해물을 제거시킨, 한때는 은밀한 일을 한 동지이기도 했던 남자의 목소리였다. 지숙은 순간 놀라 전화기를 떨어뜨렸다. 되는 일이 없었다. 아직 그의 목소리를 들을 때가 아니었다. 왜 이렇게 빨리……. 전화를 걸어오는 간격이 점점 빨라지고 있긴 했지만 지금은 너무 빨랐다.

"무슨 일인가?"

전화기를 다시 들어 서릿발처럼 싸늘한 목소리로 말했다. 조금이라도 겁먹은 모습을 보이면 그는 자신을 산채로 삼키려 들 것이다. 틈을 보이면 안 된다.

[안부도 물을 겸 겸사겸사.]

유들유들한 목소리가 매끄러웠다. 즐거운 기색이 느껴지는 말소리. 그 말을 듣는 지숙은 전혀 즐겁지 않았다. 오히려 살의를 느꼈다. 기회가 있을 때 없애 버렸어야 했다. 이렇게 휘둘리기 전에…….

"용건만 말하게."

[어이쿠, 급하기도 하셔라. 여사님과 달리 전 사업 운이 영 없나 봅니다. 이번 사업도 실패해 자그마한 가게나 하나 차릴까 하는데 여사님 도움이 필요해서요.]

빌어먹을 자식! 돈이 필요하면 필요하다고 말할 것이지, 쓸데없는 사설을 붙이기는.

울화통이 치밀었다. 렌트카 사업을 한다며 목돈을 가져간 지가 겨우 일 년 정도 되었을 것이다. 그 큰돈을 다 날리고 다시 손을 내밀어?

[요새는 가게도 비싸서 큰 거 두 장은 있어야겠어요.]

헛! 입술 사이로 헛바람이 새어나왔다. 점점 간이 커지는군.

"그렇게 큰돈은 지금 없네."

[이거 왜 이러시나. 여태껏 가만히 계시다가 이제 와서 이러시면 안 되죠. 아직은 안심할 때가 아닌데. 모르시는 분도 아니고.]

지숙은 주먹을 쥐고 부들부들 떨었다. 그때 이 사내를 택했던 걸 후회한다. 두고두고 후회가 남았다. 다른 자를 구했다면 이리 속 썩지는 않았을 텐데…….

"……절반은 지금 입금하고 절반은 한 달 후에 주겠네."

타협안을 제시했다.

[이거 왜 이러시나! 이 여사님 수중에 두 장도 없다는 말을 누가 믿겠어요? 약한 말씀 마시고 나머진 보름 후에 입금되는 걸로 알고 있겠습니다.]

"저번에 가져간 돈이 얼마인데! 돈을 쌓아놓고 사는 것도 아니고 그 큰돈을 보름 안에 무슨 수로 마련하나? 보름은 무리야."

[그러지 마시고, 이번이 마지막인데 인심 한번 쓰시죠.]

그 마지막이라는 소리를 몇 번 들었는지 모른다. 속는 것도 한두 번이지, 뻔한 거짓말을 이제는 그도 속이려 애쓰지 않고 당당히 내뱉는다. 가뜩이나 신경 쓸 일이 많아 머리가 아픈데 그까지 더해졌다. 사실 지숙의 두통의 원인은 거슬러 올라가면 그에게로 도달했다.

이러지도, 저러지도 못했다. 그는 나쁜 패지만 반드시 들고 있어야 하는 패였다. 그로 인해 좋은 패를 놓치게 된다 해도 그 패를 버리면 손목이 잘릴 것이다. 감내해 내야 할 짐이었다. 올해가 가기 전까지는 말이다.

올해가 지나기만 하면 미련없이 버리리라. 그때 가서 사실이 밝혀진다 할지라도 자신을 벌할 수는 없었다. 버리고 싶어도 이를 악물고 그때까지만 참기로 마음먹었다.

"보름은 무리야."

아무리 그렇게 마음먹었다 해도 선선한 목소리가 나올 리 없었다.

[쩝! 정 그렇다면 할 수 없지. 하지만 한 달에서 하루만 늦어도 내 입은 열릴지 몰라. 알아서 하라고. 나는 손해 볼 게 없으니 말이야. 내가 입을 열면 다치는 건 당신뿐이야. 잘 알고 있겠지? 그동안 좋은 관계, 망치지 말자구.]

비열하게도 그는 끝까지 협박을 일삼았다.

"용건이 끝났으면 그만 끊지. 기다리는 전화가 있어."

[아! 약을 찾았었지. 어디 아프신 건 아닌지 걱정이네.]

걱정? 돈줄이 끊어질까 하는 걱정?

"끊겠네."

더 이상 말을 섞기 싫은 지숙은 서둘러 전화를 끊으려 했다.

[입금 기다리죠.]

전화를 끊기 직전에 마지막으로 들려온 소리였다. 전화를 끊고 바로 폰뱅킹으로 돈을 입금시켰다. 얼마나 자주 입금했는지 그의 계좌 번호도 외우고 있을 정도였다.

지겨운 거머리. 땡볕에 던져 버리고 말려 죽였으면 좋으련만…….

기범의 설명을 열심히 받아 적고 머리 속에까지 확실히 각인시켰음에도 시골 길을 제대로 찾아간다는 건 어려운 일이었다. 잠깐씩 차를 멈추고 길을 묻기를 여러 번, 드디어 찾았다!

마을 사람들 말로는 서울 사람이 아픈 딸과 함께 요양차 와 있다고 한다. 왼쪽으로는 논이 있는, 차 하나가 겨우 지나갈 만한 샛길로 들어가 한집두집 지나치고 200m쯤 들어가니 홀로 외떨어진 집 한 채가 보였다. 시골집이 대체로 대문이 없기 마련인데 나무로 되어 있긴 했지만 대문이 달려 있었다. 하지만 그뿐, 특이할 것도 없는 그저 조그만 집이었다. 수연이 예전에 머물던 곳보다도 작았다. 마당에는 그 흔한 꽃나무 하나가 보이지 않았다.

찬욱은 차를 세우고 천천히 차에서 내렸다. 무슨 말을 할 것인가, 어떻게 수연을 데리고 서울로 갈 것인가 하는 생각 따윈 이미 머리 속에서 멀리 사라져 버렸다.

그저 그녀를 보고 싶었다. 그뿐이다.

그를 이끈 것의 정체가 무엇이든, 혹여 어떤 사람의 농간일지라도 그는 가야 했다. 가서 확인해야 했다. 그녀가 무엇인지를!

그녀가 자폐가 아닐지도 모른다는 얘기를 이 박사에게 들은 후, 혹시 그녀와 이 보살이 짜고 꾸민 일이 아닌가 하는 의심도 잠깐 했다. 잘 지내고 있는 그에게 엉뚱하게 명줄과 자손을 운운하며 그를 끌어들인 것은 이 보살이었으니까 말이다.

하지만 그 생각은 곧 지웠다. 그를 끌어들이기 위해 그렇게 오랜 세월을 연기할 리는 없었다. 그리고 이 보살의 반응도 그를 끌어들이고 싶어하는 사람의 반응은 아니었다. 아니, 그 정도가 아니라 필사적으로 그를 피하려 했다. 그녀를 데리고 그를 피해 도망갈 만큼 말이다.

찬욱은 굳게 닫혀 있는 대문을 두드렸다. 둔탁한 나무 소리가 귓가에 들려왔다. 잠시 후, 문이 열리고 그 사이로 지숙의 모습이 보였다. 두 사람은 서로의 모습을 보며 그 자리에서 굳어버렸다.

먼저 정신을 차린 지숙이 얼른 대문을 닫아걸려고 하다가 찬욱의 제지로 실패했다.

"실례하겠습니다."

찬욱은 힘으로 밀어붙여서 문을 열었다.

"여긴 어떻게 알고……?"

지숙은 찬욱이 자신의 눈앞에 있다는 것을 믿을 수가 없었다.

"숙부님께 들었습니다."

"숙부님이라니…… 기범이 말인가?"

지숙은 혼란스러웠다. 숙부님께 들었다니? 이곳을 아는 건 기범뿐인데, 그가 왜 기범이를 숙부님이라 부른다 말인가?

"네. 일단 들어가서 말씀드리지요. 그녀는 안에 있습니까?"

찬욱은 지숙이 혼란스러워하는 틈을 타서 안으로 밀고 들어갔다.

"무슨 할 말이 있다고? 내가 덮는다 하지 않았던가? 없던 일로 한다고. 그런데 무슨 할 말이 더 있다는 건가? 나는 더 할 말 없네."

지숙은 목소리가 떨리지 않도록 신경을 쓰면서 최대한 냉정하고 쌀쌀맞은 목소리로 말했다. 그러나 찬욱의 귀에는 지숙의 말이 들리지 않았다. 낡은 농가 어딘가에 수연이 있다는 생각으로 걸음을 옮길 뿐이었다.

"내 아무리 무당이라지만 이리 무시해도 되는 것인가!"

지숙은 걸어가는 찬욱의 등을 향해 소리쳤다. 그러나 소리는 찬욱의 넓은 등바닥으로 흩어졌는지 찬욱은 걸어가는 발걸음의 속도만 높일 뿐이었다. 지숙의 눈에는 돌아선 찬욱의 등이 마치 철벽처럼 보였다.

찬욱은 섬돌 위에 신발을 벗어놓고 마루로 올라갔다.

"지금 어딜 올라가는 거야? 그만 가라니까!"

지숙은 찬욱의 뒤를 쫓았지만 찬욱은 이미 수연이 있는 방문을 열고 난 후였다.

　방 안에서는 수연이 이쑤시개로 탑을 쌓아 올리고 있었다. 탑 쌓는 데 집중한 수연은 방문이 열린 것도, 방문을 연 사람이 찬욱인지도 모르고 있었다.

　찬욱은 수연이 자신의 앞에 있다는 것이 믿어지지가 않았다. 그토록 찾아 헤맸음에도 막상 눈앞에 있으니 환상인 것만 같았다. 현실처럼 그의 앞에 종종 나타나 그를 몰아가던 환상 말이다.

　찬욱은 서서히 수연에게 다가갔다. 점점 가까이 다가갈수록 수연의 모습이 찬욱의 눈 안을 가득 채우고 있었다. 마침내 수연 앞에 다가간 찬욱은 수연을 팔을 붙들고 자신 쪽으로 돌려 세웠다. 찬욱이 갑작스럽게 수연을 돌려 세우는 통에 수연이 쌓아 올리던 이쑤시개로 만든 탑은 허물어져 버렸다.

　수연의 몸이 찬욱 쪽으로 돌아서고, 유리알같이 까만 그녀의 눈동자에 자신의 모습이 비쳤을 때에야 찬욱은 비로소 그녀가 자신의 앞에 있다는 것을 믿었다. 붙잡은 팔의 온기가 자신의 손을 타고 뇌에 전달됐을 때에야 비로소 자신이 만지고 있는 사람이 수연이라는 것을 믿었다.

　찬욱은 나머지 한 손으로 수연의 뺨을 조용히 쓸어 내렸다.

　“……좀 말랐네.”

　며칠 밥을 거부했다고 하더니, 가뜩이나 가냘픈 체구가 더 말라서 찬욱의 마음을 안타깝게 했다.

　“그 손 놓지 못해!”

　방 안으로 뛰어들어 온 지숙이 찬욱과 수연 사이에 끼어들어서 수연의 뺨을 만지고 있는 찬욱의 팔을 붙잡고 떼어냈다. 찬욱은 자신을 방해한 지숙을 똑바로 쳐다보고는 한숨을 내쉬었다.

　"말씀 좀 나누시지요."

　찬욱이 지숙을 향해 말했다. 자신을 방해한 것이 화가 나긴 했지만 우선은 수연의 일을 얘기해야 하기에 화가 나려는 마음을 내리눌렀다.

　"난 할 말이 없네. 그만 가주기를 바랄 뿐이야."

　지숙은 수연을 붙들고 끌어당긴 다음 여전히 고집스럽게 자신의 주장만을 내세웠다.

　"이렇게 피한다고 해결날 일은 아닙니다. 제가 못 찾을 것 같습니까? 어디에 숨든 반드시 찾을 겁니다."

　'그리고 결코 잊지도 않을 겁니다. 당신이 내게서 그녀를 한 번 훔쳐 갔던 일을 말입니다.'

　"왜 이러는 건가? 수연과는 안 되는 사이라는 걸 알고 있지 않나? 무당의 핏줄이고, 또……."

　"입양하신 것 알고 있습니다. 그러니 핏줄 운운할 일은 아니지요."

　찬욱은 지숙의 말을 중간에서 잘랐다.

　"뭐, 뭐, 뭐라고…… 했나?"

　그런데 찬욱의 말을 들은 지숙의 반응이 이상했다. 눈이 튀어나올 듯 커지더니 급기야 몸까지 부들부들 떨기 시작했다. 찬욱은 지숙의 반응에서 이상한 낌새를 눈치챘다.

"수연일 입양하신 건 이미 알고 있습니다."

"뒤, 뒷조사를 했나?"

"부득이하게도, 했습니다. 행방을 찾느라 어쩔 수 없었습니다."

"무턱대고 뒷조사부터 하는 건 어디서 배운 버릇인지 모르겠군. 궁금한 것이 있으면 직접 물을 것이지."

지숙은 불안한 마음을 감추기 위해 되레 찬욱에게 화를 냈다.

"질문할 기회를 안 주셨지 않습니까?"

찬욱은 지숙이 수연일 데리고 잠적한 것을 비난했다.

"쓸데없는 희망은 안 갖는 게 좋아. 둘 사이는 안 돼."

찬욱의 눈치를 살피며 화제를 입양 애기가 아니라 찬욱과 수연, 두 사람의 관계 쪽으로 몰아갔다.

"수연이와 제가 안 되는 사이라고 하셨는데, 전 그렇지 않다고 봅니다. 좀 힘들긴 하겠지만 수연이 제 옆에 둘 생각입니다."

지숙의 의도대로 입양 애기는 들어갔다. 하지만 옆에 두겠다니? 그게 무슨 말인가?

"무슨 뜻인가, 그건?"

"결혼하겠다는 말입니다."

찬욱의 말에 지숙은 입이 떡 벌어졌다. 설마 하니 결혼이라는 카드를 들고 나올 줄은 몰랐다. 말이나 되는가? 결혼이라니!

“풋, 하하하하!”

찬욱과 수연을 번갈아가며 쳐다보던 지숙이 갑자기 웃음을 터뜨렸다.

“그만 하시지요.”

찬욱이 신경질적으로 말하자 지숙은 웃음을 멈췄다. 하지만 조소는 입가에 남아 있었다.

“그게 가능하리라 보나?”

지숙이 찬욱에게 물었다.

“불가능할 것도 없지요.”

“홋, 내가 자네 아버님을 본 건 딱 두 번이지만 말이야. 그 어른, 고집이 세지.”

“저 역시 마찬가지입니다.”

“최씨 고집이라……. 하지만 안 될 거야. 수연이 정상이기만 해도 해볼 만한 게임이겠지만, 알다시피 저 앤 자폐아야.”

단정 짓는 말투였다. 찬욱은 지숙의 말투에서 그녀는 수연이 자폐가 아닐 거라곤 한 번도 의심해 보지 않았음을 알 수 있었다. 어쩌면 자폐가 아닐 수도 있다란 걸 얘기해 주어야 하겠지만 내키지 않았다. 아니, 뭔가가 찬욱의 말을 가로막고 있는 것만 같았다.

“치료가 불가능한 게 아니니 충분히 완쾌 가능성이 있습니다. 그 분야의 전문가를 붙이지요.”

“그 앤, 그만한 가치가 없어.”

“가치를 결정하는 건 접니다. 그리고 전 제 눈을 믿습니다!”

수연을 깎아 내리는 지숙이 찬욱은 정말이지 못마땅했다. 만약 지숙이 아닌 다른 사람이라면 주먹이 먼저 날아갔을 것이다.

"부모님은 제가 설득하겠습니다. 그녀는 무당의 딸이며 입양아고, 자폐아고, 교육도 제대로 받지 못했습니다. 하지만 그런 건 제게 아무런 문제될 것이 없습니다. 또 다른 반대 이유가 있습니까?"

"아직 애송이군. 세상을 모르다니……."

지숙의 눈에 찬욱은 수연에게 눈이 뒤집혀 앞뒤 분간을 못하는 미련퉁이로 보였다.

"세상을 모르는 게 아니라 세상을 설득할 자신이 있기 때문에 그러는 겁니다. 세상과 싸울 자신이 있기 때문에 그러는 겁니다. 하니, 방금 말씀하신 건 반대 이유가 되지 못합니다."

찬욱은 말을 한 단어 한 단어씩 힘을 주어 말했다.

"자네가 아무리 그렇게 말해도 내 눈에는 애송이로 보일 뿐이야."

"제 눈엔 오히려 이 보살님이 괜한 고집을 부리시는 걸로 보입니다만."

서로의 눈이 팽팽하게 부딪쳤다. 서로의 자존심이고 고집이었다.

"어른이 반대할 때는 그만한 이유가 있는 법이네."

"그만한 이유라……. 자세히 설명해 주시겠습니까?"

"방금 말했지 않는가?"

"저도 방금 말씀드리지 않았습니까? 그건 이유가 못 된다고 말입니다."

서로의 고집으로 한 발짝도 물러서지 않았다.

"왜 내가 이렇게 자네랑 말을 섞고 있는지 모르겠네."

찬욱의 강렬한 눈빛에, 고집에 먼저 시선을 피한 건 숨기는 게 있는 지숙이었다. 뚫어질 듯 바라보는 시선에 저절로 한기가 들었다. 폐부를 꿰뚫고 속마음까지 들여다볼 것 같은 눈길이 무서웠다.

"결론은 내려야 하지 않습니까? 말씀해 보십시오. 반대하시는 다른 이유가 있습니까?"

"이유라니? 그런 것 없네."

대답이 빨랐다. 지나칠 만큼……. 찬욱은 한쪽 눈썹을 치켜올렸다. 그런 찬욱의 행동에 지숙은 점점 불안함을 느꼈다.

"혼자서 힘드셨겠습니다."

"뭐가 말인가?"

바뀐 화제. 안도감을 느낄 사이도 없이 질문의 의도를 파악해야 했다.

"미혼으로 사셨는데 평범하지 않은 수연을 혼자 키우신 거 말입니다. 애초에 입양 결정을 내리신 것 자체가 좀……."

위험 신호가 울렸다. 화제가 점차 위험한 방향을 향해 나아가고 있었다.

"집 앞에 버려진 아이. 한겨울에 아이가 버려진 게 안타까워서 거뒀을 뿐이네."

[내가 입을 열면 다치는 건 당신뿐이야. 나는 손해 볼 게 없으니 말이야.]

전화 속 그의 목소리가 들리는 듯했다. 지숙은 속으로 '침착하자! 침착하자!'를 되뇌었다. 여기서 일을 망칠 순 없었다. 지나간 세월이 얼마인데, 이제 와서 수포로 돌릴 순 없었다. 심호흡을 길게 하려고 노력하면 숨을 깊게 쉬었다. 진정하려 노력했다.

노력이 통한 걸까? 입에서 나온 목소리는 침이 말라 버석거리는 목에서 나온 목소리라고 믿어지지 않을 만큼 태연했다.

"처음엔 그랬다 할지라도 나중에 그녀가 자폐인 줄 알았을 때는 왜 파양하지 않으셨습니까?"

"이미 내 자식이 된 이상 그럴 수는 없었지."

'자식! 하, 그놈의 욕심 때문이었겠지. 그녀가 보는 점 때문에 여태껏 잘살아온 걸 테니 말이야. 돈벌이의 수단으로 쓰려고 그러는 거겠지!'

찬욱이 아무것도 모르는 줄 알고 태연하게 거짓을 말하는 지숙이 경멸스러웠다.

"제가 데려가겠습니다."

찬욱은 한시라도 빨리 수연을 지숙에게서 떼어놓고 싶었다. 태연하게 거짓을 말하는 사람에게 더 이상 수연을 맡겨둘 수 없

었다. 돈 때문에 수연을 이용하고 착취한 것 외에 다른 무엇이
더 있을지 어떻게 알겠는가.

"그럴 수 없네. 무슨 권리로 그러겠다는 거야?"

"절 막으시겠단 겁니까?"

찬욱이 매끄러운 목소리로 물었다. 너무 매끄러워서 크게 소
리를 지르는 것보다 더 위험하게 들렸다.

"그 앤 내 딸이야! 막을 권리가 충분하다고 보네."

지숙이 한사코 고집을 부렸다. 빼앗길 수는 없었다. 비밀을
지키기 위해서도 그럴 수는 없었다.

"부모로서의 권리라…… 정히 절 막아야겠다면, 하는 수 없지
요. 쉽진 않겠지만 그녀의 친부모를 찾는 수밖에요."

"뭐, 뭐라고?!"

심장이 덜컥 내려앉았다. 가장 두려워하던 일이 터진 것이다.
허벅지 위에 놓인 손이 저절로 부들부들 떨렸다. 친부모를 찾겠
다니? 찬욱이라면 충분히 그럴 수 있었다. 만약 진짜로 수연의
아비를 찾는다면…….

안 된다. 그것만은 막아야 한다.

"전 지금까지 하고자 마음먹은 일 중 해내지 못한 일이 없습
니다. 그런 제가 수연이와 결혼하기로 마음먹었고, 정히 반대를
하신다면 그녀의 친부모를 찾아 설득을 하는 수밖에요."

"내가 그 애 부모야!"

"지금이야 그렇지요. 하지만 친권이라는 것도 있지 않습니

까? 법정까지 끌고 가더라도 제가 불리할 건 없습니다. 아시다시피 전 연줄이 좀 있지요. 최강의 변호사 군단을 세울 수도 있습니다. 물론 언론을 이용할 수도 있지요.”

“지금 날 협박하는 건가?”

“이걸 왜 협박이라고 받아들이시는지 모르겠습니다. 전 그저, 제가 다음에 취할 행동을 알려 드린 것뿐입니다. 말씀드리지 않았습니까? 제가 마음먹은 일 중 해내지 못한 일은 없었다고. 그저 우아하게 수연일 제게 시집보낼 것인지, 아니면 제 적이 되실 것인지 결정하시면 됩니다. 복잡한 일도, 어려운 일도 없지요. 어떻게 하시겠습니까?”

빈정거리거나 협박하는 야비한 말투도 아닌 일반적인 사실을 설명하기라도 하는 듯한 평범한 말투였다. 그러나 그 속에 숨은 뜻까지 평범한 건 아니었다.

지숙은 찬욱의 말을 들으며 그가 실제로 그렇게 할 것이라는 걸 믿어 의심치 않았다. 만약 자신이 끝까지 반대를 한다면 정말 수연의 친부모를 찾을지도 모른다.

수연의 어미야 죽어 땅에 묻힌 지 오래지만, 그 아비는 아직 살아 있을지도 모른다. 알코올중독으로 폐인처럼 살았으니 어쩌면 죽었을 수도 있지만 만에 하나라도 살아 있다면, 그래서 자신이 저지른 죄가 줄줄이 딸려 나온다면?

자신이 먼저 수연 아비의 행방을 찾아야 했다. 찬욱이 손을 쓰기 전에 자신이 먼저 선수를 쳐야 한다. 최악의 경우 수연의 아비를 찾아 자신의 속임수가 밝혀지더라도 그 이면에 숨은 비밀만은 지켜야 한다. 올해가 가기 전까지는! 다행히 이 세상에 그 비밀을 아는 사람은 전화 속 그와 자신, 단둘밖에 없었다. 자신이 돈을 대주는 한 그가 비밀을 발설할 리는 없었다.

하지만 찬욱이 수연의 아비뿐 아니라 그의 존재도 찾아낸다면? 그래서 숨기고 있는 비밀을 밝혀낸다면? 소름 끼치는 가정이었다. 어떻게 해야 할까? 억지로라도 수연을 붙잡고 있는 것이 유리할까, 아니면 일단은 찬욱에게 보내놓고 시간을 버는 것이 유리할까?

그가 수연을 데려가고 자신이 아닌 수연이 점을 친다는 사실이 밝혀지는 건 이 상황에서 사소한 문제였다. 보내지 않는다면 열이면 열, 그는 수연에게서 시선을 떼지 않을 공산이 컸다. 그 말은 곧 수연일 데리고 있는 자신도 그의 주목을 받아야 한다는 뜻이다. 결국 보내야 하는가?

지숙은 하는 수 없이 한 발 물러나기로 했다. 찬욱의 주목을 받는 것은 득보다 실이 많았다.

"어디로 데려가려고? 집엔 못 데려갈 텐데?"

지숙은 우선 수연을 찬욱에게 보내기로 했다.

"마련해 둔 곳이 있습니다. 우선 병원부터 데려가야겠습니다. 식사를 제대로 하지 않아서 그런지 너무 말랐군요."

"그 애가 다니던 병원이……."

지숙은 수연이 다니던 병원을 알려주려 했지만 찬욱에게 저

지당했다.

"생각해 둔 곳이 있습니다."

찬욱은 지숙의 태도에서 그녀가 수연을 보내기로 결심했음을 알았다.

수연의 친부모를 찾겠다는 협박이 먹힌 건가? 확실히 뭔가 있다!

말은 그렇게 했지만 소송이 쉬운 일은 아니었다. 우선 수연의 부모가 어떤 식으로든 친권을 포기하는 행동을 했다면 어려운 법정 싸움이 될 수도 있는 일이었다. 일반적으로 친권을 한 번 포기하면 다시 되찾기란 거의 불가능한 일이다. 더군다나 지숙은 아픈 수연을 십오 년 동안 양육해 왔지 않는가?

그런데도 협박이 먹혀들었다는 건 숨겨진 얘기가 있다는 걸 의미했다. 수연은 그저 단순히 집 앞에 버려진 아이가 아닐지도 모른다. 그녀가 집 앞에 버려진 아이였다고 말할 때 이상하게 높았던 지숙의 목소리가, 그리고 그녀의 친부모를 찾겠다고 하자 바로 태도의 변화를 보인 지숙의 행동이 찬욱의 의심에 기름을 붓고 있었다.

"지금 데려가려고?"

"네."

"수연의 짐을 챙기지."

지숙이 일어서면서 말했다.

찬욱은 지숙의 허락이 떨어지자 긴장을 풀었다.

지숙이 주섬주섬 수연의 짐을 챙기는 동안 찬욱은 수연을 바라봤다. 그녀는 아까 그가 망가뜨렸던 탑을 다시 쌓고 있었다.

"그거 재미있어?"

찬욱이 수연을 향해 물었지만 수연은 대답하지 않았다. 그러나 찬욱은 신경 쓰지 않았다. 대답을 바라고 한 질문은 아니었기 때문이다. 그저 그녀를 보고 있다는 것이 기뻐 말을 걸지 않고는 참을 수가 없어서 꺼낸 말이었다.

탑을 쌓는 데 열중하느라 긴 머리카락이 흘러내려서 그녀의 옆얼굴을 가리고 있었다. 찬욱은 그것을 귀 뒤로 넘겨주려 했다. 하지만 자신을 방해하는 찬욱이 귀찮다는 듯이 수연은 고개를 흔들어 그의 손길을 떨쳐 냈다. 순간 갈 곳을 잃은 찬욱의 손이 허공에서 멈췄다.

찬욱은 수연의 내침에 가슴 한쪽이 서늘했다. 그녀가 자신을 거부한 것만 같아서 누굴 향한지도 모를 분노가 솟아오르려 하고 있었다. 그녀의 작은 거부의 몸짓 하나가 왜 이렇게 신경이 쓰이는지 그 자신도 알 수 없었다.

아니다. 알고 있다.

그녀가 자신만의 세계에 갇혀 있는 건 상관없지만, 그는 그 세계에 들어가고 싶은 것이다. 타인과의 의사소통 따윈 알 바가 아니다. 다른 사람과 의사소통이 안 된다 하더라도 상관없다. 하지만 그를 거부하는 것은 싫은 것이다. 다른 사람은 얼마든지 거부해도, 그녀 주위에 아무도 없어도 그 자신은 유일하게 거부당하지 않는 사람으로서 그녀 주위에 있고 싶은 욕심 때문이다.

"여기, 수연이 짐이네."

지숙이 찬욱에게 수연의 짐이라며 가방을 하나 내밀었다. 짐이라야 수연이 옷가지 몇 개뿐이라서 가방은 가벼웠다. 안 가져가도 상관없는 짐이었지만 우선은 받아 들었다. 그러곤 수연을 일으켰다.

수연은 찬욱의 힘에 이끌려 일어나면서 찬욱을 흘깃 바라봤다. 왜 자신을 방해하느냐는 듯한 태도였다. 하지만 그녀의 눈동자에는 아무런 감정도 없었다.

"어쩌면 나는 당신의 이 유리알 같은 까만 눈동자를 보고 싶었는지도 몰라."

찬욱은 불쑥 말했다. 그리곤 수연의 어깨에 팔을 두르고 그녀의 다른 움직임을 봉쇄한 뒤, 밖으로 데리고 나왔다. 수연은 별다른 반항 없이 찬욱이 끄는 대로 순순히 따라왔다.

"연락처를 주게."

찬욱이 밖으로 나와 수연을 자신의 차에 태우는데 지숙이 찬욱을 붙들며 말했다.

"이리로 연락하시면 됩니다. 그럼 이만."

마음 같아서는 수연에게서 지숙을 영원히 떼어놓고 싶었지만, 찬욱은 자신의 휴대전화 번호를 지숙에게 가르쳐 주었다.

차에 탄 찬욱은 옆 자리에 앉은 수연의 안전벨트를 매주고 차를 출발시켰다. 차를 타고 두 시간 남짓 고속도로가 시원하게 뚫린 걸 보고 찬욱은 차의 속도를 고정시켰다. 차의 속도를 고정시켜 두면 액셀러레이터를 밟지 않아도 자동으로 고정시켜 둔 속도를 유지해서 고속도로에서 주행할 때 편리하다. 운전자는 핸들만 조정하면 되니까 말이다.

찬욱은 차에 탄 후로 창밖만 바라보며 아무 말 없는 수연을 바라봤다. 그 순간 수연이 찬욱의 시선을 느꼈는지 그를 쳐다봤다.

"당신이 원하는 건 뭐야?"

"뭐?"

자신의 차에 타고 있는 수연의 모습을 느긋하게 바라보던 찬욱은 느닷없는 수연의 말에 깜짝 놀랐다.

"당신이 원하는 건 뭐냐고?"

수연은 진지해 보였다.

"너, 내가 원하는 건 너야."

놀라서 핸들을 잘못 조작한 찬욱은 차선을 벗어난 차를 제자리로 돌리며 대답했다.

"그녀가 원한 것도 나야. 뭐가 다르지?"

"그녀란 당신 어머니를 말하는 건가? 이 보살?"

"뭐가 다르지?"

"달라. 이 보살은 자신의 욕심 때문에 당신을 이용한 거지만 난 달라!"

"내가 가기 싫다고 하면? 그래도 날 데려갈 거 아냐?"

"그, 그건……."

찬욱은 대답할 수가 없었다. 설혹 수연이 싫다 하여도 자신은 그녀를 놓아줄 생각이 없었으므로, 그녀의 말을 부정할 수가 없었다.

"같아! 당신이나 그녀나 나한테는 모두 같아!"

"아냐!"

찬욱은 서둘러 부정했다. 자신을 탐욕스러운 이 보살과 똑같이 여기고 있는 그녀의 생각을 바로잡아 주고 싶었다. 하지만 수연은 자신이 할 말만 하고 다시 창밖으로 시선을 돌렸다. 찬욱은 수연의 어깨에 한 손을 올렸다. 한 손은 운전대를 잡고 있어야 했으므로 여유가 있는 한 손만 수연의 어깨에 올리고 그녀를 돌려 세우려 했다.

그러나 찬욱의 손이 닿은 수연의 어깨는 딱딱했다. 그리고 꼿꼿했다. 그녀가 어떻게 몸에 그렇게 힘을 주고 있을 수 있는지 신기할 만큼 몸이 꼿꼿했다. 찬욱은 힘으로는 결코 그녀를 돌려 세울 수 없을 것 같은 생각이 들었다.

"같아! 당신이나 그녀나 나한테는 모두 같아!"

서울로 오는 내내 찬욱의 머리 속에는 수연의 말이 맴돌았다.

찬욱은 비서를 통해 마련해 두었던 빌라 주차장에
차를 세웠다. 빌라가 마련된 후 그는 집에서 나와 빌라
에서 생활하고 있었다.

갑자기 집안 모양새가 신경이 쓰였다. 인테리어를 통
째로 맡겨 그의 취향이 하나도 반영되지 않은 집이었다.
디자이너에게 그가 요구한 것은 단 하나, 서재를 거실에
꾸며달라는 것이었다. 일에 집중하기 위해 따로 마련하
는 공간인 서재를 오픈해 달라는 그의 요구에 디자이너
는 잠시 고민하다가 재미있을 것 같다며 그의 요구대로
공사를 진행했다. 인테리어 디자이너는 완성된 모양이
생각보다 괜찮다며 만족스러워했다.

그도 만족스러웠다. 물론 그가 만족스러워한 이유가 디자이너와는 달랐지만 말이다. 오픈해 놓은 서재는 거실과 일자 형태로 거실에서의 사소한 움직임도 모두 관찰할 수 있었다. 자신이 책상에 앉아 일을 할 때도 거실에 있는 수연의 움직임을 볼 수 있었다. 그가 마음에 들어한 점은 바로 그거였다.

그 외에 사소한 사항은 모두 뒤로 밀어두고 오로지 수연을 찾는 데만 전념했던 터라, 전적으로 디자이너가 꾸몄다. 그래서 집이 수연의 마음에 들지가 걱정이었다.

고급 빌라들이 그러하듯 철저한 사생활 보장이 유지되는 곳이라 마음에 들어 구입한 곳이다. 구입을 할 때는 장점으로 보이던 것이 지금 다시 보니 접근이 어려운 거대한 요새처럼 보였다. 혹은 감옥이나…….

차에서 내린 찬욱은 반대 편으로 가서 수연의 차 문을 열어주고 안전벨트를 풀어주었다. 수연이 내리길 기다리며 어정쩡하게 서 있었지만 그녀는 그대로 차 안에 앉아 있었다.

"내려야 돼."

찬욱은 조심스럽게 말했음에도 자신의 목소리가 강요처럼 들린다고 생각했다. 차 문을 열고 수연이 내리기를 기다리는 몇 분이 마치 몇 시간은 되는 것처럼 초조했다. 잠시 후, 수연이 차에서 내렸다. 찬욱은 그제야 안도의 한숨을 쉬었다. 자신이 지금 무엇을 안도하고 있는지도 모른 채 말이다.

차에서 내린 수연은 가만히 찬욱의 얼굴만 쳐다보고 있었다.

이곳이 어딘지, 뭐 하는 곳인지, 왜 자신을 이곳에 데려왔는지 궁금하지도 않은 모양이다. 빌라로는 눈길 한 번 주지 않았다. 그저 무심한 눈동자로 찬욱을 바라볼 뿐이었다.

찬욱은 수연의 눈길을 받으며 애써 어색함을 감췄다. 자신의 시커먼 속내를 들여다보고 있는 것만 같아서 자꾸만 그녀의 눈길을 피하고 싶었다. 그러나 눈길을 피할 순 없었다. 왠지 그래서는 안 될 것만 같았다.

"뭘, 찾는 거지?"

침묵을 깨고 찬욱이 먼저 입을 열었다.

"……뭐가 있지?"

수연이 되물었다. 찬욱은 수연의 질문에 대답하지 않았다. 아니, 대답할 수가 없었다. 자신에게 뭐가 있냐는 질문에 선뜻 떠오르는 것이 없었다.

'난 뭘 가지고 있지?'

찬욱은 스스로에게 질문을 던졌다. 역시 돌아오는 대답은 없다. 윗옷 주머니에서 담배를 찾아 한 개비 꺼내 물었다. 담배 연기가 목을 타고 폐부 깊숙이 들어갔다. 오히려 더 답답해졌을 뿐이다.

"이제부터 찾아봐. 기왕이면 좋은 점을."

답답해진 가슴 때문에 담배를 끄며 찬욱이 수연에게 말했다. 그것은 스스로에게 하는 위로 같은 것이었다. 모르면 이제부터 알아가면 된다고, 찾아보면 된다고, 찾다가 혹 찾고자 하는 것이 없으면…… 그때부터 만들어가면 된다고 스스로에게 던진 위안 같은 거였다.

망설인다고 달라지는 건 없다. 찬욱은 단호한 태도로 수연을 빌라 안으로 이끌었다.

복층형으로 되어 있는 빌라는 각 세대가 따로 넉넉한 주차 공간을 가지고 있고, 주차장에서 계단을 몇 개 올라가면 있는 출입구는 오직 그 한 세대만이 사용할 수 있게 되어 있었다. 각 세대의 주차 공간과 출입구가 따로 있어 같은 단지 안에 살더라도 이웃끼리 부딪칠 일이 없도록 설계된 빌라였다. 강 실장이 사생활이 보호되는 곳이라며 이곳을 추천했다. 출입구에는 감시 카메라가 드나드는 사람들을 녹화하며, 관리실에서는 그 장면을 살필 수 있게 되어 있다. 건물 출입문에서 일곱 자리의 비밀번호를 입력해야 열리도록 되어 있는 보안장치가 있고, 현관으로 들어가는 출입문에는 지문 인식 시스템을 갖춘 보안장치가 달려 있었다.

수연은 현관에서 신발을 벗고 찬욱을 따라 거실로 들어섰다. 맨발에 느껴지는 서늘한 감촉이 마치 아침 이슬이 내려앉은 풀밭을 거닐 때의 느낌과 비슷했다. 완전히 하얗지도 않고, 어두운 회색도 아닌 대리석은 자연이 만들어놓은 예술작품이었다.

거실 바닥을 덮고 있는 대리석과 이층까지 뚫린 높은 천장, 창문은 거실을 고급스럽고 환하게 보이게 했다. 소파와 탁자가 있는 바닥에는 폭신한 카펫이 깔려 있었다. 한쪽 벽에 위치한 책장에는 여러 종류의 책이 꽂혀 있었고, 책장 앞의 책상에 앉으면 거실에 있는 사람과 현관에서 들어서는 사람이 보였다. 그런 위치에 오픈 서재가 있었다.

"이곳이 당분간 우리가 지낼 곳이야."

찬욱은 수연을 이끌며 집 안을 보여주기 시작했다. 거실만큼이나 커다란 침실과 월풀 욕조와 사우나 시설까지 갖춘 욕실, 최신 설비로 꾸며진 주방과 고급 원목의 팔 인용 식탁이 있는 식당 등을 보여주었다.

"이층도 가볼까?"

주방을 보여준 찬욱이 수연에게 물었다. 이층으로 올라가는 주 계단은 거실에 있지만, 주방에도 이층으로 올라갈 수 있는 자그마한 나선형 계단이 있었다. 수연은 고개를 가로저었다.

"그래? 그럼 나중에 보자."

찬욱은 수연이 그저 끌려 다닐 뿐, 집에 대해 어떤 흥미도 없다는 걸 알고 있었지만 끊임없이 무엇인가를 보여주고, 말을 걸었다.

찬욱은 주방에서 멈춰 서 있는 수연을 데리고 거실로 나와서 소파에 앉히곤 자신도 그 옆에 앉았다. 앞에만 시선을 고정하고 있는 수연의 옆모습을 보았다. 수척해 보이는 것 외에 더 달라진 것이 없나 꼼꼼히 살펴봤다. 찬욱은 손을 뻗어 수연의 볼을 자신의 손으로 감쌌다. 수연의 얼굴을 자기 쪽으로 돌리고 다시 꼼꼼히 수연의 얼굴을 살펴봤다.

수연의 시선은 찬욱을 향해 있지 않았다. 자신 너머의 무엇에 시선을 고정시키고 있는지 찬욱은 뒤돌아봤다. 수연이 보고 있는 것은 현관이었다! 찬욱의 심장이 덜컥 내려앉았다.

"나가고 싶니? 아니면 내게서…… 달아나고 싶은 거니?"

수연은 대답하지 않았다. 찬욱은 수연의 시선을 자신의 얼굴에 고정시켰다.

"전에도 말했지? 당신이 원하는 걸 들어줄 정도의 힘은 있다고. 내게서 도망가지만 않는다면, 내 곁에만 있어준다면 당신이 원하는 것이 무엇이든 들어줄게. 내가 이뤄줄게. 이제껏 당신이 해보지 못했던 것, 하고 싶었던 것 모두 하게 해줄게. 내 옆에만 있어줘."

수연의 눈빛이 살며시 흔들렸다.

"당신만큼 한눈에 빠져든 여자는 없었어. 철벽 이성을 자랑하던 나야. 자제력도 대단하다고 자부하고 있던 나야. 당신이 한순간 흔들기 전까지는 말이야. 날 광주로 유도한 것이 무엇이든, 당신이든 이 보살이든, 아니면 다른 어떤 것이든 간에 상관없어. 우린 이미 만났고, 난 당신에게 빠졌어. 그리고 당신은…… 이 보살에게서 달아나고 싶어했지. 그래, 이 보살에게서 달아나기 위해 날 이용하는 거라도 좋아. 그래도 상관없어."

"후회해."

수연은 찬욱의 눈을 피하려고 자신의 얼굴을 잡고 있는 찬욱의 손을 뿌리치며 말했다.

"뭘? 뭘 후회한다는 거야?"

찬욱은 고개 돌린 수연의 어깨를 잡고 자신을 마주 보게 했다.

"모두 다."

"말해 봐. 그 모두에 나도 포함되는 거야?"

"당신을 이용하라고? 그 대가는 내가 당신 옆에 있는 거고? 당신은 내게 베푸는 듯, 나와 협상을 하는 듯 보이지만 사실 내게 선택의 여지는 없어. ……그 여자가 바란 것도 나였어. 그리고 그 욕심 때문에 두 목숨이 죽었지."

"무슨 소리를 하는 거야? 그 여자란, 이 보살을 말하는 거야? 죽은 두 목숨은 또 누구고?"

찬욱은 수연이 하는 소리를 이해할 수가 없었다. 그녀가 후회한다고 했을 땐 자신을 말하는 것일까 봐 불안했고, 그녀가 자신과 이 이 보살을 비교하며 똑같다고 했을 땐 부정하고 싶었다. 그리고 이 보살의 욕심 때문에 두 목숨이 죽었다고 했을 때는 당황했다.

그녀의 뒤에 숨겨진 사연은 대체 무엇이기에……?

수연이 무당이라는 사실과 그녀의 자폐가 의심스럽다는 것 말고 그녀에게 숨겨진 진실이 대체 몇 가지나 있는 거지?

잠깐, 자폐……?

"당신은 자폐가 아니야! 그렇지? 이 박사가 당신은 자폐를 학습한 것일지도 모른다는 말을 했어. 그때는 확신할 수가 없었는데…… 당신은 자폐가 아니야. 이렇게 또렷이 자신의 의사를 표현할 수 있는 사람은 결코 자폐일 수 없지. 안 그래?"

하지만 수연은 대답하지 않았다.

"대체 왜 십오 년이나 자폐아 흉내를 낸 거지? 겨우 일곱 살 짜리 아이가 대체 왜?"

"……죽은 두 목숨 때문에. 지켜야 할 목숨 하나 때문에."

"누구야? 죽은 두 목숨이란 건 누구고? 지켜야 할 목숨이란 건 또 누구야? 당신 때문에 이 보살이 살인이라도 했다는 거 야?"

"후회해. 다시 돌아간다면, 다른 방법을 찾았을 거야."

수연은 찬욱의 질문을 계속 무시하고 자신의 말만 했다.

"난 이미 당신을 이용했어. 당신은 힘이 있으니 내가 찾고 싶 은 사람 대신, 내가 지키고 싶은 사람 대신…… 당신을 방패로 삼은 거야."

찬욱은 기가 막혔다. 여태껏 단 한 번도 누군가에게 이용당해 본 적이 없었다. 말은 수연에게 자신을 이용하라 했지만, 수연 이 자신을 이미 이용했다고 하는 말을 듣는 순간 기분은 가히 좋지 않았다. 더군다나 다른 누군가를 지키고 싶어서 자신을 이 용했다고 하니 더 기분이 상했다.

누굴까, 일곱 살짜리 아이가 지키고자 했던 사람은?

"당신이 지키고자 하는 사람이 누군지 말해 줄 수는 없나?"

수연은 물끄러미 찬욱의 얼굴만 바라봤다.

'난 당신을 믿을 수 없어!'

수연의 얼굴은 마치 찬욱에게 그렇게 말하는 것만 같았다.

신뢰란 한순간에 생기는 것이 아니다. 찬욱 역시 잘 알고 있는 사실이고, 오랫동안 이 보살에게 이용만 당해온 수연의 신뢰를 얻는 것은 더 더욱 어렵다는 것 역시 알고 있었다. 그녀의 신뢰를 얻으려면 오랜 노력이 필요하리란 것 역시. 그러나 머리로 이해하는 것과 가슴으로 느끼는 것과는 달랐다. 알고 있지만, 알고는 있지만 무조건 믿어주지 않는 그녀에게 서운한 마음이 드는 것 또한 사실이었다.

그가 그녀에게 본능적으로 끌렸듯이, 그녀 역시 그를 본능적으로 믿어주기를 바랐는지도 모른다. 여자가 가진 외모나 조건을 떠나 무조건 그녀를 갖고 싶었다. 아니, 그녀가 가진 조건에도 불구하고 그녀가 갖고 싶었다. 어쩌면 최악이라고도 할 수 있는 조건! 그걸 떠나서, 그걸 모두 감싸면서까지 알 수 없는 그녀에 대한 열망으로 일을 저질렀다.

그녀의 정체가, 그녀의 사연이 점점 더 복잡해지는 지금도 그녀를 포기할 생각은 없었다. 그녀가 그랬던가? 그녀를 보내줄 생각이 그에겐 없다고! 그러니 그녀에게 선택의 여지를 준 건 아니라고!

그래, 애초에 그녀에게 선택할 자유를 주지 않았다. 그는 원하는 게 달아나도록 지켜볼 줄 모르는 사람이고, 포기할 줄도 모르는 사람이므로……. 그리고 지금 그가 원하는 사람이 그녀임으로…….

그를 위험에 몰아넣었다고 했던가? 상관없다! 그래, 그 위험 속으로 걸어 들어가 주지! 그녀가 지키고픈 사람이 누군지 간에 그녀의 옆에 있는 사람은 틀림없이 그가 되리라.

그를 이용했다고 했던가? 그것도 상관없다! 아무에게도 주지 않았던 특별한 권리를 그녀에게 주지! 그의 입으로도 말했듯 그를 이용할 권리 말이다.

믿을 수가 없다고? 그 역시 상관없다! 결국 평생토록 그녀의 옆에 있을 사람은 그 자신일 테니까. 평생이라면 믿겠지. 세월을 더하다 보면 믿겠지. 뭐, 믿음을 얻지 못한다 해도 그녀를 평생토록 옆에 둔다면 손해는 아니지 않는가?

"당장은 아니라도 결심이 서면 애기해 줘. 당신이 지키고자 하는 사람이 누군지 모르지만 내가 안다면 지키는 게 더 쉽지 않겠어? 당신 말대로 나는 힘이 있는 사람이니까."

"지금 당신에게 미래를 볼 수 있는 능력이 주어진다. ……어떨 것 같아?"

수연이 찬욱의 얼굴에서 시선을 떼고 앞을 바라보며 말했다. 망설이는 듯한 말투였다.

"글쎄, 생각해 본 적이 없어서 잘은 모르겠지만 편리하기는 하겠지."

찬욱은 질문의 요지가 뭘지 생각해 봤다. 혹시 그가 그녀가 무당인 것을 저어하지 않을까 하는 마음에서 물은 것일까? 찬욱은 간단한 질문에 대답하듯 단순하게 대답했다.

"······바꾸지 못할 미래를 아는 것은 형벌이야. 신의 형벌."

"바꾸지 못할 미래라고? 미래를 안다면 바꿀 수 있는 것 아닌가?"

"결국은 그렇게 되리라고 예정되어진, 무슨 짓을 해도 바뀌지 않는 미래를 아는 건 고통이야."

수연의 얼굴은 평온해 보였다. 이미 체념한 것처럼 보이기도 하고, 초월한 것처럼 보이기도 했다. 그러나 그녀의 까만 눈동자에 가득한 것은 고통이었다. 살을 베어내는 것 같은 고통, 그리고 죄책감!

"운명이라는 건가?"

찬욱이 조용히 뇌까렸다. 혼잣말 같은 그 말이 거실 안에 크게 울리고 있었다. 인간의 힘으론 어쩔 수 없는, 인간을 포함한 모든 걸 지배하는 초인적인 힘! 인간의 힘으로 바꿀 수 없는 미래!

"지독한 말, 인간의 의지를 떠난 일. 그 말속에 숨은 무서움을 안다면 그렇게 쉽게 내뱉을 수 없지."

씁쓸함! 수연의 음성에 묻어 있는 감정은 슬픔조차 메마른 씁쓸함이었다.

찬욱은 수연의 말을 선뜻 이해할 수가 없었다. 운명이란 인간의 의지를 떠난 일이라 바꿀 수가 없다고? 하지만 그녀는 자신의 미래를 바꾸지 않았던가?

찬욱은 진심으로 그렇게 믿었다. 찬욱은 그녀 때문에 이천 공장에 내려가지 않았고, 그래서 그 대신 갔던 송 부장이 죽은 것이라고 진심으로 믿고 있었다. 그녀가 자신의 생명을 구한 것이라고 지금도 믿고 있다. 평소 이성적인 그의 성격으로 미루어보면 우연이라고 받아들였을 텐데도 불구하고 이번만큼은 우연이라는 생각이 전혀 들지 않았다.

"이천에 가지 말라고 했던 건 뭐였지? 분명히 그랬잖아. 안 가길 잘했다고, 거기 가면 죽는다고. 당신 말을 듣고 난 가지 않았기에 나 대신 간 송 부장이 죽었지. 그럼 그건 뭐였어?"

찬욱이 수연에게 황급히 물었다.

"……당신은 죽을 운명이 아니었어. 당신이 이천에 갔더라도 죽진 않았을 거야. 당신 수명은 아주…… 길어. 다만, 크게 다치긴 했겠지. 그걸 피한 것뿐이야. 당신이 죽을 운명이었다면 내가 무슨 짓을 했든 당신은 죽었어."

"그럼 명줄 운운한 건 뭐야?"

"거짓말, 혹은 약간의 속임수."

"그럼 이 내가 멍청하게 속았다는 거야!"

찬욱은 화가 났다. 그를 속인 그녀에게 화가 난 건지, 속은 자신에게 화가 난 건지는 확실치 않았지만 화가 나 미칠 것만 같았다.

"……그렇게 구하고자 했지만 엄마랑 동생은…… 죽었지. 동생이 있다는 건 처음 안 건 나야. 그 애가 아주 작을 때 엄마 뱃속에서 느껴지는 생명의 기운을 알아차릴 수 있었던 건 오직 나

혼자였어. 그리고 그 애가 햇빛을 보지 못하고 죽으리란 걸 안
것도…… 나 혼자였어."

수연의 눈에는 커다란 눈물방울이 흘러내리고 있었다. 표정
도 없는 얼굴로, 속을 알 수 없는 거울 같은 까만 눈동자로 쏟아
낸 눈물은 그녀의 볼을 타고 흘러내렸다.

"미래를 알고 있었지만 할 수 있는 건 아무것도 없었어. 미래
를 아는 인간이란, 신의 저주야."

수연의 얼굴 근육은 조금도 움직이지 않았고, 코끝 역시 빨갛
게 변하지 않았다. 그냥 얼핏 봐서는 울고 있는 사람이 아닌 것
처럼 보였다. 눈에 넣은 안약이 흘러내리는 것처럼 슬픔의 흔적
도 없이 눈물만 흘리고 있었다.

찬욱은 그런 수연이 가슴 아팠다. 제대로 슬퍼할 방법조차 배
우지 못해 표정 없이 울고 있는 그녀가 가슴을 때렸다. 가슴속
커다란 구멍에 그녀의 눈물이 스며드는 것만 같았다.

치밀하게 조절대고 있는 집 안의 습도가 한순간에 높아지기라
도 한 것처럼, 피부에 물방울이 느껴졌다. 물방울이 느껴지는 피
부에 손을 가져다 대니 그냥 메마른 피부였다. 물방울 따위는 없
었다. 하지만 손에 묻어나는 물방울이 없는데도 이상하게 피부에
서는 물기가 느껴졌다. 어떻게 설명해야 할까? 있지도 않은 물방
울이 어떻게 피부에 느껴지는 것인지 찬욱은 이해할 수 없었지만
수연이 흘리는 눈물이 자신의 피부에 느껴지는 것만 같았다.

찬욱은 손을 뻗어 수연의 머리를 자신의 가슴에 당겨 안았다.

수연의 피부는 차가웠다. 생명이 없는 것처럼. 뜨거운 피가 흐르지 않는 사람처럼 차가웠다. 그러나 그와 대조적으로 그녀가 흘리는 눈물은 따뜻했다. 그녀의 따뜻한 눈물방울이 셔츠를 적셨다. 가슴에 흐르는 눈물이 피부를 통해 천천히 심장으로 스며들고 있었다.

자신의 품에서 빠져나가려 애쓰는 수연을 단단히 끌어안으며 찬욱은 그녀의 등을 조용히 쓸어주었다.

"괜찮아. 괜찮아."

찬욱은 조용히 괜찮다고 읊조리며 수연을 위로하기 위해 노력했다. 수연의 속임수에 화를 냈던 것은 이미 잊어버린 지 오래였다. 그의 머리 속에 가득한 것은 오로지 수연을 진정시켜야겠다는 생각뿐이었다.

찬욱의 노력이 통했는지 잠시 후, 수연의 눈물이 차차 잦아들기 시작했다.

"그때가 몇 살이었어?"

찬욱은 수연을 품에 안은 체 물었다.

"……."

수연은 아무런 대답도 하지 않았다.

"당신 어머니가 돌아가셨을 때가 몇 살이었어? 당신이 입양됐을 때가 일곱 살이니까 그보다 더 어렸겠지?"

"……일곱 살."

수연은 꽉 막힌 목으로 겨우 나이만 대답했다.

　"일곱 살? 아! 일곱 살 때 난 뭘 했더라? 유치원 다녔던 것 같은데……. 당신은 어렸어. 세상에 일곱 살짜리가 할 수 있는 일이 있고, 할 수 없는 일이 있는 거야. 어머니의 죽음에 대한 책임을 지기엔, 막지 못했다고 괴로워하기엔 그때의 당신은 너무 어렸어. 그리고 지금도. 당신 말대로 인간의 힘으로 바꿀 수 없는 것이라면, 당신의 힘으로 바꿀 수 없는 것이라면 당신 탓이 아니야! 당신 탓이 아니야!"

　"……몰라, 당신은…… 몰라. 그, 건, 내 탓이야. 나 때문에…… 엄만, 나 때문에…… 돌아가신 거야……."

　수연은 떠듬떠듬 말을 이었다. 말하는 중간중간 눈물을 삼키며 떠듬떠듬 말을 이었다.

　"당신 탓이 아니야. 당신은 그저 어머니의 죽음을 좀 일찍 안 것일 뿐, 당신 때문에 돌아가신 게 아니야."

　찬욱은 자신의 탓이라며 계속 고집을 피우는 수연을 이해시키려 노력했다. 찬욱은 미래를 알았다 하여, 막지 못했다 하여 자신을 탓하는 수연의 생각이 지나친 죄책감인 것 같았다. 아마도 일곱 살 때부터 지금까지 쭉 혼자서 그 죄책감을 키우고 있었을 것이다. 어머니의 죽음을 생각할 때마다 죄책감을 곱씹으며 그녀의 심장을 갉아먹고 있었을 것이다. 죄책감을 밖으로 표현하지 못하고, 멍들고 곪아서, 점점 더 아픔에 무뎌지고, 그래서 그 상처가 독이 되어 몸 전체에 퍼져도 알지 못한 채 살아온 것이다, 수연은. 그것도 자신의 몸인 것처럼, 상처도 자신의 일

부인 것처럼 그렇게 살아온 것이다.

낯선 환경과 쏟아낸 눈물로 지친 수연의 어깨에 힘이 빠지며 몸이 늘어졌다. 찬욱은 안고 있던 수연의 몸이 아래로 꺼지는 것을 느꼈다. 황급히 팔에 힘을 주어 수연의 몸을 붙잡았다. 또다시 혼절한 것이다. 그녀를 두 번째 만났던 그날 아침처럼.

찬욱은 수연을 안아서 침실로 데려가 침대에 눕힌 후, 병원에 연락을 취했다. 잠시 후, 벨이 울리고 삼십대 초반의 젊은 의사가 나타나자 찬욱은 미간을 찌푸렸다. 서 과장이 직접 오지는 못하더라도 나이도 있고 능력있는 의사가 올 것이라 여겼는데, 젊은 의사가 온 것이 마뜩치 않았다.

"안녕하십니까? 환자는 지금 어디에 있습니까?"

젊은 의사라도 없는 것보다는 낫겠지 싶어서 침실로 안내했다.

"환자가 혼절했다고 말씀하셨는데, 혼절하면서 어디 부딪친 데는 없습니까?"

수연을 이리저리 살피던 의사가 물었다.

"네, 부딪친 데는 없습니다. 몸에 힘이 빠져나가면서 갑자기 쓰러졌습니다."

찬욱은 진찰하는 의사를 보며 침대 옆을 초조하게 서성였다.

"일단 혈압은 정상이군요. 평소에 지병이 있다거나 하지는 않고요?"

지병이라? 자폐도 지병에 속하는 건가?

"제가 알기론 없습니다. 전에도 한 번 혼절한 적이 있는데 영양 상태가 좋지 않다고 하더군요. 그리고 요 며칠간 식사를 제대로 하지 못했습니다."

수연과의 대화를 통해 그녀가 자폐가 아니라는 확신이 들었고, 자세한 검사를 받아보기 전에는 자폐인지 여부를 알 수 없기 때문에 찬욱은 의사에게 자폐에 대한 얘기를 하지 않았다. 그리고 광주에서 수연이 쓰러졌던 것과 요 며칠 동안 식사를 거부했다는 기범의 말이 생각나 그 얘기는 의사에게 했다.

"영양 상태는 좋지 못합니다. 환자가 식사를 거를 정도의 심한 다이어트를 합니까?"

"그건 아닙니다."

그녀가 종종 식사를 거부한다는 것을 들어서 알고 있지만, 그게 다이어트를 위한 건 아니기에 찬욱은 의사의 질문에 아니라고 대답했다.

"환자가 지금은 잠이 든 상태입니다. 겉으로 보기에 별 이상은 없고, 혈압도 정상입니다. 지금으로서는 별다른 조처를 취하지 않아도 될 것 같습니다만, 혼절을 자주 한다거나 하면 병원으로 오셔서 자세한 검사를 받아보는 게 좋을 것 같습니다."

의사가 왕진 가방을 챙기며 찬욱을 향해 말했다.

"예, 감사합니다."

현관으로 나간 의사를 배웅하며 감사의 인사를 한 찬욱은 서둘러 수연이 있는 방으로 돌아왔다. 침대에 누워 있는 얼굴 위로 눈물 자국이 보였다. 야윈 볼 위로 두 줄기 강이 흐른 흔적이 남아 찬욱은 안타까웠다.

　그녀를 보며 찬욱은 자신은 편안하고 안전한 인생을 살아온 축복받은 사람이라는 생각이 들었다. 그전까지만 해도 자신이 특별히 선택받은 사람이라는 생각은 해보지 않았다. 그저 당연히 주어진 것이려니 했다. 물질적 풍요와 완전하게 둥근 원을 그리고 있는 안전한 가정 속에서 자란 자신의 환경이 그저 주어진 것이려니 했다.

　그리 좋지도, 행복하지도 않았다. 이십대 초에 외아들로서, 언젠가 회사를 책임져야 하는 오너의 아들로서 갖춰야 할 자질이 너무 많아 어깨에 무거운 돌덩이를 얹어놓은 것처럼 자신의 배경이 부담스러웠던 때가 있었다. 그러나 그에겐 경영에 재능이 있었고, 적성에도 맞았다. 그 잠시의 망설임을 제외하고, 자신의 환경이 싫거나 불행하다고 느껴본 적은 없었다.

　불행하지도 행복하지도 않은, 그저 일상을 살아가는 생활. 그것이 수연을 만나기 전에 그의 생활이었다. 그녀를 만나고 난 후에야 비로소 찬욱은 자신의 인생이 얼마나 축복받은 인생인지를 깨달을 수 있었다.

　수연의 어깨 위의 슬픔이 어느 정도일지 짐작할 수조차 없었다. 숨겨진 비밀이 얼마나 많은지, 그것이 그녀를 얼마나 힘들게 하는지조차 가늠할 수 없었다. 왜 자폐아 흉내를 냈는지 궁금증만 더할 뿐, 그 이유를 추측조차 할 수 없었다.

　누워 있는 수연을 보면서 찬욱은 그녀의 과거에 어떤 일이 있었든 모두 알 수는 없겠지만, 앞으로 그녀의 미래에 일어나는 일은 전부 알고 말 것이라고 다짐했다.

"앞으로는 내가 옆에 있을게."

찬욱은 수연의 볼을 쓰다듬으며, 그녀의 볼에 흐른 두 줄기가의 흔적을 지우며 그녀에게 맹세를 했다. 비록 그녀는 듣지 못할 테지만……

찬욱이 수연을 데려간 후 지숙은 득달같이 기범에게 전화를 걸었다. 전화기 너머로 기범의 목소리가 들리자 지숙은 고함부터 질렀다.

"네가 지금 무슨 짓을 했는지 알아!"

[왜 소리는 지르고 그러우!]

기범은 수화기 너머로 들려오는 지숙의 성난 목소리를 듣자 몸이 위축되는 것만 같았다. 그러나 곧 퉁명스레 맞고함을 질렀다.

"뭘 잘했다고 큰 소리야, 큰 소리는?"

지숙은 되레 자신에게 고함을 지르는 기범이 기가 막혔다.

[잘못한 건 또 뭐요?]

이제 기범의 목소리에는 짜증마저 섞여 있었다.

"몰라서 묻는 게냐? 내가 너더러 수연이 약을 챙겨 오라고 했지, 최 이사를 보내라고 했냐! 그렇게 신신당부를 했건만, 그러고도 네가 잘했다는 것이냐?"

지숙은 분통이 터졌다. 뭐가 어려운 일이라고, 시키는 일조차 제대로 못해내는 기범 때문에 속이 터졌다.

[누님, 내가 몇 살인지 아쇼?]

난데없이 기범이 물었다.

"왜 딴소리야!"

지숙이 버럭 소리를 질렀다.

[내 나이가 사십 넘어 오십을 바라보고 있수. 내가 어린애우, 누님 아들이우? 이 나이 되도록 내가 누님한테 시키는 대로 안 했다고 야단이나 맞아야겠수? 나도 다 생각이 있으니까 그리한 거우.]

"네가 생각은 무슨 생각?"

[최 이사가 날 찾아 제주까지 왔습디다. 수연이랑 결혼하고 싶다고, 행방을 알면 꼭 좀 가르쳐 달라고 사정을 합디다. 그래서 알려준 거우. 솔직히 최 이사만한 사람도 없지. 수연이한테는 과분한 사람 아니우? 누님, 내 덕분에 봉 잡은 줄 아슈.]

칭찬해 주기를 바라는 어린아이마냥 기범은 자신이 한 일을 자랑스럽게 떠들었다.

"아이구, 골이야! 아이구, 골이야! 이 멍청한 자식아! 최 회장이 누군데 수연일 며느리로 받아들여? 헛꿈이지, 헛꿈이야!"

지숙은 머리를 부여잡고 탄식을 했다. 왼쪽 관자놀이가 쪼개질 듯 아픈 것 보니 편두통이 도지는 모양이다.

[해보지도 않고 어떻게 아우? 자식 이기는 부모는 없다지 않우?]

"똥인지 된장인지 꼭 만져 봐야 안다던? 네가 최 회장이라면 수연이 같은 며느리 보겠나?"

[거야…… 최 이사가 알아서 한다고 했수. 누님이나 나나 굿이나 보고 떡이나 먹으면 되우.]

기범이 툴툴거렸다. 최 회장의 반대가 좀 걸리기는 해도 최 이사가 알아서 한다고 했으니 믿는 수밖에 없었다. 반대할 것이 뻔하다고 시작조차 안 하기에는 놓이기 아까운 기회였다.

"한심한 소리 말아라! 최 이사가 얘기 꺼내자마자 최 회장이 수연의 뒷조사부터 해볼 텐데, 그럼 어쩌려고 그러냐? 우리가 수연의 친부를 속여서 데려온 것까지 탄로나면 어쩌려고 그러냐?"

[그거야, 뭐…… 너무 오래된 일이라 기억하는 사람도 없을 거우. 그리고 아, 그게 뭐지……? 아, 왜 그거 있잖우? 아, 맞다! 공소시효가 뭐시기, 그거 있잖우? 수연이 데려온 지가 벌써 언젯적인데, 그거 지났을 거우. 내가 이래 뵈도 주워들은 건 꽤 되우. 그거 지나서 괜찮다니까. 걱정할 거 없수.]

기범은 지숙의 걱정이 이해가 안 가는 것도 아니었으나 크게 걱정하지는 않았다. 벌써 시간이 오래된 일이라 조사하는 것도 쉽지 않을 테고, 수연의 외가 쪽 친척이라며 수연일 데려왔는데 그에 대해 누가 알겠는가? 그의 얼굴을 본 사람이라고는 술에 취해 있던 수연의 친부뿐인데, 이제는 그의 얼굴조차 기억하지 못하리라. 그러니 조사를 한다고 해도 알아내기 힘들 것이다. 설혹 알아낸다 하여도 이미 공소시효가 지나서 법적으로 처벌도 받지 않을 테니, 겁먹을 필요는 없을 것이다.

기범의 말이 틀린 것은 아니었다. 수연의 과거는 찾기 힘들

테고, 수연일 데려온 일이야 알코올중독자 아버지 밑에서 자라는 것이 안쓰러워 데려온 것이라 변명을 하면…….

아니다, 아니야! 그러다가 그 일이 알려지면 어떻게 할 것인가? 기범이야, 그 일을 모르니 그런 소리를 할 수 있는 거고, 만약 알려진다면……. 왜 하필 지금인가? 내년에만 벌어졌어도, 최 이사가 수연일 내년에만 만났어도……. 올 겨울이면 꼭 십오 년째다. 올 겨울만 넘겨도 한시름 돌리는 것인데.

"어찌 됐든, 안 될 일에 힘 뺄 거 없지 않느냐?"

지숙은 부드러운 목소리로 기범을 설득하려 했다.

[글쎄, 최 이사에게 맡겨두고 우린 굿이나 보고 떡이나 먹자니까 그러우. 되든 안 되든, 아니, 안 되더라도 난 그냥 내버려 둘 거우. 안 되면 그만이고, 만약 수연이 최 이사와 결혼이라도 하면 최 회장 사돈아니우, 사돈!]

"옛말에 자리 보고 발 뻗는다고 했다. 나서서 괜한 분란 만들지 마라."

지숙은 전화선을 타고 들려오는 기범의 목소리만 들어도 지금 어떤 표정을 하고 있을지가 짐작이 갔다. 흥분한 나머지 이마와 목이 벌겋고, 입은 크게 벌어져 침까지 튀기며 목소리를 높이고 있을 것이다.

사십이 넘으면 자신의 얼굴에 책임을 져야 한다고 했던가? 기범은 기름기가 줄줄 흐르는 얼굴에 탐욕이 가득했다. 처음 보는 사람도 쉽게 알아차릴 수 있을 정도로 두 눈 가득, 양 볼 가득 욕심이 붙어 있는 얼굴이다.

제주까지 내려가 기범을 만난 최 회장 아들이 그 욕심을 알아
차리지 못했을 리가 없다. 말을 나눠봤다면 더 확실히 알아차렸
을 것이다. 그리고 기범의 욕심을 부추겼겠지. 그러니 저 어리
석은 놈이 사돈 운운하며 정신을 못 차리는 게지.

[내 일은 내가 알아서 하우. 누님이 신경 쓸 것 없수다. 이만
끊으우.]

기범은 자꾸 같은 말을 하며 답답하게 구는 지숙과 더 이상
통화를 계속하기 싫은 듯 전화를 끊었다.

지숙은 이미 끊긴 전화 수화기를 손에 들고 한숨을 내쉬었다.
편두통이 시작된 왼쪽 머리가 이제는 숫제 쇠꼬챙이로 푹푹 찌
르는 것마냥 쑤셨다. 한 번씩 머리가 쑤실 때마다 위까지 조여
오는 듯했다.

저 우둔한 놈을, 지독한 아집까지 있는 저놈을 어찌한다? 끝
이 훤히 보이는데 물불 안 가리고 덤비는 저놈을 어찌한다? 어
떻게 설득을 시킨다?

눈에 실핏줄이 터지는 것도 모르고 머리를, 손톱으로 위장을
긁어 내리는 것 같은 배를 부여쥐고 지숙은 기범의 아둔한 행동
을 한탄했다.

딸이 아닌 며느리를 내보낸다는 따가운 봄볕이 침실 구석구석까지 파고들었다. 수연을 품에 안고 잠이 든 찬욱은 햇살을 피해 얼굴을 침대로 파묻었다. 그러나 얼굴에 닿는 감촉은 침대 커버인 실크의 감촉이 아니었다. 실크와는 또 다른 부드러운 뭔가가 얼굴에 닿았다. 그와 동시에 찬욱의 후각을 자극하는 것은 뭐라 형언할 수 없는, 매일 밤 그를 괴롭혀 잠을 이룰 수 없게 만든 바로 그 냄새였다. 수연의 살내음! 오직 그녀만이 가진 그 독특한 향기가 그의 코를 타고 뇌리에 전해져 그의 뇌를 깨어나게 했다.

순간, 여전히 꿈이 아닐까 하는 생각을 하며 천천히

한 눈을 떴다. 흑단같이 까만 머리카락이 눈에 제일 먼저 들어왔다. 자신의 얼굴에 닿았던 부드러운 것의 정체는 머리카락이었던 것이다.

한 눈을 마저 떴다. 꿈이 아니었다. 수연이 자신의 팔 안에 잠들어 있었다. 팔베개를 해준 팔이 저리다 못해 감각이 없었지만 팔의 감각 따윈 그의 관심사가 아니었다. 그저 자신의 팔 안에 잠들어 있는 수연만이 그의 관심의 전부였다.

그녀가 이렇게 그의 품 안에서 깬 적이 이번까지 세 번이었다. 앞의 두 번 모두 지숙의 방해로 느긋하게 수연을 감상할 기회가 없었다. 그러나 지금 그가 수연을 바라보는 것을 방해할 사람은 아무도 없었고, 찬욱은 수연을 깨울 생각이 없었다. 그저 느긋하게 잠에서 깨어나기 전 그녀의 모습을 보고 싶었다.

살짝 벌어진 입술 위로 여린 숨이 드나들고 있었다. 그 소리에 맞춰 그녀의 가슴이 오르락내리락하는 것이 그녀의 몸에 두른 팔을 타고 전해졌다.

평상시 자신의 숨소리를 느끼는 사람은 아마 없으리라. 숨을 쉰다는 것은 살아 있는 생명체가 생명을 유지하기 위한 가장 본능적인 행위이다. 의식하지 못하는 사이에 우리의 몸이 본능적으로 행하는 행위인 것이다.

찬욱 역시 여태껏 단 한 번도 숨을 쉬는 것을 느껴본 적이 없었다. 그러나 지금 자신이 안고 있는 수연의 숨소리가 그렇게 반가울 수가 없었다. 자신의 팔을 통해 수연의 숨소리가 느껴지는 것이 감동적이기까지 했다. 그가 그러했듯이, 수연도 아마 자신이 숨을 쉬는 행동을 의식해 본 적이 없을 것이다. 수연 자신조차 의식하지 못하는 행동을 오로지 그만 감각을 통해 느낀다는 것이 무척이나 만족스러웠다.

어쩌면 아주 단순히 수연이 자신의 품 안에서 숨 쉬고 있다는 사실이 그저 기쁜 것일지도 모른다. 찬욱은 수연의 얇은 봄옷이 구겨지는 것도 아랑곳하지 않고 그녀를 더욱 꼭 안았다.

그녀에 대한 욕망으로 여러 날을 지세우면서, 그녀를 찾기만 하면 우선 그녀에 대한 갈망부터 풀어버리리라 결심했었다. 그러나 그 결심과는 동떨어지게 그는 얌전히 그녀를 다시 만난 첫날밤을 보냈다. 밤새 자신의 품 안에 안겨 있는 그녀의 부드러운 육체를 의식하며, 출구를 찾지 못한 욕망에 고통스러워하다가 자신도 모르는 사이 잠이 들어버렸다.

잠이 깸과 동시에 깨어나기 시작한 그의 욕망이 여전히 그를 괴롭혀도 그는 그녀를 깨우지 않았다. 그저 품 안에 더욱 꼭 끌어안을 뿐이었다. 여전히 아우성치는 욕망을 해소하지 못해도, 그녀를 안고 있는 것만으로도 만족스러웠다.

가벼운 기분으로 긴장을 풀려고, 혹은 스트레스를 풀려고 여자와의 섹스를 즐기던 때와는 분명히 달랐다. 여자들은 섹스 전후의 친밀한 행동들을 그에게 기대하곤 했지만, 그는 다른 남자들이 대부분 그러하듯 섹스만을 즐길 뿐이었다. 수연을 만나기 전에 누군가 그에게 단순히 여자를 안고 잠을 잤다고 말했다면 실없는 놈이라고 빈정댔을 것이다.

그러나 수연을 안고 있는 지금, 섹스 없이 밤을 지냈어도 충분히 만족스러웠다. 그의 육체가 그녀의 육체를 의식하고 감각을 통해 그녀의 미세한 움직임까지 느낄 수 있어서, 아랫도리를 괴롭히는 뻐근함마저 달콤한 고통이 되었다.

아침이면 여기저기서 들려오기 마련인 소음—아이들이 등교하는 소리, 자동차가 소리 등—이 완벽히 차단된 침실 안은 고요하고 평화로웠다. 벽에 걸려 있는 시계를 보니, 조금 있으면 준비하고 출근해야 할 시간이다. 뇌는 일어나야 할 시간이 지났다며 찬욱에게 일어나라 명령을 내리고 있지만, 지나치게 조용하고 평화로운 아침을 깨는 것이 싫어 찬욱은 그대로 눈을 감았다.

어느새 다시 잠이 든 찬욱이 깬 것은 정오가 가까워질 무렵이었다. 입가에 만족스런 미소를 띠며 잠에서 깨어난 찬욱은 문득 팔이 허전하다는 생각을 했다.

수연!

찬욱은 황급히 침대에서 몸을 일으켰다. 역시나 허전함의 정체는 수연이었다. 침대 옆 자리는 횡 하니 비워져 있었고, 구겨진 이불만이 그곳에 사람이 누워 있었던 증거가 돼줄 뿐이었다.

찬욱은 벌떡 일어나 거실로 나갔다. 다행히 수연은 거실 한쪽에 위치한 서재의 책상에 앉아 무언가를 열심히 읽고 있었다. 찬욱은 가슴이 들썩거릴 정도로 안도했다. 놀란 눈에 힘을 빼고 수연에게 다가갔다. 무엇을 읽고 있는지 수연은 그가 다가가는 것도 알아차리지 못했다.

의자에 앉아, 헝클어진 머리에, 자고 일어난 사람 특유의 핏기 없는 하얀 얼굴을 하고, 가슴을 책상에 대고 책에 코를 박고 있는 모습이 어린아이처럼 천진스러워 보였다. 검지손가락에 침을 묻혀가며 책장을 넘기는 모습이 한편으론 진지해 보이기도 한다. 찬욱은 그 모습을 보면서 쿡쿡 숨죽여 웃었다.

그때 갑자기 고개를 든 수연의 눈이 미처 웃음기를 지우지 못한 찬욱의 눈과 부딪쳤다. 수연은 소스라치게 놀라 읽고 있던 책을 황급히 덮고 책을 등 뒤로 숨겼다. 수연은 이리저리 눈을 굴리며 찬욱의 눈빛을 피하려 애썼다.

찬욱은 문득 수연이 감춘 책에 대한 호기심이 피어났다.

"무슨 책인데 감추지? 이리 내봐."

찬욱은 여전히 입가에 웃음을 머금고 수연은 향해 손을 내밀었다. 수연은 등 뒤로 책을 감추고 고개를 획 돌려 찬욱의 손을 외면했다.

"그러니까 더 궁금한데."

찬욱은 수연에게 다가가 수연의 등 뒤로 손을 뻗었다. 찬욱의 손이 수연의 손에 닿자, 수연은 몸을 돌리고 책을 가슴에 감싸 안았다.

"싫어."

수연은 고개를 숙이고 책을 감싸 안은 채로 찬욱을 향해 등을 보였다. 고개를 숙인 수연의 몸이 너무 작아 보여서, 책을 감싸 안느라 팔을 모으고 있는 어깨가 너무 작아 보여서 찬욱은 더 이상 책을 보여달라 고집을 부릴 수가 없었다.

"알았어. 책 보여달란 소리 안 할 테니까 몸 좀 돌려봐."

찬욱이 수연의 작은 어깨에 손을 올리며 수연의 몸을 돌려 세우려 했다.

"뒤로 돌아서면……."

수연은 어깨를 으쓱 위로 올렸다 내리며 찬욱의 손을 거부하는 몸짓을 해 보였다.

"나? 나보고 뒤로 돌아서라 한 거야?"

찬욱의 물음에 수연이 고개를 끄덕였다.

"알았어."

찬욱이 수연의 어깨에서 손을 떼고 뒤로 돌자 그의 뒤로 책을 옮기는 소리와 책장으로 책이 들어가는 소리가 들렸다. 갑자기 뒤로 돌아서라 해서 무슨 이유인가 했더니 책을 감추기 위해서였나 보다.

"됐어?"

책장에 책을 넣는 소리를 끝으로 조용해지자 찬욱이 고개를 살짝 옆으로 돌리며 수연에게 허락을 구했다.

"응."

수연의 허락이 떨어지고 찬욱은 고개를 돌려 수연의 바라봤다.

"잘 잤어?"

수연은 대답하지 않았고, 찬욱은 수연을 끌어당겨 가슴에 안았다. 손으로 머리카락을 쓸어 내렸다. 부드럽게 내려가던 손이 머리카락 끝부분에 걸렸다. 아침에 일어나 빗지 않은 머리카락이 끝에 엉켜 있었던 것이다.

수연이 아플까 한 손으로 머리카락 중간을 잡고 한 손으로는 엉킨 머리카락을 풀었다. 뭉텅 엉켜 있던 머리카락을 푸는 과정에서 수연의 머리카락 몇 가닥이 빠졌다.

평소 옷에 머리카락을 묻히고 다니는 사람을 보면 불결함에 인상을 찌푸렸었는데도 불구하고 옷도 아니고 자신의 손에 묻어 있는 수연의 머리카락은 지저분하다거나 더럽다는 느낌이 전혀 들지 않았다.

다만, 사소한 머리카락이지만 그녀 몸의 일부를 상하게 했다는 죄책감만이 있을 뿐이었다. 머리카락 하나라도 그녀를 상하게 하는 것이, 그녀를 아프게 하는 것이 싫었다.

"미안."

찬욱은 기이한 죄책감에 수연에게 사과를 하며 수연의 몸을 더욱 꽉 끌어안았다.

잠시 수연을 안고 있던 찬욱은 자신의 모순된 생각에 마음속으로 쿡쿡 웃었다. 그녀를 안고, 체온을 느끼고, 그녀의 몸이 피부에 닿는 감촉을 느끼는 지금이 뭐라 형언할 수 없을 만큼 황홀하면서도, 품 안에 앉고 있어 그녀의 얼굴을 볼 수 없다는 것이 또 못마땅했다.

욕심은 정말 한이 없다. 자신이 과연 수연의 얼마만큼을 가져야 만족할 수 있을까?

그녀를 볼 수 없었던 시간 동안은 그녀를 곁에 두기만 하면 만족할 수 있을 것 같았다. 곁에 두고 보고 싶을 때 보고, 안고 싶을 때 안고 그러면 만족할 것 같았다. 그런데 막상 품 안에 안고서도 또 아쉬운 것이 생긴다. 또 욕심이 생긴다.

자꾸만 더 갖고 싶다. 그녀의 피부 안쪽 세포 사이를 흐르는 핏줄 하나까지 들여다보고 싶은 욕심이 생긴다. 머리를 파고들어 가 그녀의 생각을 모두 들여다보고 싶다. 아니다. 그녀의 생각을 들여다보고 싶은 것이 아니다. 사실은 그녀의 머리 속 전부를 그에 대한 생각으로 채우고 싶은 것이다. 아니, 어쩌면 둘 다인지도 모르지.

찬욱은 한 발 뒤로 물러서 수연의 얼굴을 바라보며 한 손으로 그녀의 볼을 어루만졌다.

"널 갖고 싶다. 네 전부를, 너라는 존재를 이루는 모든 걸 갖고 싶다."

자신도 모르는 사이 마음속에 있던 진심을 입 밖으로 내뱉어버린 찬욱을 보는 수연의 까만 눈동자는, 감정을 내비치는 걸 허락하지 않으려는 듯이 눈꺼풀에 의해 그 빛을 차단당했다.

찬욱은 수연의 어깨를 잡고 그녀의 입술에 부드럽게 입을 맞췄다. 수연의 전부를 갖고 싶다는 그의 욕망이 믿겨지지 않을 정도로 부드러운 입맞춤이었다. 살짝 닿았다 떠나는 입술, 그러나 그것은 어떤 열정적인 입맞춤보다 내면을 뒤흔드는 강렬한 그것이었다.

찬욱은 수연의 감은 눈에도 입을 맞췄다. 자신의 입술 밑에서 가늘게 떨리는 피부를, 그리고 그 아래 살며시 움직이는 눈동자를 느낄 수 있었다. 미약하리만치 작은 그 움직임이 찬욱을 환희에 잠기게 했다. 그 작은 감정의 파문이 수면 위에 던진 돌멩이가 되어 감정의 호수에 물결을 일으키기를 바랐다. 잔잔하지만 널리 퍼져 가기를 바랐다. 언젠가, 조만간이면 더 좋겠지만 그녀의 마음의 창이 열릴 때까지 그 창을 두드려 주기를 바랐다.

수연의 눈꺼풀에서 입술을 떼어내며 찬욱은 가슴에 채워두었던 공기를 한꺼번에 뱉어내고 깊은 숨을 들이마셨다. 숨을 쉬는 것을 잊어버렸던 것이다.

수연의 어깨를 잡고 있던 두 손 중 오른손을 떼어 자신의 이마를 짚으며 찬욱은 소리 내어 웃었다. 풋내기처럼 가벼운 입맞춤에 숨 쉬는 것을 잊어버린 자신이, 그리고 그렇게 자신을 사로잡은 수연이 어쩐지 즐거웠다. 가슴에서 올라오는 즐거움으로 오랜만에 환하게 소리 내어 웃었다.

그런 자신을 의아한 얼굴로 바라보는 수연의 눈길이 느껴지자 찬욱은 여전히 웃음이 묻은 얼굴로 수연을 바라보더니, 수연의 어깨에 올려놓았던 왼손을 그녀의 등 뒤로 옮겨 다시 한 번 그녀의 몸을 꼭 껴안았다. 수연의 볼이 찬욱의 가슴에 닿았다.

찬욱의 가슴을 통해 그의 웃음이 수연에게로 전해졌다. 그가 웃을 때마다 통통 울리는 가슴의 울림이 수연의 볼을 타고 가슴으로 스며들었다.

고소한 참기름 냄새와 함께 전복죽 두 그릇이 찬욱과 수연의 앞에 놓여졌다. 시장기를 느끼지 못했는데 고소한 냄새가 나자 식욕이 당겼다.

그동안 식사는 밖에서 해결했기 때문에 빌라에는 음식이 없었다. 갑자기 사람을 부르지 못하고, 사람이 올 때까지 기다릴 수도 없어서 늦은 아침을 밖에서 해결하기로 한 찬욱은 며칠 동안 음식을 제대로 먹지 않은 수연을 생각해서 죽 전문점으로 그녀를 데리고 왔다. 술을 많이 마시거나 속이 좋지 않을 때 그가 종종 오던 곳이었다.

고소한 냄새에 이끌려 숟가락을 들던 찬욱의 시야에 죽을 우두커니 바라보고만 있는 수연이 들어왔다. 후각을 자극하는 고소한 냄새도 느끼지 못한 채 고운 자기 그릇 안에 있는 먹음직스러운 죽도 보이지 않는 사람처럼 움직임없이 앉아 있을 뿐이었다.

"전복죽이 마음에 안 드나? 야채죽보다는 영양가도 많고, 닭죽보다는 훨씬 먹기가 수월할 것 같아서 시킨 건데. 다른 걸로 할래?"

찬욱의 물음에 수연은 싫다 좋다 말없이 죽 그릇만 내려봤다.

“먹어봐. 여기 죽 맛있는 집이야.”

찬욱은 자신의 죽을 한 숟가락 떠서 수연에게 내밀며 먹어보라 종용했다. 죽 그릇을 떠난 수연의 시선이 찬욱이 내민 숟가락에 잠시 머물더니 천천히 입을 벌렸다. 거부하면 어쩌나 하며 조마조마하던 찬욱은 안도하며 수연의 입 안에 숟가락을 넣어주었다.

“앗!”

비명을 지른 수연이 상체를 뒤로 빼며 입을 손으로 가렸다. 놀란 찬욱은 숟가락을 떨어뜨렸다.

“뜨거워? 어디 좀 봐봐.”

찬욱은 입을 가린 수연의 손을 떼어내고는 수연을 살폈다. 자신의 손을 밀어내는 수연의 행동에도 아랑곳하지 않고 그녀를 살피던 찬욱은 황급히 종업원을 불러 얼음물을 가져다 달라고 했다. 그의 지시에 따라 얼음물을 가져온 직원은 죽이 뜨겁다는 뒤늦은 충고를 하고는 찬욱이 떨어뜨린 숟가락을 가지러 다시 룸을 나갔다.

“이거 마셔.”

종업원이 가져온 얼음물을 수연에게 내밀며 찬욱은 죽이 뜨겁다는 것을 생각지 못한 자신을 탓했다. 자주 먹으러 와서 죽이 뜨겁다는 걸 알고 있었는데 무슨 정신으로 식히지도 않은 죽을 떠서 내밀었는지……. 가뜩이나 식사를 제대로 못했는데 입 안이라도 데서 돋아나면 무슨 맛으로 음식을 먹을는지……. 찬욱은 이를 계기로 수연이 다시 음식을 먹지 않겠다고 거부하면 어쩌나 걱정스러웠다.

데인 데 찬물이 닿자 쓰라린지 물을 마시던 수연의 움직임이 멈칫했다. 생각을 해서 그런지 몰라도 수연의 입술이 약간 부풀어 오른 것도 같다. 물기가 반짝이는 수연의 입술에 키스를 하고픈 욕망이 슬그머니 고개를 치켜떴다. 아픈 여자를 앞에 두고 무슨 생각을 하는 것인지……. 찬욱은 몸을 움직여 앉은 자세를 고치며 헛기침을 했다.

수연이 얼음물에 의해 차가워진 물 잔을 입술에 대고 있는 사이, 방을 나갔던 종업원이 새 숟가락을 가지고 들어왔다. 찬욱은 받아 든 숟가락으로 수연의 죽 그릇을 휘휘 저으며 식혔다. 그것도 모자라 숟가락에 뜬 죽을 입으로 후후 불어가며 식혔다. 그 모양이 짐짓 진지했다.

죽을 시키는 데 온 신경을 집중시킨 찬욱은 자신의 모습을 수연의 까만 눈동자가 주시하고 있다는 걸 알아차리지 못했다. 그녀의 눈동자가 오로지 그만을 담고 있는 것, 그가 그 토록이나 바랐던 일임에도 그는 미처 알아차리지 못했다.

"이건 뜨겁지 않을 거야."

찬욱은 열심히 식힌 죽을 자신의 입술에 먼저 대서 뜨거운지 아닌지를 확인한 다음, 적당히 식힌 죽의 온도에 만족스러운 미소를 지으며 수연을 향해 다시 숟가락을 내밀었다. 수연은 그가 내민 숟가락과 그의 얼굴을 번갈아가며 쳐다보다가 그의 얼굴에 시선을 맞추고 천천히 죽을 받아먹었다. 다행히 입 안은 크게 데지 않아서 죽이 쉽게 넘어갔다.

찬욱은 수연이 자신이 내민 죽을 받아 넘기자 안도와 기쁨의 한숨을 내쉬었다. 음식을 거부하던 그녀가 죽 먹은 것을 안도하는 것은 당연했으나 기쁨이 느껴지는 것은 전혀 생각지 못한 일이었다. 그러나 분명 기뻤다. 왜 기쁜지를 분석하던 찬욱이 내린 결론은 그녀를 배부르게 했다는 것이다.

세상에, 겨우 죽 한 모금 넘기게 하고 배부르게 했다고 기뻐하다니……. 그는 스스로가 생각하기에도 많은 것을 가진 사람이었다. 남들에게 무언가를 베풀 때도 비교적 큰 것을 베풀었다. 일 년에 그가 자선단체에 기부하는 액수만 해도 일반 근로자가 평생을 벌어도 모으지 못할 만큼의 큰 액수였다.

그런데 지금 겨우 죽 한 그릇, 그녀에게 사주고 기뻐하고 있는 것이다. 죽 한 숟가락이 배를 불릴 수 있는 것도 아닌데, 그녀에게 산해진미라도 사준 것마냥 뿌듯했다. 아무것도 먹지 않은 자신의 배가 불렀다. 아, 남자들은 그래서 일을 하나 보다, 제 여자에게 음식을 먹이기 위해. 단순히 음식만이 아니라 제 여자에게 무언가를 해주기 위해, 제 여자를 위해 무언가를 해줄 수 있다는 사실이 기뻐서, 그래서 열심히 일을 하나 보다.

찬욱은 난생처음 그런 생각을 했다. 그리고 그녀를 위해 무엇이든 해줄 수 있을 만큼 많은 것을 가진 자신에 대해 감사하는 마음을 가졌다.

뿌듯함이 가슴 밑바닥부터 올라와 어깨가 저절로 힘이 들어
갔다.

"왜 웃어?"

스스로에 대한 자부심으로 잠시 생각에 잠겨 있던 찬욱은 갑
작스런 수연의 목소리에 정신이 확 들었다.

"뭐? 뭐라고 했지?"

목소리만 들었지, 질문을 듣지 못한 찬욱이 수연에게 되물었
다. 그러나 수연은 유리알 같은 까만 눈으로 찬욱을 바라볼 뿐
말이 없었다.

"이상한 사람이야."

한참을 찬욱을 바라보던 수연이 고개를 갸웃거리며 나지막한
목소리로 혼잣말을 했다. 작은 목소리였지만 수연을 향해 모든
안테나가 작동하고 있는 찬욱의 귀에는 똑똑히 들렸다.

"이상하다니? 누가? 내가?"

이상한 사람이라는 말은 그를 지칭한 것임이 분명했다. 그러
나 뭐가 이상하다는 건가? 그녀와 만난 이후의 그의 행동을 통
틀어 얘기하는 건가? 사실 그녀를 만난 후에 그가 비이성적으로
행동하긴 했지만 그걸 말하는 것 같지는 않은데……. 그게 아니
면 방금 전 자신의 행동 중에 이상한 점이 있었나?

"뭐가 이상하다는 건데?"

결국 찬욱은 궁금증을 해결할 가장 확실한 방법, 즉 수연에게
질문을 했다. 물론 이건 어디까지나 그녀가 대답을 해줄 경우에

만 해소될 수 있지만 말이다.

"혼자서 웃는 거."

찬욱은 그제야 아까 수연의 질문이 무엇이었는지를 유추해 낼 수 있었다.

"기뻐서 그래, 음식을 먹는 게 기뻐서. 음식을 사주는 게 기뻐서."

수연은 그의 대답에 만족한 얼굴이 아니었다. 납득이 가지 않는다는 듯한 얼굴이었다. 그러나 다른 말은 하지 않고 고개를 숙여 죽 그릇을 바라보더니 숟가락을 들어 휘휘 저으며 먹기 시작했다. 그녀가 죽 먹는 것을 보고 찬욱도 자신 몫의 죽을 먹으려 했다.

그러나 그 순간, 찬욱은 자신이 또 한 가지를 발견했다는 것을 깨달았다. 자신이 수연의 얼굴 표정에서 그녀의 생각을 읽었다는 것을 깨달은 것이다. 여전히 감정을 내보이지 않는 그녀의 눈은 읽지 못했지만 얼굴의 표정에서 그녀의 생각을 읽을 수 있었다.

수연에게 한 발 더 다가간 것 같았다. 이렇게 가다 보면 언젠가 그녀의 전부를 가질 수 있지 않을까 하는 희망이 생겼다.

도시에서 완전한 어둠이란 존재할 수 없는 법이다. 도로를 달리는 자동차의 꽁무니에도, 골목을 밝히는 가로등에도 밤을 밝히는 불빛은 있다. 집 안에 불을 모두 끈다 하더라도 창으로 새어 들어오는 희미한 불빛이 밤을 흩트려놓는다.

가장 깊은 어둠이 내린다는 새벽 두 시. 수연은 밖에서 들어오는 희미한 가로등 불빛에 의지해 거실에 앉아 있었다.

인간에게 미래는 앞을 알 수 없는 캄캄한 어둠과 같다는 점에서 밤을 닮았다. 그러나 그 속에는 삶의 앞길을 비춰줄 등불이 있기 마련이다. 비록 그 불빛이 아주 작을지라도…….

수연은 살아가는 대부분은 고통이었던 그 특별한 능력으로 자신의 인생에 빛을 가져오는 불씨가 지금쯤 침실에서 깊은 수마에 빠져 있을 찬욱임을 알 수 있었다. 일곱 살에 추운 겨울에 자신을 데리러 온 기범의 손을 잡는 순간 그것이 기나긴 어둠으로 들어가는 길이라는 걸 본능적으로 알았던 것처럼 말이다. 피하려 하면 더 큰 불행이 기다리고 있음을 알기에 그저 말없이 따라가 죽은 듯이 살았다. 그 오랜 시간을 견디었던 건 기범의 손에서 느끼는 어둠의 터널 끝에 밝은 빛이 있다는 것 또한 알 수 있었기 때문이다.

최 회장을 처음 만났을 때 수연이 제일 처음 느낀 감정은 희열이었다. 자신의 빛이 되어줄 사람과 최 회장과의 연결고리가 보였기 때문이다. 찬욱의 사진 역시 그녀에게 희열을 주었다.

그러나 그를 직접 만나고 느낀 것은 두려움이었다.

어두운 터널을 오랜 시간 걷다 빛이 비치는 터널 밖으로 나가면 그 눈부심에 눈이 멀어버리는 것처럼 그를 오랫동안 기다려왔으면서 동시에 그가 두려웠다. 그래서 주춤주춤 망설여졌다,

터널 밖으로 나가기를…….

그때 수연은 막연하게 찬욱이 자신을 빛으로 인도할 인연임을 알고 있을 뿐이었다. 그는 오랜 시간 그녀의 기다림이었으며, 눈앞에 닥친 막연한 두려움이었다.

수연의 예상이 빗나가기 시작한 건 찬욱이 그녀에게 키스를 하고 난 후부터였다. 숨 막힐 듯한 키스는 오랫동안 닫아걸어 두었던 감정의 호수에 파문을 던졌고 혼란스러워지기 시작했다. 그때부터 수연은 기범처럼 찬욱이 자신의 손을 붙잡고 나가 굴레로부터 해방시켜 줄 거라는 자신의 생각이 말도 안 되는 착각이라는 걸 알았다. 그리고 그가 자신을 안고 밤을 보내면서 헝클어지기 시작했다.

돌이켜 보면 시작은 달구경을 하러 나가면서부터였다. 달빛을 자신을 어둠에서 구해줄 어떤 이와 동일시하면서부터 수연은 평소 달이 정겹고 좋았다. 그 밤 그가 머문다는 걸 알았고, 그를 만나기를 내심 초조하게 기다리고 있었다. 그런데 무슨 정신에 달구경을 하러 나갔는지……. 달구경을 하다 찬욱의 만나 그의 키스를 받기 전까지의 기억이 안개에 휩싸인 것처럼 흐릿했다. 정신을 차렸을 때는 달구경을 하러 나온 자신에게 찬욱이 키스를 하고 있었다.

거기서 그를 만나지 않았더라면……. 아니, 그의 죽음을 경고해 주러 가지 않았더라면 그는 어쩌면 자신을 잊어버렸을지도 모른다. 그러나 수연이 그의 사진에서 읽어낸 것은 거짓이 아니었다. 그래서 경고를 해주지 않을 수가 없었다.

그의 사진으로 읽은 것은 그가 자신에게 옴으로 인해 죽음을 피하고 자손을 얻는다는 것. 그녀의 해석은 그가 죽음을 피해 자손을 이어나갈 수 있다는 것이었다. 단지 그것뿐이었다. 거기에서도 그가 자신을 여자로 원하리라는 건 알 수 없었다.

예상치 못한 사건. 그리고 예상치 못한 변화.

깊은 한숨이 절로 나왔다. 그 저주받을 능력으로도 앞을 알 수 없기에 더욱더 그러했다. 안개가 낀 것마냥 모든 것이 희미했다. 무슨 생각인지 몸 안의 신도 조용했다. 지나치리만치 아무런 소식이 없는 신도 수연을 불안하게 만드는 요인 중 하나였다.

보여지는 운명이 때로는 아주 자세하고 때로는 추상적일 정도로 뭉뚱그려진 경우도 있다. 그녀가 기범의 손을 잡고 지숙에게 간 선택에도, 찬욱이 그녀를 구해줄 사람이란 걸 안 것에도 설명할 수 없는 믿음이 있었다. 결국 변하지 않을 거라는 확신이 있었다.

그러나 찬욱을 따라오면서 느낀 것은 그의 명운뿐이었다.

기회, 그리고 변화.

충청도에서 찬욱을 따라 서울로 오며 느낀 그의 명운이었다. 결과적으로 예상치 못한 그 밤으로 인해 그가 그녀를 지숙에게서 탈출시켰으니, 그 사실만으로 기회이며 변화인 그의 명운은 다했다고 봐야 하는 것일까? 하나, 단지 그것뿐일까?

아니면 말 그대로 그가 그녀의 기회이며, 그로 인해 지금까지의 생활에 변화가 온다는 것인가? 아니면 그를 기회로 그녀 자신이 변화해야 한다는 것인가? 여기에 찬욱이 그녀를 여자로 원한다는 건 어떤 변수로 작용할 것인가?

항상 타인의 미래가 보이지 않았다면, 들리지 않았다면 좀 더 평범하고 행복한 인생을 살지 않았을까 하는 생각을 했다. 부질없는 바람이지만……. 그러나 보려 해도 보이지 않는 지금은 너무 답답했다.

이제 앞으로는 지숙에 의해 좌지우지되는 인생이 아닌 스스로의 선택에 따른 인생을 살아가야 하는 것이다.

수연은 거기에는 찬욱도 포함된다는 걸 알고 있었다. 서울에 온 것도 그의 의지고, 지금 이곳에 있는 것도 그의 의지이기 때문이다. 아침에 일어나서부터 밤까지 온통 그가 하고자 하는 일을 했고, 그의 머리에 그녀의 의지와 상관없는 그녀에 대한 앞으로의 계획이 들어 있을 것이기 때문이다.

독립된 자신만의 인생을 살아가려면 선택이라는 기로에서 내린 결정은 오로지 자신의 의지여야 한다는 걸 수연도 잘 알고 있었다.

그러나 우선은 모르는 척 눈을 감아버리고 싶었다. 그건 자신의 뜻대로 무엇 하나 해보지 못했던 데서 오는 소심함 때문일지도 모른다. 비겁하게 외면하고 아직은 찬욱이 만들어준 울타리 안에서 준비를 하고 싶었다. 홀로 서는 연습을 마치고 당당하고 문을 밀고 나갈 때 힘차게 걸음을 내디디는 다리는 그녀 자신의 다리이고 싶었다.

어쩌면 거기엔 찬욱의 따뜻한 가슴이 조금은 영향을 미쳤는지도 모른다. 십오 년간을 잃어버리고 살았던 타인의 체온이 주는 안정감을 조금 더 느끼고 싶었는지도 모른다. 어쩌면 하루 종일 그녀에게 필요한 물건을 함께 사러 다니며 보여준 그의 미소가 마음에 들었기 때문일지도……

수연은 문득 싸늘한 적막감에 팔에 소름이 돋았다. 지나치게 조용했다. 도시가 시골보다 조용하다는 건 분명 이상한 일이나 분명 광주보다, 충청도 산골보다 이곳이 더 조용했다. 저 튼튼해 보이는 방음 유리를 걷어내더라도 별반 다르지 않을 것이다. 이맘때면 시끄럽게 울어대는 개구리도, 새소리도, 이름 모를 짐승들의 울음소리도 들리지 않을 것이기 때문이다.

수연은 소름이 돋은 팔을 손으로 문지르며 침실로 들어갔다. 그런 그녀의 뒤로 냉장고가 돌아가는 ‘윙’ 하는 작은 소음이 적막감을 조금은 누그러뜨려 놓았다.

침대 위에는 수연의 고뇌의 주인공이었던 찬욱이 잠들어 있었다. 수연은 침대로 다가가 한쪽 끝머리에 걸터앉아 찬욱의 모습을 가만 지켜봤다.

어쩐지 이상한 얼굴이다. 잠자는 남자의 얼굴을 처음 보는 거라서 그런지 몰라도 깨어 있을 때와는 전혀 다른 얼굴이 수연의 호기심을 자극했다. 뭐가 다른가를 유심히 생각해 보니 인상이 좀 더 부드러워 보인다는 걸 알 수 있었다.

수연은 자신도 모르게 손뼉을 마주쳤다. 그 소리에 찬욱에 뒤척이자 수연은 침대에서 벌떡 일어나며 입을 막았다. 다행히 찬욱이 깨지는 않았다. 안도의 한숨을 쉬고 보니 자신의 행동이 우스웠다. 소리를 낸 것은 박수 친 손인데 왜 입을 막는단 말인가. 킥킥 웃음이 새어나오려 해서 다시 손으로 입을 막고 웃음을 참으며 어깨만 들썩였다. 소리 죽여 웃고 나니 기분이 좀 나아졌다.

수연은 침대 주위를 서성이다가 침대 가장자리에 누워 몸을 작게 말고 누웠다. 라텍스가 수연의 움직임을 흡수해서 찬욱 쪽에는 아무런 충격이 전해지지 않았다.

몸의 긴장을 풀고 잠을 청하려는 수연의 어깨 위로 손이 턱하고 올라왔다. 놀라 고개를 돌릴 틈도 없이 몸이 뒤로 끌려갔다. 등이 찬욱의 가슴에 닿자 비로소 당기는 힘이 약해졌다.

"음."

신음 소리만 들릴 뿐 움직임은 없었다. 아마도 잠결에 그녀를 찾은 것 같았다.

수연의 등에 닿은 찬욱의 가슴은 포근하고 따뜻했다. 수연은 어쩌면 찬욱이 자신보다 체온이 더 높을지도 모른다는 생각을 하며 찬욱의 품 안에서 서서히 잠이 들었다.

제
13
장

멀리서도 눈에 확 들어올 만큼 커다란 녹색 십자가가 목적지인 듯 차는 그곳을 향해 엔진의 출력을 높였다. 하얗고 커다란 건물, 그리고 그 가장 높은 곳에 상징으로 자리하고 있는 녹색 십자가! 누구라도 알아볼 수 있는 그 표식은 무엇을 뜻하는 것일까?

삶, 혹은 죽음?

절망, 혹은 희망?

십자가가 점점 더 커질수록 수연의 가슴은 답답해지기 시작했다. 서늘하게 핏기가 가신 손 위를 덮은 따듯한 체온. 수연은 고개를 돌려 자신을 손을 잡고 있는 찬욱의 얼굴을 바라봤다.

"병원에 가는 길이야. 간단한 검사만 하면 되니까 크게 힘들 일 없을 거야."

수연의 얼굴에서 의문을 읽은 것일까? 내내 수연을 주시하고 있던 찬욱의 설명이었다.

자신이 해야 할 일의 순서를 매겨두고 그 순서대로 일을 처리하는 것은 그의 오랜 습관이었다. 그가 가장 먼저 해야 할 일이라고 판단한 것은 수연의 정확한 상태를 아는 것이었다.

아침 일찍 함께 가야 할 곳이 있다며 그녀를 차에 태우면서 목적지를 숨겼다. 반드시 해야만 하는 일이기에 병원을 싫어하는 그녀가 거부할 여지를 주고 싶지 않았기 때문이다.

그녀의 시선이 창밖 병원에 고정되어 있다는 걸 알았을 때, 말을 해야 하나 말아야 하나 망설였다. 고개를 돌려 자신의 얼굴을 보는 순간 더 이상 숨기기만 할 건 아니라고 판단했다. 어차피 병원에 다 와가고 있었고, 이 순간 아니라고 한다면 그건 거짓말이 되기 때문이다. 그건 그녀에 대한 기만이었다. 살면서 크고 작은 거짓말을 하며 살았지만 남을 기만해 본 적은 없었다. 더군다나 그걸 수연, 그녀에게 할 마음은 없었다.

찬욱은 조심스럽게 수연의 안색을 살폈다. 그러나 병원으로 간다는 그의 말이 끝나기가 무섭게 창밖으로 돌려 버린 얼굴에서 아무것도 읽을 수 없었다. 다만 언뜻 착각이라고 느껴질 만큼 아주 짧은 순간 손 안에서 가는 떨림을 느꼈을 뿐이었다.

병원 현관 앞에 차가 멈췄다. 찬욱의 에스코트를 받으며 스르륵 미끄러지듯 차에서 내리는 수연의 움직임은 감정을 배제한 것처럼 기계적이었다. 체념이라고 보기엔 어딘지 석연치 않은 그 태도에서 찬욱은 두꺼운 갑옷을 보았다. 여전히 속이 들여다보이지 않는 그 까만 눈동자의 무장이 가슴을 할퀴고 지나갔다.

무슨 말을 할까? 말 한마디 없이 독단적으로 그녀를 끌고 온 것은 자신인 것을……. 찬욱은 들썩이는 입술을 굳게 다물고 모든 것이 그녀를 위한 것이라고 되뇌며 자신을 다잡았다. 단호한 태도로 수연의 어깨에 손을 올리고 한 걸음 내디디자 순간 기우뚱거리는 몸을 바로잡느라 수연도 찬욱을 따라 한 걸음 내디디며 앞으로 움직였다. 찬욱은 자신보다 작은 수연의 보폭을 의식해 천천히 걸으며 그녀의 기분을 살폈다.

손 아래 느껴지는 피부에서 읽히는 거부감. 손끝을 따라 흘러들어 오는 감정에 순간 자신이 그녀에게 못할 짓을 하는 건 아닐까 하는 생각이 머리를 스쳤다. 하나, 언제 하더라고 해야 하는 일이라고 마음을 다잡았다.

병원답지 않게 유난히 밝고 환하게 꾸며진 로비를 가로질러 엘리베이터가 있는 좌측 비상구까지 절반쯤 왔을까. 수연의 걸음이 딱 멈췄다.

이제 와서 싫다 하는 건 아닐까. 그렇다 하더라도 검사는 반드시 받게 하겠다는 생각에 수연의 어깨에 올린 손에 힘을 주며 걸음을 재촉했다. 그러나 수연은 요지부동이었다. 무엇이 불만일까? 한숨을 쉬며 수연을 마주 보며 설득하려던 찬욱은 순간 깜짝 놀랐다.

미간을 찌푸린 채 서 있는 수연의 얼굴은 온갖 감정들로 가득 차 있었다. 거부감을 비롯해서 슬픔, 고통, 체념 등…….

그 모든 감정들을 털어내려는 듯 수연은 서너 발자국 더 내디뎠다. 그러나 곧 휘청거리며 발을 멈춰야 했다.

"하아…… 하지 마. 제발…… 하지 마……."

갑자기 폐가 오그라들기라도 한 것처럼 숨을 몰아쉬며 잇새로 힘겹게 내뱉는 수연의 뜻 모를 소리에 찬욱은 얼음물을 뒤집어쓴 것처럼 온몸의 체온이 싸늘하게 식어가는 것을 느꼈다.

"안 들을 거야…… 안 들을 거야."

수연은 손으로 귀를 막고 머리를 좌우로 흔들었다.

여기저기서 느껴지는 호기심 어린 시선들. 찬욱은 그 시선들에게서 수연을 보호하기 위해 그녀의 몸을 꼭 감싸 안았다.

"수연아, 수연아, 수연아……."

찬욱은 수연을 진정시키기 위해 나지막한 목소리로 계속해서 그녀의 이름을 불렀다. 점차 진정이 되는 걸까. 움직임이 잦아들었다.

"괜찮아, 괜찮아. 이제 괜찮아."

수군거리는 사람들의 소리도 들리지 않았고 손가락질도 보이지 않았다. 수연이 갑자기 발작을 일으킨 이유도 안중에 없었다. 그저 그녀의 상태가 진정되기를 바라며 자신에게 되뇌는 것처럼 괜찮다는 말을 계속했다. 그러나 찬욱의 노력에도 불구하고 수연의 상태는 점점 더 심해져서 급기야 흐느끼기 시작했다. 찬욱은 어찌할 바를 몰랐다.

의사를 부르기 위해 주위를 두리번거리느라 잠시 주의를 흐트러뜨린 사이 그의 어깨에 묻혀 있던 수연의 고개가 들렸다. 흔들리는 시선을 고정해 누군가를 바라봤다.

'왜 나한테 그러는 거야. 대체 왜!'

수연은 눈을 질끈 감았다.

외면할 것이다. 괴물을 바라보는 듯한 시선은 받지 않을 것이다. 찬욱이 자신을 바라보는 시선—때로는 열망에 차 있으며, 때로는 부드럽고, 때로는 따뜻한 그 시선—대신 괴물을 바라보는 듯한 시선은 받지 않을 것이다. 수연은 찬욱의 웃음소리를 생각했다. 그 소리를 계속해서 듣고 싶었다. 잃어버리고 싶지 않았다. 하지만 그러면 그 아이는, 아이는 어떻게 하지?

죽진 않을 거야. 걱정하지 마. 죽진 않을 거야.

하지만, 하지만…… 더 심하게 다칠지도 모르는데……. 아직 어린아이가 더 오랫동안 아파할지도 모르는데…….

수연의 눈꺼풀이 파르르 떨렸다. 감긴 눈꺼풀 사이로 이슬이 맺히더니 볼을 타고 한 방울 흘러내렸다.

희미한 한숨 소리와 함께 눈을 뜬 수연은 찬욱의 팔에서 빠져나와 갑자기 출입구 쪽으로 달리기 시작했다. 당황한 찬욱이 뒤쫓아갔다.

"저기, 저기……."

현관을 막 빠져나가려던 삼십대 중반쯤 돼 보이는 여자의 팔을 잡고 수연이 말머리를 열었다.

"무슨 일이시죠?"

뒤를 돌아 수연을 바라본 여자의 얼굴에 의아함이 가득 차 있었다.

"저기…… 아이가, 아이가 다쳤는데…… 그게…….”

"네? 무슨 말인지……. 혹시, 유치원에서 오셨어요?"

수연의 말을 얼른 알아듣지 못하던 여자가 말뜻을 이해하고 난 후 깜짝 놀라며 수연에게 되물었다.

"아니요, 그게 아니라…….”

여자는 수연의 뒷말을 기다렸다.

"아이 할아버지가 자꾸 말해 달라고 해서…… 도와달라고 해서…….”

"뭐예요?"

여자의 목소리에 날이 서고 걱정스러워하던 눈빛이 차갑게 식었다.

"멀쩡하게 생긴 여자가 지금 뭐 하는 거예요? 남의 아이 가지고 지금 장난하자는 거예요?"

여자가 수연의 가슴을 손으로 밀치며 화를 냈다. 거친 손길에 몸의 균형을 잃고 기우뚱거리는 것을 뒤따라 온 찬욱이 바로잡아 주었다.

"장난이 아니라…….”

"장난이 아니면, 장난이 아니면 뭐예요? 이 년 전에 돌아가신 우리 아버님이 어떻게 당신에게 말을 했다는 거예요?"

"그게……."

"남에게 할 말이 있고, 안 할 말이 있지. 남의 아이 가지고 대체 뭐 하자는 건지……. 느닷없이 달려와 돌아가신 애 할아버지 운운하며……. 혹시 정신이 어떻게 된 거 아니에요?"

흥분한 여자가 수연의 말을 자르며 수연에게 마구 퍼부어댔다.

"말씀이 좀 심하신 거 아닙니까?"

여자의 행동에 잔뜩 움츠러들어 있는 수연을 뒤에서 받쳐 안고 있던 찬욱이 여자의 마지막 말에 순간 화가 치밀었다. 수연에게 다소 문제가 있다는 걸 알고 있지만 다른 사람을 통해서 그런 말을 듣는 건 싫었다. 차갑고 경멸 어린 시선과 비웃음을 그녀가 받는 건 싫었다.

"심하다니요? 지금 누구더러 심하단 거예요? 먼저 시작한 게 누군데? 멀쩡히 유치원에 잘 있는 우리 아이 가지고 장난한 게 누군데 그러는 거예요?"

"애, 아가."

여자의 옆에 서 있던 육십대 후반쯤 돼 보이는 중년의 부인이 여자를 만류했다.

"어머님, 어머님도 들으셨잖아요. 저 여자가 하는 말을. 어디 할 짓이 없어서……."

"그만 하고 가자."

"하지만……."

"그만 하고 가자니까."

부인은 아직 수연에게 퍼부어줄 말이 더 많다는 듯 움직이지 않는 여자를 억지로 잡아끌며 현관을 나섰다.

여자가 부인과 함께 밖으로 나가자 다리에 힘이 풀린 수연의 몸이 축 늘어졌다. 수연을 받쳐 든 찬욱의 손에 힘이 들어갔다.

어떻게 해야 하나? 검사를 받으러 올라가야 되나?

찬욱은 망설였다.

수연에게 무슨 일이 일어난 건지 자세히는 몰랐지만 대강은 짐작이 갔다. 누군가, 아니, 그 여자의 아이, 그 아이에게 일어난, 어쩌면 앞으로 일어날 어떤 사건을 엿본 거겠지. 그걸 보기 싫어서, 듣기 싫어서 도리질친 거겠지.

상처받았을까?

아마도 상처받았을 거다. 여자의 말에 자신조차 화가 치밀었는데 당사자인 그녀는 오죽할까? 대체 그동안 얼마나 많은 사람들의 운명을 엿보고, 또 얼마나 많은 사람들로부터 상처를 받았을까?

명치끝이 조여들었다.

젠장, 가슴이 아프다는 게 어떤 건지 실감이 난다. 반갑지 않은 감정이다. 그보다 더 반갑지 않은 건 그를 바라보는 수연의 눈동자였다.

이제 밀쳐 내봐. 밀어내라고. 당신도 보통 사람이잖아.

무서워하라고. 무섭지 않아? 괴물처럼 무섭지 않아? 나한테서 달아나야 하잖아.

선명하게 읽히는 감정이 정말이지 반갑지 않았다. 차라리 아무런 감정이 읽혀지지 않던 까맣기만 하던 그 눈동자가 그리울 만큼…….

"당신…… 의외로 겁쟁이인가 봐."

"……."

"아니면 그동안 당신이 알던 사람들이 모두 겁쟁이였던가. 말해 두지만 난 겁쟁이가 아니야. 꽤 용감한 사람이지. 부딪쳐 깨질망정 달아나진 않아."

"……난 늘 언제나 꿈꿔. 달아나는 거, 도망가는 거……."

간절한 목소리였다. 인간이 어떻게 저런 간절한 목소리를 낼 수 있을까 의아할 만큼 아주 간절한 목소리였다. 눈가에 맺힌 눈물보다 풀기 하나 없이 자그마한 그 목소리가 더 심장을 헤집었다.

"도망치지 말고 차라리 부숴 버려. 내가 도와줄게."

"……쉽네. 당신은 늘…… 쉬워. 하지만 당신은 못해. 나도 못하고…….."

"아니, 할 수 있어. 세상엔 노력해서 안 되는 일은 없어. 인간의 의지가 얼마나 강한데."

"믿고 싶어. 정말이지…… 믿고 싶다."

"믿어. 난 입으로 뱉은 말은 반드시 지키는 사람이니까. 그리고 용감한 사람이니까. 달아나지 않아. 그러니까 그런 눈으로 바라보지 마."

찬욱은 수연의 불안을 종식시키길 바라며 말 한 마디 한 마디
에 힘을 주었다. 그래도 여전히 불안정한 모습이었다. 이런 상
태로 검사를 받아봐야 제대로 된 결과가 나올 리도 없었기에 찬
욱은 예약을 미루고 집으로 돌아가기로 결정했다.

시어머니의 손에 이끌려 병원 로비를 나선 희영은 아직 분이
가시질 않았다.

요즘 툭하면 소화가 안 된다며 식사를 거르시는 시어머니의
검사를 위해 찾은 병원이었다. 1박 2일에 걸친 세세한 건강검진
을 모두 끝내고 병원을 나선 길이었다. 남편에게 이제 퇴원하는
길이라며 보고 전화를 하고, 아침을 거르신 시어머니께 드시고
싶은 건 없으시냐고 묻는데 이상한 여자가 달려와 팔을 잡았다.
영문을 몰라 당황하던 것도 잠시, 세한이가 다쳤다는 말에 숨이
딱 멎었다. 유치원에서 놀다가 어딜 다친 건 아닌가, 얼마나 다
쳤기에 종합병원 응급실까지 왔을까? 오만 가지 생각이 다 머리
속을 휘젓고 다녔다. 그런데 뒤를 잇는 여자의 말에 허탈함을
넘어 분노가 치밀었다.

하고 많은 장난 중에 왜 하필 세한이를 가지고 장난을 친단
말인가?

스물다섯, 꽃다운 나이에 시집와 부러울 것 없이 행복하게 살
다가 임신이 안 돼 육 년을 고생하다가 네 번의 인공수정 끝에
어렵게 낳은 아이였다. 임신 사실을 알고 하루를 꼬박 울고, 아

이를 낳고 다시 하루를 꼬박 울었다. 그렇게 자신에게 온통 기쁨뿐인 귀한 아이다. 그런데 돌아가신 시아버지를 운운하며 그 아이를 가지고 장난을 치다니…….

눈이 뒤집혔다. 마음 같아서는 머리카락이라도 쥐어뜯고 싶었다. 어머님이 말리지 않으셨다면 아마 그랬을지도 모른다.

"왜 말리셨어요, 어머니. 분하지도 않으세요? 그 미친 여자가 우리 세한이를 가지고……."

"아가."

"네."

자신의 말을 중간에 자른 시어머니가 야속했다. 손자라면 끔찍하신 분이 어째서 화도 내지 않으신단 말인가?

"유치원에 전화 좀 넣어봐라."

"네?"

"전화 좀 넣어보라고."

"어머님, 설마 그 이상한 여자 말을 듣고 그러시는 건 아니시겠죠?"

어디 믿을 말이 없어서 그러시는지 희영은 자신도 모르게 얼굴을 찡그렸다.

"어젯밤 꿈에 네 시아버지가 나타나셔서 그런다. 내 검사 결과가 안 좋아서 꿈에 나타나셨나 했는데 그게 아닌가 보다. 어서 전화 좀 걸어보라니까."

희영은 떨떠름한 얼굴로 휴대전화에 입력된 유치원 전화번호를 찾았다.

마음 한편으로 슬며시 불안감이 올라왔다. 무시해 버리기엔 유난히 잘 맞는 시어머니의 꿈이었다. 돌아가신 시아버지나 다른 조상들이 시어머니 꿈에 나타나면 그 다음날은 어김없이 사건이 생겼다. 작년 겨울, 남편이 집 앞 눈길에서 넘어져 손목이 부러진 날도 시어머니는 전날 시아버지 꿈을 꾸셨다고 했다.

신호음이 가고 유치원 원장이 전화를 받을 때까지 심장이 콩닥거렸다. 전화기를 타고 흘러오는 목소리는 평안했다. 만약 뭔가 사고가 있었다면 그렇게 평안한 목소리는 나오지 못했으리라. 희영은 안도의 숨을 내쉬었다.

"안녕하세요, 원장님. 세한이 엄마예요."

[네, 안녕하세요, 어머님? 집에는 별일없으시죠?]

원장님이 안부를 물어왔다.

"그럼요. 저, 선생님. 세한이는 별일없이 잘 놀고 있나요?"

[네. 수업 시간에 좀 산만하긴 했지만 별문제없이 잘 놀고 있어요. 집에서 세한이한테 무슨 일이라도 있었나요? 전화를 다 하시고.]

"아, 아니에요. 남편이 아침에 좀 칭얼댔다고 해서……. 저희 어머님 건강검진 때문에 어제 제가 병원에서 밤을 새고 아침에 아빠가 애를 봤거든요. 그래서 별일없나 하고 그냥 전화 드려 봤어요."

[네, 그러셨군요. 세한이는 걱정 마세요, 잘 놀고 있으니까. 참, 할머님은 좀 어떠세요?]

"이 주 후에 검사 결과 나와봐야 알아요."

"아가, 세한이 좀 바꿔달라고 그래라."

전화 통화 내용을 옆에서 들으셨으면서도 뭘 더 확인하고 싶으신 건지 어머니께서는 새한이를 바꿔줄 것을 요구하셨다.

"원장님, 죄송한데 세한이 좀 바꿔주시겠어요? 저희 어머님이 세한이와 통화하고 싶어하세요."

[지금 별님반이 자연학습 중이라 마당에 나가 있거든요. 잠시만 기다리세요. 김 선생님, 기쁨반 세한이 좀 불러주세요.]

세한이가 다니는 유치원은 아파트 단지 뒤에 있는 이층짜리 주택으로 대여섯 살 아이는 일층에서, 일곱 살 아이는 이층에서 공부를 한다. 이층에는 불에 잘 타지 않는 소재로 된 미끄럼틀 비상 탈출구가 있고, 마당에는 아이들의 이름을 단 조그만 텃밭과 병아리, 오리, 토끼 우리가 있어서 아이의 안전과 정서를 신경 쓴 유치원이었다. 일주일에 한 번 자연학습 시간에 아이들은 동물들에게 먹이도 주고, 텃밭에 채소도 심곤 했다. 작년 여름에는 세한이가 자신이 가꾼 감자 세 알과 빨갛게 익은 토마토 두 개를 자랑스럽게 집으로 가져왔었다.

희영은 곧이어 귀에 들릴 세한이의 혀 짧은 '엄마' 소리를 기대하며 기다렸다. 그런데 한참을 지나도 세한이의 목소리는 들리지 않고, 갑자기 수화기 너머로 부산스러운 움직임의 기척이 느껴졌다.

"선생님. 원장 선생님!"

대답이 없었다. 불안함이 뇌리를 스쳤다. 희영은 초조감을 이기지 못하고 한쪽 입술을 깨물었다.

"무슨 일이냐?"

희영의 초조한 마음이 전염이라도 된 것처럼 시어머니의 표정도 굳어 있었다.

"마당에서 자연학습 중이라 부르는데 시간이 걸리나 봐요."

가벼운 목소리로 시어머니를 안심시키고 다시 기다렸다. 하지만 시간이 더디게만 느껴졌다.

'애 하나 부르는데 시간이 왜 이렇게 오래 걸리는 거야?'

마음속에서는 걱정과 짜증이 동시에 치밀어 올랐다.

[헉, 헉! 하아, 어머님!]

100m 달리기를 한 것처럼 거칠게 몰아쉬는 숨소리가 수화기를 통해 여과없이 들려왔다. 가슴이 두근거렸다. 희영은 휴대전화를 꽉 잡고 원장 선생님의 말이 이어지기를 기다렸다.

[저기, 하, 세한이가, 하, 밖으로 나간 모양입니다.]

숨을 몰아쉬느라 여기저기 끊어진 단어들이 희영을 머리 속을 돌아다니다가 하나로 조합되었다.

세한이가 밖으로 나갔다!

심장이 무섭게 쿵쾅거렸다. 희영은 무의식 중에 시어머니를 향해 고개를 돌렸다.

"밖으로 나갔다니 무슨 말씀이세요?"

놀라셨는지 시어머니의 눈이 커다랗게 변했다.

　[후, 후아. 별님반 선생님이 학생 한 명을 화장실에 데려간 사이, 아이들이 토끼장 문을 열어준 모양이에요. 토끼가 밖으로 나가니까 세한이가 잡는다며 쫓아나간 모양입니다. 지금 선생님들이 찾고 있으니까 곧 찾을 수 있을 겁니다.]

　거친 숨을 고른 후에 매끄럽게 이어지는 말속에는 미안함이 녹아 있었다.

　“선생님이 아이들만 두고 자리를 비우시면 어떻게 해요!”

　희영은 찢어질 듯 큰 소리를 질렀다.

　[죄송합니다. 잠깐이라 별문제가 없을 거라 판단하고 자리를 비운 모양입니다. 제가 담당 선생님께 주의를 주겠습니다.]

　“세한이는, 세한이는요? 세한이는 찾으셨어요?”

　[아직……. 하지만 곧 찾을 겁니다. 너무 걱정하지 마세요.]

　“어떻게 걱정을 안 해요. 어떻게……. 지금 제가 갈게요.”

　희영은 원장 선생님의 대답은 듣지도 않고 전화를 끊었다.

　“무슨 일이냐? 세한이에게 무슨 일이 있는 거지? 그렇지?”

　“어머님……. 흑.”

　희영의 시어머니의 물음에 눈물부터 쏟아져 나왔다.

　“무슨 일이냐니까?”

　“어머님, 흑. 세한이가, 세한이가 혼자서 유치원 밖으로 나갔대요.”

　“왜? 왜 혼자 밖으로 나가? 애가 밖으로 나갈 동안 선생님은 뭘 하고?”

“아이 하나가 화장실에 간다고 자리를 비웠다나 봐요. 어떡해요, 어머님. 흑, 우리 세한이한테 무슨 일이 있으면 어떡해요!”

희영은 발을 동동 굴렀다.

“아이구, 아버지!”

시어머니는 그 자리에 풀썩 주저앉았다.

“어머니, 어머니!”

희영은 놀라 시어머니에게 다가가 팔을 붙잡았다.

“아이구, 내 새끼.”

“어머니…….”

“아니다. 내가 이러고 있을 게 아니야!”

시어머니는 희영의 부축을 받아 비틀거리며 자리에서 일어났다.

“아가, 얼른……. 얼른 택시 잡아라. 어서!”

희영은 시어머니의 재촉에 택시를 찾아 주위를 두리번거렸다. 마침 택시에서 내리는 사람이 보였다. 희영은 운전사를 향해 손을 흔들었다.

시어머니를 먼저 택시에 태우고 자신도 마저 타려는데 아까 그 여자가 보였다. 고급스러운 까만 차에 남자와 함께 오르고 있었다.

아까 그녀가 했던 말이 선명하게 떠올랐다.

“아이 할아버지가 자꾸 말해 달라고 해서…… 도와달라고 해

'설마?'

여자의 말과 유치원 밖으로 나갔다는 세한이.

희영은 자신의 생각을 떨쳐 내려는 듯 고개를 좌우로 흔들었다.

'아니야. 아닐 거야. 세한이는 토끼를 쫓아 밖으로 나간 건데 다쳤을 리 없어.'

억지로 부정해 봐도 머리 속에는 계속해서 여자의 얼굴과 여자의 말이 떠나질 않았다.

찬욱은 마음의 갈피를 잡지 못하고 거실 안을 서성거렸다. 머리로 알고 있는 것과 눈으로 직접 보는 것은 전혀 달랐다.

물론 전에 자신에 관한 일을 수연이 예고한 적이 있긴 하지만 그때의 느낌과 지금의 느낌은 완전히 달랐다. 그때까지만 해도 그녀와 자신, 단둘 사이의 일처럼 느껴졌었다. 그녀가 자신의 미래를 예언해서 덕분에 위험을 피했다. 단순히 그렇게만 생각했었다.

누구나 남과 다른 재능을 하나씩 가지고 있듯이 수연이 가진 능력도 그저 남들과 다른 하나의 능력이라고 그렇게 생각했었나 보다. 그녀가 형벌이라고 절규할 때, 이해하는 척했던 건 얼마나 커다란 착각이었는지…….

머리로는 그녀의 삶을, 고통을 이해한다고 하면서도 사실 가슴으로는 진정으로 받아들이지는 못하고 있었다. 그의 오만이었다.

자신뿐만 아니라 누구나, 때론 그녀 자신이 원하지 않을 때도 남의 삶을 훔쳐보고 참견해야 하는 수연이 불쌍했다. 가여웠다. 그리고 그런 그녀의 슬픔을, 비통함을, 멍에를 벗겨주지 못하는 자신에게 화가 나서 참을 수가 없었다.

찬욱은 거실 소파를 주먹으로 내려쳤다. 소파의 출렁임이 손끝을 타고 올라왔다. 머리 속마저 제멋대로 출렁이는 것만 같았다. 서너 번 더 소파를 향해 주먹질을 했다. 흔들리다, 출렁이다, 가라앉아 잔잔해지길 바라면서 있는 힘껏 쳤다.

부족했다. 소파는 미칠 것 같은 감정을 해소하는 데 별로 도움이 되질 않았다.

"제기랄! 젠장!"

벌떡 일어나 소리를 질렀다.

약했다. 아직도 부족했다.

성큼성큼 걸어가 눈앞에 보이는 창을 향해 있는 힘껏 주먹질을 해댔다. 두터운 강화 유리는 '쿵' 소리와 함께 흔들거리기만 했다.

"빌어먹을!"

뭔가를 파괴하고 나면 좀 나을 것 같은데 그것마저 뜻대로 되지 않았다. 아까보다는 힘이 빠진 주먹을 몇 번 더 창에 박았다.

쿵! 쿵! 쿵! 탕!

소리가 점차 약해지더니 손바닥으로 내려친 것을 마지막으로 잠잠해졌다. 거친 숨소리도 차츰 가라앉았다.

약간이나마 진정이 되자 신경이 방 안에 있는 수연에게로 향

했다. 간신히 잠이 든 그녀가 깨어나지 않았을까……. 방으로
향했다.

문을 여니 침대에 누워 있는 수연의 실루엣이 눈에 들어왔다.
천천히 다가가 침대 옆에 섰다. 협탁 위의 스탠드가 그녀의 얼
굴 위에 음영을 드리웠다.

병원에서 돌아온 뒤 수연의 행동이 이상했다. 불안해하는 것
같더니 찬욱의 손길을 모두 거부했다. 그녀를 부축해서 방 안
침대에 눕히는데 벌떡 일어나며 팔을 뿌리치고, 왜 그러냐고 물
으면 손으로 귀를 막고는 듣지 않았다. 그녀와 대화를 하려고
팔을 붙잡고 귀에서 손을 떼어내려고 했을 때는 손을 뿌리치고
여전히 귀를 막은 채로 비명을 질렀다. 진정시키려고 달래봐도
계속해서 소리를 질러댔다. 높고 시끄러운 소리를 지르며 고개
를 흔들어댔다. 반쯤 정신이 나간 것처럼 그렇게…….

그녀가 그런 반응을 보일 거라고 생각지 못했기에 무척이나
당황스러웠다. 말려도 달래도 진정되지 않는 그녀를 보며 난감
함에 가만히 서 있었다. 아무리 방음이 잘되는 집이라 해도 벽
을 타고 넘을 것같이 높은 비명 소리는 도무지 멈출 기미를 보
이지 않았다.

하지만 이상하게도 화가 나질 않았다. 대신 명치끝이 싸하게
아팠다. 한참을 계속되던 비명이…… 마치 울음소리처럼 들렸
다. 눈물 한 방울도 흘러내리지 않았고, 울음소리가 아닌 비명
소리였지만 가슴을 치는 통곡 소리로 들렸다. 눈가가 시큰거렸

다. 벌겋게 부어오른 손등이 욱신거렸다. 아픔이 혈관을 타고 맥박과 동조했다. 술이라도 들이부으면 아픔이 좀 희석되려나……. 혈관을 타고 돌아다니던 피가 심장에 한 번씩 모일 때마다 비수를 품고 돌아오는 것만 같았다. 맥박이 뛸 때마다 칼날 같은 고통이 심장을 찔렀다.

그 생생한 고통에 섣부른 위로 따위는 나오지도 않았다. 수연의 심정을 백 분의 일도 이해하지 못하면서 위로를 건넨다면 그것은 간사한 입놀림 외에 아무것도 아닐 것이다. 그런 식으로 그녀를 기만할 생각은 손톱만치도 없었다.

그 흔한 위로조차 하지 못하고 그녀 스스로 진정하기를 기다렸다. 무기력한 바보라도 그것보다는 나을 것 같았다. 스스로가 너무 한심했다. 결국 의사를 불러야 했다.

수연은 그의 도움이 아닌 진정제를 맞고서야 겨우 잠이 들었다. 가슴을 찢을 것 같은 비명이 사라지고 거짓말처럼 정적이 찾아왔을 때 자괴감 대신 가슴을 채운 것은 스스로에 대한 분노였다. 그리고 해소할 길 없는 분노가 가라앉은 뒤 그 자리를 채운 것은 가슴이 터질 것 같은 슬픔이었다.

찬욱은 손을 뻗어 수연의 이마 위를 덮은 머리카락 몇 가닥을 위로 쓸어 올려주었다. 미열이 있는 듯 이마가 조금 뜨거웠다. 진정제 덕분인지 숨소리가 안정돼 있는 게 그나마 위안이었다.

"왜 소리 내 울지도 않니? 차라리 눈물이라도 흘리지……."

찬욱의 눈시울이 붉어졌다.

"미안하다, 이해하는 척해서……. 정말이지…… 미안하다. 같이 아파주지 못해서……."

찬욱은 침대 옆에 걸터앉아 이불 밖으로 나온 수연의 손을 잡아 가만히 자신의 뺨에 대었다. 눈물이 한 방울 흘러내려 수연의 손을 적셨다.

찬욱은 자신의 내면에 그토록 많은 감정이 숨어 있었으리라고 미처 알지 못했다. 스스로도 믿지 못할 만큼 많은 감정들이 내면에서 소용돌이치며 서로 얽혔다. 만약 누군가가 지금 심정이 어떠냐고 묻는다면 명쾌히 대답할 수 없을 것이다. 애초에 감정이라는 것이 명쾌하게 정의 내릴 수 없는 것이긴 하지만 말이다.

오만 가지 생각과 오만 가지 감정으로 혼란스러운 찬욱은 진정제 기운에 잠이 든 수연이 깰 때까지 밤새 수연을 손을 꼭 붙잡고 침대 옆을 지켰다. 결론 낼 수 없는 고민을 밤새 거듭하고 또 거듭하며…….

다음날 정오쯤에 수연이 눈을 떴다. 힘겹게 밀어 올리는 눈꺼풀 사이로 힘을 잃고 흐릿한 눈동자—약 기운 때문이든 잠에 취한 것 때문이든—가 보였다.

감정을 닫고 거울처럼 까만 눈동자로 돌아가기 전, 아주 찰나간 수연의 감정이 고스란히 흘러들어 왔다. 자신만큼이나, 아니, 자신보다 더 복잡한 감정의 혼란을 읽었다.

희한하게도 그 순간 찬욱 내부의 혼란이 거짓말처럼 사라졌다. 지금 그녀를 이해하지 못하면 좀 어떠랴, 차차 이해하면 되지. 감정이 정리되지 않으면 어떠랴, 하나씩 정의 내리다 보면 언젠가는 정리되겠지. 그녀가 무녀이면 어떠랴, 그 상황을 받아들이도록 노력하든지, 아니면 다른 방법을 찾으면 되지. 그녀가 자폐면 어떠랴, 고치면 되지. 그녀가 병원에 가기 싫어하면 어떠랴, 집에서 치료하면 되지.

그런 것들이 무슨 큰 장애가 되겠는가! 수연이 눈앞에 있는데…… 그거면 충분하지 않은가!

"기분은 좀 어때? 벌써 점심때가 다 되어가는데 배고프지 않아?"

어느새 복잡한 머리 속이 다 정리된 찬욱은 평온한 표정, 평온한 목소리로 물었다. 어제 그 사건이 없었던 것처럼 일상적인 태도였다. 그와 반대로 수연의 태도는 조심스러웠다. 부모님께 야단맞기 전 부모의 눈치를 살피는 어린아이 같았다.

"어제 힘들었지? 아무 거라도 좀 먹고 기운 내자."

찬욱은 수연이 갈아입을 옷을 가지러 침대에서 일어나 드레스 룸으로 걸어갔다. 그런 찬욱의 등을 수연이 복잡한 표정으로 바라봤다.

제
14
장

박 여사는 방금 간 신선한 녹즙을 거실에서 신문을 읽고 있는 최 회장 앞에 내려놓았다.

회사를 키우고 사업을 확장하면서 이만하면 여유를 가질까 싶으면 또 다른 일을 벌여 늘 바빴던 최 회장이었다. 일주일에 절반은 오찬 약속 때문에 새벽 여섯 시면 집을 나서곤 했던 남편을 박 여사는 물끄러미 바라봤다.

이렇게 거실에 앉아서 신문을 읽고 있는 걸 보니 마치 삼십 년 전으로 되돌아간 것만 같았다. 찬욱을 낳고 조그마한 공장을 크게 확장해 시내로 옮겼을 때였다. 밥상 앞에서 신문을 보는 남편이 얼마나 미웠던지……. 새벽

일찍 나가고 다음날 새벽에야 돌아오는 남편이 안쓰러우면서도
어쩌다 보는 얼굴, 다정히 말 한마디 건네주지 않던 남편 때문
에 참 많이도 야속했었다.

"왜? 무슨 할 말이라도 있소?"

물끄러미 바라보는 시선을 느꼈는지 최 회장이 읽던 신문을
덮었다.

"그냥요. 여유있어 보여서 보기 좋네요. 여기 녹즙 드세요."

박 여사는 얼버무리며 남편에게 녹즙을 건넸다.

"당신도 늙나 보네요."

녹즙을 단숨에 죽 비우는 남편을 보며 박 여사가 한마디 했
다.

"뜬금없이 무슨 말이요? 흰머리 나면서부터 할아버지라고 구
박하더니만. 새삼 늙었단 얘기는 무슨."

"그렇게 마시기 싫어하던 녹즙을 군소리없이 마시는 걸 보니
당신도 이제 늙었단 생각이 드네요."

언제부터던가. 건강에 좋다며 마셔라, 마셔라 해도 꼭 한 마
디씩 투덜거리던 사람이 군소리없이 잔을 비우게 된 것이……

"난 또 무슨 얘기라고……. 그러고 보니 당신도 나이를 먹었
나 보구려."

"네?"

"제발 신문 좀 그만 보고 얼굴 좀 보여달라던 사람이 아무 소
리도 없는 걸 보면 말이오."

최 회장이 농을 걸었다.

"그게 언제적 얘긴데 새삼스럽게……."

좀 전에 옛날 일을 떠올렸던 박 여사는 얼굴을 붉혔다.

"얼굴을 붉히는 걸 보니 아직 덜 늙은 것도 같고……."

"이이가……."

계속해서 농을 거는 최 회장을 향해 박 여사는 슬쩍 눈을 흘겼다. 눈을 흘기면서도 입가에는 미소가 떠올랐다.

남편을 향해 눈을 흘겨본 게 대체 얼마 만이던가!

아득했다. 서로 바쁘게 사느라 이런 소소한 즐거움을 잊어버리고 살았던 것이다.

"찬욱이 결혼하고 나면 나도 회사 일에서 차츰 손을 뗄 테니, 더 늙기 전에 우리 여행이나 다니면서 삽시다."

"밖으로 나도는 거 지겹다고 주말에도 집에만 계시는 분이……."

회사 일에서 손을 뗀다 해도 그게 일이 년 사이에 마무리되는 일도 아니고, 아주 손을 딱 뗄 수도 없는 일이라는 걸 알기에 박 여사는 말끝을 흐렸다. 하지만 빈말이라도 그렇게 말해 주는 남편이 고마웠다.

"일 때문에 밖으로 나다닌 게 어디 여행인가? 스케줄에 쫓겨 다닌 거지. 느긋하게, 마음에 드는 도시가 있으면 한 달이고 두 달이고 머물다가 지겨워지면 다시 떠나고 하는 여행 말이야. 내 말은 그런 여행을 가자는 말이지. 뭐, 크루즈 여행 같은 것도 좋고."

"훗, 그러려면 먼저 아들부터 장가보내야겠네요."

빈말 같지 않았다. 언제 그런 생각을 하고 있었는지…….

"참, 그게 먼저인가?"

호탕하게 웃는 남편의 모습이 얼마 만인지……. 박 여사는 지금 이 순간 무척 행복했다.

"그런데 당신, 찬욱이 나간다는 걸 왜 허락한 거예요? 장가보낼 생각이면 결혼시켜서 내보내면 되지 굳이 지금 내보낼 필요는 없잖아요."

찬욱의 얘기가 나오니 박 여사는 며칠 전 독립하겠다는 찬욱에 대한 얘기를 꺼냈다.

"요즘 그 애가 답답해하는 것 같아서 말이오."

"답답해하다니요? 찬욱이가요?"

"유학 생활을 할 때는 제 마음대로 살았을 테니 집은 좀 답답하겠지. 일을 하다 보면 술 한잔 생각날 때도 있을 텐데 집에서 마시자니 우리 눈치도 보이겠고, 밖에서 마시자니 당신이 찬욱이 녀석이 들어올 때까지 잠도 안 자고 기다리는 것도 그렇고. 다 큰 녀석이니 이것저것 신경 쓰이는 게 많을 거야. 물론 우리가 그런 걸 가지고 애한테 뭐라고 한 건 아니지만 말이오."

"그래도 혼자 살면 불편한 게 얼마나 많은데 덜컥 그래라 해요?"

"데리고 있으면서 챙겨주고 싶은 당신 마음은 이해하지만, 품안의 자식이라고 이제 다 큰놈 아니오."

"그래도……."

"당신 이렇게 찬욱이 끼고 있는 거 보면, 누가 며느리가 될지 고생깨나 하겠어."

"당신은 나 골리는 재미로 살죠? 아닌 말로 결혼하면 어차피 며느리 줄 텐데 내 아들일 때만이라도 내가 데리고 있고 싶은 게 뭐가 잘못됐어요?"

책망 섞인 최 회장의 말에 박 여사는 서운함을 느꼈다.

"어이구, 며느리 줄 생각은 있고?"

박 여사는 최 회장을 향해 다시 눈을 흘겼다. 이번에는 아까만큼 고운 시선은 아니었다.

"그 며느리 좀 보자고! 집, 회사, 집, 회사. 어디 여자 만날 시간이나 있어야지."

"그거야 바빠서 그런 거지요. 집 나가면 갑자기 없던 여자가 생기기라도 하나요, 어디? 지금 찬욱이 하는 행동으로 봐서는 결혼할 생각도 없는 것 같던데요."

"누가 아오? 집 나가서 외로워지면 결혼하고 싶은 마음이 생길지."

남편의 말에 박 여사는 눈을 크게 떴다.

"정말 그런 의도로 내보내신 거예요?"

"아주 아니라곤 못하지. 그러니 집에 있는 사람, 찬욱이한테 보낼 생각 말아요. 당신도 드나들지 말고."

"그럼 집안일 같은 거 불편해서 어쩌라고요?"

　그렇지 않아도 빌라에 가 채워둘 반찬을 챙겨두었었다. 드나들지 말라고 하고 집안일 하는 아줌마도 보내지 말라면 불편해서 생활은 어떻게 한단 말인가.

　"제가 알아서 하겠지. 뭐, 비서실에서도 알아봐 줄 테고. 불편하다 보면 집 생각나고, 그러다 보면 또 제 가정 꾸미고 싶은 생각도 들겠지. 알겠소? 그러니 빌라에 드나들 생각일랑 일절 말아요."

　"하지만……."

　남편의 의도야 충분히 이해하지만 그러면 그동안 찬욱이 불편할 게 아닌가. 일하고 들어와 편히 쉴려고 집이 필요한 것이지, 불편하다면 어디 그게 집이라 불릴 가치나 있냔 말이다.

　"허허, 이 사람이 그래도."

　찬욱을 장가보내겠다는 남편의 결심이 달라질 것 같지 않았다. 누가 장가를 보내지 말자던가! 이런 방법 말고도 다른 방법도 있지 않은가.

　"그러지 말고, 차라리 맞선을 보게 하는 건 어때요?"

　"아들을 내보내기가 그렇게도 싫소? 평소에 당신이 먼저 질색하던 일을 하자고 하게."

　"그게 아니라……."

　"당분간만이라도 그 녀석에게 맡겨봅시다. 제 앞가림은 할 줄 아는 아이니 알아서 할 거요. 그러니 이 얘기는 여기서 끝내는 걸로 하지."

　최 회장이 딱 자르는 바람에 박 여사도 더는 고집을 부리지
못했다.

　수연은 홀로 거실에 앉아 있었다. 언제까지고 회사 일을 제쳐
둘 수 없었던 찬욱은 다시 회사에 나가기 시작했고, 집안일을
하는 아주머니가 한 분 오신 게 그간 생긴 변화라면 변화였다.
　찬욱이 회사에서 돌아올 때까지 수연은 하루 종일 집 안에서
지냈다. 일하는 아주머니는 그렇게 주의를 받은 건지, 아니면
원래 성격이 그런지 말이 없었다. 다른 사람이라면 심심해 미칠
것 같았겠지만 심심함에 익숙해져 있는 수연은 그것을 느끼지
못했다.
　아니, 아니다. 익숙해져서가 아니라 마음이 조마조마해서였
다. 불안함 때문에 심심함을 느낄 새가 없었던 것이다. 수연은
미칠 듯이 불안했다.
　생각해 보면 엄마가 살아 계셨던 어릴 때를 제외하고는 지금
이 가장 평화로운 시기일 것이다. 다른 사람의 운명을 훔쳐보며
고통받지 않아도 되고, 아버지를 그리고 자신을 보호하기 위해
신경을 곤두세우고 연극을 할 필요도 없었다. 그것 하나만으로,
라도 말할 수 없이 편안했다. 보는 눈을 신경 써야 하는 상황에
서 벗어난 것, 그것만으로도 커다란 돌덩이를 하나 내려놓은 것
처럼 시원했다. 더군다나 옆에 세심하게 신경 써주는 찬욱이 있
는데 불편한 점이 뭐가 있겠는가. 하지만 그래서 더 불안했다.

이 평화로움이 깨질까 봐 불안했다. 언제 터질지 모르는 폭탄을 머리 위에 이고 있는 것 같았다.

전장에서 수류탄을 들고 어디로 던질까 하는 문제는 오히려 간단하다. 사방에 있는 사람들이 모두 적이니까, 스스로를 보호하는 것이 최우선 과제니까 고민할 필요가 없다. 하지만 서울 시내 한복판에서 언제 터질지 모르는 수류탄을 들고 어디로 던져야 하는지는 어려운 문제다. 들고 있자니 내가 죽겠고, 던지자니 죄없는 시민들이 죽을 테고…… 어려운 선택이다.

찬욱을 끌어들이면서, 그를 따라오면서 이미 선택은 했고, 들고 있는 폭탄은 언제 터질지 모르고……. 지금 수연의 상황이 그랬다.

수연이 가지고 있는 수많은 문제들 중에 하나가 며칠 전에 터졌었다. 검사를 받기 위해 병원 로비를 지나는데 늙은 영혼에게 붙잡힌 것이다. 안 들으려고, 안 붙잡히려고 귀를 막고 발을 놀렸는데도 수연은 결국 영혼의 부탁을 외면하지 못했다.

듣지 못하는 나이 든 아주머니와 며느리를 따라다니면서 열심히 뭔가를 얘기하는 영혼과 그만 시선이 마주쳐 버렸다. 수연이 자신을 알아보는 걸 본 영혼은 수연에게 다가와 제 손자가 다쳤다면서 하소연하기 시작했다. 수연은 안 듣겠다고, 못한다고 하는데도 발에 매달려 울부짖는 영혼을 무시하고 걸어가는데, 다친 손자가 이제 유치원에 다니는 어린아이라고 했다. 해서 더는 무시할 수가 없었다. 다가가 얘기해 봐야 미친 사람 소리나 들을 걸 알면서도, 괴물을 보는 듯한 눈으로 쳐다볼 걸 알면서도 결국 수연은 그들에게 다가가 영혼이 들려준 얘기를 했다.

상처받지 않아야지, 이제는 상처받을 단계를 넘어서지 않았을까, 해도 또다시 가슴에 생채기가 났다. 심장이 아렸다.

어릴 때부터 허공을 향해 말을 거는 아이, 무슨 말을 하면 꼭 그대로 사람이 다쳐, 기분 나쁘고 재수없는 아이로 낙인찍혔고, 그런 수연을 부모님조차 제대로 받아들여 주지 못했었다. 그런데 타인에게 뭘 기대할 수 있겠는가. 포기한 지 이미 오래였다. 하지만 기대를 하지 않아도 매번 상처받았다. 매번 똑같이 아팠다. 아니, 아픔은 점점 더 견디기 힘들만큼 강해졌다.

어린 시절 늘 미안하다며 우시는 엄마와, 자신의 눈도 똑바로 바라보지 못하는 아버지에게 이미 받을 만큼 받은 상처. 아버지는 심지어 두려움이 가득한 눈으로 수연을 멀리하기도 했다.

어릴 때 수연은 늘 의문에 휩싸여 있었다. 아버지는 왜 자신을 무서워하시는 걸까?

그녀도 다른 아이들처럼 아버지에게 사랑받는 예쁜 딸이고 싶었다. 관심을 받고 싶어 아버지에게 다가가 무릎 위에 앉으면 아버지는 곧바로 그녀의 어깨를 붙잡고 내려놓으시곤 했다. 그 잠깐이 아버지와 신체 접촉을 할 수 있는 유일한 시간이었다. 크고, 다소 거칠고, 무거운 아버지의 손이 어깨를 잡는 감촉이 아직도 남아 있는 것 같아 손을 올려 어깨를 한 번 쓸어봤다.

느낌이 전혀 달랐다. 자신의 조그만 손은 아버지의 손이 주는 느낌을 주지 못했다.

남들은 평생 받을 몫의 상처를 이미 다 받고도 아직도 아플 가슴이 남아 있다는 것이 수연은 신기하기까지 했다. 그동안 너무 아파서 이제는 심장을 칼로 난도질한다 해도 별로 아무렇지 않을 것 같은데, 사람에게 받은 상처는 여전히 아팠다.

어린아이처럼 누가 상처를 알아주길 바랐나 보다. 감싸 안아 주길 바랐나 보다. 그래서 집으로 돌아온 수연은 정말 미치기라도 한 것처럼 소리를 질렀다.

아파 죽겠다고, 힘들어 죽겠다고, 제발 좀 도와달라고……. 누가 날 좀 구해달라고…….

그런 어리광을 다 부렸었다.

거실과 연결된 형태인 서재로 가 수연은 책상 위 노트북을 바라봤다. 저녁 먹기 전이면 꼭 들어오는 찬욱은 거기 앉아서 못 다 한 회사 일을 하곤 했었다.

찬욱이 출근하고 나면 수연은 무의식 중에 집에서 찬욱의 그림자를 쫓곤 했다. 아침에 움직이던 동선을 따라, 혹은 전날 저녁에 움직이던 동선을 따라 잔상이 남은 것처럼 찬욱의 그림자가 수연의 눈앞에서 움직였다.

회사에서 무슨 일을 하는데 그 일이라는 게 어떤 거다. 잘 알아듣지도 못하는 얘기를 열심히 설명해 주던 찬욱의 목소리가 환청처럼 귓가에 들렸다.

그는 왜 아무렇지도 않은 척할까? 아니면 정말…… 아무렇지도 않은 걸까?

그날, 미친 듯이 소리를 지르는 수연을 보며 찬욱은 어쩔 줄 몰라 하더니 결국 의사를 불렀다.

그렇게 될 줄 알고 있었다. 여러 번 그런 경험이 있으니까 말이다. 흥분한 것처럼 소리 지르고, 발작하고, 주변 사람을 깨물고, 때리고……. 지숙을 속이기 위해, 가끔 하던 행동이었다. 그러면 의사가 와 진정제를 놓아주곤 했었다.

그러면 차라리 좋았다. 아무 생각도 하지 않고, 아무것도 듣지 않고 그냥 잠만 잘 수 있으니까. 망각 속에 빠질 수 있으니까. 약에 취해 잠이 들면 꿈도 꾸지 않았다. 그토록 괴롭던 꿈을 꾸지 않기 위해서도 가끔 거짓을 꾸미기도 했었다.

어제 진정제 기운이 돌아 잠이 들기 전 잠깐 생각했었다. 잠에서 깨어나면 다시 돌려보내질지도 모른다고……. 깨어나면 난감한 표정으로 손을 비비며 미안하다고, 자신이 잘못 생각했던 것 같다고. 찬욱이 그렇게 말할지도 모른다고, 잠에 빠지기 전 잠시 그런 생각이 들었다.

찬욱과의 인연이 작은 인연일 거라고, 자신이 억지로 엮은 부러지기 쉬운 인연일 거라고 여겼다. 한순간 미혹됐다 하더라도 깨어나면 그뿐일 거라고, 언제고 등 돌리고 돌아설지 모른다고, 마음 한구석에 그런 생각을 품었다. 차라리 잘됐다. 이쯤에서 돌아서는 게 좋을지도 모른다.

그렇게 잠이 들고 아침에 깨어났다. 눈을 뜨고 흐릿한 사물에 초점을 맞추며 제일 처음 본 것은 찬욱의 얼굴이었다. 찬욱의 얼굴에 있던 건 난감한 표정이 아닌 평온한 미소였다.

그는 왜 웃을까? 웃을 수 없는 상황인데 웃는 그가 이해가 가지 않았다. 그리고 불안했다.

난감해할 게 뭐 있어. 그냥 보내면 되지. 그런 마음으로 웃는 거면 어떻게 하지?

그날 하루 내내 수연이 불안함에 떨었던 걸 아마 찬욱은 몰랐을 것이다. 수연이 몹시도 고약하게도 굴었으니 말이다. 잠들기 전 했던 생각들이 머리에 맴돌아 차라리 이쯤에서 인연을 끝내는 게 어떨까, 해서 수연은 하루 종일 찬욱에게 고약하게도 굴었다.

아침 밥상에서 숟가락을 탁자 밑으로 떨어뜨리기를 여러 차례, 화낼 만도 한데 찬욱은 그냥 웃으며 주워주었다. 입을 옷을 고르자며 나간 길에 찬욱이 내미는 옷마다 고개를 흔들고 땅에 집어던졌다. 그리고 고른 옷이 아이들도 입을 것 같지 않은 빨강, 노랑, 주황 등의 원색 옷이었다. 고집을 피워 그 옷을 입고 다녔다. 모아지는 시선들에 태연히 마주 웃어주며 손을 흔드는 여유까지 부렸다. 그 사람들이 어떻게 봤을지는 대강 짐작이 갔다.

한 선물가게에서는 유리창 앞에 서서 유리에 손을 대고 한참 동안 안을 들여다보기도 했다. 마음에 드는 게 있냐고 사주겠다는 찬욱의 말을 못 들은 척 굴었다. 지나가던 사람들도 쳐다보고 안에 있던 직원이 밖으로 나와 이러시면 곤란하다며 만류해도 듣지 않았다.

어때, 이쯤이면 참기 힘들지 않아?

그런 심산이었다. 이쯤이면 충분했겠지 싶어 수연이 홀로 쓴웃음을 짓는데, 진열되어 있는 게 마음에 들어서 그러는 것 같다며 포장해 달라고 찬욱이 직원을 달래 안으로 들여보냈다. 직원이 가져다 준 커다란 쇼핑 봉투에 들어 있던 것 중 하나가 지금 책상 위에 있었다.

봉투 안에서 꺼낸 물건들을 집 안 곳곳 어울리지도 않는 장소에 하나씩 던져 놓았다. 오르골은 주방에, 커다란 인형은 책상 한가운데에, LP판을 돌릴 수 있는 축음기는 욕실에, 척 봐도 어울릴 것 같지 않은 장소들이었다.

그래도 찬욱은 싫은 기색을 보이지 않았다. 주방 아주머니가 왔지만 오르골은 여전히 주방에 있었고, 일을 할 때마다 팔에 거치적거리는 인형도 여전히 책상 위에 있었으며, 축음기는 제습제를 품고 아크릴 상자 안에 들어간 채 욕실에 있었다.

수연은 찬욱이 자신의 그런 행동들을 왜 참아주는지 이해가 되질 않았다.

광주에서의 하룻밤. 이게 마지막 기회일지도 모른다는 절박한 심정에 팔을 벌려 자신을 허용한 그날 밤이 그와의 시작이었다. 아니다, 첫 만남은 달에 소망을 빌며 그 소망을 잡으려고 하던 그때였다. 그 만남을 시작으로 하룻밤의 인연을 엮어버렸다.

그걸 원하는 걸까? 좋지도 싫지도 않았던, 인연을 엮기 위한 통과의례쯤으로 여겼던 그걸 원하는 걸까? 하지만 다시 만난 찬욱이 수연에게 그걸 요구한 적은 단 한 번도 없었다.

가끔 찬욱이 자신을 이상한 시선으로 바라보는 걸 알고 있었다. 욕실에서 씻고 나올 때나 화장대에 앉아 머리를 빗어 내릴 때, 무료해 무릎에 고개를 파묻고 앉아 있을 때면 찬욱은 그날 밤과 같은 시선으로 자신을 바라보았다. 그렇게 빤히 바라보다 어느 순간 일어나 손에 들고 있는 빗을 뺏어 들고 머리를 빗겨 주거나 등 뒤로 다가와 목 뒤에 키스를 하기도 했다.

키스. 수연은 찬욱이 키스를 잘한다고 생각했다. 아니, 좋아 한다고……. 아무튼 찬욱은 종종 그녀에게 키스를 했다.

이마에 다정히 입술을 갖다 대거나 뺨에 입을 맞추거나 옆에 앉아 목에 키스를 하기도 했다. 사실 그간의 패턴을 보면 찬욱 은 자신의 목에 하는 키스를 가장 좋아했다. 그가 자신의 목에 입술을 대고 숨을 들이마시면 피부가 쑥 당겨지면서 그의 입술 안으로 들어갔다. 찬욱이 갑자기 그럴 때면 수연은 가슴이 울렁 거렸다.

어쩔 때는 입술을 빤히 바라볼 때도 있었다. 그럴 때면 자신 의 태도에 따라 그의 행동이 달라졌다. 자신이 같이 빤히 바라 보면 그는 피식 웃고는 이마에 지그시 입술을 갖다 댔다. 하지 만 자신이 시선을 피하거나 돌려 버리면 그는 입술에 키스를 했다. 처음에는 그를 똑바로 마주 봤는데 요새는 이상하게 그가 빤히 바라보면 그 시선을 마주할 수가 없다. 점점 고개를 돌리는 횟수가 늘어가고 있었다.

수연은 소파 위에 털썩 몸을 뉘었다. 집 안에만 있으니 답답했다. 광주에서도 갇혀 있었지만 그래도 거기는 나무도 있고 풀도 있고 조금만 걸어가면 작은 개울도 있었다. 마음이 터질 것 같을 때 산길을 걷고 또 걷고, 걷는 데만 의식을 집중하면 답답함을 잊어버릴 수 있었다. 걷다가 더워지면 개울에 가서 발을 담그고 바위 위에 멍하니 앉아 있곤 했었다. 바람에 흔들리는 나뭇가지 소리, 바위틈 사이로 떨어지는 물소리, 새소리…… 치료제는 되지 못했지만 작은 위안은 됐었다. 그런 건 좀 아쉬웠다.

변화란 무서운 것이다. 사방에 단단한 울타리를 쳐놓고 갇혀 있을 때도 모르던 답답함을 느끼게 됐으니 말이다.

어느새 틈이 생긴 건가? 이러다 무너져 내리면…… 다시 쌓아 올려야 하나? 수연은 다시 똑바로 앉았다. 집중할 뭔가가 필요하다고 느꼈다.

서재에 가지런히 정리되어 있는 책장에 정신을 집중했다. 책과 책 사이 틈새에 온몸의 신경을 집중시켰다. 찬욱의 그림자가 눈앞을 왔다 갔다 했다. 환상이다.

에비, 저리 비켜!

찬욱의 그림자를 밀어버리고, 눈 안에 들어오는 주위 사물들을 전부 지워 버리고, 소리도 차단시키고, 간질거리는 것 같은 피부의 감각도 둔화시켰다. 책 사이 작은 틈이 점점 더 커지더니 급기야 온몸을 삼킬 듯 커다란 동굴만해졌다. 시간도 잊어버리고, 사고도 지워 버리고, 시커먼 동굴 안으로 침체되어 들어갔다. 중간에 아주머니가 부르는 소리도 듣지 못하고 찬욱이 퇴근해서 돌아올 때까지 수연은 그 작은 공간에 빠져 있었다.

획, 눈앞에 뭔가 들어왔다. 또 찬욱의 그림자였다. 다시 지워야 해. 지우려 하는데 자꾸 눈이 인지하는 공간 안에 들어온다.

눈을 깜빡였다. 얼마나 됐을까. 눈이 뻑뻑하다. 머리까지 찌르르 울린다. 움찔, 참고 눈을 서너 번 더 깜박였다. 이제는 목이 뻣뻣하고 등도 아프다. 감각이 다시 돌아오기 시작한 것이다. 사실 아프기보다 귀찮았다. 몸이 인지할 수 있는 감각 기관들을 모두 멈추었다 다시 돌아오는 순간은 늘 그랬다. 느끼지 못하던 것들을 느낀다는 건, 아니, 느끼지 않아도 상관없었던 것들을 느낀다는 건, 귀찮다.

몸을 뒤로 젖히며 허리를 펴려는데 몇 시간 동안이나 같은 자세로 굳어 있던 척추 뼈가 잘 뇌의 명령을 따라주지 않았다. 하는 수 없이 몸을 앞으로 숙이며 허리를 접었다. 다행히 뒤로 젖힐 때보다는 더 잘 움직인다. 한데 어깨는 여전히 아프다.

접었던 허리를 다시 폈다. 눈앞에 찬욱이 서 있다. 그림자가 아니라 본인이었나? 진위 여부를 가리려고 바라봤다. 본인이다.

출근할 때 입었던 양복은 이미 갈아입은 후였다. 언제 온 걸까?

고개를 들고 찬욱을 바라보고 있으려니 다시 어깨가 아프다. 수연은 어깨를 움찔했다. 찬욱이 수연의 등 뒤로 걸어가 어깨에 손을 올려놓고 주무르기 시작했다.

"아, 아, 아야!"

커다란 손이 양쪽 어깨를 덮고도 남았다. 조심한다고 해도 남자의 손 힘인데다가 워낙 굳어 있던 어깨라 수연은 자신도 모르게 소리를 냈다.

"자…… 아니, 아픈 것도 보통 일이 아니다."

무슨 말이지? 어깨가 아픈 게 보통 일이 아니라는 건가, 아니면 어깨를 주무르는 게 보통 일이 아니라는 건가?

수연은 찬욱의 말을 알아듣지 못했다.

"어깨가 다 굳었네. 식사하는 것도 잊어버리고, 부르는 것도, 사람 오는 것도 모르고 자기만의 세계에 빠져 있으면 안 돼. 몸에 안 좋아. 전화 받고 얼마나 걱정했는지 알아?"

자폐 얘기구나!

수연은 피식 웃음이 새어나왔다. 찬욱이 수연의 앞에 있었다면 그녀의 표정을 보고 뭔가 의심을 했을 텐데 불행히도 그는 수연의 뒤에 있었다.

자리잡기가 힘들어서 그렇지 고정 관념이란 일단 한 번 자리잡기 시작하면 어지간해서는 깨지기 힘들다. 사람들은 참 단순해서 일단 자리잡기 시작하면 그 방향만을 고집한다. 때론 그 방향과 어긋나더라도 분해하고 끼워 맞춰 생각의 패턴을 그 방향 쪽으로 엮어간다.

자폐다. 일단 그렇게 놓고 보면 정상의 범주에서 벗어나는 모든 행동이 자폐로 인한 것처럼 보이는 것이다. 어쩔 땐 정상인도 충분히 함직한 일도 자폐로 인한 이상 행동이라고 인식을 한다. 뭐, 그 덕을 많이 보기도 했으니 나쁘다고만은 할 수 없지만 말이다.

이 연극을 조금만 더해볼까? 아직은 당신이 의심스러우니까. 아직은 당신을 믿지 못하니까. 당신이 뭘 원하는지 내가 모르니까. 내가…… 불안하니까.

찬욱의 손가락이 주무르고 지나간 자리가 파스를 붙은 것처럼 화끈거렸다. 화한 느낌이 어깨를 타고 가자 수연은 무거웠던 머리까지 조금 가벼워진 것 같다고 느꼈다.

"살도 없고, 근육도 없어서 조금만 힘 줘도 뼈가 다 만져진다. 몸은 이러면서 끼니는 왜 거른 거야?"

부루퉁한 목소리지만 주무르는 힘이 약해졌다. 그렇게 몇 분 더 주무르자 어깨가 한결 가벼워졌다.

수연은 어깨를 으쓱했다. 그 바람에 찬욱의 손이 움직임을 멈췄다. 움직임을 멈춘 채 손을 어깨 위에 올려놓고 있었다. 주무를 때는 시원했지만 가만히 있으니 커다란 손의 무게가 어깨를 짓누르는 것 같이 무거웠다.

왜 손을 계속 올려놓고 있는 걸까?

찬욱이 손을 내려놓질 않자 수연이 손을 들어 찬욱의 손을 자신의 어깨에서 치웠다. 손은 단단하고 무거웠다. 붙잡고 내린 손을 소파 위에 올려놓고 관찰하기 시작했다.

자신의 손보다 한 배 반은 클 것 같은 손이다. 손등에는 뼈가 지나가는 선이 뚜렷했고 혈관도 불룩하게 튀어나와 있었다. 하얗고 투명한 피부 밑에 혈관이 파란 선으로 숨어 있는 평평하고 맨질거리는 자신의 손과 달랐다.

수연은 불툭 튀어나온 혈관을 만졌다. 혈관마저도 단단했다.

남자와 여자는 원래 이렇게 다른 걸까, 아니면 그만 그런 걸까?

손등에 툭툭 튀어나온 뼈를 따라 연결된 손가락으로 시선을 옮겼다. 손가락 세 번째 마디에 털이 몇 가닥 나 있고 땀구멍이 보였다. 손가락을 따라 죽 시선을 옮기는데 첫 번째 마디와 두 번째 마디, 세 번째 마디의 굵기가 모두 같았다. 그런 데다 두 번째 마디와 세 번째 마디를 연결하는 관절이 유난히 굵었다.

"반지는 못 끼겠네……."

문득 머리 속으로 떠오른 생각을 입 밖에 냈다. 굵은 마디를 통과하려면 반지가 커야 하는데 그럼 헐렁거려 손에서 빠질 것 같았다.

"손가락이 못생겼지? 예전부터 내 콤플렉스였어. 어릴 때부터 어른들이 다른 데는 다 귀공자처럼 생겼는데 손은 영 아니라고 하시곤 했지."

찬욱은 멋쩍은 듯하면서도 기쁜 듯했다. 콤플렉스라면서도 잡혀 있는 손을 빼지 않았다.

"손톱이 빨갛네. 얇고……."

"아, 아. 그래서 손톱이 금방 달아. 깎을 틈도 없지. 얇으니까 모양도 안 나고, 분홍색이라 피부 위에 비닐 하나 씌워놓은 것 같지 않아? 한마디로 못생겼다니까."

짧게 깎아서 가지런한 게 아니라 저절로 달아 없어지는 모양이다. 손을 많이 쓰는 일을 하는 것도 아닐 텐데…….

"아프겠다."

손으로 만지니까 손톱이 짧아 살이 먼저 만져졌다.

"익숙해져서 아무렇지도 않아. 자, 봐. 손끝 피부가 다른 데보다 단단하잖아."

정말 손끝 피부가 단단했다. 손바닥에 못만 듬성듬성 박혀 있었다면 영락없이 노동자의 손이다. 찬욱의 손을 뒤집었다. 어지럽게 얽혀 있는 선들 사이로 선명하고 굵은 선 네 개가 보였다. 손톱으로 선을 훑었다.

이 선 어딘가쯤에 그와의 인연이 있을까? 수연은 선을 따라 천천히 손을 움직였다.

이리저리 찬욱의 손을 살피는 수연의 시선에 호기심이 가득했다. 호기심, 이게 무엇인가? 관심의 시작이 아닌가. 비록 손일지라도 찬욱은 그녀의 관심 어린 시선을 받는다는 것이 기뻤다. 작은 관심. 이렇게 빨리 소망이 이뤄질 줄 몰랐다.

비실비실 저절로 웃음이 새어나왔다. 기쁜 마음으로 자신의 손에 대해 이런저런 얘기를 나눴다. 가운데 관절이 유난히 튀어나와 못생긴 자신의 손이 사랑스러워지는 순간이었다.

"이런 기분이겠구나."

찬욱의 말이 귀를 파고들었다. 손을 계속 살필까, 무슨 뜻인지 들을까 잠시 망설이다가 고개를 들어 그를 바라봤다.

"남자들이 관심있는 여자한테 손금 봐준다고 접근할 때, 여자들이 이런 기분이겠구나 싶어서."

"왜?"

"응?"

"왜 손금을 봐준다고 하는데?"

"글쎄……. 왜 그럴까? 음, 뭔가, 핑계겠지?"

"핑계가 왜 필요한데?"

"핑계없이 손을 만지기가……. 음…… 좀 그래서, 그러겠지."

"핑계없이 손을 만지면 왜 안 되는데?"

수연은 어린아이처럼 끊임없이 '왜'를 외쳤다. 그는 화를 낼까, 아니면?

"안 되는 건 아닌데……. 그런데 음, 남자가 손 좀 만져 봅시다, 하면 네, 하고 선뜻 손 내미는 사람이 없잖아. 그런데 손금을 봐준다고 하면, 손금이 어떨지 궁금하니까 대체로 손을 주지. 아마 그래서 그럴걸? 거절당하지 않기 위해."

"겁쟁이네, 나처럼……."

수연의 뒷말은 너무 작아 귀를 기울이고 있지 않았더라면 듣지 못했을 것이다.

"겁쟁이라, 어떻게 보면 그럴 수도 있고, 어떻게 보면 하나의 기술일 수도 있지."

"……손금 봐준다고 해야 하나?"

수연이 고개를 숙이고 손을 바라보며 중얼거렸다.

"뭐? 쿡, 쿠쿠쿠쿡!"

찬욱이 웃음을 터뜨렸다. 진지한 어조로 말하는 게 더 웃겼다.

농담일까? 아니다. 본인은 진지한 것 같다.

"아하하하."

찬욱은 계속 웃었다. 나중에는 허리까지 부여잡고 웃었다.

그녀와 그렇게 농담을 하며 즐거워할 일이 있을 줄이야. 웃음에 묻혀 사소한 걱정들이 잊혀졌다.

이건, 마음 한자락 내어준 거라 믿어도 되는 거겠지. 먼저 내밀어 잡아준 손, 관심. 조금 가까워졌다고 믿어도 되는 거겠지. 찬욱은 흐뭇했다. 한발한발 가까워지는 기쁨, 희열. 아무도 알지 못하리라. 그만의 비밀스런 즐거움인 동시에 희망이었다.

지금은 아니더라도 먼 훗날 그녀의 마음을 차지할 수 있을지도 모른다는 희망.

사랑하는 사람과 가까워진다는 건 세상에 비교할 것이 없는 기쁨이었다.

사랑하는 사람? 뭐, 인정해야지 어떻게 하겠는가. 달리 설명할 것이 없으니 말이다.

그녀의 말 한마디, 얼굴 표정 하나, 작은 움직임 하나까지 모두 자신의 기분이나 행동에 영향을 미치고 있고, 자신의 모든 신경세포가 그녀를 향해 문을 열고 있는데 달리 어떻게 설명하겠는가.

손 한 번 잡아줬다고 실실거리는 입이 다물어지지 않는데, 그녀를 보면 가슴이 뛰는데, 그게 사랑이 아니고 뭐겠는가. 자신의 욕심만이 아니라 그녀의 감정에 신경이 쓰이는데, 그녀의 마음을 얻고 싶은데, 그런 자신의 상태를 달리 어떤 단어로 설명할 수 있겠는가.

인정하고 나니 차라리 속이 시원했다. 정체를 알 수 없어 혼란스럽던 자신의 감정들도 깔끔하게 정리가 되는 기분이었다.

상쾌하기까지 했다. 자신의 감정의 정체를 알고, 수연과의 사이에 희망도 생겼다. 하루의 마무리로 이만하면 나쁘지 않았다.

뭐가 웃긴 거지? 그의 웃음의 의미를 알 수 없어 수연은 갑자기 기분이 좀 상했다. 잡고 있던 찬욱의 손을 확 놨다. 그제야 조금씩 웃음을 멈추는 찬욱이었다.

"언제든지 잡으세요, 핑계는 필요없으니."

찬욱이 수연의 손을 다시 자신의 손 위에 올려놓았다. 놀리는 건가? 수연이 손을 빼려 했지만 찬욱이 꼭 잡고 있었다.

"어이, 불공평하잖아. 나는 한참을 잡혀 있어줬는데."

하며 이번에는 찬욱이 수연의 손을 잡고 세세히 뜯어보기 시작했다.

"음, 조그맣고, 하얗고, 매끄럽고…… 이 핏줄 좀 봐라. 누가 보면 환잔 줄 알겠다. 그리고…… 손가락은 긴 편이고……. 어? 약지가 검지보다 더 기네. 난 검지가 더 긴데."

찬욱은 손등을 꼼꼼히 살핀 다음 손을 뒤집어 손바닥이 위로 가게 했다.

"마디도 이상하잖아."

찬욱이 자신의 손과 수연의 손을 비교해 보더니 다시 뭔가를 찾아냈다.

"여기 중지랑 약지 말이야. 손가락 마디가 네 개잖아."

수연은 손가락이 워낙 길어 중지와 약지의 세 번째 마디가 접혀 손가락 마디가 네 개처럼 보였다. 찬욱이 자꾸 자신과 다르며 이상하다고 하자 수연은 손을 빼내려고 했다.

"가만히 있어봐. 손금은…… 눈앞에 있는 남자가 천생연분이래네. 결혼하면 평생 행복하게 잘산대. 끝."

자신의 손으로 수연의 손을 한 번 톡 치는 것을 마지막으로 찬욱은 수연의 손을 놓아줬다. 수연은 냉큼 손을 빼냈다.

연분. 결혼. 행복.

그런 단어들이 수연의 머리 속을 헤집고 다녔다.

자폐아라고, 어려서 뭘 모른다고, 그런 것까지 모를까! 화가 치밀어 올랐다. 몸이 저절로 꼿꼿이 섰다. 갑자기 왜 그러는지

영문을 모르겠다는 듯한 찬욱의 태도를 보니 더 더욱 화가 났다.

경험이 없는 수연은 때로 찬욱이 하는 행동들의 의도를 파악하거나 대처하는 데 미숙한 점이 있었다. 하지만 자신이 완전히 바보는 아니었다. 세상과 단절되다시피 살았어도 산속에 숨어 살았던 건 아니었다. TV도 있었고, 광주에 사는 무녀들, 그리고 드나들던 사람들의 얘기를 듣고 있었기에 조금쯤은 알고 있었다.

그런데 그런 말을 하다니! 놀리는 게 아니고서는 그런 말을 할 수 없었다.

전에 한 아주머니가 아들이 말도 안 되는 애와 사귀고 있다고 이 보살을 찾아온 적이 있었다. 남편이 지방에서 종합병원까지는 아니어도 제법 큰 병원을 하고 있다는 사람이었다. 궁합이 어떤지 봐달라고. 전체적으로 나쁘지 않은 경우라서 괜찮다고 말했었다. 하지만 사실 그 아주머니의 의도는 다른 데 있었다. 헤어지게 만들고 싶었던 것이다. 헤어지게 해달라고, 너무 처지는 아이라고 하소연을 하다 갔다.

평범한 집안에 서울에서 사 년제 대학을 다니는 여자가 어디가 그렇게 처졌을까? 그 아주머니가 돌아가고 한동안 수연은 그게 궁금했었다. 평범한 집안에 양친 모두 생존해 계시고 사 년제 대학을 다니는 대학생. 그건 수연에게 꿈이었다. 수백 번, 수천 번은 더 꾸던 꿈. 꿈을 꾸는 것만 허락된……. 그런 꿈과 같

은 여자도 처진다는데……. 더군다나 찬욱은 병원 원장 아들과
는 비교도 할 수 없는데…….

가당키나 하겠는가. 뉴스에 제일 처음 등장하는 사람의 아들
과 자신. 이거야말로 말도 안 되는 일이다. 자신도 알고 있는데,
세상을 모르는 자신도 알고 있는데…… 그가 왜 모르겠는가.

수연은 찬욱이 자신을 놀린다고 생각할 수밖에 없었다. 그에
게 도움은 받았지만, 지금도 그의 신세를 지고 있지만, 어쩌면
앞으로도 그의 도움이 필요할지도 모르지만, 우습게 보이는 건
싫었다. 그런 말을 하는 그가 싫었다. 말이라고, 말뿐이라고 아
무렇지도 않게, 아무 생각 없이 하는 그가 싫었다.

“갑자기 왜 그래?”

이상하다는 걸 느낀 찬욱이 수연의 팔을 잡았다.

“…….”

“왜 그래? 어디가 안 좋아?”

그래, 안 좋아. 마음에 안 들어.

“내가 바……. 아니, 아니야.”

내가 바보 같아 보여요? 그 말을 수연은 결국 묻지 못했다.
아직은 때가 아니라고 판단했다. 아직은 혼자 아무것도 못하니
까. 바보일지도…… 그럴지도 모른다고 생각했다.

“왜 무슨 말을 하려고?”

“잘래.”

일어나려 했다. 하지만 팔이 찬욱에게 잡혀 있어서 수연은 일

어날 수가 없었다.

"뭐? 어디 아파? 아니면 피곤해?"

걱정스런 말투였다.

"졸려."

"점심도 걸렀다며, 저녁은 먹어야 돼. 조금만 먹고 자자."

"싫어. 배 안 고파."

"먹기 싫어도 조금만 먹어. 팔 좀 봐. 뼈밖에 없잖아."

찬욱은 먹기 싫다는 수연을 억지로 식탁 앞에 앉혔다. 하지만 수연은 장승처럼 식탁 앞에만 앉아 있었을 뿐 먹을 생각이 없었다. 마주 앉아 있던 찬욱은 수연의 옆 자리로 다가와 앉았다. 반 숟가락 정도 밥을 푼 다음 수연의 입 앞에 대주었다.

수연은 입을 꾹 다물고 고개를 가로저었다. 아무리 달래도 꿈쩍하지 않았다.

수연은 정말 배가 고프지 않았고 또 찬욱에게 화가 나 있었기 때문에 그가 주는 걸 먹고 싶지 않았다. 수연이 한 번 고집을 부리기 시작하면 찬욱은 당해낼 수가 없었다. 한참을 밥을 먹이기 위해 달래봐도 꿈쩍도 않자 결국 찬욱도 포기했다.

"알았어. 그럼 이거라도 마셔."

우유 한 잔을 두고 삼십 분은 더 실랑이를 했다. 꿈쩍도 않는 수연과 그런 수연을 역시 꿈쩍하지 않고 지켜보고 있는 찬욱. 그런 찬욱을 노려보며 수연은 천천히 손을 뻗어 우유 잔을 잡아 당겼다. 찬욱의 얼굴에 금방 화색이 돌았다.

천천히 잡아당긴 유우 잔을 식탁 끝까지 잡아당겨 바닥에 떨어뜨렸다. 출렁이며 쏟아진 우유는 사방에 다 튀었고 유리잔은 산산조각났다. 수연이 그런 행동을 할 줄 몰랐던 것처럼 찬욱은 크게 놀랐다. 바닥에 떨어진 유리 잔과 수연의 얼굴을 번갈아가면서 쳐다봤다.

'그러게 안 먹겠다고 했잖아!'

오기였다. 순간 그런 행동을 저지르긴 했지만 유리 깨지는 소리가 너무 커서 가슴이 뜨끔했다. 힐긋 쳐다보니 찬욱의 발이며 옷에도 하얀 우유가 튀어 있었다. 그 순간 하얀 우유가 묻은 발등 위로 붉은 색 얼룩이 번지기 시작했다.

"어, 어!"

붉은 색이 점점 커졌다. 수연이 찬욱의 발을 바라보며 소리를 지르자 찬욱도 자신의 발을 바라보았고 발등에서 피가 나는 것을 알게 되었다.

유리!

깨진 유리 생각이 나 황급히 몸을 숙였다. 수연의 발을 잡아 자신의 허벅지에 올리고 다친 데가 없나 꼼꼼히 살폈다. 다행히 유리 조각이 박히지는 않은 것 같았다.

"움직이지 말고 여기 가만히 있어."

수연의 두 발을 가지런히 모아 의자 위에 올려놓은 다음 외쳤다. 찬욱이 황급히 유리 조각을 쓸어 담았고 아주머니가 나와 우유를 닦았다. 유리 조각이 다 치워진 다음에도 혹시 남아 있을지 모르는 유리 조각 때문에 수연을 안고 거실로 나갔다.

피가 계속 배어나오는 찬욱의 발등을 바라보며 수연은 어쩔 줄 몰라 했다. 화가 나서 아무 생각 없이 저지른 행동이었는데 그것 때문에 그가 다칠 줄은 몰랐다. 수연은 고개를 들 수가 없었다.

수연을 거실 소파에 내려놓은 다음 찬욱은 욕실에 있는 구급상자를 가지고 나왔다. 소독약을 꺼내 발등 위에 부었다. 피가 소독약에 씻겨 내려가면서 상처가 드러났다. 작지만 날카로운 유리 조각이 발등에 박혀 있었고 그 주위로 피가 흘러나오고 있었다. 상자 안에 있는 핀셋으로 유리를 뽑아내고 다시 소독을 한 다음 약을 바르고 거즈를 대고 반창고를 붙였다.

수연은 찬욱의 치료 과정을 빠짐없이 지켜봤다. 소독약을 부을 때 이마를 찡그리는 걸 보고 기억 속에서 상처 부위에 소독약을 부었을 때 느꼈던 아픔이 떠올라 자신도 모르게 이마를 찡그렸다.

"아, 아프다."

그런 수연의 모습을 보며 찬욱이 놀리듯 말했다.

사실 상처 자체는 크지도 않고 별게 아니었다. 피부를 좀 깊게 베인 정도에 불과했다. 그대로 둬도 크게 덧나거나 하지는 않을 것이다.

"……미, 미안해."

사과하는 목소리에 힘이 하나도 없었다. 놀란 가슴에, 태어나

서 처음 누군가에게 상처를 입혔다는 죄책감에, 입술이 파랗게
질렸다.

"이거 엄청 아프네. 걸을 수 있을까 모르겠는데."

헉, 놀라며 수연이 고개를 번쩍 들었다.

'설마 그렇게 많이 다친 건가?'

발등과 찬욱의 얼굴을 번갈아가며 쳐다보던 수연의 눈가에
눈물이 맺혔다. 놀란 가슴에 정신이 없는 수연은 찬욱이 자신을
소파까지 안고 왔다는 것은 잊어버렸다. 걷지도 못하는 사람이
어떻게 다른 사람을 안고 오겠는가. 찬욱의 엄살에 홀랑 넘어가
버리고 말았다.

"정말, 미안……."

수연이 울먹였다.

"미안하지?"

수연이 고개를 끄덕였다.

"피도 나고, 소독약도 얼마나 쓰라린데. 내일 아침에 걸을 수
있을지, 그것도 불투명하고……. 미안할 거야."

"……."

미안함에 수연은 다시 고개를 떨어뜨렸다.

"미안하면…… 우유 한 잔만 마시고 자."

"우유, 알았…… 어?"

수연은 반사적으로 알았다고 대답하려다가 이상함을 느끼고
찬욱을 올려다봤다. 찬욱이 웃고 있는 걸 보고 그제야 놀리는

걸 알았다. 순식간에 눈물이 쑥 들어갔다.

"하하하핫. 속았지? 사실 별거 아니야. 살짝 긁힌 정도야."

찬욱은 수연의 얼굴을 바라보며 웃었다. 벌어진 입술은 다물어지지 않았고 눈물로 촉촉하던 눈은 정말 속은 게 맞는지 생각하느라 아직도 갈등 중이었다.

"그건 그렇고, 걱정한 거 맞지? 걱정했다는 건, 조금이라도 나한테 관심이 있었다는…… 그런 뜻으로 해석해도 되는 거겠지?"

"……."

"뭐, 그렇다면 다치는 것도 할 만하네."

수연은 대답도 안 했는데 찬욱이 자기 멋대로 갖다 붙였다. 뭐, 관심이 있는 건 사실이지만 말이다. 하지만 왠지 그가 말하는 관심과 자신이 말하는 건 다른 것 같았다.

"……웃지 마."

기운이 쭉 빠진 목소리였다. 사실 정신을 집중하고 있는 일은 보통 에너지 소비가 큰 게 아니었다. 그런 일을 하루 내내 하고, 점심도 거르고 저녁도 아직이었다. 또 화가 났던 데다 놀랐다가 허탈함까지……. 감정의 기복이 너무 심했던 것도 수연을 지치게 만들었다.

"식사를 거르니까 이렇게 힘이 없잖아."

비틀거리는 수연의 목소리에 찬욱은 도우미 아주머니를 불러 따뜻하게 데운 우유를 가져와 달라고 했다.

우유를 계속해서 권하는 찬욱의 끈질김에 결국 수연이 졌다. 이미 분노도 다 사라졌고 끝 끝내 고집을 피우기엔 너무 지쳤다. 입가에 대주는 우유를 조금씩 받아 넘겼다. 식도를 타고 들어간 우유가 빈 위속에 채워졌다. 따뜻하게 데운 우유라 다행히 별 거부감없이 다 마실 수 있었다.

"예쁘다."

우유 잔을 다 비우는 모습을 보고 찬욱이 환하게 웃었다.

수연의 윗입술 위에 하얀 우유가 둥근 테두리 자국을 남겼다. 수연은 혀를 내밀어 입술에 남아 있는 우유 자국을 지웠다. 그 모습이 말도 못하게 귀엽고 사랑스러웠다. 찬욱은 촉촉이 젖은 수연의 입술에 키스를 했다.

'역시 그는 키스를 좋아해.'

찬욱의 입술이 내려오는 걸 보던 수연의 머리에 떠오른 생각이었다.

꼬박 나흘을 혼수상태에 빠져 있던 세한이가 정신을 차린 지 벌써 일주일이 지났다. 뇌에 내출혈이 일어나고 팔이 부러지고 온몸에 찰과상을 입었지만 혼수상태에서 깨어난 이후로는 놀라운 회복력을 보였다. 좀처럼 가만히 있지 못하는 성격 그대로 몸이 어느 정도 회복되자 제 할머니를 졸라 휠체어를 타고 온 병동 안을 휘젓고 다녔다. 그 모습을 보면서도 야단을 칠 수가 없었다.

살아준 것이 너무 고마워서……. 감사해서…….

병원 로비에서 그 여자가 세한이가 다쳤다고 얘기해 주지 않았다면……. 생각만 해도 아찔했다.

아이는 당연히 유치원에서 잘 놀고 있을 거란 생각에 검사하느라 지치신 시어머니를 모시고 원기회복에 좋은 음식을 사드리려고 하던 참이었다. 만약 그 여자가 아니었다면 세한이가 유치원에서 나간 줄도 몰랐을 것이다.

전화를 끊자마자 유치원으로 달려갔지만 아이는 그때까지도 발견되지 않았다.

아이를 어떻게 돌보는 거냐고 유치원 선생님들에게 한바탕 난리를 친 후 무작정 아이를 찾으러 밖으로 나갔다. 그런데 유치원 주변에 아이의 모습이 보이지 않았다. 아주 잠깐 사이였다고, 바로 찾으러 나갔는데 안 보인다며 담당 선생님도 울고, 희영도 울었다.

발만 동동 구르다가 가만히 손놓고 있을 수가 없어서 다시 찾으러 나갔다. 고개를 두리번거리면서 아이를 찾는데 이상하게도 유치원에서 내려오는 길을 따라 심어져 있는 나무 사이에 시선이 갔다. 혹시나 싶어 그쪽으로 가봤다. 하지만 아이 모습은 보이지 않았다. 돌아서서 가려는데 또다시 이상한 기분에 뒤를 돌아봤다. 자세히 살피는데 나무 아래쪽에 노란 색의 무언가가 보였다. 심장이 무섭게 두근거렸다. 몸의 모든 감각이, 세포 하나까지도 세한이가 틀림없다고 외치고 있었다.

“세한아, 세한아!”

세한이 이름을 부르며 언덕을 내려가기 시작했다. 발이 미끄러지는데도 미끄러지면 미끄러지는 대로 정신없이 내려갔다.

세한이가 다니는 유치원은 유치원을 올라가는 길가를 따라 경사가 완만한 언덕이 있었다. 하지만 어디까지나 어른들의 눈높이에서 완만한 경사일 뿐 아이들에게는 절벽처럼 느껴질수도 있는 높이었다. 언덕을 따라 풀숲과 나무가 심어져 있는데 토끼가 거기로 도망을 가자 세한이가 쫓아가다가 미끄러져 추락한 것 같았다.

“세한아, 정신 좀 차려봐! 세한아!”

세한이는 온몸이 피투성이가 된 채 팔이 이상한 각도로 꺾인 상태로 의식을 잃고 있었다. 희영은 아이 옆에 다가가 제발 일어나라며 울부짖었다.

희영의 울음소리를 듣고 달려온 유치원 선생님도 언덕을 내려왔다. 유치원 선생님은 세한이의 모습에 놀란 숨을 삼키고 떨리는 손을 진정시키며 구급차를 불렀다. 들것에 실고 병원으로 온 뒤에도 세한이는 의식이 없었다.

이리저리 검사를 해본 후 의사는 머리를 부딪치며 내출혈이 일어났는데 그게 의식 불명의 원인이라고 했다. 팔이 부러진 것과 찰과상은 문제될 게 없지만 뇌에 출혈이 일어난 부위는 건드릴 수가 없는 곳이라서 저절로 피가 흡수되기만을 기다려야 한다고……

피가 마를 것 같은 나흘이 지나고 세한이가 깨어났다. 세한이가 깨어나기를 바라며 온몸으로 기도할 때는 미처 생각이 미치지 못했는데 아이가 깨어나고 움직이고 하면서 그 여자 생각이 났다. 모진 말을 퍼부어댔던 일이 자꾸 마음에 걸렸다.

"어머니, 저기…… 그 여자 말이에요."

"그래."

그 여자라는 말에 시어머니도 단번에 알아들으셨다.

"만나서 사과를 하고 싶은데……. 자꾸 마음에 걸려서요."

"그러게 나도 마음에 걸리는구나. 고맙다는 인사도 못했는데, 인사도 좀 하고 싶고."

시어머니도 그 여자 생각을 하고 있으셨던 모양이다.

"누군지 좀 알아둘 걸 그랬다."

말씀은 그렇게 하셨어도 그때 그 여자의 말을 믿지도 않고 미친 여자로 몰아세웠던 상황에서 무슨 연락처를 알아뒀겠는가. 답답해서 하는 말씀인 걸 알고 있다.

"그러게요."

희영도 맞장구쳤다.

"병원에 올 때마다 혹시나 하고 살펴봐도 없더라."

희영은 시어머니를 주시했다.

"찾아보셨어요?"

"눈이 저절로 찾더구나. 고맙다는 인사라도 해야 할 것 같아서……."

“네…….”

“인연이 있으면 다음에 또 만나겠지.”

“그렇겠죠.”

“네 시아버지가 도우신 게 아닌가 한다. 세한이 퇴원하거든 절에 가서 불공이나 드리련다.”

여자가 했던 말이 새삼 생각이 났다.

얼마나 억울했을까? 도움을 준 사람을 미친 사람 취급했으니.

“인연이 있으면 또 만날 게다.”

미안하고 부끄러운 희영의 마음을 눈치채셨는지 시어머니는 만날 수 있을 거라고 했다.

‘어머니 말씀대로 인연이 있으면 다시 만나겠지. 그땐 꼭 사과드릴게요. 죄송하다고……. 그리고 고맙다는 인사도……. 정말 고맙습니다!’

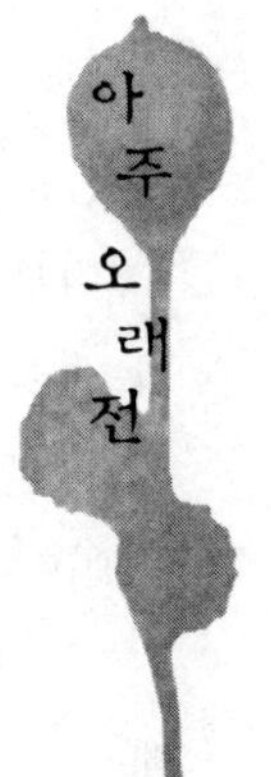

*19*60년 2월.

"시끄럽다! 가시나가 공부는 해서 뭐 할라고? 소학교
까지 갈컸으면 됐지."

고함 소리에 노기가 묻어 있었다. 이제 고만한 나이면
철도 들어 집안 형편도 생각하리라 여겼던 딸에 대한 노
여움이었다.

"아부지, 제발요! 저도 중학교 가고 싶어요."

유선은 무릎 꿇고 앉아 아버지께 통사정을 했다. 겨울
방학을 한 직후부터 장장 삼 개월에 다다르는 설득이었
다.

"봄부터 인제 농사일이나 거들어라!"

그 말을 끝으로 할 말은 다 하셨다는 듯 아버지는 획 돌아 앉
으셨다.

"아부지! 보내주세요, 네? 중학교만 보내주시면 농사일도 제
가 다 할게요, 네?"

유선은 두 손을 모으고 싹싹 빌었다. 옆에서 보고 있던 유선
의 어머니가 딸의 애원에 한 손 거들었다.

"유선이 아버지, 그러지 말고 보냅시다. 제가 저리 원하는
데……."

"시끄럽다! 어미가 돼가지고 아버지한테 대드는 딸자식 야단
은 못 칠망정, 한 수 더 거드나? 우리 형편에 중학교에 둘이나,
그게 가당키나 하나?"

"유준이는 중학교에 보내고 유선이는 안 보내는 것도 형평에
어긋나지……."

"형평은 무슨 형평? 아, 아들자식하고 딸자식하고 같나? 같아?"

"그래도……."

어머니는 아버지의 호통에 슬그머니 말을 줄이셨다.

"시끄럽다! 이 얘기는 이미 끝난 거다. 더는 꺼내지 말거라."

아버지는 자리에서 일어나 획하니 나가 버리셨다. 나가시는
아버지의 등을 바라보는 유선의 눈에는 저절로 눈물방울이 맺
혔다.

야속했다! 너무너무 야속해서 가슴이 터질 것만 같았다.

한 살 위인 오라버니가 비록 건넛집 첫째의 옷을 물려받은 것

이긴 하지만 짙은 남청색 교복에 모자를 쓰고 집을 나설 때마다 하얀 블라우스에 남색 치마를 입고 학교에 가는 자신의 모습을 상상해 보곤 했다. 양 갈래로 땋은 머리에 하얀 양말에 검은 구두를 신고 중학교에 가기를 일 년 동안 날마다 꿈꿨다.

하지만 꼭 그것 때문에 중학교에 가고자 하는 건 아니었다. 공부가 하고 싶었다. 6.25 전쟁 중에 포탄에 한쪽 벽이 뻥 뚫린 교실은 아직까지 복구되지 않아서 얇은 무명옷 사이를 바람이 '숭숭' 파고들어도 매일같이 학교에 나갔다. 낡고 해져서 알아볼 수 없는 글자들이 종종 눈에 띄면 앞뒤 문맥을 생각해 가며 읽어야 해도, 그 낡은 책이 좋았다. 읽고, 또 읽고……

"어머니! 어머니 저……."

터져 나오는 울음에 말을 이을 수가 없었다.

"안다, 네 맘. 내가 모르면 누가 아니? 하지만 어쩌누, 아버지가 저리 고집이시니. 하지만 니, 아버지 원망은 말거라. 아버지가 참말로 보내주기 싫어서 그러시는 건 아니다. 형편이 안 되니 그러시는 게지. 열 손가락 깨물어 안 아픈 손가락 없다고…… 너는 자식 아니냐? 너도 자식인데 자식이 하고 싶어하는 거, 딴것도 아닌 공부하겠다는데…… 그거 못해주는 부모 마음은 어떻겠니? 할 수만 있으면 빚을 내서도 해주고 싶지. 안 그렇겠나?"

"흑흑."

유선은 눈물만 흘렸다.

"유준이 월사금 낼 돈도 안즉 마련 못했다. 것도 빚을 내야 하고, 지난 가을에 거둔 곡식으로는 이번 보릿고개 넘기기도 막막한 게 집안 형편인지라……."

유선이도 집안 형편이 어렵다는 걸 모르는 건 아니었다. 아버지도 반대하시고 월사금도 없으니 아무리 졸라도 방법이 없었다. 유선은 자기 설움에 겨워 눈물만 흘렸다.

"……그렇게 가고 싶나?"

"네."

유선은 우는 와중에도 고개를 위아래로 주억거렸다.

"그럼, 일 년만 기다려 보거라."

유선은 눈물이 그렁그렁한 눈으로 어머니를 똑바로 올려다봤다.

"일 년 후에는 내가 무슨 일이 있어도 네 월사금 마련해 볼 테니, 일 년만 참아라."

어머니는 유선의 손을 꽉 잡아주었다.

"어머니……."

"올해 잘하면 과수원집 일을 거들 수 있을 것 같다. 거서 품삯 받으면 네 월사금 몫은 내가 따로 떼어두마."

"정말이요?"

훌쩍이던 울음소리가 어느새 쑥 들어갔다.

"내 약속하마, 약속해."

그리고 1960년 봄.

사과꽃, 배꽃이 나지막한 구릉을 하얗게 뒤덮었다. 사방으로 흩어지는 붉은 빛으로 아쉬움을 달래며 태양이 산 너머로 서서히 기울고 있었다. 하얀 꽃 사이로 너울너울 붉은 빛이 춤을 추었다.

유선은 과수원댁으로 심부름을 가며 모처럼 즐거웠다. 꽃도 예쁘지만 꽃이 지고 난 후 가지마다 열릴 열매를 생각하니 입 안에 저절로 침이 고였다. 그때 갑자기 유선의 평화로운 상상을 방해하는 개 짖는 소리가 들렸다.

컹, 컹, 컹.

동네에서 흔하게 듣던 개 소리와는 다르게 울림이 깊은 목소리였다.

특별히 개에 대한 공포심이 없는 유선은 과수원 사이로 난 길을 계속해서 걸어갔다. 재미 삼아 수레 자국이 두 줄로 움푹 패어 있는 길 한쪽을 선택해서 그곳을 밟으며 걸었다. 수레가 다니고 사람이 다닌 자리만이 잡초들에게 점령당하지 않은 채 벌건 흙을 드러내고 있었다. 멀리 연결된 붉은 길은 마치 누군가 붓으로 선을 그어놓은 것만 같았다.

발밑을 보느라 유선은 미처 못 봤지만 그 길이 보이는 저 멀리 서걲은 물체 하나가 달려오고 있었다.

컹, 컹, 컹.

개 짖는 소리가 점점 더 커졌다. 점점 커지는 개 울음소리에 이상함을 느낀 유선이 고개를 들어보니 저 멀리서 검은 개가 한 마리 달려오고 있었다. 누렁이라 부르는 개들보다 훨씬 크고 빠른 움직임에 유선은 그대로 등을 돌리고 달아나고 싶었다. 하지만 어른들에게 개한테 등을 돌리고 뛰어가지 말고 그냥 가만히 서 있으라는 말을 들은 기억이 퍼뜩 떠올라 발걸음을 멈추고 제자리에 섰다.

유선의 10m쯤 앞에 선 개는 더 이상 다가오지 않고 그 자리에서 유선을 향해 짖었다. 유선보다 더 큰 개가 커다란 송곳니를 뽐내며 금방이라도 달려들 것처럼 짖고 있어 유선의 다리는 후들후들 떨렸다. 침이 줄줄 흐르는 주둥이를 벌려 자신의 머리를 우적 씹는 개의 모습을 상상하자 주저앉을 수도 없었다. 개가 달려들까 봐 살려달라는 소리를 지를 수도 없었다.

얼마나 시간이 흘렀을까? 얼굴에 식은땀이 흐르고 등줄기며 손이며 온통 땀으로 젖어들었다. 누군가 구해줄 사람을 기다리다가 태양이 산을 넘어가면 이대로 개와 함께 캄캄한 어둠에 내팽개쳐 지는 건 아닐까? 입술이 바싹 타 들어갔다.

유선이 개에게 시선을 고정시키느라 길을 바라볼 여유가 없었는데 사이 꼬마애 하나가 길을 따라 내려오고 있었다. '탁탁' 발소리가 들리고 어린 여자애가 개의 뒤에 나타났다. 유선은 순간 여자애가 위험하다는 생각에 도망가라고 말하고 싶었지만 목소리가 나오지 않았다.

"헉헉. 너 여기 있으면 어떻게 해. 한참 찾았잖아."

여자애는 개의 옆으로 다가오더니 자기 키만한 개의 머리에 조그만 손을 얹어 털을 쓰다듬었다.

"해피, stop!"

여자애의 입에서 알 수 없는 소리가 나오자마자 거짓말처럼 개는 짖는 것을 딱 멈췄다. 유선은 그 신기한 광경에 무서움도 잊어버리고 눈을 똥그랗게 떴다.

"Sit down!"

여자애가 또 뭔가 말하자 개가 엉덩이를 땅에 대고 앉았다.

"언닌 누구야?"

개를 앉힌 여자애가 유선을 향해 물었다.

"유, 유선이……."

어린애 앞에서 창피하게도 말을 더듬거렸다.

"유유선 언니구나."

"그게, 유유선이 아니라 박유선이야."

이름을 더듬은 것을 여자애는 성을 유씨로 받아들인 것이었다. 유선은 서둘러 정정했다.

"그래? 근데 아까는 왜 유유선 언니라고 그랬어?"

난처함에 얼굴이 달아올랐다. 더듬어서 그랬다는 말을 할 수 없어 유선은 입을 다물었다.

"근데 언니, 우리 집엔 왜 왔어?"

"어, 어머니 심부름……."

유선은 개에 대한 경계심을 늦추지 않은 채 개를 힐끔거리며 대답했다.

“아, 그렇구나! 괜찮아, 안 무니까 만져 봐도 돼. 얼마나 착한데.”

아이가 유선의 손을 덥석 잡고 개의 머리로 가져갔다. 손끝이 달달 떨렸지만 자신보다 어린애 앞에서 주눅 들기 싫어 손을 잡아빼고 싶은 마음을 꾹 참았다. 손끝에 털이 닿았다. 생각보다 부드럽고 따뜻했다.

“괜찮지?”

“어? 어…….”

“말도 얼마나 잘 듣는데. 볼래? 해피, 오른손.”

아이가 몸을 수그리고 개 앞에 자신의 손을 들이대는 순간 놀랍게도 개가 앞발을 내밀어 아이의 손 위에 올려놓았다.

“와!”

저절로 감탄이 새어나왔다.

“그치? 말 잘 듣지? 헤헤, 그리고 이거 내가 가르친 거다! 원래 해피 주인은 미국 사람이었거든. 그래서 영어밖에 못 알아들었는데 손은 내가 가르쳤어. 이젠 한국말도 알아듣는다. 대단하지? 우리 해피, 영어랑 한국어랑 두 가지나 할 줄 알잖아.”

“응. 근데 어떻게 한 거야?”

“헤헤, 사실은 저번에 제사 지낼 때 엄마 몰래 돼지고기 가지고 나와서, 이렇게 손을 잡고 손, 하면서 손을 주면 돼지고기 주고, 안 주면 돼지고기 안 주고 하면서 가르쳤어.”

아이는 개의 손을 쥐고 훈련시키던 모습을 그대로 흉내 냈다.

조그만 키로 엄한 얼굴 표정을 지어 보인 다음 개에게 명령을
내리는 모습이 우습기도 하고 귀엽기도 해서 유선은 피식 웃음
을 터뜨렸다.

"헤헤. 아! 언니, 우리 집에 심부름 왔다고 그랬지? 나랑 해피
가 같이 가줄까?"

유선과 함께 웃던 아이가 선심을 쓰듯 말했다.

"여기가 너네 집이야? 그럼 너 과수원집 딸?"

"응."

"그렇구나."

동네에서 가장 많은 땅을 가지고 있고 또, 서울에서 큰 사업
을 하는 아버지를 둔 부잣집 딸이 이렇게 생겼구나.

유선은 새삼 아이를 뜯어봤다. 이리저리 기워 입은 자신의 옷
과는 달리 해진 곳이 한 군데도 없는 아이의 서양식 복장은 아
주 깨끗하고 예뻤다. 자신은 긴 머리를 양 갈래로 땋아 대충 묶
은 모양새였고, 아이는 윤기가 날 정도도 빗질을 한 새까만 단
발머리를 찰랑이고 있었다.

"언니?"

자신의 모습을 뜯어보는 유선이 이상했는지 아이는 유선의
이름을 불렀다.

"어? 어…… 근데 너 이름이 뭐야?"

"앗! 내 이름을 말 안 했구나. 히히, 엄마가 알면 혼나는
데……. 언니, 우리 엄마한테는 비밀이다. 난 차민희야."

민희는 오른손을 내밀었다. 유선은 민희의 행동에 의아해 멀뚱히 손만 쳐다봤다.

“언니, 손. 아이참, 우리 악수 하자고.”

“여자는 악수 하는 거 아니야.”

여자는 악수를 하지 않는다. 어머니를 따라 장이 서는 읍내에 갔을 때 남자 어른들이 악수를 하는 것을 보긴 했지만 여자가 악수 하는 걸 본 적은 없었다.

“아니야, 여자도 악수할 수 있어.”

“여자가 무슨 악수를 해? 악수는 남자들만 하는 거야.”

유선은 왠지 모르게 오기가 났다. 깔끔한 옷차림, 부자인 부모님, 여기에 소학교가 있음에도 읍내 소학교에 다닌다는 소문, 그리고 악수. 자신이 가지지 못한 것, 자신이 모르는 것을 알고 있는 민희에 대한 질투로 유선은 고집을 부렸다.

“여자도 악수 할 수 있는데……. 좋아! 그럼 집에 가서 엄마에게 물어보자.”

유선의 우김에 민희는 한 발 물러났다. 그리고는 발을 돌려 집 쪽으로 걸어가기 시작했다. 민희가 움직이자 개도 민희를 따라 걷기 시작했다.

“뭐 해, 언니. 얼른 와!”

앞서 가던 민희가 뒤를 돌아보며 유선을 재촉했다. 어머니의 심부름은 해야 되고, 자신의 우김이 거짓말로 드러날까 겁은 나고, 유선은 느릿느릿 걷기 시작했다. 아까까지만 해도 즐겁던

꽃도 길게 뻗어 있는 수레 자국도 전혀 눈에 들어오지 않았다. 민희와 개의 뒤를 야단맞으러 가는 아이마냥 축 늘어져 기계적으로 따라갈 뿐이었다.

한참을 걸었을까. 해가 막 산을 넘어가도 어둑어둑 어둠이 깔릴 무렵 과수원집에 도착했다. 붉은 벽돌이 멋들어진 무늬를 만들어내고 있는 집이 보이자 어깨가 더욱 처졌다.

"엄마. 엄마, 손님!"

민희는 후다닥 대문을 열고 들어가 목청껏 엄마를 불렀다.

"또 방정이다, 또."

집안에서 고운 목소리가 들렸다. 언성을 높여 소리 질러본 적이 없을 것같이 고운 목소리였다. 고된 일상에 찌들고, 가난과 싸움에 찌들고, 오빠와 자신에게 찌들어 탁하고 쉬어버린 듯한 자신의 어머니와는 전혀 다른 목소리였다.

유선은 민희의 어머니가 어떤 모습일까 잠깐 상상의 나래를 펼쳤다. 조금 뒤 민희를 옆구리에 매달고 나오는 민희의 어머니는 자신의 상상 속의 모습 그대로였다.

하나로 말아 올려 리본으로 묶은 머리에 자잘한 꽃무늬 블라우스에 나풀나풀 무릎까지 오는 치마를 입고 있는 민희의 어머니는 보통의 시골 아낙과는 전혀 다른 모습이었다. 들리는 소문에 서울 아씨라더니 양장에 분을 바른 하얀 얼굴이 보들보들해 보였다.

"안녕하세요?"

유선은 꾸벅 고개를 숙여 인사를 했다.

“저, 이거, 어머니께서 이 댁에 가져다 드리라고 하셨어요.”

유선은 두 손으로 보자기를 내밀었다.

“그래? 이게 뭐지?”

민희의 어머니는 보자기를 풀었다.

“뭐야, 엄마? 응? 그게 뭐야?”

“호호, 아버지 두루마기. 자, 보렴.”

민희 어머니는 보자기에 싸인 두루마기를 민희 눈높이까지 내려 민희에게 보여주었다.

‘뭐가 그렇게 궁금한 게 많아.’

‘어른들 일에 참견하는 거 아니다.’

유선은 자신의 어머니 목소리가 귓가에 들리는 것만 같았다.

“아버지 두루마기는 왜? 그걸 왜 저 언니가 가지고 와?”

“언니네 어머니가 한복을 잘 만드셔. 그래서 아버지 두루마기를 만들어주십사 하고 엄마가 부탁드린 거야.”

“아, 그렇구나.”

민희는 고개를 끄덕거렸다.

어른들 말씀하시는데 끼어들어서는 안 되고, 어른들 말씀에 말대답하면 안 된다고 배워온 유선에게 민희의 말투와 행동들은 충격이었다. 자신의 집 같으면 버릇이 없다며 종아리를 맞았을지도 모른다. 엄마와 친근하게 말을 나누는 민희를 보며 유선은 부러움을 느꼈다.

“아참. 언니가 여자는 악수 하는 거 아니라는데 맞아? 아니지. 응?”

“무슨 소리니, 그게?”

“내가 악수 하자니까, 언니가 여자는 악수 하는 거 아니라고 안 한다고 했단 말야. 여자도 악수 할 수 있지? 그렇지?”

톡. 민희 어머니가 민희의 이마를 건드렸다.

“아야! 아프단 말야.”

살짝 건드린 건데 엄살은……. 유선은 괜스레 심술이 났다.

“엄마가 뭐라고 그랬니. 악수는 어른이 먼저 청하기 전에 네가 먼저 청하는 게 아니라고 했지. 여기 언니가 너보다 나이가 많으니까, 네가 먼저 악수를 청하는 건 실례야. 알겠니?”

“치! 여자도 악수 할 수 있냐고 물었는데, 엉뚱한 대답만 하고…….”

“이름이……?”

민희의 투정은 못 들은 척하시던 민희의 어머니가 유선을 향해 물었다.

“박유선입니다.”

또박또박 대답했다.

“여자도 악수를 할 수 있단다. 다만, 남자들이 여자에게 악수를 청하지 않는 건, 그게 예절에 어긋나기 때문에 그런 거야. 여자가 먼저 악수를 청하기 전에 남자가 악수를 청하는 건 예의가 아니거든.”

“……네.”

얼굴이 달아올랐다. 한 가지 위안이 되는 건 민희가 자신에게 악수를 하자고 손을 내민 것 역시 예의에 어긋난다는 것이다.

"민희 너, 여기 유선 언니가 모르는 건 잘못이 아니지만, 알면서도 예의에 어긋난 행동을 한 민희는 잘못한 거야. 알겠니?"

"……네."

조용하지만 단호한 목소리로 타일렀다. 언성을 높이지도 않고 회초리를 들지도 않고 사람을 나무랄 수 있다는 것을 처음 알았다.

"저녁은 먹었니? 우리도 아직 식전인데 저녁 먹고 가렴."

"아, 아니에요. 그만 가봐야 해요. 안녕히 계세요."

"잠깐만 기다리렴."

꾸벅 인사를 하고 집으로 돌아가려는데 민희 어머니가 불러 세웠다. 집 안으로 들어가시더니 조그만 봉투 하나와 큰 봉투 하나를 들고 나오셨다.

"이건 어머니 가져다 드리고, 이건 유관데 별거 아니지만 심부름 값이다."

주시는 것을 받아 들고 꾸벅 절을 한 다음 집으로 발걸음을 옮겼다.

해가 넘어 가서 어둑어둑한 길을 걸어오는데 뒤로 개가 쫓아왔다. 다리가 덜덜덜 떨렸다. 하지만 겁이 나서 쫓을 수도 없었다. 마음 같아서야 후다닥 뛰어가고 싶었지만 개가 뒤에서 덮치는 장면이 떠올라 포기했다.

손에 들고 있는 걸 훔쳐가는 걸로 오해해서 물면 어떡하나. 조심조심 최대한 개를 자극하지 않으려 하면서도 뛰지 않고 걸을 수 있는 가장 빠른 속도로 걸었다. 손에 땀이 축축이 배어나왔다.

한참을 걸었을까, 과수원 입구가 보였다. 조금만 더 가면 돼. 속도를 더 올리는데 곤두서 있는 신경에 개의 발소리가 작아지는 것 같은 기분이 들었다. 조심스럽게 뒤를 돌아보니 개가 돌아가고 있었다. 가는 길을 마중 와준 것 같기도 하고, 감시한 것 같기도 했다. 멀어지는 개를 보며 비로소 안도의 한숨을 쉬고 걷는 속도를 줄였다.

땀이 난 손을 치마에 슥 닦고 걸어가는데 심부름 값이라며 주신 유과가 생각났다. 부스럭 부스럭, 종이 봉투를 열고 유과를 하나 꺼내 입에 넣었다.

달콤했다. 와삭, 깨무니 고소함이 입 안 가득 번졌다. 그 순간에는 개도 무서웠던 기억도 모두 잊어버렸다.

논두렁을 따라 집으로 돌아오는데 인형처럼 예쁜 민희도, 다리가 덜덜 떨릴 만큼 무서웠던 개보다도, 멋진 아치가 있는 노을에 빛나던 집보다도, 그 무엇보다도 민희의 어머니가 가장 기억에 남았다.

『운명』 제2권으로…